最後の宝《たから》

ジャネット・S・アンダーソン／光野多恵子［訳］

ハリネズミの本箱

早川書房

最後の宝《たから》

THE LAST TREASURE
by
Janet S. Anderson

Translated by
Taeko Mitsuno
First published 2005 in Japan by
Hayakawa Publishing, Inc.
This book is published in Japan by
arrangement with
Dutton Children's Books
a division of Penguin Young Readers Group
a member of Penguin Group (USA) Inc.
through Tuttle-Mori Agency, Inc., Tokyo.
さし絵：おがわさとし

この本を世界じゅうの、すべてのスミスさんにささげます。
とくに、わたしの血縁《けつえん》のスミス家の人たちに。

謝辞《しゃじ》

スミス家の人々とスミス家の広場をめぐるこの物語は、最初に構想《こうそう》が浮《う》かんでから作品になるまで、長い時間がかかりました。内容も、何度も変更《へんこう》しました。その間、多くの方々が試作に耳をかたむけ、質問《しつもん》に答え、調べものをして、物語の誕生《たんじょう》に力を貸《か》してくださいました。

ここでまず、家族のみんなに感謝《かんしゃ》したいと思います。夫《おっと》のジョン・アンダーソン、娘《むすめ》のケートとアーリクス、そして義母《ぎぼ》のマーサです。つぎに、隣人《りんじん》や友人、仕事仲間に感謝したいと思います——ボブ・リンチとボブ・コフィー、カレン・ベイルをはじめとする州都《しゅうと》周辺で活躍《かつやく》している作家たち、ベヴ・シェパード、キリスト友会《ゆうかい》ハミルトン月会《げっかい》のマーガレン・フィッシャー、スー・クラーク、スティーヴン・テイラー゠ロス、そしてオルバニー月会のみなさんです。ダットン社のドナ・ブルックスとメレディス・マンディー・ウェイジンガーはこの作品の原稿《げんこう》を読み、さまざまなアイディアを出してくれました。この場を借りて、お礼を申しあげます。

最後になりましたが、編集者《へんしゅうしゃ》のスーザン・ヴァン・ミーターに、心からの感謝《かんしゃ》をささげます。彼女《かのじょ》のはげましと心づかい、そして冷静な目にわたしはずっとささえられてきました。スーザン・ヴァン・ミーターはまた根気強く何度でも、スミス家はほんとうはこんなふうに描《えが》くべきなのではないかと意見をいい、苦言《くげん》をていしてくれました。その一つ一つのおかげでこの本はよりよいものとなりました。この体験を思うとき、わたしの心に浮《う》かんでくるのは、キリスト教シェーカー派《は》の人たちがテンポのはやいダンスに合わせて歌ったという「簡素《かんそ》な贈《おく》り物」という歌です。

くるり、くるりと、
まわれば、楽し。
まわり、まわれば、
正しい場所に。

もくじ

スミス一族の家系図

サミュエル・スティーブン
1921-1924

キャサリン・アリシア（キティ）
1939-

デイビッド・マクラウド
1938-1972

エミリー・アン・スミス＝マクラウド・コルビー・ピーターソン（エミー）
1966-

ジェシカ・エミリー・コルビー
（ジェス）
1989-

マシュー・サリバン
1955-

エリザベス・クリスティン・カー
1952-

リチャード・チャールズ（RC）
1941-

イザベル・メアリー・ルイス
（イジー）
1942-2003

ベンジャミン・ロバート
（ベン・ロバート）
1971-

サラ・ジェーン・カッター
（サリー）
1971-1990

エルズワース・ダンカン
（ジー）
1990-

トーマス・ロバート
1990-1990

ジョン・マシュー・スミス（ジョン・マシュー）

1843年5月30日 結婚

エリザベス・サリバン・スミス（ベッツィー・サリバン）

- エルズワース・ジェームズ 1844－1852
- トーマス・デイビッド 1844－1852
- リチャード・サリバン 1845－1864
- エミリー・エリザベス 1847－1919
- ユリシーズ・スティーブン 1847－1929
  - スティーブン・ランドルフ 1868－1931
    - マーガレット・アン（マギー） 1901－1980
    - ベンジャミン・トーマス 1906－1966
- サミュエル・ベンジャミン 1850－1910
  - チャールズ・イアン 1890－1960
    - ベッシー・アイオニア 1912－1998
    - ジョージ・リチャード 1916－1984
- アイオニア・アン 1853－1937
- サラ・ジェシー 1854－1918
  - ジェームズ・スミス・ボズワース 1888－1965
    - ジョン・スミス・ボズワース 1929－
- アリス・マーサ 1854－1901
  - エゼキエル・スミス・ウェブスター 1892－1970
    - ドワイト・スミス・ウェブスター 1929－
- ロバート・ダニエル 1856－1912
  - ゴードン・ドナルド 1891－1961
    - アブナー・デイビッド 1931－
      ジョセフィン・ベロニカ・カニンガム（ジョージー） 1931－
- マシュー・ダンカン 1858－1928
  - デイビッド・ジェームズ 1878－1917
    - アン・エリザベス 1917－1980
      マイケル・クリストファー・カー 1915－1984
- トバイアス・イアン 1860－1888
- ヘンリー・ジョージ 1860－1940
  - ロバート・トバイアス 1895－1961
    モード・ダイアナ・クーパー 1898－1962
    - ダンカン・ヘンリー 1919－1968
    - ロバート・ジョージ（ボビー） 1922－1944

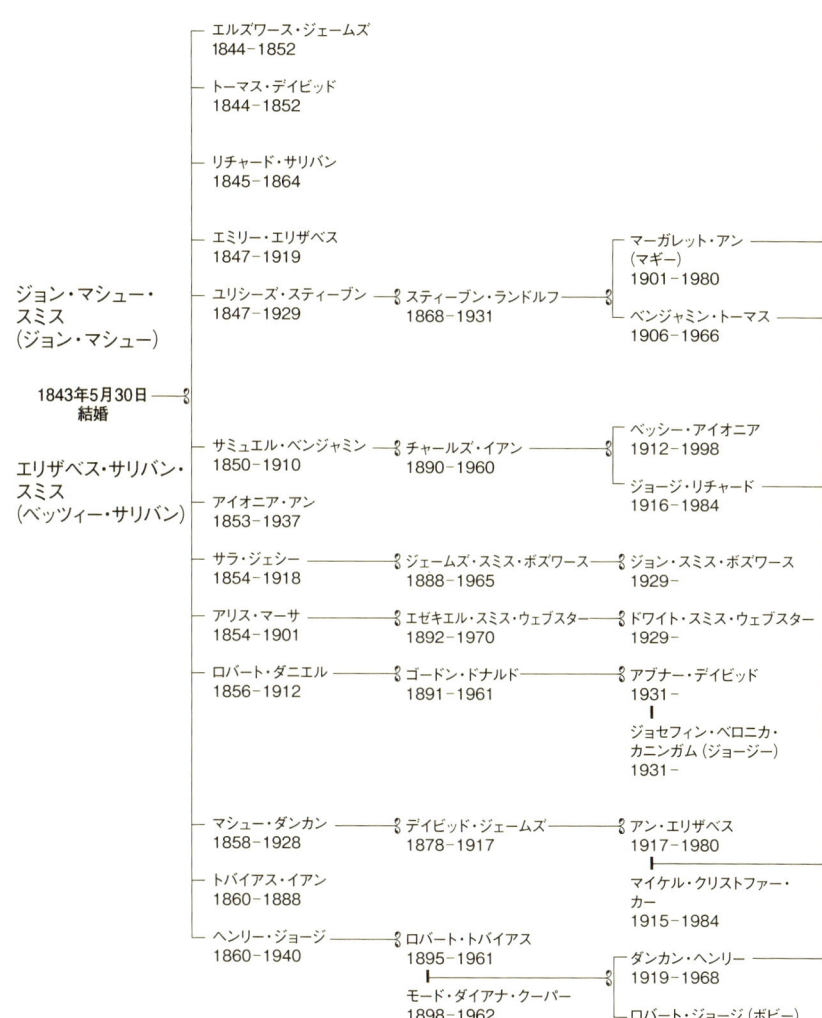

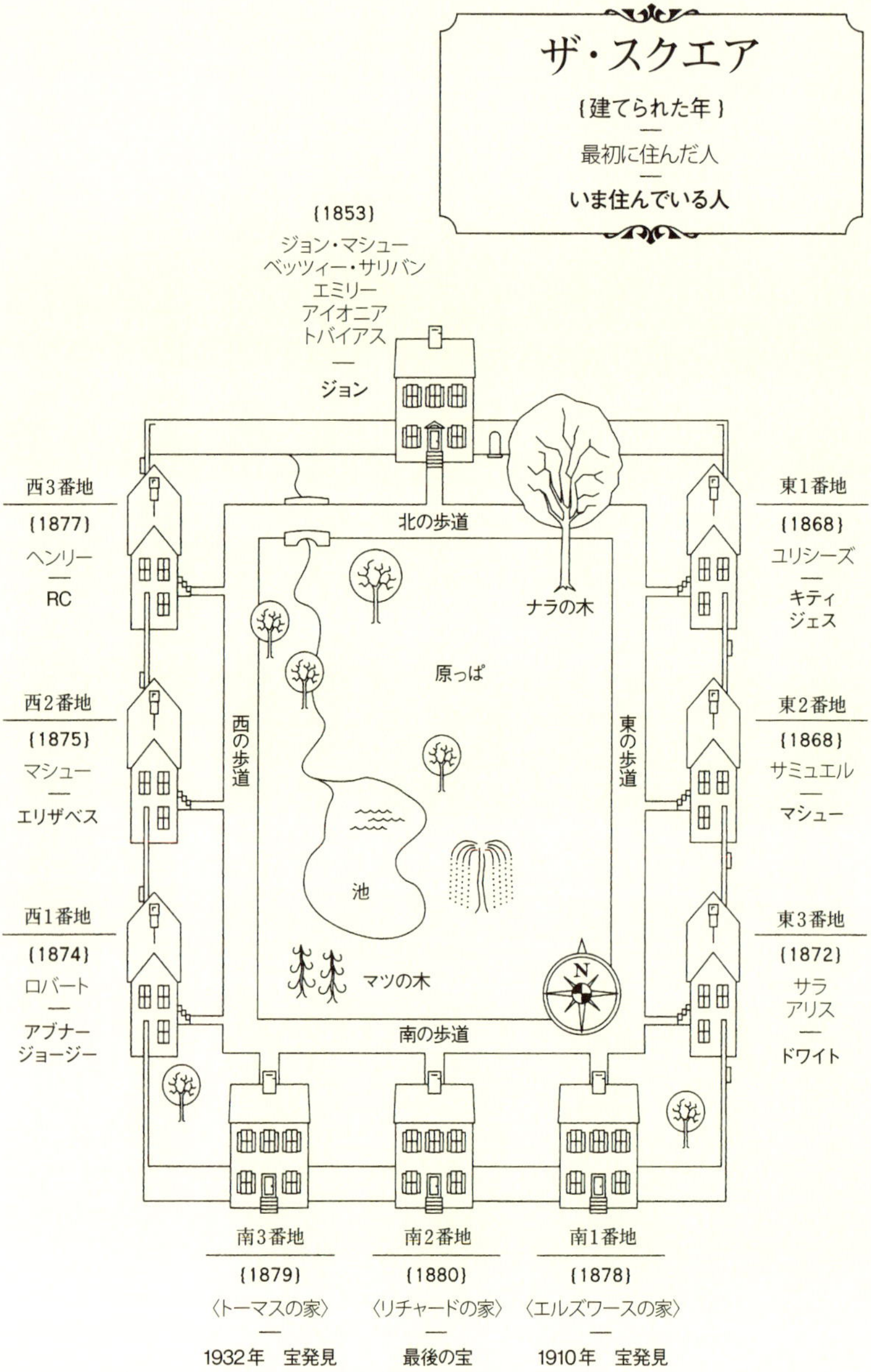
ザ・スクエア
{建てられた年}
—
最初に住んだ人
—
いま住んでいる人
{1853}
ジョン・マシュー
ベッツィー・サリバン
エミリー
アイオニア
トバイアス
—
ジョン
西3番地
{1877}
ヘンリー
—
RC
東1番地
{1868}
ユリシーズ
—
キティ
ジェス
北の歩道
ナラの木
原っぱ
西の歩道
東の歩道
西2番地
{1875}
マシュー
—
エリザベス
東2番地
{1868}
サミュエル
—
マシュー
池
西1番地
{1874}
ロバート
—
アブナー
ジョージー
東3番地
{1872}
サラ
アリス
—
ドワイト
マツの木
N
南の歩道
南3番地
{1879}
〈トーマスの家〉
—
1932年　宝発見
南2番地
{1880}
〈リチャードの家〉
—
最後の宝
南1番地
{1878}
〈エルズワースの家〉
—
1910年　宝発見

第一章　亡霊《ぼうれい》のさまよう場所

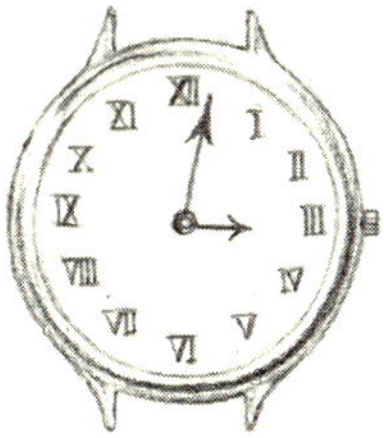

　夜だった。六月八日の午前〇時をまわったばかりのことだ。アメリカ中西部で、一人の少年が夢《ゆめ》を見ていた。ふだんは夢など見ない少年が、安モーテルのおんぼろベッドの上で見ていたのは、支離滅裂《しりめつれつ》な夢。少年は寝《ね》がえりをくりかえし、夢のつじつまを合わせようとあがきつづけていた。
　そこから何千キロもはなれた、カリフォルニア州《しゅう》の新興住宅地《しんこうじゅうたくち》。ここでは、いつも夢ばかり見る少女が、また悪夢《あくむ》にひきずりこまれていた。悪夢なら、これまでに何度も体験《たいけん》している少女だったが、今夜の夢はいつもとはちがっていた。それほど、ひどい悪夢だった。
　この少年と少女。一人は十三歳《さい》で、もう一人はもうじき十三歳になる。二人は親戚《しんせき》同士だった。とはいえ、あまりに遠い親戚なので、顔を合わせたことはなかった。たがいの名前さえ聞いたことがなかった。だが、これもじきに過去《かこ》のことになるだろう。ジョン・マシュー・スミスが、そのために力をつくしているからだ。

ジョン・マシューには、そうしなければならない事情《じじょう》があった。ジョン・マシューの一族は、いまや崩壊寸前《ほうかいすんぜん》だったのだ。いや、もっと正確《せいかく》には、さきほどの少年と少女、それにジョン・マシューをくわえた三人の一族が、といったほうがいいかもしれない。そして、ジョン・マシューはついに悟《さと》った。今度ばかりは、自分がのりだしていっても、崩壊をくいとめることはできそうもないと。結局のところ、死者にできることはかぎられているのだと。

ジョン・マシューは一八八一年に亡くなった。それ以来、ずっと生きつづけている。もちろん、亡霊《ぼうれい》としてだ。亡霊としてずっとこの世の近くにとどまってきたのだ。とくに、毎年六月になり、自分の命日がやってくると、墓地《ぼち》から通りを二本へだてたところにある一族の居住地《きょじゅうち》、ザ・スクエアにおもむき、そこをめぐりあるいた。ジョン・マシューのあゆみはのろく、めぐりあるくにも時間がかかる。にもかかわらず、その姿《すがた》を見た者はいない。長い長い年月、そこにいると気づいた者さえいなかった。

毎年くりかえされるこの行動は、一度として変わることはなかった。まず最初にたずねるのは、広場のいちばん北のはし、つまりすべてがはじまった場所だ。ここには、ジョン・マシューが妻《つま》のベッツィーとともに住んでいた家がある。人に見せびらかすために建てた家ではない。家族のために建てたものだ。二階《かい》建てで、地下室と屋根裏《やねうら》もある。

家はどこをとっても、住む人を守り、いつくしむようにと考えてつくられている。きつい勾配《こうばい》をつけた屋根の瓦《かわら》一つ、月日をへてやわらかな色合いになった正面のレンガ一つ、さらにはずっしりと重くて黒い鎧戸《よろいど》一つにいたるまで。建物の左右には、背《せ》の高いレンガ塀《べい》がのびている。塀にはツタがはえ、それが年をおうごとにますますしげり、ますます緑がこくなっている。

この家から、ジョン・マシューは方向を変えてあるきはじめる。塀を左手に見ながら、ザ・スクエアの中心をなす原っぱにそって、東にあるいていくのだ。原っぱには緑がおいしげり、たくさんの木かげがある。その昔は、ここに植物たちのささやきや、木々のいぶきが満ちていた。人々の声や笑いや足音がこだましていた。ジョン・マシューにとっては、いつもおおぜいの子どもたちがいる場所だった。ジョン・マシューのたいせつな子どもたち。その子どもたちのために、長い年月をかけてつくっておいた原っぱだったのだ。

道がつきあたるとジョン・マシューは右に曲がり、スレート舗装《ほそう》した歩道を、こんどは南にあるいていく。ゆっくりとした足取りでとおりすぎる家は、ぜんぶで三軒《けん》。家と家のあいだには、やはりレンガ塀がつづいている。三軒はちょっと見ただけでは、おなじ形をしているように見える。北のはしにある家ともそっくりだし、南側にならぶ三軒、そして西側の三軒ともそっくりだ。つまり、おなじ形の家がぜんぶで十軒、原っぱとそのなかにある池に裏口《うらぐち》をむけて、ならんでいるというわけだ。

だが、ジョン・マシューにとって、似《に》ているのは外見だけだった。それぞれの家の感じは、まったくちがっていた。かわいい子どもたちが、一人一人まったくちがっていたように。きまじめなエミリー、しっかりもののユリシーズ、ちゃめっけたっぷりのサミュエル、元気いっぱいのアイオニア。いつも二人いっしょだったサラとアリスは、結婚《けっこん》して子どもができても、はなればなれになることはなかった。ロバートは絵が大好きで、マシューは庭いじりが好き。トバイアスが内気かと思えば、ヘンリーはしょっちゅう思いきったことをしでかし。

あの子たちが成長するのを見まもるのは、なんと楽しかったことか。そして、子どもたちのほとんどが、順番にあたらしい家に移《うつ》っていったとき、なんとうれしかったことか。そう、あの東側の家々と、西側の家々に。

では、のこる南側の家々は？　南側の三軒《けん》の家に、子どもたちが住むことはなかった。だが、ジョン・マシューは、そこでも立ちどまる。ほかの家よりここでのほうが、長く立ちどまっているかもしれない。そして、おとなになるまえに亡《な》くなった、上の三人の息子《むすこ》のことを思い出す。月日がすぎたおかげで、ようやく、思い出しても悲しみにしずむことはなくなったから。エルズワースは勇敢《ゆうかん》で、トーマスはきかん気が強く、リチャードは……

リチャードは……

ジョン・マシューは家族を愛していた。子どもたち全員を愛していた。だが、ここへやってくるのは、単に子どもたちをなつかしむためではなかった。頭のなかにあるのは、いまの一族のこと、つまり、いま現在《げんざい》、ここにいるスミス一族のことだった。十軒の家のうち七軒には、いまでも人が住んでいる。そのまえをとおりすぎるとき、ジョン・マシューは、いつも立ちどまっては耳をすました。そして、ふかくうなずいてから、またあるきはじめた。あるきながら、みんな、心やすらかにねむっているなと思った。それはそうだ。そうなるように、じゅうぶんな備《そな》えをしておいたのだから。

備えとは？　ジョン・マシューは、いったいなにを備えておいたのだろう？　答えは「宝《たから》」だ。宝といっても、祖先《そせん》の愛情《あいじょう》や期待といった、抽象的《ちゅうしょうてき》な宝だけではない。あの三軒《けん》の空き家《や》に、たっぷりと、しかもすぐにはわからぬように、財宝《ざいほう》をしこんでおいたのだ。一族がいつまでも仲よくやっていけるようにと、たくさんのお金に換《か》えられるほんものの財宝を。

亡《な》くなってから一世紀ほどのあいだ、ジョン・マシューの霊《れい》は、こんなふうにやすらかな気持ちで広場をめぐりあるき、一族を見まもってきた。もちろん、スミス一族にも、苦難《くなん》のときがなかったわけではない。病気や事業の失敗もあれば、人が死ぬこともあった。それでも人々は結婚《けっこん》してあたらしい家庭をつくりつづけたし、祝《いわ》い事もとだえなかった。スレート舗装《ほそう》の小道を、子どもたちが走りまわり、たがいの家に遊びに行ったり、じゃぶじゃぶと池に入っていったり、原っぱにはえた木のかげでかくれんぼをしたりしていた。

二度にわたって一族に危機《きき》がおとずれ、その財産が底をつきかけたとき、活躍《かつやく》したのはこの子どもたちだった。子どもたちが、あの南側の家に入っていき、ジョン・マシューのしかけた謎《なぞ》をとき、宝を手にしてもどってきたのだ。

ところが、そのあと、なにかがおかしくなった。いったいなにが起きたのか、だれにもわからない。どうしてそうなったのかも、わからない。おそらく、どんなものでも、あまりにも長いあいだ変わらずにいると、そのうちに枯《か》れてしまうということなのだろう。衰退《すいたい》し、死に絶《た》えていくということなのだろう。

いま、一族の問題でわかっているのは、三十年ぐらいまえから、人々が結婚《けっこん》しなくなったということだ。子どもたちはここから出ていき、二度と帰ってこなくなった。スミス一族の人々は、まずいさかいをはじめ、つぎにはたがいをさけるようになり、ついにはもはや一族とはいえないような状態《じょうたい》になってしまった。

これを見て、ジョン・マシューの霊《れい》は、心をくもらせた。やすらかだった気持ちが、悲しみに変わり、悲しみはやがて絶望《ぜつぼう》に変わっていった。それからのことだ。毎年、六月八日、この場所を亡霊《ぼうれい》がさまようようになってしまったのは。

ジョン・マシューの亡霊は、長い歩道をのろのろとあるいていく。それにひきずられるかのように、うしろに風がまきおこる。風はどんどん強さをまし、木々のあいだをかけめぐり、池にさざ波をたて、鎧戸《よろいど》を鳴らす。十二年まえの、そんな大風がふいた晩《ばん》に、原っぱの北のはしにあったカシの木が、根こそぎなぎたおされてしまった。カシの木は枯《か》れ、陸《りく》にうちあげられたクジラのような、無惨《むざん》な姿《すがた》をさらすことになった。

これほどのできごとがあれば、警告《けいこく》もつたわったにちがいない。だれしも、そう思うだろう。だが、警告は見すごされた。事態《じたい》はますますわるい方向へすすみ、しかも、時間はもうのこりすくなくなってきた。だから、今晩、ジョン・マシューの風は、これまでにもまして強く、はやく、

ふきすさぶ。今夜こそ、今夜こそは、おじいさんの血を受け継《つ》いだ一族のなかで、もっとも年若《としわか》い者たちのところに、この風がとどかなければならないのだ。

今夜、ジョン・マシューの孫の孫のそのまた孫が二人、これまでに見たこともないような夢《ゆめ》を見る。あしたの晩《ばん》も、あさっての晩も、そのまたつぎの晩もおなじ夢を見る。それは、二人が気づくまでつづくのだ。二人が耳をかたむけ、ついにはこちらへやってくるまで。

二人がやってくるまでは、ジョン・マシューに、やすらかなねむりがおとずれることはない。

第二章　誕生日《たんじょうび》

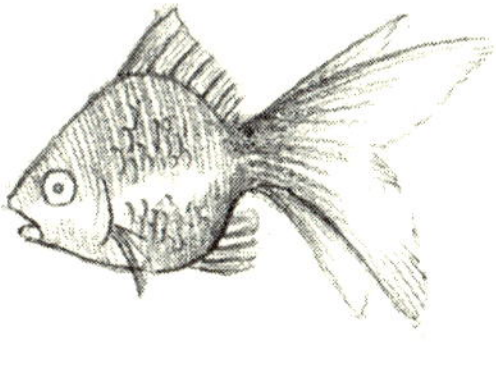

十三歳《さい》になる誕生日の朝、エルズワースは夢《ゆめ》を見て、目をさました。水が炎《ほのお》をあげて燃《も》えるという、支離滅裂《しりめつれつ》な夢。このところ毎晩《まいばん》、おなじ夢ばかり見ている。目をあけると、むかい側の壁《かべ》にひびができていた。しばらくじっとベッドに寝《ね》たまま、汗《あせ》がふきだすのにまかせていた。そうやって頭のなかで夢の記憶《きおく》がうすれていき、心臓《しんぞう》のドキドキがおさまるのをまった。

扇風機《せんぷうき》がまわっているというのに、部屋《へや》のなかは焼けつくように暑かった。窓《まど》をあけても、なんのたしにもならない。窓の外にはやぶがびっしりしげっていて、風なんか入ってきやしないし、そのくせ騒音《そうおん》だけはしっかり聞こえてくるにちがいないからだ。なにしろ、ゆうべは競馬場《けいばじょう》に行って負けてきたモーテルの常連《じょうれん》が、夜《よ》どおし騒《さわ》いでいた。何度か叫《さけ》び声やわめき声があんまり大きくなったので、夜のあいだフロントにすわっているエルズワースの父さんが、警官《けいかん》を呼《よ》ばなければならなかったくらいだ。

エルズワースは思いきって起きあがり、足にからみついた汗《あせ》まみれのシーツをひきはがした。枕《まくら》を定位置にもどしてから、もう一度壁《かべ》のようすを見てみた。ひびはできたばかりだ。まちがいない。かなり大きい。北側の、駐車場《ちゅうしゃじょう》に近いほうの角からはじまって、エルズワースお気に入りのデビッド・カッパーフィールドのポスターのうしろにいったん消えている。それから「一からはじめる電子工学」と書かれた図と「人生はパズルだ。さあ、とくぞ！」という貼《は》り紙のあいだに、ふたたびあらわれる。そこから床《ゆか》までつづいて、モーテルの茶色いカーペットの下にもぐりこんでいた。

十三歳《さい》の誕生日《たんじょうび》に、デビッド・カッパーフィールドのポスターのうしろにひびができるなんて。トレバーだったら、縁起《えんぎ》でもないというにちがいない。なにかわるいことが起こる「しるし」だと。エルズワース自身は、縁起なんか気にしていなかった。というか、これまでは気にしたことがなかった。ただ、そういえば、このところエルズワースのまわりでは、わけのわからないことばかり起きている。まず、あの夢《ゆめ》。それから、もっと気がかりなのは父さんのことだ。父さんは心配ごとをかかえているらしい。だが、それがなんなのかはエルズワースには見当もつかなかった。

トレバーに相談《そうだん》してみよう、と思いついたときには、もうおそかった。トレバーは夏のおわりまでの家族旅行に出かけてしまっていたのだ。トレバーがいなくなって一週間、エルズワースは、自分がさびしいと思っていることに気づかなかった。友だちがいなくなってさびしいと感じるなんて、はじめての体験だったからだ。エルズワースには、友だちができたことがなかった。引《ひ》っ越《こ》しばかりしていたためだ。

今回、すまいがモーテルとはいえ、一年間おなじところに住んだだけで、こんなにもいろんなことが変わってこようとは。一年まえには、友だちといっしょに出あるくのがどんな感じなのかさえ、知らなかった。夕ごはんを食べていきなさいとさそわれて、そこの家族の一員みたいに感じるなんてこともなかった。トレバーの母さんには一度だけだけど、「あんた」と呼《よ》ばれたし、あいつの妹にはあやうく首までしめられそうになった。といっても、二週間まえ、自転車にあたらしいベルをつけてあげたときのことだから、あの子としては感謝《かんしゃ》の気持ちをこめて、首にしがみついただけだったんだろうけど。

いままた、エルズワースは一人ぼっちになってしまった。というか、父さんと二人ぼっちだ。でも、ずっとそうだったのだし、二人とも、それでぜんぜんかまわなかった。父さんが、原稿《げんこう》が書けなくて、ふさぎこんでいるときだっておなじだった。ただ、二月ごろから、父さんはすごくぴりぴりしている。タバコをやめたのもそのころだ。禁煙《きんえん》中はだれでもイラつくものだと、エルズワースは自分にいいきかせてきた。

だが、いくらいいきかせても、それだけではないなにかがある気がしてならなかった。もっとたいへんななにかが、禁煙やエルズワース自身のことや、父さんが書いている本とはまったく関係ない、なにかがあるような気が。これまで父さんは、どんなときでも、いつも父さんらしかった。

ところが、いま父さんは……まるで、別人になってしまったようなのだ。

エルズワースはシーツを足ではらいのけ、ベッドからおりて机《つくえ》のまえにすわった。いつまでも、こんなことを考えるのよそう。きょうは誕生日《たんじょうび》だ。それに、ヒューゴだって朝ごはんをまっている。ヒューゴは、一年ほどまえの学校のバザーで、ゲームの賞品としてもらった金魚だ。ほかの子の金魚は、一週間もしないうちに死んでしまったのに、ヒューゴだけはいまだに元気に泳ぎまわっている。真っ赤な金魚が体をゆすりながら水面まであがってきて、しきりにえさをパクつく姿《すがた》を見ていると、なんだか誇《ほこ》らしい気分になれた。

水槽《すいそう》のそばには、もう一つ、とっておきのものがおいてある。先週、ガレージセールで見つけたラジオだ。昔風のラジオで、すべて自分で組み立てるようになっている。「これはね、うちの息子《むすこ》のものだったのよ」売り主《ぬし》のおばあさんは、エルズワースがわたした一ドルをエプロンのポケットにつっこみながらいった。「あの子がこれを買ってきたのは、三十一年まえのことだったわ。そして、組み立てはじめたと思ったら軍隊《ぐんたい》に徴集《ちょうしゅう》されて、ベトナムにおくられて、二度ともどってこなかった……。つかってもらえたら、息子もよろこぶと思うわ。部品はそろってるはずよ。ぼうや、がんばってつくってちょうだいね」

がんばってつくって、か。たしかに、すこしはがんばらないといけないかもしれない。だが、おばあさんがいったとおり、部品はそろっていた。部品とリストを、一つ一つつきあわせて確認《かくにん》したのだ。組み立てかたも、よく読んで頭に入れた。だから、ちゃんと組み立てられると思う。

かなり自信あり、だ。できあがったらトレバーだって目をまるくするにちがいない。

そのとき、となりの部屋《へや》から、お皿のガチャガチャいう音がきこえてきた。やっと誕生日《たんじょうび》らしい雰囲気《ふんいき》になってきたぞ。父さんが仕事からもどって、毎年恒例《こうれい》の誕生日用スペシャル朝食メニューをつくりはじめたのだ。料理は、父さんのゆいいつの趣味《しゅみ》だった。たぶん、朝ごはんはブルーベリー入りホットケーキだろう。それとも、シナモン風味のフレンチ・トーストと、あつあつのミニ・ソーセージかな。

ドアがあいて、父さんが入ってきた。父さんは笑顔《えがお》だった。エルズワースもうれしくなって、笑いかえした。だれもが、エルズワースと父さんはそっくりだという。二人ともあまり背《せ》が高いほうではないし、やせっぽちなのに鼻だけは大きい。目は黒みがかった青で、髪《かみ》の毛は茶色の巻《ま》き毛だ。ただしいまは、父さんの髪の毛は小麦粉まみれで茶色とはいえなくなっていたし、ほっぺたにはバターがくっついていた。

「おはよう、ジー」いつものやさしい声で父さんがいった。「誕生日おめでとう。そろそろ、朝ごはんにするかな?」

小さな台所のくっついた居間《いま》は、建物の裏手《うらて》に面しているのですずしかった。窓《まど》が二つ、つっかい棒《ぼう》をしてあけはなされ、いちばん大きい窓のまえでは、傷《きず》だらけのボックス型扇風機《せんぷうき》が音をたててまわっていた。部屋の奥《おく》にはソファがおいてある。これは、父さんのベッドとしてもつかわれている。父さんの机《つくえ》は、書類用《しょるいよう》のひきだしを二つならべてベニヤ板をわたしたものだ。机の上はいつもどおり几帳面《きちょうめん》に整理され、古いタイプライターはベニヤ板のまんなかに、タイプしおわった原稿《げんこう》はそのそばにつみかさねておいてあった。

机《つくえ》のまえの壁《かべ》には、図面が二枚《まい》かけてあった。どこへ引《ひ》っ越《こ》しても、ずっといっしょについてきたものだ。一枚はスミス一族の家系図《かけいず》だ。いちばん上にはジョン・マシューおじいさんとベッツィー・サリバンおばあさんの名前、その下に十三人の子どもたちの名前がならび、それぞれの下に二、三代にわたって子孫の名が書いてある。

もう一枚は、スミス一族が住むザ・スクエアの見取り図だった。まんなかには大きな原っぱが描《えが》かれ、その原っぱにそれぞれ裏口《うらぐち》をむけるような形で、十軒《けん》の家が描かれている。原っぱのいっぽうのはしには、池も描かれていた。

この二枚の図面の下にはコルクでできた小さな掲示板《けいじばん》がかけてあり、べたべたとメモがはってあった。ここに描かれたもの、書かれたものはすべて、父さんの本の材料となるのだ。エルズワースがものごころついたときからずっと、父さんはこの本を書きつづけていた。

朝ごはんは、ブルーベリー入りワッフルと、ハチミツ漬《づ》けにしたベーコンと、ホイップ・クリームをかけた山盛《やまも》りのイチゴだった。エルズワースはガツガツとたいらげていったが、そのあいだも、食卓《しょくたく》にあるもう一つのイスが気になってしかたなかった。イスの上に、いくつかの包みがつみかさねてある。包みのうち、二つは小さかった。たぶん、本だろう。だが、一つはばかでかくて、ストライプ柄《がら》の包み紙をつかってへたくそな包みかたをしてあった。何年かまえに、父さんが自転車をくれたときとおなじ包み紙だ。

「ようし、ジー」二人して、ホイップクリームの最後の一さじをなめおわると、父さんがいった。

「こっちもまちきれないよ。あけてごらん」

包みから出てきたのは、パソコンだった。

第三章　手紙

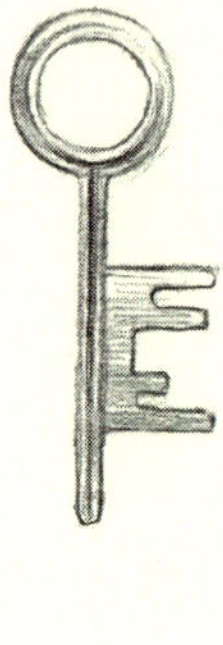

「わたしがこういう機械のことに、どのくらいくわしいかは、わかってるよな」スプーンをひねくりまわしながら、父さんがいった。エルズワースはものもいえずに、父さんを見つめていた。
「そう、ぜんぜんだ。でも、こいつはだいじょうぶだと思う。たぶんな。店の人に聞いたところじゃ、三つくらいまえの型だけど、モデムもついてるし、インターネットにも接続《せつぞく》できるそうだ。おまえなら、やり方はわかるだろ？　うまくいかないときのために、問い合わせ先の電話番号も聞いてきた――たぶん、ソフトもいくつか入ってるはずだ」
　ようやくわれにかえったエルズワースがいきなり立ちあがったので、イスが壁《かべ》にぶつかった。エルズワースは、父さんの体にぎこちなく腕《うで》をまわした。「ありがとう。どうやって、これを……ああ、でも、すごい……ほんとに……ありがとう」それ以上は、なにもいえなかった。だが、父さんはわかってくれたはずだ。

ああ、パソコンだなんて！　もちろん、学校にもパソコンはある。図書館にだって。でも、いつも順番まちで、じっくりさわってみたことはなかったのだ。ああやったりこうやったり、自分が好きなようにいじくってみて、どんなことができるのかしらべるなんてことはとても……。それがいまは、自分のパソコンが手に入ったのだ。エルズワースはパソコンをぐるりとまわり、画面にさわり、そっとキーボードをおしてみた。

そして、そのとき、はっとした。父さんが指でテーブルをコツコツやっているのを見て、どうやってこれを手に入れたかがわかったのだ。安モーテルの夜勤《やきん》は、本を書く時間がとれるという意味ではわるくない仕事だ。でも、そんなにすごい給料がもらえるわけじゃない。パソコンなんか、とても買えるわけがない。父さんはタバコのお金を貯《た》めて、このプレゼントを買ってくれたのだ。

「ありがとう、父さん」エルズワースは、かすれ声でくりかえした。すると、父さんの顔がぱっとあかるくなった。何カ月も見せたことがなかった、うれしそうな笑顔《えがお》だった。

「どういたしまして」父さんはいった。「そのパソコンには、ワープロ・ソフトも入ってるんだろう？　本を書きあげたら、おまえに清書してもらおうかな」そういって、イスをうしろにひいた。「きょうは、一人でだいじょうぶだな？　ちょっと横になるけど、ピザをつくる時間には、ちゃんとまにあうように起きるから」

「うん、わかった」エルズワースはいった。「郵便《ゆうびん》をとりにいって、それから、ロッコさんの時計がこわれたっていうから、見てあげることにするよ」

むこうへ行きかけていた父さんがふりむいた。また、かたい顔つきにもどっていた。「ことしはな、ジー。エリザベスおばさんからのカードはこないかもしれない。こなかったら、それはわたしのせいだ。すまないな」そういうと、エルズワースが返事をするまえに、バスルームに入ってドアをしめてしまった。

モーテルの駐車場《ちゅうしゃじょう》は、はげかけたアスファルトが七月の暑さでべとべとになっているうえに、こまかい砂利《じゃり》までしいてあった。砂利はいつも、エルズワースのスニーカーの底のみぞにはさまってしまう。そんな地面をざくざく踏《ふ》みしめていくと、ゆうべはこのレイク・ブリーズ・モーテルも満室だったことがわかった。目のまえにならんでいるおんぼろコテージは、ひとつのこらず外に車がとまっていた。まだあまりつかいこんでいないワゴン車もあれば、近くに泳げる場所もあるから、ビーチ用品をいっぱいつんだ四輪駆動車《くどうしゃ》もある。

この混雑《こんざつ》ぶりを見れば、ロッコさんがごきげんななめになっているのがいまからわかった。お客がたくさんくれば、その分、苦情《くじょう》もたくさんくるからだ。シャワーがこわれたとか、窓《まど》があかないとか、テレビがうつらないとか。

「いったいここをどこだと思ってるんだ、あいつらは。五つ星ホテルかい、え？」エルズワースが部屋《へや》に足を踏みいれるまえに、ロッコさんが話しかけてきた。ロッコさんはひしゃげた帽子《ぼうし》の下の顔をいつものようにイライラとひきつらせ、やせた胸《むね》に対して二まわりは大きい、よれよれのシャツのすそをしきりにひっぱっていた。

「タオルが一枚《まい》じゃ、足りないんだとさ。足りなきゃ、家からもってくりゃいいんだ」エルズワースにそういうと、おなじことを受話器にむかってどなり、電話を切った。「父さんから聞いたが、誕生日《たんじょうび》だそうだな、エルズワース。おめでとうよ。郵便《ゆうびん》がきてるぞ。ちょっとフロントにすわっててくれないか。六番コテージの連中に、ヒューズをもっていかなきゃならないんでな。あれだけいっといたのに、聞きやしないんだから。コーヒーメーカーとトースターを、同時につかっちゃだめだってな」網戸《あみど》をバタンとしめて、ロッコさんは出ていった。

郵便物は二通あった。一つは、「おすすめの中古車！」という、どうでもいいダイレクト・メール。だが、もう一通はエルズワースがまっていたものだった。くるべき日にちゃんときたのだ。これがこないかもしれないなんて、どうしてちらりとでも思ったんだろう。

じつは、エルズワースおばさんのことはよく知らなかった。遠いところに住んでいる、遠い親戚《しんせき》という以外は——。だが、エリザベスおばさんが、エルズワースの誕生日を忘《わす》れたことはなかった。ただの一度もだ。カードをおくってくれるだけなのだが、そのカードがしゃれているのだ。小さいころは、絵がとびだすやつだったり、にぎやかな色のものだったりした。最近はふざけたジョークが印刷《いんさつ》してあるカードだ。

書いてあることは毎年おなじだった。「エルズワース、あなたのことをいつも思っています。あなたのお父さんのこともいつも思っています。元気でいてください。わたしの愛をおくります。

あなたが光のなかで成長し、さかえていきますように」光がどうとかいうのは、クエーカー教(注)の人たちがよくいうことなのだそうだ。そう父さんがおしえてくれた。どういう意味なのかはよくわからなかったが、なかなかわるくない言葉に思えた。

エルズワースは、エリザベスおばさんのカードをさっさとあけたりはしなかった。特別なものだから、そんなことをするのはもったいない気がしたのだ。ことしの切手は、いつもの花の切手ではなかった。オレンジ色と緑色のまざった、大きくて派手《はで》な切手で、「極楽鳥《ごくらくちょう》」と書いてある。エルズワースは、封筒《ふうとう》を裏《うら》がえしながら、指でその感触《かんしょく》をたしかめた。ずいぶん厚《あつ》い封筒だ。たぶん、いままででいちばんの厚さだろう。その瞬間《しゅんかん》、エルズワースは手をとめて、もう一度、封筒を見なおした。裏側にきっちりした黒い文字で、差出人の住所が書いてある。

いままで、差出人の住所が書いてあったことなんかなかった。じつは二年まえ、父さんにきいてみたのだ。もらいっぱなしにしているけど、ほんとうは返事を書いて、いつもカードをありがとうといったほうがいいんじゃないか、と。「やめといたほうがいい」父さんの返事はそっけなかった。「このことに関しては、わたしのいうとおりにするんだ。わかったね、ジー。なにもしないほうがいい。そのほうがいいんだ」

「ニューヨーク州《しゅう》、スミス・ミルズ、ザ・スクエア、西二番地」エルズワースは、声に出して住所を読んだ。

ザ・スクエア。父さんの広場、ザ・スクエアだ。ジョン・マシューおじいさんのザ・スクエアでもある。エルズワースはいそいで住所と郵便番号《ゆうびん》を見なおして頭にたたきこみ、それから封筒《ふうとう》をやぶってあけた。

カードは目に入らなかった。封筒をあけて、いきなり三百ドルというお金が出てきたりしたら、カードなど目に入らないものだ。手紙もあった。エルズワースは、いそいでお金をポケットにつっこみ、手紙をひろげた。うすい灰色《はいいろ》の紙に書かれた、一枚《まい》きりの手紙だった。

「エルズワースへ」手紙は、そうはじまっていた。

「十一年まえ、あなたのお父さんがようやく連絡《れんらく》をくれたとき、わたしたちはある約束をしました。わたしからの連絡は、年に一度、あなたに誕生《たんじょう》カードをおくるだけにしておくという約束です。あなたのお父さんが、それ以上のことはけっしてしないでほしいといったのです。

わたしは、いまから、その約束をやぶります。一つには、あなたはもう子どもではないからです。十三歳《さい》といえば、もう、さまざまなことがゆるされる年です。自分の家系《かけい》がどういう家系なのか、おしえてもらってもいいはず。もちろん、本人がそうのぞむならですが。それから、昔ふうにいうなら、精神《せいしん》的な遺産《いさん》をつぐこともそろそろ考えていいはず。また、ザ・スクエアの持ち主《ぬし》の一人になることもみとめてもらっていいはずです。ザ・スクエアは、ジョン・マシューおじいさんがわたしたちみんなにのこしてくれた財産《ざいさん》なのですから。そして、もしもあなたにその気持ちと能力《のうりょく》があるなら、ジョン・マシューおじいさんの最後の宝《たから》の謎《なぞ》をとくこともゆるされるは

(注) キリスト教の宗派《しゅうは》の一つで、簡素《かんそ》な生活をおくり、また平和主義《しゅぎ》をつらぬいてきたことでも知られる。

ずです。

この手紙を書いた、もう一つの理由。それは、わたしたちがあなたの助けを必要としているということです。お父さんにつたえてください。わたしたちは、あなたが必要なのだと。どんなに必要か、言葉ではあらわすことができません。帰ってきてください、エルズワース。夏のあいだだけでもいいです。どうか、どうか、帰ってきてください」

第四章　決　心

その日の午後は、いつまでたっても、おわらないかと思われた。エルズワースはそのほとんどを、自転車にのって、町のすみずみをたずねてまわることでつぶした。そして、しょっちゅう自転車をとめては、ポケットのなかのまあたらしい百ドル札《さつ》にさわってみた。ザ・スクエアについて父さんから聞いたことも、のこらず思い出そうとした。

のこらずといっても、そんなにたくさん思い出すことがあるわけではなかった。父さんは、これまでに何度か、ザ・スクエアのようすを話してくれたことがある。冬、雪にうもれたザ・スクエアでは、木の枝《えだ》はこおってキラキラかがやき、池にもスケートができるくらいかたい氷がはるんだ、と。そんな真っ白な世界では、家々の古びたレンガの壁《かべ》が、とてもあたたかそうに見えるのだそうだ。

暑い夏の夜の話は、こうだった。そこらじゅうにホタルやカエルやコオロギがいて、お月さま

が木の上にぽっかりうかんでるんだ。家そのものについても、ほんのすこしだが話してくれた。一階《かい》にも二階にもあった、ひんやりとすずしい大きな部屋《へや》のこと。勝手口を出たところに裏《うら》の階《かい》段《だん》があったこと。そして、屋根裏部屋には、なにが入っているのかと興味《きょうみ》をそそられるようなトランクがいっぱいおいてあったこと。

一族の歴史についても聞いたことがある。最初はもちろん、ザ・スクエアをつくったジョン・マシューおじいさんの物語だ。その昔、ジョン・マシューの一族は、ニューイングランド沿岸《えんがん》地帯の捕鯨《ほげい》業で、大金持ちになった。ジョン・マシューは、その財産《ざいさん》を分けてもらい、ニューヨーク州《しゅう》へ移《うつ》った。そして、ハドソン川の岸に繊維《せんい》工場を建て、そこに骨《ほね》をうずめる決意をしたのだ。一八四三年、ジョン・マシューはベッツィーという女性《じょせい》と結婚《けっこん》した。このあと、話は夫妻《ふさい》が家を建てたこと、ふたごの兄弟が生まれたことにつづく。ところが、おそろしい火事があって、夫妻は家と、八歳《さい》の子どもたちをうしなった。子どもたちは、エルズワースとトーマスという名前だった。

一八五三年には、あたらしい家が建てられた。家の裏には、大きな原っぱがあった。その十五年後、ジョン・マシューたちは心をきめる。ゆっくりでいいから、原っぱのまわりをとりかこむように、あと九軒《けん》の家を建てようと。これが、ザ・スクエアになったのだ。

そして、いよいよここからが、エルズワースが大好きな話になる。もう一度聞かせてほしいと、いつも父さんにせがんだ、宝《たから》の話だ。ザ・スクエアには、三つのすばらしい宝がかくされていた。

そのうち二つの場所は、初代のエルズワースとトーマスをしのんで建てた家のなかだ。片方《かたほう》は、一九一〇年に、九歳《さい》のマギー・スミスが発見した。もう一つは、それから二十年後、土のなかにかくしてあったのを、十歳のボビーがほりあてた。おとなたちが、いくらさがしても見つからなかった宝《たから》を、発見したのは子どもたちで……。

エルズワースは、いつもわくわくしながら想像《そうぞう》したものだ。この子どもたちのかわりに、自分がザ・スクエアの南側の建物に入っていき、謎《なぞ》をとく姿《すがた》を。宝を両手に高くかかげ、大いばりで玄関《げんかん》から出てくる姿を。空想のなかのエルズワースは、そのあいだずっとおおぜいの人にかこまれていた。顔や姿ははっきりわからないけれど、まちがいなくスミス家の人々に。そして、拍手《はくしゅ》と喝采《かっさい》の声を聞いていた。「エルズワース！　スミス家のヒーロー、エルズワース！」という声を。

ところで、第三の家は？　第三の家にかくされた、第三の宝。それは、ジョン・マシューの三番目の息子《むすこ》リチャードをしのぶ宝だ。だから、〈リチャードの家〉と呼《よ》ばれる、その家にかくされているのだ。では、そのリチャードとは？

エルズワースは何度も父さんにたずねた。だが、父さんは話してくれなかった。リチャードは南北戦争で戦死した、というだけなのだ。それから、リチャードの宝はいまだに見つかっていないのだと。「いま書いている本は、リチャードの物語なんだ」父さんはそういった。「いつかきっと、おまえにも読んでもらうことになると思う。いや、ぜったいに読ませるよ、ジー。だが、それまでは、リチャードの物語はわたしの物語だ。いま、話してしまうわけにはいかないんだ」

父さんが話してくれないことは、ほかにもあった。父さんの両親のこと。エルズワースの母さんと弟のこと。エルズワースが生まれたときに亡《な》くなった、この二人のことも……。また、どうしてザ・スクエアをはなれようと思ったのか、どうしてエルズワースをつれてそこを出て、二度ともどらないときめたのかも、話してくれようとしなかった。「スミス家の家族は、おまえとわたしだけだ」父さんはいつもそういった。「おまえとわたしの二人だけなんだよ、ジー。二人だけでいいんだ、うちの家族は」

そのうち、エルズワースも話してとたのむのはやめてしまった。やめてしまうと、ザ・スクエアもどんどん遠い世界になっていった。ちょうど、本のなかの世界、父さんの本のなかの世界のように。エルズワースにとっては、ザ・スクエアは、大昔に死んでしまった人の亡霊《ぼうれい》ばかりが住む世界になってしまっていた。

ただ一人、亡霊でないのがエリザベスおばさんだった。おばさんだけはこの世の人間、生きているほんものの人間だった。毎年、誕生日《たんじょうび》のカードを受けとるたびに、おばさんの姿《すがた》が見えるような気がした。年とった小がらな女の人が花でいっぱいの大きな部屋《へや》で、封筒《ふうとう》にエルズワースのあて名を書きおえてにっこり笑っている、そんな姿が。

そして今回、ザ・スクエアをふたたび現実《げんじつ》のものにしてくれたのも、エリザベスおばさんだった。〈リチャードの家〉も、宝《たから》も現実だった。やっぱり、ザ・スクエアはこの世にほんとうにあって、じっさいに行くことのできる場所だったのだ。

ようやく家に帰る時間がきて、特製《とくせい》ピザのまつモーテルにむけて、湖のそばの道を走りはじめたとき、エルズワースの頭のなかは、実際的《じっさいてき》な問題でいっぱいになっていた。いつ、出発できるのか？　なににのっていくのか？　夏のおわりまで行っているんだったら、どんな荷物を用意すればいいのか？

だが、あんなに楽しみにしていたピザが、味もよくわからぬままに胃《い》にもたれるかたまりになって、食事がおわったとき、こうしたことはなに一つきまっていなかった。父さんは、だまってエルズワースの話を聞き、だまってエリザベスおばさんの手紙を読み、だまってピザを食べた。聞こえてくる音といえば、腕《うで》によりをかけてさくさくにしあげたピザを、ぐっとのみこむ音だけだった。とうとう父さんはお皿をむこうへおしやると、首をふった。

「行かせるわけにはいかない」そういうと、エルズワースの顔をじっとのぞきこんで、ふかくイスにかけなおした。「なあ、エルズワース。エリザベスおばさんが、どうしてこういう手紙をよこしたのかはよくわかった。それにしても、おまえが知らないことが多すぎるんだ。それを説明してきかせることが、できるかどうか。これは、たとえば……泳ぎかたもおしえないで、おまえを岸壁《がんぺき》からつき落とすようなものなんだ。もしかしたら、だいじょうぶかもしれない。でも、おぼれ死ぬ可能性《かのうせい》のほうが高い。そんな危険《きけん》をおかすことは、わたしにはできない」

エルズワースはなんとかいまの話を理解《りかい》しようとした。理解しようと思って、しばらくすわっていたが、やはり首を横にふるしかなかった。「そんなの、わからないよ。泳ぎかたの話なんて、関係ないじゃないか。ザ・スクエアの話をしてるんだよ、父さん。それから、宝《たから》の話。最後の宝の話じゃないか。どうして、あっちへ行って、手を貸《か》してあげちゃいけないの？」

父さんの顔が苦しそうにひきつった。エルズワースが一度も見たことのない表情《ひょうじょう》だった。荒々《あらあら》しい笑い声とともに、父さんはいった。「最後の宝だって？　そうだ、あそこには最後の宝があるかもしれない。でも、おまえには見つけられないよ、ジー。だれにも、見つけられやしないんだ。ジョン・マシューの計画は、最後の最後に、くるってきたんだよ。ジョン・マシューは、一族のことをわかっていると思っていた。たしかに、わかっていたさ、あの人がザ・スクエアを完成した、一八八〇年当時はな。ところが、月日がたつうちに、一族は変わってしまったんだ。どんどん、どんどん変わってしまい、いままでは……いまでは、もう……」

父さんは立ちあがったかと思うと、心を落ちつけるかのように大きく息をしながら、部屋《へや》のなかをあるきまわりはじめた。しばらくすると、あゆみをゆるめ、もう一度イスにすわり、さっきよりずっとやさしい声でいった。「こういうことなんだ、ジー。これまで、三番目の家のことを話さなかったのは、理由があってのことだ。いま、話さないほうがいいと思うのも、理由があるからだ。一つには――これはまえにもいったが――おまえの立ちいる話ではないからだ。わたしの物語だからだ」

父さんは、机《つくえ》の上の原稿《げんこう》の束のほうに、手をひろげてみせた。「書かなければならない物語なんだ。書きおえれば、ようやくそれから自由になれる」父さんは机《つくえ》のほうを見ながら、しばらくじっとすわっていた。それから、一人でうなずくと、エルズワースのほうにむきなおった。むきなおったとき、ずっとやわらいだ表情《ひょうじょう》になっていた。

「わたしだって、おまえを行かせてやれたら、と思う。いや、半分はそう思ってる。そうすれば、おまえはザ・スクエアを見ることができる。エリザベスおばさんにも会える。いい人だよ、エリザベスおばさんは。ほんとに、いい人だ。だが、あそこに住んでいるのは、エリザベスおばさんだけじゃない。なかには、おまえが会わないほうがいい人もいるんだ。とくに、いまはな」そういって、両手で顔をこすりおろした。「わかってくれ、ジー。もしもあそこに、おまえにとって必要なものがあるんだったら、わたしはあそこを出たりはしなかった。母さんが亡《な》くなったときに。おまえの弟が亡くなったときに……」父さんは、いつもの悲しそうな目をして、腕《うで》をのばし、エルズワースの肩《かた》をぎゅっとかかえた。「いつもいってるだろう、ジー。スミス家の家族は、わたしたち二人だけだ。それ以外には、だれもいらないんだ。そうだろう？」

エルズワースは首をたてにふろうとしたが、気がついたら、横にふってしまっていた。心のなかに、どうしてもいやだという気持ちがいすわっていた。生まれてはじめて、父さんのいうことがまちがっているという気がした。

「そうだけど、でも、行きたいのはね、宝《たから》のせいだけじゃないんだ。エリザベスおばさんは、ぼくに助けてほしいといってきた。父さんもいつもいってるじゃないか。だれかに助けてほしいといわれたら、いつでもよろこんで助けてあげなさいって。それに、なにより、ぼくが行きたいんだ。それが、いちばんだいじなんじゃないの？」

父さんは、しばらくだまっていた。それから、いった。「おまえがいいたいのは、こういうことなのか、ジー？　わたしがだめだといっても、行きたいということなのか。行ってはいけないととめても」

「だって、エリザベスおばさんが、助けてほしいといってきたんだよ」エルズワースは、まけずにいいはった。「おばさんは、ちゃんとカードをおくってくれた。父さんは、カードがこないかもしれないなんていってたでしょう？　だけど、おばさんは忘《わす》れずにおくってくれた。住所もしらせてくれた。お金もおくってくれた。だから、だから……」いえばいうほど、こんなはずじゃなかったという気がしてくる。だが、ここでだまることもできなかった。「ぼくは行くよ、父さん。行かなきゃならないんだよ」

父さんが、やぶからぼうに、いすをひいて立ちあがった。「そろそろ仕事だ」そして、しばらく、なんとか心を落ちつけようとしているようだった。「おまえにこんなことをいわなければならないなんてな、ジー。だが、わたしはおまえの父親だ。おまえをそだてたのは、わたしだ。おまえは、わたしの息子《むすこ》なんだ。けっして、おまえを手ばなしたりしないからな。たとえ、エリザベスおばさんのためだろうと、だれのためだろうと」

返事をする間もなく、バスルームのドアが耳ざわりな音をたててしまったかと思うと、配水管のなかをお湯が流れる音が聞こえはじめた。エルズワースも、のろのろと立ちあがった。うまく体を動かすことができなかった。まるで故障《こしょう》してさびついた機械みたいに、体がこわばってしまっていた。

ようやく自分の部屋《へや》にたどついたが、机《つくえ》からイスをひきだすと、その背《せ》をつかんだまま、しばらくぼんやりつったっていた。ヒューゴが、ゆらゆらゆれる水草のあいだから出たり入ったりしているのも、ほとんど見えていなかった。なにかを見ることも、なにかを感じることも、できない気がした。頭のまんなかに、大きな問題がどんとあって、なにもかもがそれにむかって、いっしょくたにすいあげられていくように思われた。ぼくは行くのか、行かないのか？——という問題にむかって。

エルズワースはジーンズのポケットに手を入れて、いまではくしゃくしゃになってしまった百ドル札《さつ》をひっぱりだした。すると不思議なことに、百ドル札が出てくると同時に、ぽんと答えが出た。ぼくは行く。行って、宝《たから》をさがすんだ。宝が、ぼくをまっているんだから。

よーし、きまった。エルズワースは大きく息をすいこんでから、はきだした。もう迷《まよ》わないぞ。で、なにがいる？　バスの時刻表《じこく》だ。いまのっているおんぼろ車を買うまえは、よくバスをつかったものだった。でも、ニューヨーク州《しゅう》のスミス・ミルズまでなんて、いったいどうやって行ったらいいんだろう。いままで、いろんなところに行ったけれど、オハイオより東には足を踏《ふ》みいれたことがなかったのだ。

時刻表《じこく》と、それから切符《きっぷ》がいる……洋服もだ。それから、たぶん、本を二、三冊《さつ》……ところが、そのとき、ちらりと目に入ったもののおかげで、せっかくかたまりかけていたエルズワースの計画は、白紙にもどってしまった。ヒューゴがいた！　ヒューゴをおいていくわけにはいかない。でも、どうやってバスにのせたらいいんだ。入れものは？　エルズワースは水槽《すいそう》をにらみながら、いそがしく考えをめぐらせた。バケツはどうだろう。バケツだったら、ロッコさんから借りられるかもしれない。でも、ヒューゴがとびだしてしまったら？　フタだ。なにか、フタができるもの。うーん、なにがいいか。

頭をふってみたが、なんの考えも出てこなかった。だれかに、頭のてっぺんをぎゅっとおさえつけられているかのように。考えても考えても、考えがまとまらず、とうとうまったく考えられなくなってしまった。ヒューゴのせいではない、宝《たから》とも関係ない。頭のなかに、ある光景が浮《う》かんできたせいだ。夢《ゆめ》のなかで、夜《よ》ごとにあざやかさをましてきていた光景。目のまえにひろがった水面が、炎《ほのお》をあげて燃《も》えている光景。

エルズワースは目をとじて、その光景を頭から追いだそうとした。だが、水面は遠のいたものの、消えさりはしなかった。それどころか、だれかに広角レンズを目のまえにおかれたような気がした。急速に視界《しかい》がひろがり、水面のまわりにあるものが、はじめて見えてきたのだ。それは、広場だった。緑におおわれた広場のまんなかには、きらめく池があり、大きな木々のすずしそうなかげには、大きな家がたちならんでいる。どの家でも、たくさんの窓《まど》が日の光にかがやき、その窓《まど》から、たくさんの顔がよろこびにかがやいてのぞいていた。顔、顔、顔。スミス家の人々の顔だった。エルズワースは会ったこともないが、そこにずっと住みついている人たちの顔。みんな、にこにこ笑って、まっている。エルズワースをまっている顔だった。

やがて、景色はうすれていった。かわりに、いったいどこから入ってきたのか、そよそよとすずしい風がふいてきた。窓からのはずはなかった。窓はしまっているのだから。そよ風は、しばらくのあいだ、まるでなだめるかのように、エルズワースの体にやさしくふきつけていた。そして、それもやがて消えていった。エルズワースはベッドまで行き、洋服をぬいで、しわだらけのシーツの下にもぐりこんだ。もぐりこんでからも、しばらくは、砂利《じゃり》道を通りすぎる車の音や、車のドアがバタンとしまる音、湖のまわりのコテージのあたりでうちあげたらしい花火の音が聞こえた。それから、とうとう、なんの音も聞こえなくなった。エルズワースの耳につぎに聞こえてきたのは、翌朝《よくあさ》はやく、父さんが静かにドアをノックする音だった。

「起きてるか、ジー」

エルズワースは半分ねむったまま、足を横にずらした。父さんが、ベッドの足もとにすわれるように。それから目をあけると、父さんの顔が見おろしていた。父さんの顔は青白く、目ははれていた。

「起きてるか、ジー」父さんはもう一度いった。それから、突然《とつぜん》いった。「どうしても行かなければならないのか？」

エルズワースは、必死で目をさました。行かなければ？　行かなければならないのかって？　エルズワースはねぼけまなこのまま、首をたてにふった。「ごめん」

父さんは、笑顔《えがお》をつくろうとしたが、うまくいかなかった。「わかった。なんだか、最初からわかっていたような気がする。わかっていたけど、どうしてもうんといえなかったんだ。あぶないところだったよ。あやうく……ひどいことをしてしまうところだった。いかにも、うちの人間のやりそうなことをな」父さんは身ぶるいし、エルズワースの足首に手をおいたかと思うと、しばらくじっとにぎっていた。

「だが、けさの三時ごろ、ふいに考えが変わったんだ。おかげで、そのひどいことをせずにすんだ。いったい、どうしてそうなったのかは、よくわからない。ただ、突然《とつぜん》、ものすごくはっきりと、思い出したんだ。自分がどうしてもやりたいと思っていることを、人にとめられたら、どんな気がするかってことをな。だから、行っておいで、ジー。それから、おまえに話しておかなければならないと、いったことだが——」父さんは封筒《ふうとう》を一つ、とりだした。「これに、ぜんぶ書いておいた。あっちにつくまえに、かならず読むんだ。わかったな、ジー。だいじなことだから」

そういうと、父さんはエルズワースのほうにきちんとむきなおって、じっと顔を見た。「それ以外に、二つだけ、いっておきたいことがある。よく聞いてほしいんだ、ジー。一つは、こういうことだ。エリザベスおばさんは、おまえに助けてほしいといってきた。助けてほしいことは、ほしいんだと思う。だが、家族というのはな、ちょっとちがうんだ……時計や、電気スタンドとはちがうんだ、ジー。おまえも、いつものように……わるいところを、ちょいちょいとなおすわけにはいかない。家族というのは、そういうものじゃないんだ。それだけは、忘《わす》れないでほしい。もう一つは──」

父さんの声が急にかすれた。そして、ひきしまった顔になった。父さんは、そっと手をのばして、エルズワースのほほにふれた。「ちゃんと帰ってきてほしいんだ。きっとだぞ、ジー。あっちでたとえなにが起ころうと、夏がおわったら、帰ってくるんだ」

父さんの手はつめたかったが、エルズワースが身ぶるいしたのは、そのせいではなかった。父さんは、いったいなにをいっているんだろう。帰ってこい、だって？　帰ってくるにきまってるじゃないか。

どうして、思うんだ？　ぼくが帰ってこないなんて。

第五章　スミス・ミルズ

二日がすぎて、エルズワースは四台目のバスにのっていた。はやくこの日がきたらと、どんなにまちこがれたことだろう。あのとき、レイク・ブリーズ・モーテルの部屋《へや》で、父さんの足音がコツコツと廊下《ろうか》を遠ざかっていくのを聞きながら。だが、結局のところ、こんどのこの旅は――といっても、まだおわってはいないのだけれど――よくある「夏休み」ものの映画《えいが》にでも出てきそうな旅になってしまった。

ああいう映画は、見ているぶんにはおおいに笑える。登場人物は、まぬけなパパとママに、ばかまるだしの子どもが二人、それから犬。そんな家族が旅に出て、しょっぱなから、ろくでもないことにまきこまれるのだ。旅がつづくうちに、ますます悲惨《ひさん》なことになっていき、観客は笑って、笑って、笑いころげるというわけだ。

エルズワースはきのう、そんな映画からぬけだしてきたような家族にでくわした。いや、きのうではなく、おとといだったかもしれない。いったい、どっちだったのか。ともかく、じっさいに会ってみると、ぜんぜん笑える家族ではなかった。それだけじゃない。すさまじくガタガタいうバスにものったし、エアコンなし、トイレなしというバスにものった。ホラー小説に出てきそうなバス・ターミナルだって、二カ所も体験《たいけん》した。

もっと悲惨《ひさん》だったのは、最初のバスのなかで、父さんの封筒《ふうとう》をとりだした瞬間《しゅんかん》に、なぜかストンとねむりにおちてしまったことだ。いや、「ねむりにおちる」といういいかたでは、あらわせないようなねむりかただった——まるで、いきなりだれかにふかい穴《あな》のなかにつきおとされて、バスがターミナルにつくまで、どんなにあがいても出してもらえなかったような。

目がさめて、バスがついたとわかったエルズワースは、頭のなかが真っ白になった。あわててリュックとボストンバッグと、ロッコさんに借りた魔法瓶《まほうびん》のなかでとびはねるヒューゴをかかえ、インディアナ州《しゅう》の住民全部がのってるんじゃないかと思うほどごこみあった通路を、むりやりとおりぬけて外に出た。父さんの封筒を座席《ざせき》にのこしたまま——そのことに気づいたのは、バスがターミナルから出ていくのを見おくって、二、三分たってからのことだった。父さんがエルズワースにつたえなければといっていたことが、まったく読みもしないうちに、そっくり手のとどかないところへ行ってしまったのだった。

そんなわけで、いよいよ最後のバスがスミス・ミルズへの長い坂をくだりはじめたとき、エルズワースは気分がわるくなっていた。三十時間もゆられっぱなしだったために、胃《い》のなかはひっくりかえったよう。目の奥《おく》はずきずきするし、そのうえ、体がくさかった。そう、自分がくさいのが、はっきりわかった。自分でこぼしたソーダやケチャップのにおいだけなら、まだよかった。だがきのうかおとといの晩《ばん》、となりにくっつきあってすわっていた子ども二人に、おもらしをされてしまったのだ。

ただし、気分がわるくなった理由は、それだけではなかった。ほんとうは、こわかったのだ。あともう数分で、バスは停留所《ていりゅうじょ》につく。そして、そこには、エルズワースをむかえにきているのだろう？　エリザベスおばさんだろうか。たぶん。でも、ほかのだれかかもしれない。エルズワースに助けてほしいといっている、ほかのだれか。でも、エルズワースには、だれがきたとしても、まったくわからなかった。父さんの机《つくえ》のまえにかけてあった家系図《かけいず》には、一九五〇年代までの一族の状態《じょうたい》しかのっていなかったから、そのあとくわわった人たちは、名前も知らなかったのだ。

その人は、たぶん……だめだ、さっぱりわからない。これじゃ、まるで「つくりかた」のパンフレットもないのに、ラジオの組み立てにかかるようなものだ。父さんがいっていたことの意味が、やっとわかった。エルズワースはいま、岸壁《がんぺき》に立っている。そして、もうすぐとびこもうというのに、どうやって泳ぐのか、見当もつかないのだ。

宝《たから》もいまではまた、現実《げんじつ》のものとは思えなくなっていた。現実にあるものといったら、いま見えている、スミス・ミルズという町、そのせまいメインストリートと、そこに軒《のき》をよせあうようにしてならんでいる、背《せ》の高い昔風の商店だ。それから、あちこちの街灯《がいとう》の柱にだらりとぶらさがっている旗《はた》と、コンクリートのプランターからたれさがっている草花。車のウィンカーを点灯《てんとう》させて、コーヒー・ショップのまえの駐車《ちゅうしゃ》スペースにバスをのりいれようとしている、運転手だ。

エルズワースのまわりで、二、三人の乗客が荷物をまとめ、おり口にむかいはじめた。エルズワースは動くことができなかった。座席《ざせき》にしばりつけられたように、動けなくなっていた。そのとき、突然《とつぜん》、すぐ横の窓《まど》がビリビリと音をたてはじめた。だれかが、窓をたたいているのだ。エルズワースは、なんとかがんばって立ちあがった。

見おろすと、窓の外には、ど派手《はで》なオレンジ色のジョギング・スーツを着た、大がらなおばあさんがいた。なんだか知らないけど、めったやたらに手をふっている。髪《かみ》の毛も洋服にまけないくらい派手な色で、口紅《くちべに》の色は、それよりもっと派手だった。おばあさんは、エルズワースをゆびさしたかと思うと、自分のうしろに立っている、姿《すがた》の見えないだれかに、なにやらわめきはじめた。

エルズワースはふるえながら、ヒューゴの魔法瓶《まほうびん》のフタをゆるめにしめ、リュックをせおった。あれが、エリザベスおばさん？　まさか、そんなはずは。でも、そうとしか考えられなかった。むこうは、たしかにエルズワースのことを知っているらしい。エルズワースは足をはやめ、運転手の横をとおりすぎ、むかつく胃《い》をかかえたまま、バスのステップをおりた。うだるような暑さだ。そう思ったつぎの瞬間《しゅんかん》、エルズワースは、大きな体にしっかりとだきしめられていた。

「エルズワース！　まあ、なんてうれしいんでしょう！　エリザベスったら、自分がむかえにこられなくなったもんだから、ざんねんがってねえ。でも、ほら、けさから、ひざがいたくなっちゃって。ひざがああなると、運転はできないでしょう？　だから、いったのよ。それだったら、あたしが行くわよってね。まあ、ちょっと、心配ではあったんだけどね。どれがあなたか、わからなかったらどうしようと思って。でも、ドンピシャでわかったわ。このジェスと、うり二つなんだもの。ね、ジェス。あんたもそう思うでしょう？」

おばあさんが、ようやく腕《うで》をはなしてくれたので、エルズワースは、よろめきながら二、三歩うしろへさがった。するとおばあさんが、まるで手品みたいに、自分の体のかげにかくれていた女の子を、エルズワースの目のまえにひっぱりだした。エルズワースは息をのんだ。

女の子は、エルズワースとそっくりだった。ふたごといってもいいほどだ。茶色い巻《ま》き毛がおなじなら、青い目と大きな鼻もそっくり。そして、やせてすじばった体つきもおなじだった。ただ、エルズワースは自分のことを、どちらかといえば不細工《ぶさいく》なほうだと思っていたが、この子は、ちょっとちがった……なんというか……そう、かわいかった。

ただし、いまの顔つきでは、あんまりかわいいとは思えなかった。エルズワースとうれしそうに笑っているおばあさんを、まとめてバスにおしこみ、そのバスを崖《がけ》からつきおとしかねない顔つきだったのだ。

「えーと、こんちは」エルズワースはいった。女の子はエルズワースをじっと見つめていたが、その目がどんどん大きくなっていったかと思うと、じりじりとあとずさりをはじめた。

「あら、ジェス」おばあさんがいった。「ジェス、エルズワースにごあいさつは？」

おばあさんがいいおえるまえに、ジェスは、バスの運転手が荷物入れからおろしたスーツケースをさっさとよけて、むこうへ行ってしまっていた。歩道のわれ目につまずきかけたが、すぐにバランスをとりもどし、いきなりかけだした。

「ジェス、ジェスったら。ほんとうに、もう！」おばあさんは首をふりながら、ティッシュを出して、たるんだ顔をぬぐった。「あの子のことは、ほんとに心配で心配で。食事ときたら、ほんのちょっぴりしか食べてくれないし。それから、ひどい夢《ゆめ》を見て……『助けて、火事よ！』ってさけぶの。『ママ、ママ！』って。でも母親は、ここにはいやしないからねえ。再婚《さいこん》相手といっしょに、カリフォルニアにいるのよ。あっちで、保険《ほけん》会社とけんかしてる最中で……」

おばあさんは、また首をふった。「でも、だからといって、いまの態度《たいど》はないわよね。失礼よ、ほんとに失礼だわ。それに――」

「ううん」エルズワースが口をはさんだ。「こわがってたみたい。その、なんか、こわがってるふうに見えたよ」そういいながら、エルズワースはあせりだした。なにもかも、わけのわからないことばかりで、それがどっと頭の上にかぶさってきたような感じだ。

「あのお」エルズワースはいった。「あのお、あの子、だれなんですか？ それから、そのお、こんなこときいて、なんだけど……おばさんは？」

相手は、信じられないという顔つきで、エルズワースを見つめた。「エルズワースったら、なにをいってるの。キティおばさんじゃないの。あなたのおばあちゃまとは、いちばんの仲よしだったのよ。ジェスは、あたしの孫よ。二週間まえから、ここにいるの。おない年の子に会えるって聞いたときは、大よろこびだったわ。ゆうべ二人で整理してみたら、あなたとジェスは、またいとこ、またまたいとこ、またまたまたいとこにあたるみたい。すごいわよねえ？」

ありがたいことに、キティおばさんは、返事をまたずにしゃべりつづけた。「まったくねえ。さてと、あなたをのせて帰らなくっちゃ。車はこっち。ジェスをまつことなんかないわ。ごきげんがなおったら、あるいて帰ればいいんだから。そんなに遠くじゃないんだし。それより、エリザベスが、はやくあなたに会いたくって、じりじりしてるでしょうよ。あたしには、べつに会いたくもないだろうけど。そうなのよ、あたしたち、あんまりおつきあいしてないの。エリザベスとあたしはね。ガーデニングとか造園《ぞうえん》とかと、クエーカー教の集会——それだけですものね、あの人がおもしろがるのは。それに、ほんと、頭にきたわ。あの人がずっと、あなたと連絡《れんらく》をとってたってわかったときは。そんなこと、ひとこともいわないんだもの。それでもって、いきなり、あなたがくるっていうでしょう。もう、ぶったおれそうになっちゃったわよ」

いっぽう、エルズワースは、とたんに気が軽くなっていた。荷物をトランクにほうりこみ、やけつくような助手席にすべりこみ、ヒューゴの入っている魔法瓶《まほうびん》を注意して足のあいだにおきながら、口笛でもふきたい気分だった。とうとうやってきた。むかえの人もまっていてくれた。キティおばさんは、たしかにちょっとおしゃべりだけど、でも、そのおかげで、だいじなことがいろいろとわかったじゃないか。エリザベスおばさんは、やっぱり花が好きだったんだ——ガーデニングが趣味《しゅみ》だという話だったもの。ひざがわるいということも、わかった。だいじな秘密《ひみつ》を、やたらしゃべってまわったりしない人だということも。

あのジェスという子が、最近ここにきたこともわかった。エルズワースとおない年で、エルズワースとそっくりな女の子。会ったとたんに、ひどくきらわれてしまったけれど。ただそんなことになったら気になりそうなものだが、エルズワースはたいして気にしていなかった。女の子なんて、あんなものなんだろう。とはいっても、女の子のことは、ほんとのところ、よくわからなかった。四年生になったころから、女の子の友だちなんてほとんどいなかったからだ。

キティおばさんの車は、メインストリートからわき道へ入った。背《せ》の高い街路樹《がいろじゅ》と、大きな白い家がならんでいる通りで、公園もあった。そこから、一つ曲がり、もう一つ曲がると、こんどは大きな鉄の門をぬけて、共同墓地《ぼち》に入っていった。木々の緑におおわれ、ひんやりとほの暗い墓地。おばさんは、しばらくだまって運転に専念《せんねん》していたが、道路のでこぼこでスピードを落とさざるをえなくなると、またしゃべりだした。

「いつも、この道をとおるのよ。ここが好きなの。いまは、なにもかもカラカラで、ひどいありさまだけど。地球温暖化《おんだんか》のせいだかなんだか、もう何週間も雨がふってないから。うちのお墓《はか》は、いちばん古い区画にあるの。なんなら、あした、ジェスに案内してもらえばいいわ。あの子には、どこにだれのお墓《はか》があるか、ぜんぶおしえておいたから。ジョン・マシューおじいさん、ベッツィー・サリバンおばあさん……そして、十三人の子どもたち……そのなかには、四組もふたごがいたのよ。四組のふたごなんて、そうそう、あることじゃないわよね。育てるだけでもたいへんだったと思うけど、そのうえ、ほとんどが、ちゃんとここに骨《ほね》をうずめたんだから——すごいでしょう？　昔はそりゃ、大家族が多かったものだけど、それにしてもね」

車は墓地《ぼち》から出て、わき道に入っていった。「あとの世代になると、スミス家の人たちも、その、なんていうか、あちこちにちらばっていった。それでも、亡《な》くなった人は、ほとんどがあそこに帰ってきたわ。ふるさとだもの。ちらばっていかなかったあたしたちは、このふるさとにずっと住みつづけているというわけ。ザ・スクエアにね」車ががくんとゆれて、くずれかけた縁石《ふちいし》のわきに停車《ていしゃ》した。「さあ、ついたわ。お帰りなさい、エルズワース」

その言葉は、エルズワースの耳をすどおりしていた。エルズワースは、道のようすに気をとられていたのだ。なんのへんてつもないふつうの道だが、一つだけ変わっていたのは、右側にならぶ三軒《けん》の家が、まったくおなじ形をしていることだった。どれも、レンガづくりの家だった。時代をへて黒ずんだ赤レンガの壁《かべ》に、黒い鎧戸《よろいど》。三軒とも、大きくて、真四角で、どっしりしていて、古くて。

そして、家と家のあいだには、背《せ》の高いレンガ塀《べい》がつづいている。レンガ塀の、それぞれの家のすぐ左側にあたる部分には、がっしりした木の門が組みこんであり、そこに小さなドアがついていた。どの門もしまっていて、かんぬきもかけてあった。道路から門までの短い私道《しどう》には、落ち葉や棒《ぼう》きれや紙くずがちらかっていた。何年も門をしめきったままのようだ。

「車をなかに入れるのは、やめちゃったの」キティおばさんがいった。エルズワースの考えていることがわかったのかもしれない。「ほかの人たちのことは知らないけど、ともかくザ・スクエアのこちら側に住んでる、マシューとドワイトとあたしはね。めんどくさいんですもの。鍵《かぎ》をあけたり、かけたり、あけたり、かけたり。門のなかに入れたからといって、車庫があるわけでもなし。だったら、意味がないでしょう？　それで、道路にとめておくことにしたというわけ」

キティおばさんはよっこらしょと車からおりると、玄関《げんかん》にいそいでドアをあけ、エルズワースをまねき入れた。「バスルームは、この階段《かいだん》の下ですからね。身じたくがおわったら、台所にいらっしゃい。あっちの家に行くまえに、なにかおなかに入れていくといいわ。エリザベスにも、そういってあるから」

エルズワースは、ボストンバッグとリュックをおろし、玄関広間のテーブルに、ヒューゴの入った魔法瓶《まほうびん》をおいた。バスルームがどこにあるのかは、いわれなくてもわかっていた。なにがどこにあるか、ぜんぶわかっていた。父さんの机《つくえ》のまえに、ジョン・マシューおじさんがつくった間取り図がはってあったし、間取りは基本的《きほんてき》にどの家もおなじだったのだ。

バスルームの場所はわかっていたけれど、いまはそこへ行きたくはなかった。台所にも行きたくなかった。キティおばさんにちゃんと声もかけないまま、エルズワースは、裏口《うらぐち》のドアをあけて、外に出た。そのまま、小さなポーチをぬけ、階段《かいだん》を三段おりて、ザ・スクエアに足を踏《ふ》みいれた。ものごころついてから、はじめてのザ・スクエアだった。

第六章　ザ・スクエア

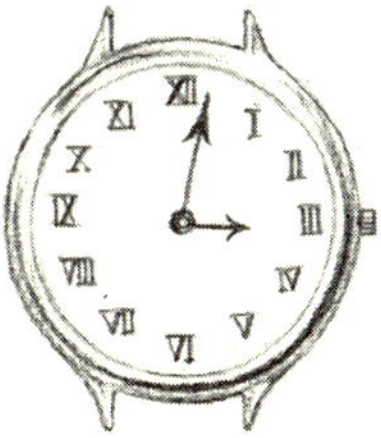

　エルズワースは衝撃《しょうげき》を受けた。小さいころに、はじめてとびだす絵本を見たときのような衝撃だった。これまでエルズワースは、父さんが描《えが》いた、ザ・スクエアのまったいらな図面をずっと見てきた。そして、いま、あたらしいページをめくったら、ビヨーン！　いままで平面だったものが、あっというまに、立体になって目のまえにあらわれたのだ。
　そこには、いちどきに見きれないほど、たくさんのものがあった。大きな原っぱには、たくさんの木、たくさんのしげみがあった。そして、たくさんの建物。なにもかも、とても……リアルだった。住んでいる人の気配《けはい》が感じられる、とても日常的《にちじょうてき》な光景だった。ポーチとフェンスと庭も見えた。スプリンクラーやハンモックや、芝生《しばふ》用のイスやテーブルもあった。そのどれもが、すでに強くてりつけている朝の光を受けて、きらきらとかがやいていた。
　一瞬《いっしゅん》、めまいがした。すべてが、あまりにも強烈《きょうれつ》だったのだ。エルズワースは大きく息をすいこんだ。もうだいじょうぶ。ちょっとショックだったことはたしかだ。だが、ここでも、父さんの図面が役にたった。人にきかなくてもわかることが、いろいろあったのだ。

たとえば、いま自分がどのへんにいるのか、とか。原っぱをはさんで正面には、三軒《けん》の家が見える。木のかげになって見えない部分もあるが、三軒あることはたしかだ。だが、むかって右側には、家が一軒しかない。ということは、右側が北ということになる。あれは、ジョン・マシューおじいさんの家だからだ。ジョン・マシューおじいさんが最初に建てた家。もっと正確《せいかく》にいうと、火事で燃《も》えてしまった家のかわりに、最初に建てた家だ。

あっちが北だとすると、そのむかいは……南だ。南には、宝がかくされた家々が建っているはずだ。だが、ここからは見えなかった。視界《しかい》をさえぎるものが、たくさんあるのだ。だったらこうしたらいい、とエルズワースは思った。そして、キティおばさんの庭をあとにして、スレート舗装《ほそう》をしたひろい歩道をわたり、ザ・スクエアのまんなかまであるいていった。

そして突然《とつぜん》、また衝撃《しょうげき》を受けた。さっきよりもっと強い衝撃だった。こんどは頭で考えるひまはまったくなかった。なにかが心にうったえかけてきたのだ。そのなにかとは、原っぱそのものから出てきている「感じ」だった。原っぱの木ややぶや草から。だとすると、さらにばかげた話に思えた。エルズワースは、植物や自然には、まったく興味《きょうみ》がなかったからだ。そのうえ、草といってもまるで麦わらのようだし、木の葉はしおれ、やぶの半分は枯《か》れているように見えた。だが、そんなことは問題ではなかった。外見は関係ない。だいじなのは、そこからくる感じだった。

その感じに、エルズワースは愕然《がくぜん》とした。なぜか、なつかしい感じがしたのだ。

じゃあ、まわりの家々はどんな感じだろう？　家々をつないでいる塀《へい》は？　エルズワースは、頭で考えることをやめていた。ありとあらゆるものを目に入れようと、くるり、くるりとまわりながら、体全体で感じていた。これまでそこに住んでいた人々が、風のようにおしよせてきて、つつみこみ、歓迎《かんげい》してくれているのを。

そのとき、エルズワースを呼《よ》ぶ声がした。そして、元気いっぱい、キティおばさんがかけよってきた。

「エルズワース」おばさんは、エルズワースの手に紙袋《かみぶくろ》をおしつけた。「エリザベスにはやく会いたいのはわかるけど、あなた、おなかがへって、たおれそうっていう顔してるわよ。食べるものをもっておゆきなさい。マフィンとバナナはあなたのおやつ。キティおばさん特製《とくせい》のズッキーニ・ブレッドはエリザベスによ。これを見たら、だれだって、一口食べてみたくなるわ。あ、それから、あの魔法瓶《まほうびん》にはなにが入ってたの？　お玄関《げんかん》のテーブルの上においてあったやつ。さっき、中身を捨《す》てようとしたら――」

「ヒューゴだよ。ぼくの金魚！」

「まあ、そうあわてないで。なかで、なにか動いているのが見えたわ。金魚は無事《ぶじ》よ。でも、もっとちゃんとした入れ物に入れてやらないとね。そうだわ。うちのエミーが金魚をかってたことがあるから、地下室に水槽《すいそう》があるはずだわ。場所もちゃんとおぼえてるし。エリザベスの家じゃ、ぜったい見つからないわね、ああいうものは。ほんとに、どうして、あなたをうちに泊《と》まらせないのかしらね。そのほうがずっといいのに。でも、だめだめ。あの人、あなたをひとりじめしたいんだから。はやく行ってあげなさいな。でも、あの人たちが、宝《たから》の家に入らせようとしても、それだけはとりあっちゃだめよ」

ヒューゴのほうにむいていたエルズワースの気持ちが、とたんにひきもどされた。「えっ？どうしていけないの？」

「あぶないからよ。あの家は呪《のろ》われてるの。あの家のなかにあるものは、なに一つさわらずに、そっとしておくにかぎります。命の危険《きけん》をおかしてまで、入るようなところじゃないわ」

「呪われてる？」

キティおばさんは、かまわずしゃべりつづけた。「そう、とくに、子どもの命を危険にさらすなんて、とんでもないわ。だって、ほら、宝の家の秘密《ひみつ》をとくには、子どもの目が必要だっていわれてるでしょう？　マシューなんか、口をひらけば、その話ばっかり。まるで、あたしたちが生まれてこのかた、そんなお話は聞いたこともないみたいに、話して聞かせるの。ほんの五年まえに、ザ・スクエアにきたマシューがよ。そのうえ、あの人、とんでもないことを思いついたのよ。ジェスに、あの家のなかをさがさせようなんてね。うちのジェスに！　もちろん、きっぱりことわりましたよ、あたしは。ジェスにもいってあるわ。あの家には近づかないように、ザ・スクエアの南側には足を踏《ふ》みいれないようにってね。あら、電話が鳴ってる。きっとエリザベスよ。

あなたがどうなったかと思って、かけてきたんでしょうよ。どれがエリザベスの家だか、わかるわよね。あの植えこみのところをまわって、お行きなさい。すぐにわかるわ。西の二番地ですからね。このまま行って、あとで荷物をとりにくればいいわ」

エルズワースはあるきだしたところで、いきなり、大きな切り株《かぶ》につまずいてしまった。おどろいて、しばらくぼーっと見つめていた。だが、切り株に気づかないのも、むりはなかった。エルズワースは、コンセントをぬかずに、電気スタンドを修理《しゅうり》しようとしたときのような感じになっていたのだ。体に電気が走ったようだった。

やっぱり、宝《たから》の家はほんとうにあったんだ。バスのなかでは、宝なんて、エリザベスおばさんの手紙のなかだけの話だと思いはじめていた。でも、そうじゃなくて、ほんとうにあったんだ。ほんとうにあるのなら、ぼくが見つけられるかもしれない。あのいいつたえのなかで、子どもたちが、二つの宝を見つけだしたように。

それにしても、そう気づいただけで、こんなに手がふるえるなんて。見ると、手にはキティおばさんにもたされた紙袋《かみぶくろ》があった。エルズワースはそれをしばらくながめていたが、ぱっとあけると、あっというまにマフィンを二つとバナナを二本たいらげた。おかげで、また元気が出てきた。

あの家を見にいかなくては。ほんのしばらくでもいいから、もっと近くで見て、ようすを頭にたたきこんでおかなくては。エリザベスおばさんに会いに行くのは、そのあとだ。

ほんとうは走っていきたかったが、足もとには、あちこちに枯《か》れ枝《えだ》が落ちていたし、そこらじゅうにチクチクする実のついた枯れ草があった。慎重《しんちょう》にあるいていくと、両側にならんでいる家々がちらちらと目に入ってきた。どんな人たちが住んでいるんだろう。エルズワースは、知りたくてならなかった。

それに関しては、父さんの図面は役にたたなかった。それぞれの家に住んでいる人の名前は書いてあったものの、それは一八八一年当時の住人だったのだ。いまでは、もう死んでしまった人たちだ。そうだ、あたらしい図面を自分で書いて、いまの住人の名前を書きこんでいってもいいかもしれない。

そのとき、つるっと足がすべった。そこは池だった。すこしはなれたところには水ののこっている部分もあったが、それ以外は、どろどろしたぬかるみになっていた。池のへりだったあたりには草がぼうぼうにはえ、よごれた池の水のあちこちに、スイレンの葉がういていた。スイレンの葉の上には、カエルがいるんじゃなかったっけ？　ヒューゴも、カエルは気に入ると思うけどな、とエルズワースは思った。

だが、スイレンの葉の上には、なにもいなかった。池のまわりをずっと見ていくと、ベンチが一つ目に入った。それから、見たこともないほど大きな木が三本。一本は、地面にくっつきそうなほど、長くたれさがった枝をもつ木だった。

あとの二本は、頭を思いきり上にむけないとてっぺんが見えないほど、背《せ》が高かった。マツだ。

ということは、一年じゅう緑の葉っぱをつけている木のはずなのに、緑でなくなって何年もたっているように見えた。枝《えだ》はかさかさにかわいたウロコのようで、マツ葉はほとんどのこっていなかった。たぶん、昔はあの木にのぼって、町全体を見わたすことができたんだろう。だが、いまはもうむりだった。完全に枯《か》れてしまっていたのだ。どう手をつくしても、復活《ふっかつ》させることができないほど、完全に。

それを見ていると、落ちつかない気分になってきた。くるりと方向を変えて、ぼさぼさにしげったやぶのあいだをぬけていくと、ザ・スクエアの南側のスレート舗装《ほそう》の歩道に出た。エルズワースは、しばらくそこにつったって、頭の上にのしかかるように建っている三軒《けん》の家を見つめていた。見れば見るほど、もっと落ちつかない気分になってきた。

宝《たから》の家というものは、ふつうどんなかっこうをしているんだろうか。だが、すくなくとも、こんなものではないはずだ。こんなに……みすぼらしくて、こんなに……きたなくて、がらんとして、人に見すてられたようでは……。三軒のうちでは、両わきの二軒がひどかった。〈エルズワースの家〉、エルズワースがいつも自分のものだと思っていた、初代エルズワースの家。そして、〈トーマスの家〉。二軒とも、がらんとしているだけでなく、死んでいるように見えた。あのマツの木とおなじように。

では、まんなかの家は？　〈リチャードの家〉は？　こっちはまだましだったが、それでも、とても宝の家には見えなかった。だから？　だから、どうだっていうんだ。エルズワースは顔をしかめ、むりやり胸《むね》をはって、紙袋《かみぶくろ》をにぎりしめた。家の外見なんて、そんなにだいじだろうか。はじめてパソコンを見たときは、どうだった？　あれだって、たいしたものには見えなかったじゃないか。灰色《はいいろ》の箱と、なにも映《うつ》っていない黒い画面があるだけに見えたのに、スイッチを入れて、ポンポンとキーをたたいたら、生きて動きはじめたじゃないか。

そうだ。外から見てどう見えるかは、問題じゃない。中身が問題なんだ。あのなかには、どんなすばらしいものがまっているか、わからないんだから。

第七章　エリザベスおばさん

それがエリザベスおばさんの家の庭だということは、すぐにわかった。花でいっぱいだったからだ。大きさも形もちがい、においも色もさまざまな花が、まじりあって咲《さ》きみだれ、茎《くき》をのばしていた。そのあいだをミツバチたちが、ここはミツバチのディズニーランドかと思うほど、楽しそうにブンブン飛びまわっていた。エルズワースは急にのんびりした気分になって、トゲのある植物にさわらないように気をつけながら、小道をぶらぶらとあるいていった。

網戸《あみど》までくると、そこに自分の名前がはってあるのが見えた。メモ用紙にでかでかと、こう書いてあったのだ。「**ようこそ、エルズワース！**」網戸をおして、なかへ入ったエルズワースは、そんなはずはないのに、一瞬《いっしゅん》、まだ外にいるのかと思った。台所も植物だらけで、窓《まど》べにならんでいるかと思えば、流しの上にもたれさがり、流し台の上も半分は植物の置き場になっていた。よく見ると、そこにあるのは植物だけではなかった。本やら、お皿やら、やりかけの編《あ》み物やら、

果物《くだもの》やら、ありとあらゆるものが、ところせましとおいてあった。

テーブルの上に積んである新聞紙の上には、大きなトラ猫《ねこ》がねむっていた。冷蔵庫《れいぞうこ》の上にも、黒とあかるい茶色のまじった毛の猫が二匹《ひき》いて、たがいの体にまきつくようにしてねむっていた。エルズワースがドアのとってをはなしてしまって、バタンという音がすると、この二匹がねむそうに顔をあげた。

「エルズワース？　あなたなの？　わたしはこっちよ。読書室」

エルズワースは台所をぬけて、廊下《ろうか》をあるいていった。あるいていくうちに、紙袋《かみぶくろ》をにぎっている手が、汗《あせ》ばんでくるのがわかった。会ってみて、エリザベスおばさんがいやな人だったらどうしよう。ぼくが、エリザベスおばさんにいやな子だと思われたらどうしよう？　だが、あけっぱなしになっていたドアのかげから顔を出して、そこにいる人の姿《すがた》を見たとき、なんの心配もいらなかったことがわかった。

エリザベスおばさんは、想像《そうぞう》していたのとは、ぜんぜんちがう人だった。小柄《こがら》でもなければ、年とってもいない。中年の、どちらかというと背《せ》の高い人だった。ショートカットの灰色《はいいろ》の髪《かみ》をしていて、べつに笑っているわけじゃないのに、その目はあったかい感じがした。おばさんは、にぎっていた杖《つえ》を反対の手にもちかえて、あいた手をエルズワースにさしだした。

「いらっしゃい、エルズワース。わたしがエリザベスよ。なんだか、はじめてのような気がしないわね」おばさんの手は、大きくて、すこしかさついていた。短いけれど、力強い握手《あくしゅ》だった。

「きてくれて、うれしいわ。バス停《てい》までむかえにいけなくて、ごめんなさいね。ひざがこんなで、運転ができなかったものだから。キティが行ってくれるというので、それもわるくないかなと思ったの。おかげでついたらすぐ、二人もの親戚《しんせき》に会えたでしょう？　そのうち一人は、あなたとおない年だし」そういって、おばさんはにっこりした。「このまえから、ジェスの顔を見るたびに、だれかに似《に》てると思ってたんだけど、やっとわかったわ。ベン・ロバートだったのね。あなたがた三人の鼻は、典型的なスミス家の鼻ですもの」

エリザベスおばさんは、ロッキングチェアにそろそろと体をうつすと、手ぶりでエルズワースに、窓《まど》の横の使い古したビロードのソファにすわるようにいった。「ずっとすわりっぱなしで、すわるのはいやになっちゃたかもしれないけど。何十時間もすわってきたんですものね。どうだった、旅行は？」

ソファは、見た目よりずっとすわりごこちがよかった。こんどはエルズワースが話す番だったが、なにをどう話したらいいのか、わからなかった。「うん、まあまあ」やっとそれだけいった。「つまり、あの、バスにのりおくれることもなかったし、なにも故障《こしょう》したりしなかったし。でも、おばさんがいったみたいに、ずっとすわってるのは、くたびれちゃった。なんにもすることがなくて、ちょっと退屈《たいくつ》だったし」

「じゃあ、あなたはベン・ロバートとちがって、本は読まないのね。あの人ときたら、いつも本ばかり読んでいたわ。思い出すのも、きまってその姿《すがた》――」エリザベスおばさんの顔からほほえみが消えた。「会いたいわ。ほんとに、会いたい。お父さんは元気にしてる、エルズワース？」元気かって？　父さんが元気か？　エルズワースは、紙袋《かみぶくろ》をもっとぎゅっとにぎりしめて、頭をはたらかせようとした。「うん、いつもは元気なんだけど」そこまでいって、また考えた。「でも、この何カ月かは、ちょっと。なにか、心配ごとがあるみたいで。書くほうの仕事もあんまりしてないみたいだし。話もあんまりしないで、なんていうか、あるきまわってばかりいるんだ。ぼくには、よくわからないんだけど。でも、ぼく、ずっとずっと思ってたんだ。その、なにかあったんじゃないかって」エルズワースは自分の言葉にうなずいた。このまえからずっと感じていながら、はっきりあらわせなかった不安を、ようやく言葉にしていうことができた。

エリザベスおばさんもうなずいた。そして、エルズワースが見ているのもかまわずに、スカートのポケットからティッシュを出して、目もとをぬぐった。「この何カ月かといったわね。そうでしょうとも。あのね、エルズワース。わたし、あなたのお父さんが生まれた日のこと、いまでもはっきりおぼえてるのよ。わたしが十九歳《さい》になる、二日まえのことだった。原っぱには、レンギョウやラッパズイセンが咲《さ》きはじめていて、わたしはそれをつんでまわって、かかえきれないほど大きな花束をつくったの。それをもって町のなかをあるいて、病院まで行った。そして、イザベルの病室にたどりついたら、あんまりうれしくて、ベッドの上にお花をほうりだして、泣きだしちゃった」おばさんは、ティッシュを目からはなして、泣き笑いをした。「看護婦《かんごふ》さんたちが、お花を入れるものをさがしてくれたんだけど、バケツをならべて花瓶《かびん》がわりにするしかなくてね。だから、あの病院じゃ、あれから何日かは、床《ゆか》のおそうじはできなかったんじゃないかしら。あのときは、RCがいて、イザベルがいて、生まれたばかりのベン・ロバートがいた。あれが、わたしたちの人生で、いちばん幸せなときだったのかもしれないわね」

RCとイザベル……エルズワースのおじいさんとおばあさん。父さんは、この二人のことを一度も話してくれなかった。ただの一度もだ。そして、父さんの手紙は、読むまえになくしてしまった。だから、まったくなにもわからない。そう思ったとたん、ソファの上でちゃんとすわっていられないほど、体の力がぬけていく気がした。そのとき、また静かな笑い声が聞こえてきた。エルズワースがぼんやり目をあげると、エリザベスおばさんが杖《つえ》に手をのばしていた。

「ごめんなさいね、エルズワース。おしゃべりばかりしてしまって。いま、あなたに必要なのは、ねむることなのにね」エリザベスおばさんはぎくしゃくと立ちあがって、ためしに二、三歩あるいてから、首をふった。「階段《かいだん》がつらいのよ。だから、いっしょに行ってあげられないけど、マシューが――ザ・スクエアの反対側に住んでる人よ――あなたのために二階の部屋《へや》を片《かた》づけておいてくれたから、だいじょうぶ。階段をあがって、左手の二番目の部屋よ。そうそう、マシューといえば、あの人もあなたに会いたがってたわ。マシューのことは、お父さんからも聞いてないでしょう？　マシューがここにきたのは、ベン・ロバートがいなくなってからだったから。でも、あなたもきっと、あの人を好きになると思うわ。歴史に興味《きょうみ》があったら、とくにね。マシューは高校の歴史の先生をしてるの。もっとも、歴史に興味があったらといったのは、うちの一族の歴史のことなんだけど。マシューはジョン・マシューおじいさんの日記をあつめて、かたっぱしから読んでいるの。それから宝《たから》についても推理《すいり》していることがあるみたいよ。最後の宝についてね。あなたとも、その話をしたがっていたわ」

エリザベスおばさんはそういいながら、ゆっくりした足取りで、エルズワースを案内していった。さっきとおってきた廊下《ろうか》ではなく、引き戸のむこうの正面の居間《いま》をとおって、おもての階段《かいだん》をのぼっていくことになるらしかった。

読書室のようすは、ねむけでぼんやりしたエルズワースの頭でも、台所とおなじように物だらけだということがわかった。そこらじゅうに本がつみかさねてあり、北側の窓《まど》と窓のあいだには、大きなパソコン・ラックがおいてあった。ラックの上は紙だらけで、その両わきには書類《しょるい》用のひきだしがある。北西の角は、背《せ》の高いついたてでかくしてあったが、このついたてにも、たくさんの花の鉢《はち》がぶらさがっていた。その横の西側の壁《かべ》には、大きなレンガづくりの暖炉《だんろ》が組みこまれ、黒っぽい木のマントルピースの上の壁には、一枚《まい》の絵がかかっていた。

けっして大きな絵ではなかったが、エルズワースは思わずそのまえで立ちどまった。重厚《じゅうこう》な金色の額縁《がくぶち》からはみだしそうなほど、絵が大きく見えたからだ。引き戸から出ていきそうになっていたエリザベスおばさんも、足をとめた。

「ああ、それ。その絵ね。その絵の話は、あなたがお昼寝《ひるね》をしたあとで、しようと思ってたのよ。でもね、エルズワース、あなたに、夏がおわるまえにきてもらいたいといったのは、この絵のこともあったからなの。どういう絵なのかは知ってるでしょう?」

エルズワースは首を横にふり、もっとよく見るために、二、三歩まえへ出た。だが、それ以上近づくと、すいこまれてしまいそうな気がして、そこで立ちどまった。近づきすぎると、ぬれそうな気もした。絵のまんなかあたりは、ほとんど全部が池といってもよかったからだ。のっぺりとした、青い青い池。水面にはアヒルが泳ぎ、スイレンの葉の上にはカエルがいて、でっぱった目でこちらをにらんでいる。池のまわりには、十軒《けん》の家がならんでおり、家のまえには……

これは、どこかで見たような——エルズワースは目をぱちぱちさせた。北側の家のまえには、おじいさんとおばあさんが立っていた。そのあいだには子どもが立っていて、その手はおじいさんとおばあさんににぎられている。おじいさんとおばあさんの反対側の手は、外側にいる子どもとつながれ、その子どもの手がまたさらに外側の子の手とつながれ。そうやって、おおぜいが大きな円を描《えが》き、池のまわりで輪になっておどっているように見えた。エルズワースは、もう一歩絵に近づいた。いったい、何人の人が描かれているのだろう。一人一人、数えてみた。十三人だった。十三人の子どもたちと、二人のおとな。ようやく、エルズワースにも、そこに描かれているのがだれなのか、わかってきた。

「ねえ、これ、あの人たちなんでしょう?」エルズワースはたずねた。「ジョン・マシューおじいさんとベッツィー・サリバンおばあさんと、子どもたち。おなじ服を着たこの二人、この小さい二人は、エルズワースとトーマスなんでしょう? そして、ここにいるのがリチャードかな。

リチャードが着ている、この服はなに？」

「軍服よ。こういう姿《すがた》で描《えが》いたのはね、リチャードの気持ちを考えたからだと思うの。リチャードは、この姿の自分をおぼえていてほしかった。絵を描いた人の気持ちはべつとしてね」

「絵を描いた人って？」エルズワースがたずねた。「だれのこと？」これを聞いて、こんどはエリザベスおばさんのほうが、わけがわからないという顔になった。

「よっぽどつかれてるのね、エルズワース。これが、ベッツィー・サリバンおばあさんの最後の絵だとわからないなんて。お父さんに、話してもらったでしょう？　ベン・ロバートは、この絵が大好きだったから。とくに、子どものころにはね。この絵がどこの家にかけられていても、そこへ行って、ずっとながめてたわ。ね、すばらしい絵でしょう？　力と色彩《しきさい》とよろこびがあふれ出るような絵。こんなにすごいベッツィーおばあさんの絵の才能《さいのう》に、家族が気づかなかったなんてね。ジョン・マシューおじいさんが絵を額《がく》に入れて、家にかけておいたのは、ベッツィーおばあさんをよろこばせたかったからなんですって。いまの話が、日記にどういうふうに書いてあったかは、マシューにきけばわかるわ。『妻《つま》の悲しみが、あの絵に塗《ぬ》りこめられていると思うと、胸《むね》がはりさける思いが』というような文章だったと思うけど。

いまじゃ、この絵は、信じられないくらいの価値《かち》が出ているのよ。アブナーによると、そういうことらしいわ。アブナーは画商だから。たしかに、これまでの九枚《まい》は、とても高く売れたわ。アブナーの、画廊《がろう》をやっているお友だちが、画家としてのベッツィー・サリバンの才能を見つけだしてからはね。わたしが生まれたころの話だけど。『あらたなグランマ・モーゼス(注)、あらわる』というのが、その人の売りこみ文句だった。つまり、天才だってことよ。スミス家としては、ベッツィーおばあさんが天才で、ほんとにありがたかったわ。この五十年ほどは、おばあさんの絵を売って、ザ・スクエアを維持《いじ》してるんですもの。家の修理《しゅうり》とか、原っぱの手入れもよ。ほかの人がどう思ってるかは、よくわからないけれど」

杖《つえ》によりかかって、いたそうに足を踏《ふ》みかえながら、エリザベスおばさんははじめて顔をくもらせた。「ええ、よくわからない。六カ月まえのことだったわ。スミス家の財政《ざいせい》のいきづまりが決定的になったとき、多数決をとったの。この秋、この絵を売るかどうかについてね。なんと、多数決よ。スミス家にとって、こんなにだいじなものを手ばなすかどうか、それを話し合いできめるんじゃなくて、多数決ですって。これが最後の絵なのに。最後の宝《たから》にたどりつくためにも、これがたった一つの手がかりなのに。そんな絵の将来《しょうらい》が、多数決できめられるなんて」

エリザベスおばさんは、しばらく目をつぶっていた。その目をあけたとき、そこには深刻《しんこく》な表情《ひょうじょう》がやどっていた。「でも、多数決の結果におどろいたわたしのほうが、どうかしていたのかもしれない。スミス家は、これまで何度も困難《こんなん》に出会ってきたわ。でも、困難といっても、ここまでではなかった。いまでは、これ以上わるくなりっこないという、ぎりぎりのところまできてしまっているんだから」

(注) 七十六歳《さい》で絵をはじめ、農場生活を描《えが》いた素朴《そぼく》な絵で有名になった女性《じょせい》画家。

第八章　一九一〇年——最初の宝《たから》

ときは一九一〇年。ニューヨーク州《しゅう》スミス・ミルズのスミス家にとって、事態《じたい》は、これ以上わるくなりっこないという、ぎりぎりのところまできていた。いろいろな意味で、ぎりぎりのところだったが、その一つはお金の問題だった。それをしらせるために、スミス家の昔からの弁護士《べんごし》、ウィルコックス・ゴーハムは、ユリシーズ・スミスに手紙を書いた。

ユリシーズは、ジョン・マシューの生きのこった子どもたちのなかではいちばん年長で、このところの一家の苦境《くきょう》を、身をもって体験していた。一九〇七年には、一家の財産《ざいさん》の一部が金融恐慌《きんゆうきょう》《こう》の渦《うず》にすいこまれていき、一九〇九年の二月のある寒い夜には、スミス家の繊維《せんい》工場が出火して、のこりの財産もかなりの部分がうしなわれてしまったのだ。

一家は、いますぐ食べていけなくなるという状態《じょうたい》ではなかったが、弁護士の手紙の表現《ひょうげん》をかりれば、「故《こ》ジョン・マシュー氏《し》の作成したる遺言《ゆいごん》中の条項《じょうこう》により」いまこそ南一番地の建物をあけて、一家のためにそこにたくわえられている財産《ざいさん》を「回収《かいしゅう》する時がきた」のだった。

そのいかにも弁護士《べんごし》らしい手紙は、さらにこうつげていた。「つきましては、御尊父様《ごそんぷさま》より貴殿《きでん》あての、ご助言をおつたえしておきたく存《ぞん》じます。財産の回収を容易《ようい》にするために、こうせよとのおおせでございました。——財宝の探索《たんさく》は、すくなくとも二人の、一族の者の手でおこなうものとする。そのうち一人は、鋭《するど》い目をもつ、利発な子どもでなければならない——」

一九一〇年当時、ユリシーズはまだ六十三歳《さい》だったが、あいにくと、手紙をうけとってても身動きがとれる状態《じょうたい》ではなかった。二カ月まえ、仲のよかった弟のサムとともに、選挙のための集会に参加した帰り、のっていた馬車がひっくりかえり、二人ともそばの川になげだされたのだ。霧《きり》のふかい夜の、急な曲がり角で起こった事故《じこ》だった。ユリシーズは自力で岸にはいあがったものの、つめたい水につかったために起こした肺炎《はいえん》が、まだなおっていなかった。そのうえサムが、巨石《きょせき》の上に頭から落ちて即死《そくし》し、ユリシーズは精神的《せいしんてき》にもまいっていた。

ユリシーズの長男のスティーブン・ランドルフ・スミスは、このとき四十二歳《さい》で、みずからも弁護士だった。つまり、いつも冷静さをうしなってはならない職業《しょくぎょう》というわけだ。また、父の健康状態《じょうたい》を気づかい、大好きだった叔父《おじ》の死をいたむ心にいつわりはなかった。だが、ゴーハム弁護士の手紙を読むと、期待で胸《むね》がわくわくしてくるのをおさえることができなかった。

スティーブンは、祖父《そふ》のことをよくおぼえていた。祖父のジョン・マシューが亡《な》くなったとき、スティーブンはもう十三歳になっていたし、生まれたときからかわいがってもらっていたのだ。

南側の三軒《けん》の家が建つようすも、最初からずっと見ていた。祖父《そふ》は、三軒の家の秘密《ひみつ》をあかしてはくれなかったものの、スティーブン少年に、はっきりといった。そこにおさめられたものは、単なる記念品ではない、宝《たから》だと。ほんものの宝なのだと。それ以来、スティーブンはずっと、宝を見つけだすことを夢見《ゆめみ》ていた。九年まえに娘《むすめ》のマギーが生まれてからは、この夢は二人のものになった。

そんなわけで、一九一〇年六月のあるひんやりとした朝、ジョン・マシューの長男を記念する家のポーチには、髪《かみ》にわずかに白いものが見える背《せ》の高い男と、くるくるとカールした茶色い髪の少女が立っていた。二人はザ・スクエアに面した裏口《うらぐち》の前に立ち、いままさに、三十二年ぶりにこの家のドアに鍵《かぎ》をさしこもうとしていた。

「エルズワース・ジェームズ」マギーが、ドアの右側につけられている真鍮《しんちゅう》の表札《ひょうさつ》を読みあげた。「一八四四年生まれ、一八五二年没《ぼつ》。……エルズワースとトーマスは、たった八歳《さい》で亡《な》くなったのね、お父ちゃま？　あたしより、もっと小さいときに死んじゃったのね。かわいそう……。でも、あたしたちが宝を見つけたら、きっとよろこんでくれるわね。ユーリーおじいちゃまも、きっと大よろこびよ。そしたら、おじいちゃま、また元気になってくれるかしら？」

「そうだといいね、マギー。ほんとにそうなるといい」

二人は、ホコリだらけの部屋《へや》のなかを足音をしのばせてあるいていきながら、なにかが目に入るたびにおしころした声で会話をかわした。家具は、そんなに多くはなかった。玄関《げんかん》広間にはシヤンデリアがぶらさがっていたが、これはザ・スクエアのどの家にもあるようなものだった。奥《おく》の部屋《へや》は、第二の居間《いま》としても読書室としてもつかえるようなつくりになっていたが、ここにはどっしりした木のベンチがあった。スティーブンとマギーは、レンガづくりの暖炉《だんろ》のそばでそのベンチを見つけると、すぐにこしをおろして上を見あげた。暖炉の上にかかっていたものが、この家で見つかった最後の〝家具〟だった。それは、一枚《まい》の絵だった。

「まあ」マギーがいった。「お父ちゃま、見て見て。あれ、ベッツィーおばあちゃまの絵でしょう？　あれがうちにかかってたら、うれしいのにな。ほんとに、こんなすてきな絵、見たこともないわよね、お父ちゃま？」

ざんねんながら、スティーブンは、この意見には賛成《さんせい》しかねた。じっさい、ザ・スクエアでは、どの家にもベッツィーおばあちゃまの絵がかかっていたが、子どもはともかくとして、おとなはみな、それをきらっていた。それでも、かけたままにしておいたのは、はずしたりしたら、おばあちゃまにわるいと思ったからだった。そのくらい、みんなに愛されたおばあちゃまだったのだ。そこにある絵は、スティーブンの目には、きわめつけにくだらないものに見えた。

だが、マギーがこれを気に入った理由もよくわかった。そこには、マギーとおなじ年ごろの少女が、窓《まど》ぎわのいすの上にひざをついている姿《すがた》が描《えが》かれていたのだ。窓は大きくて、桟《さん》でこまかくしきられていた。桟のあいだにはめられたガラスは、ほとんどが十一月の寒々とした庭の景色をうつしていたが、一枚だけ、はっとするようなあかるい光がさしこむガラスがあった。いちばん上の左はしのガラスだ。金色の太陽の光が窓《まど》ごしにはじけ、ガラスは虹《にじ》の色にかがやき、少女はその光にむかって、うっとりとしたようすで手をのばしていた。

「たしかにすてきだね、マギー。お父ちゃまは、これからちょっと寸法《すんぽう》をはかってまわるから、おまえはそのあいだ、そこにすわって、この絵をながめておいで。ジョン・マシューおじいちゃまの宝《たから》についての、わたしの推理《すいり》は、おまえにも話してきかせたね。おじいちゃまは、この建物を、ほんとうによく考えて建てたんだ。宝だって、とびきりわかりにくい、秘密《ひみつ》の場所にかくしたにちがいない。だから、家のなかの寸法をていねいにはかってみたら、きっと、なにかの手がかりが見つかると思うんだ」

そういうわけで、スティーブンはそれから何日か、建物に行ってては寸法をはかった。部屋という部屋の寸法を、もれなくはかった。暗くなるまで、はかったものを書きとり、ほかとくらべるという作業《さぎょう》をくりかえした。壁《かべ》をたたいてみたり、靴《くつ》で床《ゆか》をコツコツと鳴らして音をくらべたりした。地下室じゅうを、よつんばいになって、さぐってまわったりもした。だが、手がかりは見つからなかった。まったく、なんの手がかりも。そのあいだ、スティーブンのそばには、いつも夢見《ゆめみ》るようなマギーの姿《すがた》があった。ホコリのなかに字を書いてみたり、奥《おく》の部屋《へや》にすわりこみ、あの絵をながめたりしていた。マギーは、あの絵が好きでしかたなかったのだ。とくに、あの絵のなかの、光がおどっているガラスが。

とうとう、ある長い長い一日が、またしてもなんの収穫《しゅうかく》もなくおわったとき、スティーブンはホコリだらけの階段《かいだん》をおりてきていった。「ざんねんだよ、マギー」マギーは階段の下で、父親をまっていた。「ジョン・マシューおじいちゃまの宝《たから》がここにあるのは、まちがいない。でも、わたしは自分が思うほど、おじいちゃまのことをわかっていなかったようだ。これだけさがしても、あの人がかくした宝は出てこないんだから。こうなったら、スミス家のだれかほかの人が、見つけだしてくれるのをまつしかないみたいだな」

ところが、マギーは、この父親の言葉をほとんど聞いていなかった。そのときさしこんできた西日のゆくえに、すっかり心をうばわれていたのだ。何日も雨ふりがつづいたあとで、雨あがりの洗《あら》われたような太陽の光が、玄関《げんかん》広間の西の窓《まど》からさしこみ、シャンデリアにあたっていた。突然《とつぜん》、マギーの顔がかがやいた。「見て、お父ちゃま！　虹《にじ》よ。あの絵のなかの虹みたい。ベッツィーおばあちゃまの絵のなかの、虹みたい！」

スティーブンは見た。たしかに、シャンデリアは何百個《こ》ものプリズムのようにさんぜんとかがやき、まわりじゅうにたくさんの小さな虹のような光をはなっていた。見ているうちに、笑いがこみあげてきた。スティーブンは、綿密《めんみつ》な計画にしたがって行動するべき法律家《ほうりつか》だった。そのスティーブンのたてた計画と、それにもとづく調査《ちょうさ》は、完全に失敗におわった。にもかかわらず、笑いだしたのだ。ジョン・マシューの言葉が、急に頭のなかによみがえってきたからだ。「鋭《するど》い目をもつ、利発な子どもでなければ……」

「マギーがその子どもだったというわけか。ずっとそこにぶらさがっていたのに、おまえがいなければ、見えてはこなかった。さあ、人を呼《よ》んで、あれをおろすとしよう」

みんなしてシャンデリアを天井《てんじょう》からおろし、ばらばらに分解《ぶんかい》すると、プリズムのように見えたクリスタルガラスのあいだから、十三個《こ》のダイヤモンドが出てきた。ジョン・マシューの子どもたちの人数とおなじ十三個の、小さいながらも、上質《じょうしつ》のダイヤモンドだった。ダイヤモンドは、ずっとひとところで肩《かた》をならべて下を見おろし、かがやきつづけていたのだった。

ダイヤをぜんぶ合わせると、その価値《かち》は、一族が必要としていた金額《きんがく》と、ちょうど見あうほどになった。そして、あのユリシーズは？　ユリシーズおじいちゃまは、すっかり元気になり、十一年後には、マギーの腕《うで》にだかれたはじめてのひ孫を見ることができた。

第九章　ジェス

エルズワースは、かがやく星の夢《ゆめ》を見ていた。ダイヤモンドのようにかがやく、たくさんの星が、星座《せいざ》のかたちにならび、あっ、あの星座だと思ったとたん、またちがう位置にならびはじめる。びくっとして昼寝《ひるね》からさめると、窓《まど》の外の木々のあいだからもれてきた真昼の日光が、顔の上でおどっていた。エルズワースは、むりやり起きあがった。さっきの星座が、まだ頭のなかでチカチカしていた。最後に出てきた星座。あれは、エルズワースになにかをつたえようとしているようだった。なにか、宝《たから》に関係あることを。いったいなにを……と考えはじめたとたん、頭のなかにはきれいさっぱり、なにもなくなっていた。

なくなっても、エルズワースはちっともかまわなかった。夢なんか、どうでもよかった。いまはともかく、父さんに電話しなくては。エリザベスおばさんは、エルズワースがついたことだけは、連絡《れんらく》しておくといってくれた。だから、それは心配いらない。だが、それでもやはり、父さ

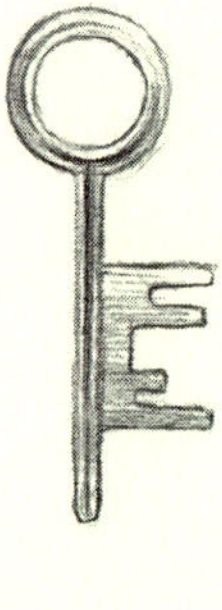

んの声を聞きたい、父さんと直接話《ちょくせつ》をしたいと思った。父さんが目をさます時間になったら、すぐに。いまは、いったい何時なんだろう。エルズワースは時計をもっていなかった。部屋《へや》にある二つの時計は、どちらもとまっていた。

一つだけはっきりわかっているのは、おなかになにか入れる時間だということだった。いや、その時間はとっくにすぎてしまっているといってもいい。エリザベスおばさんは、いつでも下の台所におりて、好きなものを食べていいといってくれた。おばさんは、クエーカー教徒《きょうと》の会合があって、三時か四時まで、ずっとおもての居間《いま》にいるということだった。何週間もまえにきめた会合で、変更《へんこう》できなかったのだという。

エルズワースは、背《せ》の高いベッドから足をぶらんとおろし、軽くお尻《しり》をはずませながら、部屋を見まわした。いままで見たことがないような部屋だった。トレバーが見たら、おおいに気に入るだろう。まずは、動かない時計が二つもあった。ベッドのそばにおいてある、わくの部分が木でできている時計と、二つの窓《まど》のあいだにすえつけてある、大きな振《ふ》り子《こ》時計だ。エルズワースは、この二つをはやく分解《ぶんかい》してみたくてうずうずしていた。

それに、ラジオもあった。昔ふうの、床《ゆか》にすえつけた大きなラジオだ。それから、もう一つはたぶん――やっぱり、そうだ。テレビだ。テレビというものが世の中に出はじめたころに、つくられたものにちがいない。この家全体がこんなふうだったら、もしかしたら、宝《たから》よりすごいかもしれない。この家は、エリザベスおばさんのお母さんが生まれた家なのだそうだ。おばさんがそうおしえてくれた。おばさんのお母さんは、死ぬまでこの家でくらして、そのころからほとんど物をすてていないのだという。

エリザベスおばさんは電気製品《せいひん》がこわれても、どうやって修理《しゅうり》したらいいか、わからないらしい。エルズワースはおかしかった。父さんがそうだからだ。「わたしには、スミス家のそういう遺伝子《いでんし》はつたわっていないようだな、ジー」父さんがそういったことがあった。「なさけない話だよ、スミスという名前の意味を考えると。スミスというのは、なにかを修理したり、つくったりする人のことだからね。ブラックスミスは蹄鉄《ていてつ》工だし、ゴールドスミスは金細工をつくる人だし、シルバースミスは銀細工をつくる人のことだ。まあ、わたしは、言葉で文章をつくっているといってもいい。といっても、たとえば、トースターがいかれちまってるときには、言葉なんかなんの役にもたたないけどな」

テレビは、〝いかれちまってる〟にちがいなかった。でも、これはとりあえずあとまわしだ。ドアのほうへあるきだして、エルズワースはそこに鋲《びょう》で貼《は》り紙がとめてあるのに気づいた。インクで書いた小さな文字の、その貼り紙は――「道はひらける」そう読めた。エルズワースはしばらくそれを見ていた。道って、どんな？　どこにむかってひらけるというんだ？

エルズワースはゆっくりと慎重《しんちょう》にドアノブをまわし、ドアをおしてあけた。ドアは思わせぶりに、ぎしぎしと音を立てながらあいたが、外にあったのは、さっきとおなじ廊下《ろうか》だった。バスルームももちろんあり、昔風の浴槽《よくそう》もあった。エルズワースはそこで、できるかぎりきちんと身だしなみをととのえた。着がえは、キティおばさんの家においてきたままだった。

おもての居間《いま》で会合をやっているから、うるさくしないほうがいいだろうと考えて、エルズワースは裏《うら》の階段《かいだん》をさがし、そこから台所におりていった。猫《ねこ》はいなくなっていた。さっきトラ猫がいた場所に、カッティングボードにのったパンが一斤《きん》、ボウルをかぶせておいてあった。エルズワースはその自家製《じかせい》のパンを二きれ、厚《あつ》くスライスした。それから、さんざんさがしまわって、冷蔵庫《れいぞうこ》のなかに、かたくなったピーナッツバターと水っぽいイチゴジャムがあるのを見つけた。ミルクをつぎ、かたほうの手にお皿、もうかたほうの手にコップというかっこうで、裏口のドアをむりやり足であけた。

ドアがあいた瞬間《しゅんかん》、エルズワースはあやうくミルクを落としそうになった。あのジェスという女の子が、ポーチの階段にすわっていたのだ。ジェスの足もとの道路には、エルズワースのリュックとボストンバッグがおいてあった。そして、階段にはヒューゴの入った水槽《すいそう》が。ヒューゴは、見慣《みな》れない場所におどろいたのか、しきりに泳ぎまわっていたが、元気そうだった。

「やあ」エルズワースはいった。ジェスは返事をしなかったので、エルズワースは階段をおりて、水槽の反対側にすわり、ミルクのコップを横においた。「荷物、もってきてくれたんだね。ありがとう」

ジェスはだまったまま、体を遠くへずらした。エルズワースはしばらくじっとすわっていたが、手持ちぶさたになってきたので、パンにかぶりついた。かぶりついたとたん、イチゴジャムがたれて、ポタリとひざの上に落ちた。ジェスはまったく知らん顔だった。ところがつぎの瞬間《しゅんかん》、急にこちらにむきなおって、せめるような目でエルズワースを見た。

「あんた、タバコは？」

えっ、タバコをすうかだって？　エルズワースは、口のなかでやたらねばっているピーナッツバターを、必死でのみこんだ。それから、首を横にふりかけたが、とちゅうで思いなおした。

「ああ、一回だけ。一回だけ、父さんのをすったことがある。そしたら、父さんに見つかって、すこしもっていってもいいぞっていわれた。で、もらってきたんだけど、結局、すてちゃった」

ジェスの目つきは、すこしもやわらがなかった。「じゃあ、ベッドで本は？　ろうそくをつけて読んだりしない？　お料理は？」

「料理？」料理だったら、エルズワースはしないが、父さんはする。「どういう意味かにもよるけど。できてるものを、あっためたりすることはあるよ。ときどきだけど。それから、インスタントのブラウニーをつくったりとか」

ジェスは、こんどはうなずいた。「でも、あげものはしないわよね？　それから、コンセントをさしこんだままにしておいたり。そんなこと、しないわよね。ペンキ塗《ぬ》りにつかった、古新聞とかぼろきれとかを、そのまま外に出しといたりも」

エルズワースもようやく、ぴんときた。「そうか、火事のことか」ジェスは足をびくっとこわばらせ、ひざの上に組んだ手をぎゅっとにぎりしめた。それから一段《だん》ずりおりて、そこにすわり、

ようやくまたエルズワースのほうをむいた。その目には、けさ、バス停《てい》で見たのとおなじ、恐怖《きょうふ》の色がうかんでいた。

「なんだか、気味がわるいわ」ジェスがいった。「あんたには、会ったこともなかったし、この夏まで、あんたのような親戚《しんせき》がいることさえ知らなかった。なのに、そっくりなんだもん、あたしたち。まるで、ふたごみたい」ジェスは身ぶるいした。「ね、わかるでしょう？　あんたも聞いてるでしょう、あの話？」

「あの話って、ふたごの話？　ふたごがいて、火事で二人が……」

ジェスがまた体をふるわせた。「あたし、火事の夢《ゆめ》ばっかり見るの。最初は、うちの火事だと思った。うちでも火事があったから。タバコのせい。あの人の妹のタバコのせいよ。妹は、ちゃんと消したっていってるけど、ほんとに消したんだったら、そのときすわってたイスから火が出るわけがないじゃない。あたしたち、もうちょっとで……もうちょっとで……」

ジェスは、そこで口をつぐんでしまった。顔じゅう目に見えるくらい大きく目を見ひらいている。それから首をふって、また話しはじめた。「でも、夢に出てくる火事は、ぜんぜんちがうの。なんにもない場所で、へんな光があたってて、そこらじゅうが火事で。そうよ、火の海。火の海なのよ」ジェスはぎゅっと手をにぎりしめ、体じゅうをこわばらせた。

エルズワースは、のみかけていた二口目のミルクをあやうくふきだすところだった。人の夢とは思えなかった。そういう夢だったら、エルズワースも最近、しょっちゅう見ている。

「ふーん。でも、だからどうだっていうのさ」思わず、つっけんどんないいかたになった。「たかが夢《ゆめ》じゃないか。夢を見たからって、それがほんとになるなんてわけじゃないんだし」

ジェスは首をふったが、エルズワースはかまわずつづけた。

「それにね、ぼくらはふたごなんかじゃない。年だって、そっちのほうが上だろ？　ぼくは、ほんの二、三日まえに十三歳《さい》になったばかりだから」

穴《あな》のあいた風船からもれる空気のような、長い長いため息が、ジェスの口からもれた。「ああ、だったら、いいわ。こっちは、もうじき十四歳になるところ。でもあんた、十三歳ってほんと？　もっと年上に見えるけど」

エルズワースはうなずいてみせた。いつもいろんな人から、年上に見えるといわれている。

「たぶん、父さんとばっかり、いっしょにいるからじゃないかな」

「うらやましい。あたしなんか、パパには二年も会ってないもんね」ジェスの声は悲しそうだった。「でも、いいんだ、もう。ここのことだって、もう、どうでもいい。ここには、子どもなんて一人もいないんだから。いるのは年寄《としよ》りばっかり。それだって、会うことはほとんどないし。会って話をしたのは、うちのおばあちゃんと、マシューおじさんとエリザベスおばさんだけ。マシューおじさんはまあまあよ。先生じゃなかったら、もっといいんだけど。学校の先生なんて、ね、わかるでしょ。それから、エリザベスおばさんも、まあまあ。とくべつ話せる人ってわけじゃないけど、すくなくとも、ぎゃあぎゃあうるさくいうことはないし。それに、お花もたくさん育てて、ここはほんもののおうちっていう感じがするし……。

問題は、それ以外の人たち……ほとんど、おもてに出てこないの。そのうちの一人なんか、かんぺきにとじこもりよ。その人は、姿《すがた》も見たことがないわ。それから、一日二回、犬の散歩に出てくるおじいさんが、二人いるの。ジョンっていう人の犬はなんとかいうテリアの一種。ドワイトっていう人のは、耳のたれた真っ黒なコッカースパニエルよ。いっぽうがあっちからやってきたと思ったら、もういっぽうがこっちからやってきて、あっ、はちあわせするって思うでしょ。ところが、そうはならないんだなあ。ぶつぶつなにかいいあったかと思ったら、両方とも、まわれ右して逆《ぎゃく》もどりするんだもん。それから、一度だけだけど、すっごく背《せ》の高い老夫婦《ろうふうふ》に会ったことがあった。まるで映画《えいが》からぬけだしてきたみたいなカップル。おしゃれしちゃってさ。名前は、アブナーとジョージーですって。ここの人たちの名前には、ほんと、まいるわよね。あっ、エルズワースだってそうか。でね、さっきいった、背の高い夫婦に話しかけようとしてみたのよ。でも、二人とも『ごきげんよう』とかいって、きざな笑いをうかべたと思ったら、さっさととおりすぎていっちゃった」

エルズワースは、話についていくのに必死だった。「それ、ぜんぶ、ここに住んでる人の話？ザ・スクエアに？　父さんは、ぜんぜん話してくれなかったから……」

ジェスの口もとがゆがんだ。「うちのママは話してくれたわ。それはいいんだけど、そのいいかたがね。『まあ、よかったわねえ、ジェス。とうとう、みんなに会えるのよ。スミス家のみんなにね』ですって。まるで、そのためにあたしをここによこしたみたいないいかた。ママと、それからママと再婚《さいこん》した、あのばか男がね。あのばか男、きっと、火事になってよかったと思ってるんだわ。あたしたちの家をいやがってたみたいだったから。もっとすごい家に住みたいと、ずっと思ってたんじゃないのかな。ママにしたって、自分はほとんど帰ってもこないくせに、どうしてあたしがここを好きになるなんて思うんだろ」

エルズワースはパンをおいて、指の曲げのばしをやってみた。こんなときには、なにか手でさわっていられるものがほしかった。手でいじったり、分解《ぶんかい》したり、組み立てたりできるものが。たとえば、この春、トレバーと二人ではまってた、知恵《ちえ》の輪のようなもの。エルズワースのお気に入りは、蹄鉄《ていてつ》のかたちをした知恵の輪だった。二つの蹄鉄が、小さな輪っかでつながっているやつで、蹄鉄をあっちへ動かしたり、こっちへずらしたりしているうちに、突然《とつぜん》……ぱっとはずれる。こつがわかれば、かんたんんだ。手が、なんというか……勝手にそっちへもっていってくれるのだ。

ここにすわって、つぎはなにをいおうかなんて考えてるよりは、あの知恵の輪をやってるほうがずっとらくちんだ。それに、ジェスのママの話。あれを聞いたら、父さんのことを思い出してしまって、急に家に帰りたくなった。いや、家に帰りたいというより、父さんに、いまここに、すぐそばにいてほしくなった。

「会ったこと、あるんだろうか」エルズワースはおずおずと口をひらいた。「そのお、うちの父さんと、きみのママのことだけど。それから、きみのママは、もしかして、会ったことがあるんだろうか、その、うちの……」その先はいえなかった。どうしても、口にすることはできなかった。「うちの母さん」とは。その人には、会ったこともなければ、いつまで生きていたって会うことはできないのだ。

ジェスはちらっとエルズワースを見たが、また視線《しせん》をそらした。「どうかしら。でも、ママがあんたのお父さんを知ってたのは、たしかよ。あんたのお父さんがまだ小さいうちに、ママがここを出ちゃったみたいだけど。うちのおばあちゃんのやることとって、ほんと、信じられない。ママを高校にやるのに、全寮制《ぜんりょうせい》の女子校に入れちゃったんだから。そのほうが、安全だと思ったんですって。全寮制の高校がどういうところか、ぜーんぜんわかってないのよね。おかげで、ママはあんなダメ人間になっちゃった。で、そのあと、あんたのお父さんも、ここから出ていったんでしょ？　まだ若《わか》いころだったって聞いたわ。それにしても、二人ともよくやってくれるわよね。あんたのお父さんとママのことよ。自分たちが出ていったところに、あんたとあたしを帰してよこすなんて」

「ああ、うん。でもうちは、父さんがぼくをよこしたわけじゃないんだ。エリザベスおばさんが、きてほしいって手紙をくれたんだ。ねえ、宝《たから》の話、知ってる？　まんなかの家にある宝のこと、あの、最後の家にある宝のことだよ」

するとせっかくほんわかとほぐれかけていたジェスの神経《しんけい》が、とたんにまたぎゅっとはりつめた感じになった。ジェスはいきなり立ちあがった。

「知らないわよ、なんにも。それに、あの家は危険《きけん》なのよ。おばあちゃんがいってたわ。あの家のせいで、とりかえしのつかないことになったって。ほんとにそうなんだから」

とりかえしのつかないこと？　「それ、どういう意味？　どんなふうに？　いつの話？」

「一回だけじゃないのよ。おばあちゃんが、あの家には近づいちゃいけないっていってた。あんたも近づかないほうがいいわよ。あたしの夢《ゆめ》の話、してあげたでしょう？　あの家に入ったら、なにかが起こるんだわ。きっと、なにかかわることが。あたしにはわかるの。いつも、そうなんだから。いつも、いつもそうなるんだから。あたしのせいで、そうなるんだから」ジェスはぱっと道路にとびおり、エルズワースがなにかいうまえに走りだして、いってしまった。

第十章　父さんからの贈《おく》り物

「ねえ、ちょっと！」
　ジェスは、ふりかえりもしなかった。いそいで立ちあがって、おいかけようとしたエルズワースは、また腰《こし》をおろした。こうなったらジェスが頭をひやすのを、まったほうがよさそうだ。ただ、はやくひやしてくれるといいけど。だって、ききたいことがたくさんあったのに、それをいいだすまえに、さっさとにげられてしまったんだから。エルズワースは知りたかった。宝《たから》の家のせいで、とりかえしのつかないことになったって、なにが、どんなふうに？　あの家には、もうだれかが入ったのか？　それから、家にとじこもったきりになっている人って、いったいだれなのか？
　エルズワースはパンの最後の一口をのみこみ、空《から》になったお皿でぴしゃぴしゃひざをたたいた。どうして父さんは、なにも話してくれなかったんだろう。どうして、手紙なんかに書いてわたしたんだろう。そんなことをするから、だいじなことを読みもしないうちに、バスのなかに忘《わす》れてきちゃったじゃないか。

やっぱり、父さんに電話しなくちゃ。いま、かけようか？　いや、この時間だと、まだねむってるかもしれない。きめるにきめられないいまま、エルズワースは何度か網戸《あみど》を出たり入ったりして、お皿とコップと、ボストンバッグとリュックをなかにはこんだ。それから、ヒューゴの水槽《すいそう》をそろそろともっていった。

猫《ねこ》たちがまた、どこからかあらわれて、しきりに体をすりよせてきた。そんな三匹《びき》をいっしょうけんめいよけながら、エルズワースは水槽をかかえてじりじりとすすんでいった。裏《うら》の階段《かいだん》をのぼって、自分の部屋《へや》まで行き、なんとか猫たちを入れることなくドアをしめた。どうやら、猫たちはヒューゴと、とてもとても親しくなりたいようだった。

エルズワースは、タポタポゆれている水槽を鏡台の上におき、えさをやった。そして、ヒューゴが水面にあがってきては、えさをのみこんでもぐっていくのを、しばらくながめていた。いつものことだが、これは効果《こうか》があった。言葉ではうまくいえないけど、ヒューゴのあの動きは、心を落ちつかせてくれる。同時に、体のなかのどこかべつのところを、めざめさせてくれる気もした。考えや思いつきをどんどん生みだす、そんなところを。

だが、いまは、どんどん考えが生みだされてはこなかった。ヒューゴは好きにさせておくことにして、エルズワースはボストンバッグに目をやった。いまのうちに、ちょっと洋服を出しておこうか。それから、歯みがきも。もうずいぶん長いあいだ、歯をみがいていない気がした。

エルズワースは、ベッドの上に荷物をぶちまけた。旅行に行くときはいつも、歯ブラシと歯みがきチューブがばらけないように、靴下《くつした》のなかに入れることにしている。見慣《みな》れた形にでっぱった靴下を見つけだすのに、時間はかからなかった。これをさかさにすれば、つかいかけのチューブと、愛用の赤い歯ブラシが出てくるはず。ところが、そうはならなかった。たしかに歯ブラシはあったが、いっしょに出てきたのは、いままで見たこともないものだったのだ。小さな四角いかたまり。しかも、それがほとんど全部かくれるくらい大きな、黄色いメモ用紙がはりつけてあった。

エルズワースは、ベッドにふかくこしかけた。メモ用紙をはずすのに、たっぷり一分はかかった。父さんがセロファンテープでとめていたせいもあったが、突然《とつぜん》、手がいうことをきかなくなってしまったのだ。ようやくセロファンテープがとれ、紙をひっぺがして、しわをのばした。その小さな紙には、一面に、父さんのこまかい文字がならんでいた。

「ジーへ。いろいろ考えたが、これはおまえにわたしておくことにする。昔、わたしがだいじにしていた品物だ。助けが必要になったときは、これをジョンとドワイトに見せなさい。二人とも信頼《しんらい》できる人たちだ。昔のよしみで助けてくれると思う。ただし、宝《たから》の家に入るときは、けっして一人では行かないこと。それから、階段《かいだん》に気をつけること」

エルズワースは、父さんがこれを書いている姿《すがた》が見えるような気がした。声まで聞こえるような気がした。まるで、父さんがこのベッドの上に、すぐそばにすわっているようだった。何日かまえに、行ってもいいといってくれた、あのときのように。エルズワースは、ぐっとつばをのみこみ、メモをポケットの奥《おく》ふかくにしまった。それから、父さんがくれたものを手にとり、くるくるとひっくりかえしてみた。

それは、木でできた小さな箱だった。たても横も高さも、せいぜい五センチくらいの大きさの箱だ。表面はがさがさした部分もあれば、すべすべした部分もある。全体に色が塗《ぬ》ってあったが、面によって塗りかたが変えてあるので、どの面がどの面なのか、わからなくなる心配はなかった。面はこんなふうにさまざまだったが、そのすみはきっちり合っており、フタの部分は小さな留《と》め金でとめてあった。エルズワースは留め金をはずし、フタをあけた。

なかに入っていたのは、小さな金時計だった。すぐに目に入ったのは、まるい文字盤《もじばん》。長針《ちょうしん》と短針《たんしん》は小さな矢のかたちをしていて、時刻《じこく》はⅠⅡⅢというローマ数字をつかって針《はり》のように細い文字で書いてある。時計を手にとって、裏《うら》がえしてみた。裏側には、頭文字が三つ彫《ほ》ってあった。だが、あまりにも凝《こ》った装飾《そうしょく》文字なので、どんなに角度を変えて見てみても、なんと書いてあるのかはわからなかった。「一八三二」という年をあらわす数字だけは、なんとか読めた。側面には、小さな輪っかのようなネジもついている。これで時計をまくのだろう。エルズワースは、この時計をしばらくじっと見ていた。それから、箱にもどすと、これもポケットにつっこんだ。

まもなく、エルズワースは部屋《へや》を出て、ドアをしめた。ふりむくと、廊下《ろうか》のまんなかに三匹《びき》の猫《ねこ》が一列にならんですわっているのが見えた。三匹《びき》ともおなじ緑色の目で、じっとこちらを見ている。あの大きなトラ猫は、すごみをきかせてエルズワースをにらみつけ、ばかにしたようにしっぽをひとふりしてみせた。それから、ゆうゆうと廊下《ろうか》をよこぎって、むこうの部屋《へや》に入り、ベッドの上にとびのった。黒とうす茶色のまじった二匹《ひき》は、タイミングをはかったように、二匹いっしょに立ちあがり、またエルズワースの足にまとわりついてきた。頭をなでてやると、こんどはゴロゴロのどを鳴らしだした。「やあ、おまえたち」とエルズワースは声をかけた。

猫たちの体はすべすべして、ひんやりと気持ちよく、エルズワースは思わずかかえあげて、胸《むね》にだいた。だが、相手はじっとしてはいなかった。そろってエルズワースの肩《かた》によじのぼってきた。そして、一匹《びき》は、パンのにおいがのこっていたのか、エルズワースの手に鼻づらを近づけ、ざらざらしたピンク色の舌でなめはじめた。エルズワースは、体じゅうがぞくぞくっとした。こいつらは、小さくて、元気いっぱいで、こんなに人なつっこくて、それに、ぼくのことを気に入ってくれてる。

二匹を両肩にのせて、一歩一歩階段《かいだん》をおりていくあいだ、のどを鳴らすゴロゴロという音と、生あたたかい息と長いヒゲが、ずっとエルズワースの耳もとをくすぐっていた。猫たちはそうやって、つぎになにをしたらいいか、エルズワースにおしえようとしているみたいだった。

だが、なにをしたらいいかは、おしえてもらわなくても、もうわかっていた。父さんのメモにちゃんと書いてあった。ジョンおじさんとドワイトおじさんに会いにいくんだ。ジョンとドワイトといえば、ジェスがいっていた、犬を飼《か》っているおじいさんたちだ。だが、その二人はどこに住んでるんだろう。それをさぐりだす方法は、ただ一つ。ジェスにきくしかなかった。もしも、まだジェスのごきげんがなおっていなくても、そのくらいのことはおしえてくれるだろう。

二、三分後、エルズワースは、悲しそうに見つめる猫《ねこ》たちを網戸《あみど》のなかにのこして、エリザベスおばさんの家の私道《しどう》をあるいていた。だが、そのあと、原っぱのまんなか近くまできたとき、犬のほえ声が聞こえてきて立ちどまった。ザ・スクエアの北のはしのほうから聞こえてくる。のび放題のやぶをいくつかまわりこんで行くと、いきなり一軒《けん》の家のまえに出た。この広場の家々のなかでいちばん古い家、ジョン・マシューおじいさんとベッツィー・サリバンおばあさんが一八五二年に建てた家だ。

その家は、ほかのすべての家とおなじく、大きくて古くてレンガづくりだった。ジョン・マシューおじいさんの子どもたちは、みんなここで大きくなったのだが、いまは子どもがいる気配《けはい》はなかった。そのかわりに、犬がいた。小さな白い犬で、白い杭《くい》を打ったかきねのむこうで、ワンワンほえていた。犬のうしろにはりっぱな物置小屋があり、あいているドアからノコをひく音が聞こえてきた。

エルズワースが、犬の首をなでてやるためにしゃがみこんだとき、ノコの音がやんで、戸口から人の顔がのぞいた。白いあごひげと、短く切りそろえた白髪《しらが》が目立つ顔だ。「どうした、ウールマン」その人はそういうと同時に、エルズワースがいるのに気づいた。「なんと」そういうと、ひょいと首をかがめて、物置のなかにもどっていった。ちょっとたつと、またひょいと出てきて、エルズワースを穴《あな》があくほど見つめ、それから片方《かたほう》の手をおずおずとあげていった。「やあ、どうも」そして、またなかに入っていってしまったが、いくらまっても、ノコをひく音ははじまらなかった。

エルズワースは犬にはくわしくなかったが、このウールマンという犬は、どう見ても、耳のたれた黒いコッカースパニエルではなかった。ということは、ジェスのいったことを考えると、いまの人がジョンおじさんだということになる。ざんねんながら、あんまり愛想《あいそ》のいい人じゃなさそうだ。エルズワースは念のために、もうしばらくまってみた。だが、物置小屋の戸口に、二度と人が出てくることはなかった。ウールマンまで、急に知らん顔になって、また日かげにまるくなって寝《ね》てしまった。

じゃあしょうがない、ドワイトおじさんに会いにいこう。そのためには、やはりジェスに場所をおしえてもらわければならない。するとつごうがいいことに、歩道を東側に曲がったところで、ジェスがキティおばさんの家の階段《かいだん》をおりてくるのが見えた。新聞紙につつんだ大きな荷物をかかえていて、かなりおだやかな顔つきになっている。エルズワースに会えて、よろこんでいるようにさえ見えた。

「あら」ジェスがいった。「じゃあ、これ、あんたにはこんでもらおうかな。おばあちゃんが、料理に熱をあげだしてね。あたしのためなんですって。うちのママが、なんにもおしえてないからって。パンづくりをならってるうちは、まだよかったんだけど、煮《に》こみ料理になってからは、もうたいへん。入れる材料がすごいんだから。肉もチーズもサワークリームも、十四カップとかいう感じ。ま、あたしがぜんぶ食べなくてもいいんだから、かまわないんだけど。これは、ドワイトおじさんにあげる分。風邪《かぜ》かなにかなんだって。これからもって行こうと思って、出てきたの。ドワイトおじさんの家は二軒《けん》先だけど、ポーチにおいて帰ってくるようにいわれてるの」

「いいよ、もっていってあげる」エルズワースはいった。「ちょうど、ドワイトおじさんと話をしたかったんだ」エルズワースはジェスからわたされた包みを、あわてててもちかえた。何重にも包んであったが、かなり熱かったのだ。

「ということは、もう……」エルズワースはいった。「もうおこってないんだね。あの家のことで。ぼくはね、あそこにはまちがいなく、なにかがかくされてると思うんだ。それに、父さんも、入ってみてもかまわないって書いてた。ということは、危険《きけん》じゃないってことだろ？　そのことで、ドワイトおじさんと話がしたいんだ。おじさんが手を貸《か》してくれるかもしれないから」

気がつくと、ジェスは一人であるきつづけて、うんとさきへ行ってしまっていた。エルズワースはいそいでおいかけた。「ねえ、聞いてよ。父さんが、一人で行っちゃいけないっていうんだ。だから、きみにたのみたいんだ。いっしょに、あの家に入ってみてくれないかな？」

ジェスは、無言であるきつづけた。

「ねえ、宝《たから》なんだよ。ほんものなんだ。それがほんとうに、あそこにあるんだ。いままでの二つとおなじように、ちゃんとあるんだよ。だから、見つけられるはずなんだ。ねえ、きみの家は火事になったんだろ？　もってたものも燃《も》えちゃったんだろ？　ということは、お金がいるよね。うちだって、もっとお金があったら、そりゃあ、うれしいし。それに、それに……」そのとき、思いがけない言葉がぽっと出てきた。まったく気づかなかったけれど、心の片《かた》すみにずっとひっかかっていたのかもしれない。「それに、もしもすごく価値《かち》のあるものが見つかったら、あの絵を売らなくてもよくなるんだ」

第十一章　ドワイトおじさん

ジェスが急に立ちどまったので、エルズワースはぶつかりそうになった。ジェスは、くるっとふりむいていった。「絵って、どの絵？」

「エリザベスおばさんの家にあるやつ。たくさんの家と、池と、子どもたちが描《えが》いてあるやつだよ」

「その絵なら、あたしも好き。先週、エリザベスおばさんが見せてくれたわ。売ろうとしてるなんて、だれがいったのよ」

「エリザベスおばさん。おばさんから聞いたんだ。みんながお金がいるんだって」

「えっ、なんで？　なんで、あんたにはおしえて、あたしにおしえてくれなかったわけ？」ジェスのごきげんは、またまた荒《あ》れ模様《もよう》になってきた。「ここの人たち、あたしなんか、どうでもいいんだわ。あたしをだいじに思ってくれるのは、おばあちゃんだけ。みんな、あたしには会いたくないみたいだし、あたしなんか、いてもいなくてもおんなじなのよ。きっと、あたしなんか、ほんとはここの人間じゃないと思ってるのよ」

エルズワースはジェスをじっと見た。ジョンおじさんに会ったときに、エルズワースもおなじように感じたのだった。「でもね」エルズワースは、しばらく考えてからいった。「きみが宝《たから》さがしを手伝ってくれて、うまく宝が見つかったら、ここの人間になれると思うんだけど。きみもぼくも、ここの人間になれる。ね、ちがう？」

ジェスは目をそらして、しばらく歩道を見つめていたが、うなずいた。「うん」ジェスはいった。「そうかもね」ジェスはまたまえをむいてあるきはじめ、ドワイトおじさんの家につくまで、二人ともなにもいわなかった。その家のポーチの階段《かいだん》下には、黒い老犬がながながとねそべっていて、二人が近づいていくと、顔をあげてむかえた。ジェスはそばに行ってなでてやった。だが、エルズワースはもっとおもしろいものを見つけていた。

「見て見て。こんなにたくさん、日時計がある。本で読んだことがあるんだ。日時計って大昔からあって、時計とおんなじ働きをするんだよ。太陽さえあれば、だいじょうぶなんだ。ねえ、ちょっとこっちにきて、おなべをもってて。いま、何時だろう？　何時をさしてるかなあ、これ」

「二時二十一分だ。二十一分きっかり」うなるような声がそういった。家の網戸《あみど》のむこうにぼんやりと人影《ひとかげ》が見えていて、そこから聞こえてきたのだ。「ただし、いまいったのは夏時間(注)だから、日時計は一時間おそい時間をさしているはずだ。日時計は、真太陽時をしらせるわけだからな。つまり、ほんとの時間ってことだ」玄関《げんかん》のドアがあいて、男の人が一人、ポーチに出てきた。ずんぐりした体つきの老人で、白に近い灰色《はいいろ》のうすくなった髪《かみ》が、えりもとにすだれのようにかかっていた。

老人は何度かくしゃみをしたあと、ポケットからティッシュのかたまりを出し、大きな音をたてて鼻をかんだ。かみおわったティッシュは、またポケットにしまった。おなかがはみだすほどずりおろしてはいたズボンには、てんてんと油のしみがついていた。「近くにくるんじゃない。風邪《かぜ》がうつる。夏風邪は、やっかいだからな」

「じゃあ、これ、どうしたらいいのかしら？」ジェスがいった。「あげようと思って、もってきたんだけど。煮《に》こみよ」

「キティがよこしたのか？　めんどくさい話だ――食欲《しょくよく》なんかあるもんか。食べ物の味もわからなくなってるし。だが、まあ、せっかくキティがよこしたんだ。そこにおいておいてくれ。あとでもって入るから」

ドワイトおじさんは、エルズワースに目をうつした。エルズワースは、たくさんある日時計を、順ぐりにしらべてまわっているところだった。「おまえさんには、自己紹介《じこしょうかい》してもらわなくてもよさそうだな。ベン・ロバートの息子《むすこ》だろう？　おやじさんそっくりだ」

「あたしにもそっくり」ジェスがいった。「ね、そう思うでしょ？　あたしたち、ふたごみたい

（注）アメリカの多くの州《しゅう》では四月から十月までのあいだ、時計を一時間すすめて生活することになっている。

だけど、あたしのほうがお姉さんなのよ」ドワイトおじさんは、ジェスのほうをじろりと見ただけだった。

「なるほどな」おじさんはジェスにはそれだけいって、またエルズワースのほうを見た。「ベン・ロバートも、この日時計のコレクションが好きでな。わしのあつめているものは、どれも好きだった。これ以外のは、なかにある。博物館においてもいいようなものばかりだ。ジョン・マシューおじいさんの動くおもちゃさ。置き時計とか腕《うで》時計とか。ベン・ロバートは、どれもぜんぶ気に入ってた。昔はちゃんと動いてたんだっていったら、ひどくびっくりしてたがな」ドワイトおじさんは大声で笑いかけて、またひどくせきこんだ。ティッシュのかたまりを出して、つかって、またもとのところにしまった。

「いま、腕時計っていった？」エルズワースがいった。「ちょっとまって」エルズワースはポケットに手をつっこんで箱を出し、いそいで中身を出してみせた。「たとえば、こういうの？」

「それはなんだ？」ドワイトおじさんは、ゆっくりとポーチをよこぎって、階段《かいだん》の下までやってきた。「いや、それ以上、近づくな。そこで、そこでいい。それを地面において、うしろにさがるんだ。さて、どれどれ」ドワイトおじさんは腕時計を手にとって、しばらくたんねんに見ていたが、急に顔をあげて、遠くを見る目つきになった。「おどろいた。これが、また見られるとはな。ジョン・マシューおじいさんの腕時計だ。おじいさんが子どものころからもっていたものだ。おまえさんのおじいさんが、おまえの父さんにプレゼントしたんだ。十六歳《さい》の誕生日《たんじょうび》にな。ベン

・ロバートは、これを動くようにしてほしいといって、わしのところにもってきた。だからなおしてやったんだよ。この時計をまえに、二人でほんとに楽しい思いをしたもんだ。父さんが、おまえにくれたのか？」
エルズワースはうなずいた。そして、箱のほうをもちあげてみせた。「これに入ってたんだ」

ドワイトおじさんの目が、針《はり》のように細くなった。「そうだ。その箱もよくおぼえてるぞ。ジョンが、その夏、わしら二人が楽しそうにやってるのを見て、わりこんでこようとしたんだ。わしのところになんか行かずに、ちょっとは自分のところにこいと、ベン・ロバートにいってな。木工をおしえてやるとかなんとかいって。木工だとよ。ベン・ロバートの木工の腕前《うでまえ》ときたら、ブタが空を飛ぶ腕前にまけずおとらずだったのに。へたくそな細工だよ、まったく。ジョンはわしらのことをねたんでたんだ。だから、あんなことをしたんだ。ああいうやつだとは、それまで思いもしなかった。やきもちやきで、欲《よく》の皮がつっぱっていて。あれ以来、もうわしは……」

「あのね」エルズワースがいった。「あのね、父さんが、この時計といっしょに、伝言をくれたんだ。助けてもらいなさいって書いてた。二人に、ドワイトおじさんとジョンおじさんに、助けてもらいなさいって。ぼく、宝《たから》の家に入りたいんだ。父さんは、入ってみてもいいっていってるし。でも、鍵《かぎ》がいるんだ。おじさんは、鍵、もってませんか？」

ドワイトおじさんの顔はもともと赤かったが、そこへ紫《むらさき》色のあばたがあちこちにういてきて、顔色が変わったのがわかった。おじさんはまたティッシュを出して、こんどは顔をぬぐうのにつかった。「鍵だと。〈リチャードの家〉に入る鍵《かぎ》だとな。どうも、気分がわるくなってきた。まだ無理《むり》はできんな。ジョンには、もう話をしたのか？　わしのところにくるまえに、やつに話をしたのか？」

エルズワースは首を横にふった。

「なら、よし。最初にわしのところにきたのは、正解《せいかい》だった。だが、わしのところに、鍵はない。だれのところにもないんだ。一つは、四十年以上まえにRCがすてたし、もう一つはわし自身がすてた」

ドワイトおじさんは顔をあげて、しばらくザ・スクエアの家なみに目をむけていた。それから、ゆっくりと首をふっていった。「だめだ。あれだけのことがあったあとで、また、だれかがあの家に宝《たから》さがしに入ったりしたら、めんどうを起こすだけだ。そうだ、わしはもうそんなおろかなことはせんぞ。鍵はない。もう、ないんだ。またあたらしいのをつくろうなんて、ばかな行為《こうい》さ」

ドワイトおじさんはまたせきをしはじめ、よろよろと階段《かいだん》をのぼっていった。一度だけ、ふりむいて「わるいな」といった。「おまえさんをがっかりさせたくはなかったが、それがいちばんなんだ。あの家のことは、ほうっておくのがいちばんだ。だれのためにもな」おじさんのうしろで、網戸《あみど》がしまった。

エルズワースは、その姿《すがた》をじっと見おくっていた。だめだった。ドワイトおじさんは、だめだといったのだ。手助けをすることはできないと。だが、そのほかにも妙《みょう》なことをいってたな。エルズワースはジェスにいった。「どういう意味なんだろう。『また、だれかがあの家に宝《たから》さがしに入ったりしたら』って。だれかが、もうあそこに入ったみたいじゃ……」

だが、ジェスは聞いていなかった。「ちょっと、いまのどう思う？　あの人の態度《たいど》、まるで、あたしなんかいないみたいだったじゃないの。煮《に》こみだって、おいていっちゃったじゃないの。あたしが、けさ三十分もかけて、ふうふういってタマネギきざんで、つくった煮こみなのに。こうなったら、もう、あんな人に助けてもらうことなんかないわ。あの家に入って、宝さがしをやりたいのよね？　いいわ、あしたの朝、あの家のまえでまっててちょうだい。いまにわからせてやるから。あんたにも、みんなにもね」

エルズワースは、なにがなんだかわからなくなっていた。「えっ、どういうこと？　鍵《かぎ》がないのに、どうやって入るの？」

ジェスはさっさと帰りかけていたが、ふりむいて、もう一度エルズワースをにらみつけた。

「だから、いったでしょ。わからせてやるって。じゃ、あしたの朝ね。朝いちばんによ。七時にしましょ。おくれないでよね」

午後もだいぶおそくなって、暑さはますますひどくなっていた。原っぱではなにもかもが、茶色く色あせ、かさかさにかわいて、さわったらボロボロとくずれおちそうだった。エルズワースの頭のなかまで、そんなふうになっている気がした。いま、はっきりわかっていることが、一つだけあった。エリザベスおばさんの家に帰って、父さんに電話しなくては。

ポーチへの階段《かいだん》をのぼっていくと、網戸《あみど》ががたがたゆれはじめ、どうにかあけてみると、二匹《ひき》の猫《ねこ》がぶらさがっていた。八本の足で網戸にしがみつき、ニャアニャアさわぎたてている。それをなんとか網戸からひきはがし、一匹《びき》ずつ肩《かた》にのせながら、エルズワースは台所のなかを見まわして、電話をさがした。だが、ここにはないようだった。読書室にあるのかもしれない。

廊下《ろうか》に出ていくと、奥《おく》の半びらきのドアから、エリザベスおばさんたちの話し声がもれてきた。エルズワースは、できるだけじゃまにならないように足音をしのばせて、読書室に入っていった。ありがたいことに、居間《いま》とのあいだをしきっている引き戸は、しまっていた。きょうはもうこれ以上、知らない人に会いたくなかった。電話は、書類用《しょるいよう》のひきだしの上にあるのが、すぐにわかった。エリザベスおばさんの机《つくえ》の右側においてあるひきだしだ。エルズワースは、二匹の猫を肩からひきはがして、そっと床《ゆか》におろした。

そのとき、はじめて気づいた。エルズワースは、モーテルの電話番号を知らなかったのだ。そもそも、モーテルに電話をかけたことがなかった。電話をすると、ロッコさんがいやがるからだ。ロッコさんはいつもいっていた。電話はぜんぶロッコさんの事務所《じむしょ》につながってしまうし、事務所の電話がなんのためにあるかといえば、予約を受けるためなのだと。

エリザベスおばさんは、番号を知っているにちがいない。どこかに、書いたものがないか？　この机の上にでも？　あるかどうかもわからなかったし、この紙の山のなかのどこかにあるとしたら、最悪だった。さわって、くずれおちたら、たいへんだ。

だが、そのとき、べつのものが目に入った。それは、例の小さな貼《は》り紙だった。電話のむこうの、窓《まど》の下わくにとめてあったのだ。こんどのは、さっきのよりもっと謎《なぞ》めいていた。「権力者《けんりょくしゃ》にあえて真実を」エルズワースは、しばらくぽかんとそれを見つめていた。言葉の調子は気に入った。ピシッとしていて。だが、かんじんの意味はどういうことだろう？　そのとき、ぞくぞくっと鳥肌《とりはだ》がたったような気がして、エルズワースはこわごわ目をあげた。となりの家の二階《かい》の窓のところに、男の人がいて、こちらを見おろしていた。

その人は、そこにじっと立っていた。くっきりと、身動き一つしない姿《すがた》だった。外の光がまぶしすぎて、輪郭《りんかく》しか見えなかったけれど、エルズワースにはそれでじゅうぶんだった。わかっていたのだ。理屈《りくつ》をとびこえて、真実がじかに脳《のう》にとどいたかのように、わかっていたのだ。あれは、ぼくの知っている人だ。そう思うと、ひとりでに片手《かたて》があがっていた。やあ、ぼくだよ。ぼく、きたんだよ。

しばらくのあいだ、なんの反応《はんのう》もなかった。その人は、じっとそこに立っていた。それから、なにかにひっぱられたように姿が消えて、窓はからになった。気がつくと、エルズワースは窓わくにしがみついていた。あの人にもどってきてほしかった。窓のところにもどってきて、窓をあけて、エルズワースと呼《よ》んでほしかった。

耳をすますと、ほんとうに聞こえてくるような気がした。ほんとうに、名前を呼ぶ声が聞こえるような気が。ただし、エルズワースの頭のなかでひびいているのは、男の声ではなかった。もっと高い女の人の声だ。悲しそうな女の人の声が呼《よ》んでいる……「エルズワース」その声は呼んだ。「エルズワース」

エルズワースはふるえだした。窓《まど》わくにつかまっていなければ、立っていられなくなりそうだった。あの声は、けんめいにエルズワースの名前を呼んでいるあの声は、いまはもう生きてはいない女の人の声なのだ。それがわかったとき、はげしい体のふるえをとめることはできなくなっていた。

第十二章　となりの家

　エルズワースは窓《まど》わくからむりやり体をひきはなし、ころがるように読書室を出て、廊下《ろうか》をぬけ、台所にとびこんだ。流しをひっかきまわして、さっきおいたコップを見つけ、水をくんだ。だが、水はほとんどこぼれてしまった。どうやっても、ふるえをとめることはできなかった。

　エリザベスおばさんは、どうしてあんな会合なんかに出てるんだ。あんなにきてほしいといって、ぼくを呼《よ》んでおいて。どうして、いますぐここにきてくれないんだ。どうして、なにが起こっているのか、おしえてくれないんだ。おばさんは、みんながぼくの助けを必要としているといった。でも、だれも必要となんかしてないじゃないか。ジョンおじさんがそうだった。ドワイトおじさんだってそうだ。おとなりのあの人なんか、顔もちゃんと見せてくれなかったじゃないか。

「エルズワース」エリザベスおばさんが、杖《つえ》によりかかって入り口に立っていた。「会合は、もうちょっとでおわるわ。でも、なんだか……急に、あなたのことが気になって。少しはねむれた

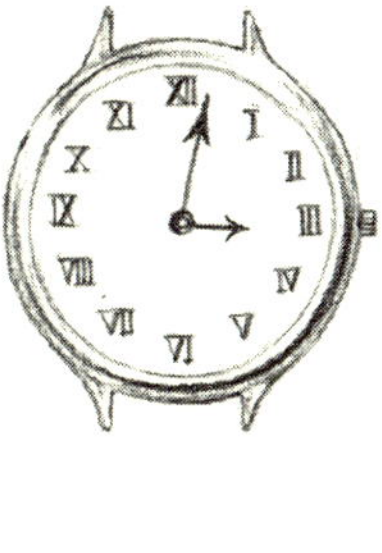

かしら？　なにか、おなかに入れた？　あなた、だいじょうぶ？」

「わかんない」気がつくと、まださっきのコップをにぎりしめていた。手のこわばりがしだいにとけていき、エルズワースは大きく息をはきだして、コップを下においた。おばさんがきてくれた。やっと、きてくれた。

「人がいたんだ。となりの家に人がいた。あれはいったい、だれなの？　父さんは、なんにもおしえてくれなかった。ここのことは、ほとんど話してくれなかった。この人のことをぜんぶ手紙に書いたから、バスのなかで読むようにって、わたしてくれたんだけど……ぼく、それをなくしてしまって」いってしまうと、どっと気持ちがらくになった。おばさんはいつのまにかエルズワースのそばにきていて、腕《うで》をとってテーブルのところまでつれていってくれた。

「ここに、すわっていてちょうだい」おばさんがいった。「わたしは会合にもどらなきゃならないけど、ほんのしばらくだから。わたしがいなくても閉会《へいかい》してくれるようにいって、すぐにもどってきますからね。ほんとに、自分に腹《はら》がたってならないわ。ベン・ロバートの気持ちを、もっとわかっていなきゃならなかったのに。あの人にとって、どんなにつらいことだったか……ほら、ズッキーニ・ブレッドがあるわ。キティのお手製《てせい》でしょ？　だったら、おいしいことは、まちがいなしよ。それを食べてちょうだい。すぐにもどってくるから」

エルズワースは、イスにぐったりとしずみこんだ。かなりたってから、ぼんやりした目で、キティおばさんにもらった紙袋《かみぶくろ》をのぞいてみた。ズッキーニ・ブレッド。ズッキーニ・ブレッドなんて、いままで聞いたこともない。紙袋《かみぶくろ》の口に鼻を近づけて、においをかいでみた。うん、においはわるくない。一口、味見をしたあと、つぎつぎに、とうとう厚切りを三きれもたいらげてしまった。くずは、またひざにのぼってきた猫《ねこ》たちにやった。ああ、これで、もう安心だ……エリザベスおばさんは、すぐにもどってくる。もどってきたら、なにもかもわかるように話してくれるだろう。エルズワースはさらにふかくイスにしずみこみ、べたべたする指を猫たちになめさせてやった。これで、なにもかも安心だ。

ところが数分後に、エリザベスおばさんがむかい側にすわり、静かな声で話しはじめたとき、安心できるものといったら猫たちだけになっていた。おばさんがなにをいっているのかさえ、エルズワースにはよくわからなかった。最初は、エルズワースのおばあちゃんのイザベルの話だった。おばあちゃんは、ほんの何カ月かまえに亡《な》くなったのだけれど、父さんはお葬式《そうしき》には帰らないといったという。また、RCという人は銀行での勤《つと》めをやめ、家に鍵《かぎ》をかけてとじこもってしまった。いまや、RCが生きているかどうかは、二、三日おきにだれかが裏《うら》のポーチにおいてくる食料品が、翌朝《よくあさ》なくなっているかどうかでしか、わからないというのだ。

おばさんは、エルズワースが窓《まど》のところで見た人、となりの家に住んでいて、死ぬほど悲しんでいる人が、RCなのだといった。それだけでなく、その人は、エルズワースのおじいちゃんなのだという。

「ぼくのおじいちゃん?」おじいちゃんという言葉が、まったく意味のない言葉に聞こえた。心のなかがからっぽになって、その表面を、言葉だけが上すべりしていくように。

「ああ、エルズワース」おばさんがいった。「あなたのお父さん、それもいえないでいたの？　二月におばあちゃんが、心臓発作《しんぞうほっさ》で急死したことも？　ベン・ロバートには、モーテルの電話番号をなんとかつきとめて、すぐにしらせたのよ。あなたがた二人が到着《とうちゃく》するまでは、お葬式《そうしき》をしないでまっているからって。お金が必要なら、それもおくるからって。おねがいだから帰ってきてと、わたしはいった。でも、それはできないと、ベン・ロバートはいった。あの人はできなかったのよ……父親をゆるすことが。父親とむきあって、ゆるすことが。これだけ時間がたったいまでも。さらにこまったことに、RCも、ベン・ロバートをゆるすことができないでいた。そうなると、なにもかも、どんどんわるいほうへいってしまって」

おばさんは首をふってつづけた。「父と息子が、あんなに長い年月、たがいに腹《はら》をたてたままなの。あなたが生まれるまえから、ずっとね」そして、しばらくだまっていた。「その話は、わたしからいうわけにはいかないわ。ベン・ロバート自身が、いえないでいたのならね。でも、母親のお葬式《そうしき》にも出られなかったということは……あなたも、わかってあげてちょうだい。あの夫婦《ふうふ》には、ベン・ロバートしかいなかったのよ。ベン・ロバートは、RCとイザベルの、たった一人の子どもだったの。二人は、ほんとは、おおぜいほしがってた。でも、そうはいかなかった。そんな夫婦はたくさんいるわ。いろんな理由で子どもができない夫婦はね。でも、RCは、子どもができないのは、あの家のせいだと考えたの。〈リチャードの家〉のせいだ、あそこで起こったことのせいだって」

エルズワースにはまだ、なにがなんだか、さっぱりだった。「〈リチャードの家〉？　どうして？　なにがあったの？」

エリザベスおばさんは、しばらくじっと口をつぐんでいた。どこまで話すべきか、考えているようでもあった。「なにがあったのか……」ついに口をひらいた。「そう、あれは一九六〇年のことだった。その年にそれが起こったの。わたしは、まだ小さな子どもだった。わたしが子どもだったなんて、あなたには想像《そうぞう》もつかないかもしれないわね」

おばさんはため息をもらした。「なんとか、あなたにもわけがわかるように、話ができればいいんだけど……そう、一九六〇年のことだったわ。だれかがあの家に入って、絵をもちださなきゃっていう話になったの。ここにきてすぐにあなたが見てた、あの絵よ。うちの読書室にかざってある、ベッツィー・サリバンおばあちゃんが最後に描《えが》いた絵。あれは、もともと〈リチャードの家〉にかざってあったものなの。

そのころのわたしにはくわしいことはわからなかったけれど、保険《ほけん》会社がそうしろっていいはったらしいわ。高価《こうか》な品物を空き家《や》においておくのは、こまるってね。このころには、まえにいったように、ベッツィー・サリバンおばあちゃんの絵は値打《ねう》ちが出ていた。すごく高価なものになっていたのよ。

だれかが絵をとりに行かなきゃならないという話になったとき、RCが、自分が行くといった。

イザベルもついていったわ。ほんとは、わたしもいっしょに行かないかとさそわれたの。イザベルは子どもが好きだったし、わたしも行きたくてしょうがなかった。宝《たから》の家に入るんですもの。九歳《さい》の子どもにとって、こんなわくわくする話はないわよね。でも、そのころ、うちの母の体調がよくなかった。母は、いまのわたしよりずっと若《わか》いころから、もっとひどい関節炎《えん》に苦しめられてきた。ひざがいたむときは、母もイライラしてね。それで、わたしが行きたいといっても、ゆるしてくれなかった。そういうわけで、RCとイザベルだけが行くことになったの。

RCが壁《かべ》から絵をおろしているあいだ、イザベルは家のなかをあちこち見てまわっていた。そりゃあ、見てまわるわよ。そのとき、イザベルはまだ十九歳《さい》で、しあわせいっぱいの新婚《しんこん》の花嫁《はなよめ》さんで、スミス家の宝の話が大好きだったんだもの。あの話がめずらしくて、おもしろくて、しかたなかったのね。もしもRCと自分が、最後の宝を見つけだすことができたら、リチャードの宝を発見することができたら。イザベルはそう考えた。もちろん、イザベルだって知ってたわ。いまはまだ、一族にとって、宝が必要な時ではないってこと。そして、その時がくるまでは、宝さがしはしないことになっているってことも。でも、もしも偶然《ぐうぜん》……そう偶然に、宝が見つかったなら。そして、絵といっしょにはこびだせたなら。そうなったら、どんなにすてきだろうって。

そういうわけで、イザベルは家のなかを見てまわっていた。ところが、転んでしまった。どうしてそうなったのか、どう転んだのか、何度きいても、イザベルは『動いたのよ、動いたのよ』というばかりで、結局、よくわからないまま。でも、なにかが動いたことはまちがいないわ。そのなにかが動いたために、イザベルは転んで、腰《こし》の骨《ほね》を折り、治療《ちりょう》のしかたがわるくて、そこからばいきんが入ってしまったの。傷《きず》がなおるまでには、ずいぶん時間がかかった。何年も何年も。そのあいだ、二人には子どもができなかった。あんなにほしがっていたのにね。

ベン・ロバートが生まれた日のことは、もう話したわよね。二人のあいだにやっとできた、はじめての子どもだった。そして、そのあと何年たっても、もうそれ以上、子どもはできなかった。もうできないとわかったとき、RCは考えた。この子が自分たちにとってたった一人の子どもなら、この子の一生は完璧《かんぺき》なものにしてやろう……」

おばさんは目をあげ、エルズワースの顔を見て、話をやめた。そして、手をのばして、エルズワースの手にそっとさわった。「ごめんなさい。わたしったら、いったいなにを考えてるんでしょうね。四十年間に起こったことのすべてを、五分で話してしまおうとするなんて。いろいろ話しすぎたみたいね。かえってわけがわからなくなってしまったかしら。でも、これで、どうしてわたしがあなたにきてほしいといったか、わかってもらえたんじゃないかしら。RCはあなたのおじいちゃんで、悲しみのために正気《しょうき》をなくしかけている。いまでは、だれにも心をゆるさないし、話さえしようとしない。それで、わたしは思いついたの。いえ、天からのしらせのように、答えが見えてきたといってもいい。あなただったら、もしかしたらって」

エルズワースはテーブルに視線《しせん》を落として、首をふった。「あの人には、ぼくが見えてたんだ。でも、ぼくが手をふっても、ふりかえしてくれなかった。そして、そのまんま、急にいなくなっちゃったんだ。それに、どうしてもわからないよ。おばさんは、ゆるすとか、ゆるさないとか、いったでしょう？　おじいちゃんは父さんに、どんなひどいことをしたの？　ゆるしてもらわなければならないような、どんなひどいことを」

エリザベスおばさんは、首をふった。「さっきもいったようにね、エルズワース、それはわたしが話すことではないと思うの。でも、ひどい話だなんて、思わないでちょうだい。ひどい話というよりは……とっても悲しい話。おそれたり、反抗《はんこう》したりという、とっても悲しい話なの。いろんなことがかさなって、誤解《ごかい》が生じて、そのためにますますうまくいかなくなって。怒《いか》りや悲しみにかられた、はげしいやりとりがあって……。ベン・ロバートに電話してちょうだい。すぐにかけてみて。あの人が話せるところまで、話してもらってちょうだい。それでも聞きたりなかったら、そしてベン・ロバートが話していいといったら、のこりはわたしが話してあげるわ」

そういったかと思うと、おばさんは、くるりとむこうをむいた。そして、いままでとはうってかわってひょうきんな声でいった。「だーめ、タイガーリリー！　すぐに、そこからおりなさい。ホッジおじさんがいつもやってるからって、まねして、テーブルの上でごろごろしなくてもいいの。おぎょうぎわるいわよ。ねえ、エルズワース、つかまえて、おろしてくれない？」

急に、空気がかろやかになったみたいだった。エルズワースは、にげまわる猫《ねこ》たちをつかまえて、テーブルからおろし、ひざにだいてすわった。「ほらほら、おまえたち」まだちょっとふるえる声でエルズワースはいった。「おまえが、タイガーリリー？　それとも、おまえかな？」

エリザベスおばさんがにっこりした。「どっちもよ。というより、一匹《びき》がタイガーで、もう一匹がリリーなの。二匹まとめて、タイガーリリー(注)。すてきな名前でしょう？　この子たち、とってもお母さん似《に》なの。お母さんというのは、ホッジの姪《めい》で、色だけはこの子たちよりもっとあかるかったけどね。二年まえに、かわいそうにそのお母さんが交通事故《じこ》で死んで、わたしとホッジが、この子たちの親代わりになったというわけ。ホッジはね、この子たちがなにをしてもおこらないのよ。この子たちがそばにいると楽しいみたい。自分の地位をおびやかす相手でないことは、わかってるわけだし。ここでは、やっぱりいまでも、ホッジが親分ですものね。あら、ホッジがきたわ――噂《うわさ》をすれば、だわね。聞こえたの、親分さん？」

ホッジは、階段《かいだん》をおりきったところに立ちどまって、うさんくさそうにこっちを見ていたが、ゆうゆうとあるいてきて、エリザベスおばさんのひざにとびのった。

それからしばらくのあいだは、猫《ねこ》たちののどがゴロゴロいう音しかしなかった。エルズワースは、エリザベスおばさんのいうとおりだと思った。いますぐに、おばさんに電話番号をおしえてもらって、父さんに電話しなくては。げんに十分まえまでは、自分でもそうしたいと思っていた。だが、いまはちがった。いまは、ともかく一人になりたかった。これもおばさんがいったとおりなのだが、あまりにもいろんな話をきいてわけがわからなくなってしまったからだ。「ジェスが荷物をもってきてくれたんだ」エルズワースは思いきっていった。「ひらいて、片《かた》づけをはじ

(注) タイガーは英語で「トラ」、リリーは「ユリ」の意味だが、タイガーリリーは「オニユリ」となる。

めようかな。それから、シャワーって、あるの？　二階《かい》のはお風呂《ふろ》だけだったから」

「あるわよ。すぐそこの、階段《かいだん》の下よ。どうぞ、つかってちょうだい。そう、それがいいわね、エルズワース。汗《あせ》を流して、荷物の片《かた》づけをなさい。わたしは、晩《ばん》ごはんの準備《じゅんび》にかかるわ。それから、あんまり心配しないでね。わたしは、あなたならできると信じてる。なにもかもうまくいくと、信じてる。道はひらけるわ、いつだって」

「道はひらける」エルズワースはいった。立ちあがると、猫《ねこ》たちは床《ゆか》にとびおりた。「その言葉、二階のドアのところの貼《は》り紙に書いてあったね。どういう意味なの？」

エリザベスおばさんは、一瞬《いっしゅん》なんのことがわからないようだったが、やがてうなずいた。「そうね、客間の貼り紙はこれだったわね。あれはね、友だちが書いてはってくれたの。貼り紙をたくさんもって、家じゅうをまわって、ここだっと思ったところではって。そんな感じであちこちにはったのよ。わたしがいちばん好きなのは、玄関《げんかん》広間にある貼り紙。広間の天井《てんじょう》にひびがあって、その横にはってあるの。イスにのっからないと読めないんだけどね。

そうそう、『道はひらける』の話だったわね。わたしはあれを見ると、いつもこんなようすが浮《う》かんでくるの……まっくらななかで、まわりに高い塀《へい》がそびえたっていて、それを手さぐりでつたいながら、あるいているの。塀には、いばらやとげがいっぱいはえていて、それから虫もいてさされたりする。出口がないように思えるけど、手さぐりをやめないで、ずっと信じてあるいていくと、あるときふっと、ドアのとってに手がふれるの。それをまわすとドアがあいて、そこをぬけたら、むこう側には光があふれている。光と、それから、まったく考えてもいなかった、すばらしいものがあふれているの。わかる?」エリザベスおばさんは、エルズワースの顔を見あげてにっこりした。「そうね、すぐにはわからないかもしれないわね。でも、いつかきっとわかるときがくると思うわ。さあ、二階《かい》に行って、荷物の整理をして。なにかあったら、わたしはここにいますからね。晩《ばん》ごはんは五時ごろよ。たいしたものはできないけど、飢《う》え死《じ》にはさせないようにがんばるわ」

二階は暑かった。部屋《へや》の四つの窓《まど》のうち、二つしかあいていなかったのだ。どうしてあかないのかは、しらべてみると、すぐにわかった。北側の二つの窓がさびついていたのだ。この家には、潤滑油《じゅんかつゆ》があるだろうか? エリザベスおばさんのことだから、たぶんおいてないだろう。しばらくガタガタやってみたが、やっぱりだめだった。エルズワースは赤くなった手をこすりながら、窓の外を見た。視線《しせん》を落とすと、となりの家の庭が見えた。

目のまえの家はもう、たんなる十軒《けん》のなかの一軒ではなくなっていた。この家は、RCの家だ。おじいちゃんの家なのだ。RCの家の庭と、エリザベスおばさんの庭のさかいめがどこなのかは、すぐにわかった。もちろん、垣根《かきね》があるからということもあったが、庭のようすがまったくちがっていたのだ。むこうの庭には、まるい花壇《かだん》らしいものが、二つあった。片《かた》いっぽうの花壇には鳥のえさ台がおいてあり、もういっぽうには、鳥の水浴《みずあ》び用の大きなお盆《ぼん》がおいてある。だが、えさ台はからで、水浴びのお盆もカラカラに干上《ひあ》がっていた。花壇の草花もすべて枯《か》れてしまっていた。

　そこに立って、じっと見ているうちに、ふいにエルズワースは気づいた。あれは、父さんが住んでいた家なのだ。父さんが子どものころ、ちょうどいまのエルズワースぐらいの年のころも、ここに住んでいたのだ。もしかしたら、あのえさ台に毎日えさをおくのは、父さんの役目だったかもしれない。花壇《かだん》の草をぬいたり、枯《か》れ葉をかきあつめたりするのも。

　そのとき、むかいの建物の二階《かい》の窓《まど》で、なにかが動いた気がした。だが、エルズワースが目をあげたときには、なにもなくなっていた。エルズワースはそれからもしばらくそこに立っていたが、もう二度と、動くものは見えなかった。たとえ、あの家をたずねていって、ドアをたたいたとしても、だれも出てこないにちがいなかった。

　エルズワースはポケットに手を入れて、父さんがくれた小さな箱を出し、手のなかでくるくるとひっくりかえしてみた。もう、みとめないわけにはいかなかった。おじいちゃんは、エルズワースに会いたくないのだ。でも、もしもぼくが……もしも、ぼくが宝《たから》を見つけたら？　そうしたら、おじいちゃんだって、会ってもいいと思ってくれるかもしれない。やっぱり、さっきジェスにいったとおりなのだ。エルズワースとジェスが宝を見つけたら、だれもが二人に会いたがるにちがいない。二人がここの人間だとみとめてくれるにちがいないのだ。

　そのためにも、宝を見つけるんだ。ぜったい、宝を見つけだしてやるんだ。あしたになったら、ぜったい。

第十三章　宝《たから》の家

翌朝《よくあさ》、エルズワースは、小さな前足に顔をなでられる感触《かんしょく》で目をさました。見ると、枕《まくら》の両わきにタイガーとリリーがすわって、しきりにのどを鳴らしていた。「やあ、おはよう」エルズワースは起きあがって、二匹《ひき》をひざの上にあげてやった。「おまえたち、どうやって入ってきたんだい？」すると一匹《びき》がエルズワースのあごを頭でおした。目をあげると、ドアがあいていた。鏡台の上には、ホッジがすわって、じっとヒューゴを見おろしている。

「おい、だめだ！　出ていけ！」エルズワースがあわてててベッドからおりると、ホッジは片方《かたほう》の前足を水槽《すいそう》にちょっとつけてみせ、その足をこちらにむけてふったかと思うと、どさりと床にとびおりた。そして、しっぽを高くあげて、ドアから出ていった。エルズワースが水槽をのぞきこんでみると、ヒューゴはめったやたらにおよぎまわってはいたが、無事《ぶじ》だった。足にしっぽのぶつかる感触があったと思ったら、タイガーとリリーがとおりすぎて部屋《へや》から出ていった。やれや

れ、あぶないところだった。でも、おかげで、ばっちり目はさめた。

夜は明けていたが、まだうす暗く、窓《まど》から入ってくる空気はすずしかった。まだかなりはやい時間なのだろうが、それでも、ずいぶん長い時間ねむったことになる。ゆうべは、エリザベスおばさんがつくってくれたごはんを食べてから、二人で裏《うら》のポーチにすわっておしゃべりをし、いっしょにザ・スクエアの夕暮《ゆうぐ》れをながめた。エルズワースも、自分のことや父さんのことや、この数年の生活のことを、いろいろと話してきかせた。

だが、父さんとは、まだ話ができていなかった。きのう、晩《ばん》ごはんのあとで、きっとこの時間なら父さんが出るだろうと思って、おしえてもらったレイク・ブリーズ・モーテルの電話番号にかけてみた。父さんがフロントにいるはずの時間だったからだ。ところが、だれも出なかった。留守番《るすばん》電話にもならなかった。ただベルが鳴りつづけるだけ。そのあと何度かけても、おなじだった。きょう、またかけてみるしかない。

エルズワースは、靴下《くつした》をさがすためにひきだしのなかをかきまわしながら、ゆうべ寝《ね》るまえに考えていたことを思い出した。懐中《かいちゅう》電灯だ。あの家には、鎧戸《よろいど》がおりている。なかは暗いだろうから、あかりが必要だ。そう思ったら、背中《せなか》がひやっとした。ジェスとの約束を思い出したのだ。ジェスとは七時に会うことになっている。朝いちばんに、七時に、とジェスはいった。外は暗いけど、もしかしたら、そんなにはやい時間じゃなかったりして。七時をすぎていたりして。ジェスがまちくたびれて、帰っていくようすが目に見えるような気がした。いや、帰っていくのならまだいいけれど、もしかして……一人でなかに入ってしまったら!

だが、あわてて台所におりていってみると、まだまだ平気だった。六時二十分だったのだ。エリザベスおばさんはいなかったが、あの三匹《びき》が一列にならんですわり、期待に満ちた目でこちらを見ていた。とくにホッジは、まちきれなくて爆発寸前《ばくはつすんぜん》という顔だ。いそいでキャットフードを戸棚《とだな》のなかからさがしだし、ホッジのお皿に入れてやっていると、タイガーとリリーが冷蔵庫《れいぞうこ》にのぼっていくのが見えた。鼻先でしきりになにかをおしていると思ったら、空になったマーガリンの容器《ようき》が落ちてきた。二匹《ひき》がそのまえで、さかんにのどを鳴らしながら、エルズワースのほうを見ているので、エルズワースにもようやくわかった。「そうか。いつも、それに入れてもらってるんだね。わかった、わかった」

猫《ねこ》たちの朝食問題が片《かた》づくと、エルズワースは、エリザベスおばさんの物入れをひっかきまわして、懐中電灯《かいちゅう》をさがした。そして、ようやく、下から二番目のひきだしのなかで、ねじまわし類《るい》と古い電池の山にうもれていた懐中電灯を見つけだした。それをポケットにつっこみ、大いそぎで厚切りのコーンブレッドとバナナを食べると、いよいよ出口にむかった。

出口は網戸《あみど》とその外側の扉《とびら》の二重になっていたが、鍵《かぎ》がかかっていた。それをはずしているときに、扉の内側にはってある貼《は》り紙が目に入った。「ほがらかに世界をあるいていこう。万人のうちに神の種がやどると信じて」よーし、そうしよう。後半の意味はともかく、前半に書いてあることは、らくらくできそうだった。とくにこんな朝には、いくらでもほがらかにあるいていけそうだ。

エルズワースはいそいそと裏口《うらぐち》を出て、ポーチをとおり、階段《かいだん》に足を踏《ふ》みだした。ところが、そこで、ほがらかな気分は消えうせてしまった。だれかに見られている、じっと見られているという気がしたのだ。

だが、人の姿《すがた》はなかった。ポーチにも、私道《しどう》のむこうにひろがっている原っぱにも。いそいでとなりの家の窓《まど》を見あげたが、朝日にてらされてくっきりとうかびあがった窓に、人かげはなかった。そのとき、バタンと音がした。エルズワースはぱっとふりかえって、音のしたほうを見たが、おそすぎた。だが、あれは網戸《あみど》がしまる音だった。やっぱり、だれかがエルズワースを見ていたのだ。となりの家に住む、だれかが。

エルズワースはポーチからとびおりて、エリザベスおばさんの草花のあいだをかきわけて走っていった。RCの家とのさかいの生《い》け垣《がき》をくぐりぬけ、鳥のえさ台と水浴《みずあ》びのお盆《ぼん》のそばをとおりぬけ、RCの家の私道に立ったときには、すっかり息がきれていた。だが、またしても、おそすぎた。二重になっている裏口のドアは、どちらもぴったりととざされてしまっていた。

エルズワースには、さっぱりわからなかった。RCは、ぼくのことを見たいらしい。だったら、どうして、こんなふうにかくれてしまうのか。どうしてなのかわからなかった。どうしたらいいのかも、わからなかった。ただ一つわかっているのは、このまま、つきすすむほかないということだった。そうだ、みんなにわからせてやるんだ。宝《たから》を見つけだして、わからせてやる。

原っぱのはずれのしげみをまわって、歩道に出たとき、エルズワースは、いそいできてよかったと思った。ジェスがまっていたのだ。階段《かいだん》のいちばん上の段に、ひざをかかえてすわりこんでいる。エルズワースはいやな予感がした。もしかして、気が変わってしまったんだろうか。

予感は正しかった。まわりは暑くなりかけているのに、ジェスはふるえていた。そして、エルズワースがいよいよ近くまでくると、ずっと練習してきたせりふをはきだすように、一気にしゃべりはじめた。「なかには入らないほうがいいわ。ゆうべまた夢《ゆめ》を見たの。だから、なかには入らないほうがいい」

「だって――」エルズワースがいいかけたが、ジェスはやめなかった。

「まだわかんないの？　あたしの夢は、正夢《まさゆめ》なのよ。あたしが夢に見ると、ほんとにそうなっちゃうのよ。タバコのことだってそう。あの人は、ちゃんと消したといってた。灰皿《はいざら》だって、イスのひじかけじゃなくて、テーブルの上においてあったのよ。だったら、どうして……どうして、勝手にタバコに火がついて、それから……そのタバコがイスの上に飛んでいったの？　ねえ、どうして？」

「えっ、いったいなんの話？」そういいながら、エルズワースにもなんの話かわかってきた。きのう聞いた、ジェスの家の火事の話なのだ。

「あんな家、大きらいだった」ジェスがふるえる声でいった。「あんなやつがいる家なんか。パパのかわりに、あんなやつのいる家なんか。そのうえ、あいつの妹がたずねてきて、その妹っていうのがまたひどくて、子どものことならまかせといて、なんて顔してるわけよ。ほんと、へどが出そうな女。あんた、『キャリー』(注)って読んだことある？」

エルズワースは首をふった。『キャリー』を読んだことはなかったが、ジェスがなにがいいたいかはすぐにわかった。「ちょっとまってよ。それじゃ、きみがやったっていうわけ？　きみが超《ちょう》能力《のうりょく》でタバコに火をつけて、イスの上まで飛ばして、それでもって……ぼおーって？」

こちらをむいたジェスの目は、大きく見ひらかれていた。「たぶん」ジェスの声はまだふるえていた。

「そんなわけないじゃないか。まあ、きみんちの話は、ぼくにはよくわかんないけど。でも、頭で考えただけで、勝手に物が動くなんて、ちょっとなあ。きのういってたことだって、なんだか信じられないんだよね。ほら、鍵《かぎ》がなくても、この家に入れるっていっただろ？」

ジェスはしばらくだまっていた。そして、ふたたび口をひらいたとき、かなり落ちつきをとりもどしていた。「それは、あんたがいったことでしょう？　鍵は、いるにきまってるじゃない。ここにあるわ。鍵のことは、学校で技術《ぎじゅつ》の時間にならったの。ドアについてる錠前《じょうまえ》、あれってちゃんと役にたってるのもあるけど、やりかたがわかってれば、かんたんにはずせるのもあるんですって。とくに古い錠前は構造《こうぞう》が単純《たんじゅん》だから、こういう合《あ》い鍵《かぎ》をつかえば、どれでもあけられるのよ。あたしたち、各自で合い鍵をつくって、あける練習までしたんだから。もちろん、泥棒《どろぼう》に入るためにつかったりしませんっていう、誓約書《せいやくしょ》を書かされたけど」

「へええ。そうなんだ。ずうっと不思議だったんだ——」

ジェスの話はおわっていなかった。「だから、この家に入ることはできるはずよ。でも、入りたくないの。きのうもいったでしょう。この家は危険《きけん》なのよ。ほんとに、けがするかもしれないんだから」

信じられない、とエルズワースは思った。ジェスは、この家に入ることはできるはずだという。入ることが、どんなにだいじなことかも、わかっている。なのに入りたくない、ときた。もう、うんざりだった。

「わかったよ。この家には、入りたくないんだね。いいよ、好きにすればいい。でも、ぼくは入るからね。どうやって入ったらいいのか、まだわからないけど、ともかくぼくは入るんだ。さあ、そこをとおしてよ。もしかしたら、ドアに鍵《かぎ》がかかってないなんてことも、あるかもしれないし。ほら。はやくどいて、とおしてくれよ」

ジェスは首をふった。「お願いだから、そんなにおこらないで。あたし、こわいと思いはじめると、どうしようもなくなることがあるの。信じてくれないかもしれないけど、あたしが夢《ゆめ》に見ると、ほんとにそうなるの。うそじゃないんだから。ちょっとでも安心して、気をぬいてしまうと、たいへんなことになる。たいへんなことになるのよ」

（注）学校でいじめにあったキャリーという女の子が、超能力《ちょうのうりょく》で火をつけ、みんなに復讐《ふくしゅう》するという、スティーブン・キング作の有名なホラー小説。

エルズワースは返事をしなかった。ジェスは、どうしてもとおしてくれそうにない。じゃあ、どうするか。ポーチの手すりをのりこえていくしかない。エルズワースは手すりにつかまり、ポーチのはしによじのぼった。

「一人で入っちゃだめ」ジェスがいった。「ほんとにわからない人ね。一人で入っちゃ、だめなのよ。あんたが入るときは、あたしがついていかなきゃならないんだから」

「その話はもういいかげんにしてくれよ」エルズワースは、手すりをのりこえてポーチにおりた。そして、ドアをあけようとしたが、びくともしなかった。やっぱり、だめか。やっぱり、これをあけようと思ったら、ジェスにたよるしかないのか。「ねえ。ぼくは、この家に入らなきゃならないんだ。宝《たから》さがしをはじめなきゃならないんだ。わかるだろ？」

返事はなかった。エルズワースは、大きなため息をついた。「ねえ、きのう自分がいったこと、おぼえてるだろ。みんなにわからせてやるって。ぼくたちがここの人間だとわからせてやる、って。だけど、どうやって？　どうやってわからせるんだい？　これしか方法はないんだよ」

ジェスは、じっと地面を見つめてすわっていた。それから、急に立ちあがって、ポケットに手をつっこんだかと思うと、キーホルダーをひっぱり出した。キーホルダーには、でっぱりの形がちがう鍵《かぎ》が三つついていた。「わかったわ。でも、やるのはあたしじゃなくて、あんたよ。うまく鍵があいたら、入っていいという証拠《しょうこ》だわ。でも、もしもあかなかったら、二度とあけようなんて考えないって、約束して。ね、約束して」

エルズワースはこまりはてた。「そんなのむちゃくちゃだよ。合《あ》い鍵《かぎ》なんて、つかったこともないし。約束なんかできないよ。もういいよ。やめたやめた。ドワイトおじさんのところに行ってみるからいいや。ちゃんと説明して協力してもらうよ。どんなにだいじなことかわかったら、きっと手を貸《か》してくれるにちがいないもん」

「たぶんね。でも、自分も家に入りたいというかもよ。そうしたら、あんたがさがしたことにならなくなる。そうでしょう？　ドワイトおじさんがとりしきることになるもの。なにもかも、おじさんが……」

エルズワースは、ガツンと頭をなぐられた気がした。ジェスのいうとおりだ。やられた、ぼくの負けだ。エルズワースは降参《こうさん》した。「こっちにくれよ、それ」

「約束する？」

エルズワースは、ジェスの手から鍵をもぎとった。「わかった、わかった。約束するよ」

にぎってみた鍵は、どれもじっとりとつめたい、ただの金属《きんぞく》の棒《ぼう》だった。エルズワースは汗《あせ》ばんでふるえる手で、最初の鍵をさしこんでみたが、なかまで入らなかった。なんとかおしこんだものの、なにも起こらなかった。まったくなにも。いや、左右にまわしてみると、わずかに手ごたえがある。鍵の先のでっぱりが、錠前《じょうまえ》のなかにある金属のでっぱりをおしさげようとしているのだ。これがおりてくれたら、はずれるにちがいない。でも、どうやら鍵の形が合わないようだ。

エルズワースは、ジーンズで手の汗をぬぐってから、ひざをつき、もっと近くによって、二本目の鍵《かぎ》をためしてみた。これは、先のでっぱりが十字の形をしていた。これが合うとはとても思えなかったが、さしこんで、左右にまわしてみると、もうちょっとでうまくかみあいそうな手ごたえがあった。もうちょっと、もうちょっとで……とうとう、かみあった。だが、それ以上動こうとしなかった。せっかくかみあったのに、錠前《じょうまえ》が古いからか、さびついているのか、まったく動こうとしない。でも、動かさなくちゃ。どうしても、動かさなくちゃ。エルズワースは、鍵が手にくいこむのもかまわず、体じゅうの力をこめて、鍵をまわした。すると突然《とつぜん》、ガチャッと音がして、鍵がまわった。

「やった！」その場にしゃがみこみながら、エルズワースはいった。いまだに、あいたなんて信じられなかった。「やったよ！」

ジェスはうなずいた。

「これなら、文句はないだろ？　さあ、入ろう」

ジェスは、もう一度うなずいた。そして、手をのばしてエルズワースの腕《うで》をつかんだ。もう、こわがっているようには見えなかった。だが、エルズワースの腕をつかむ力は、いたくなるほどだった。こんどは、なんだかエルズワースのほうがこわくなってきた。「なんだ、なんだよ」

「いっしょに行くわ。でも、もう一つだけ約束して。この家は、火事にならないと約束して」

エルズワースはふかく息をすいこんでから、立ちあがり、自分自身の願いでもあることを口にした。「火事になんか、ならないよ」そして、ドアをおしあけた。

第十四章　家のなか

外はあかるいのに、家のなかはまっ暗だった。物音ががらんどうの建物にひびいて、まったくちがう音のように聞こえてきた。そんなことが、こんなに気味がわるいなんて。さっき、家のなかをあるきはじめたときだって、うしろでゆっくりとしまったドアの音が、まるで人のため息のように聞こえたっけ。

エルズワースの耳には、自分の息づかいとジェスの息づかいが、はっきり聞こえていた。自分の足音も、うしろからついてくるジェスの足音も、大きくひびきわたるようだった。エルズワースは、幅《はば》のひろい床板《ゆかいた》を、一枚《まい》一枚たしかめるように踏《ふ》んでいった。床ははったばかりのようにしっかりしていた。はってから百年もたっているなんて思えないほど、しっかりした床だった。

ついに、家のなかに入ったのだ。ほんとうに、なかに入れたのだ。

エルズワースは懐中《かいちゅう》電灯をつけて、まわりをぐるっとてらしてみた。ここは、いま人が住んでいるほかの家では、台所になっている部屋《へや》だ。だが、この部屋はがらんどうだった。そのがらんどうの空間に、ありとあらゆる音がわんわんひびいていた。

「ちょっと、なにやって――」ジェスが大声でいいかけたので、エルズワースは手をあげてさえぎった。

「しーっ、静かに！　いま、いろいろと観察してるところなんだから。なんなら、ここでまっててよ」

「わかった、静かにするから」ジェスはひそひそ声でいった。二人はそろそろと、玄関《げんかん》広間に足を踏《ふ》みいれた。懐中《かいちゅう》電灯の光が、くすんだ色に変色した壁板《かべいた》をはいあがって、蜘蛛《くも》の巣《す》だらけの高い天井《てんじょう》に到達《とうたつ》し、そこからまた壁板をおりてきた。ジェスの腕《うで》が、エルズワースの腕に軽くふれ、あわててひっこめられた。

エルズワースは、けんめいに呼吸《こきゅう》をしずめた。といっても、こわいというのとは、ちょっとちがった。なにかにとびかかられたり、のみこまれたりするとは思えなかった。自分にアンテナがついているような感じ、いや、自分の体全体が感度のいいアンテナになった感じだった。そのアンテナがビリビリと、ここにはまちがいなくなにかがある、としらせていた。

エルズワースは神経《しんけい》を集中して、一歩、また一歩と広間をすすんでいった。懐中電灯を上下左右に動かすと、その光のなかにつぎつぎと、羽目板《はめいた》や重厚《じゅうこう》なオーク材の建具《たてぐ》や、にぶい光をはなつマホガニー材製《せい》の階段《かいだん》の手すりがうかびあがった。

舞《ま》いあがったホコリのために、うしろにいるジェスが二度もくしゃみをした。ジェスは鼻をかんでから、ひそひそ声でいった。「ごめん」ホコリそのものは平気なエルズワースも、ホコリのにおいをかいでいると、口のなかでいやな味がしてきた。重苦しくてかわいた、なにかの死骸《しがい》から出ているようなにおい。なにかとんでもないものが、壁《かべ》のなかにうまってでもいるかのようなにおいだった。

エルズワースは、もう一度、懐中電灯《かいちゅう》を天井《てんじょう》にむけてみた。すると、こんどはキラキラときらめくものが見えた。金属《きんぞく》やガラスに反射《はんしゃ》して光っているのだ。シャンデリアだ。ここにも、やはりシャンデリアがあったのだ。最初の家、〈エルズワースの家〉では、シャンデリアにダイヤモンドがかくされていた。ここでも、もしかして？

いや、それはないだろう。宝《たから》さがしのヒントはいつも絵だったが、この家の絵は、というか、いまエリザベスおばさんの家にある絵は、シャンデリアをしめしてはいなかった。いや、そもそも金銀財宝《ざいほう》をしめしてさえいないのだ。あれは、家と池とおどっている家族を描《えが》いた絵だ。あの絵は、そう……生きている感じだった。ここにはたぶん、命のあるものなど、住んでいたためしがないというのに。

エルズワースは、ぞっとして身ぶるいしながら、懐中電灯の光をシャンデリアから、玄関《げんかん》のドアにうつした。そして、いちめんに彫刻《ちょうこく》のしてあるドアの木わくを、下のほうからてらしていった。とちゅうで、懐中電灯の動きがぴたっととまった。エルズワースは木わくの一カ所に光をあてたまま、そこによっていった。「これは、なんだろう」

「それはね……」ジェスがいいかけて、あわてて口をつぐんだ。

「なんだよ、きいてるんだから、ちゃんといってよ。ねえ、なにに見える？」

ジェスは、懐中電灯《かいちゅう》の光のなかをゆびさしながらいった。「頭文字だと思うわ」そして、あいかわらずひそひそ声でつづけた。「ほら、ツタがからまったような模様《もよう》の、まんなかにあるのがそう。これはRね。リチャードのことかな。ここがリチャードの家だという意味？」

エルズワースは、突然猛烈《とつぜんもうれつ》に元気が出てきて、懐中電灯をあちこちにむけてみた。「見て、あそこにも。ほら、居間《いま》の入り口の、上のほうのアーチになっているところ」

「Eだわ。E。ということは……エルズワース？　かもね。ほら、初代のエルズワースよ。もしかしたら、ここには子どもたちの頭文字が、ぜんぶ書いてあるのかもよ。それがあつまって、なにかを意味しているのかも。なにか、だいじなことをね。だったら、さがしてみなくっちゃ」

いわれるまでもなく、エルズワースは居間のほうへあるきだしていた。そして、そのとき。

「見て。ねえ、見て、これ」エルズワースは懐中電灯の光を、床《ゆか》の一点にあてていた。床のその部分は、ほかとはまったくちがっていた。寄せ木細工《よぎ》のような模様になっていたのだ。小さな木片《もくへん》を四角くならべた内側に、さらに小さい四角がはめこまれている。中心には、円形の木片が組みこんであった。「どこの家にもあるものなのかなあ？」

「うーん、どうかな。おばあちゃんのおうちは、玄関広間の床は木だけど、あとはじゅうたんがしいてあるから、下になにがあるのかはわからないし。エリザベスおばさんのおうちで、この部屋《へや》に入ったことはないし」

「ぼくはたしか、きのう入ったような気がする。ほんのしばらくだったけど。でも、床《ゆか》がどうなってたかは……」

「これ、いやな感じ」ジェスはそういうと、とたんにそわそわしはじめた。「なんだか、穴《あな》みたいなんだもん。ここの床は、あぶないのかもよ」

「なにいってんだよ。木を組み合わせた、ただの模様《もよう》じゃないか。穴なんかじゃない。それに、ほら」そういうと、ホコリが舞《ま》いあがるのもかまわず、床をドンドンと踏《ふ》みならした。「床はこんなにしっかりしてる」そうはいったものの、さすがにちょっと気になって、模様をまたいでとおりこしてから、つぎの部屋にむかった。すこし行ってからふりかえり、ジェスを懐中《かいちゅう》電灯でてらしながらきいた。「いっしょにこないの？」

ジェスはひどいくしゃみの最中で、返事どころではなかった。

「わあ、ごめん、ごめん」エルズワースはいった。

ジェスは、エルズワースをにらんでいた。「あんた、わざとやったんでしょ？」くしゃみをしながら、とぎれとぎれにいったが、もうこわがっている声ではなかった。おこっている声だった。

「わかったわ。あれは穴じゃないわよね。そうよね。あんたは、なんでもお見通しなんだから。だったら、いますぐ宝《たから》をほりあてて、はやいとこ、こんなとこからぬけだせるようにしてよ」

「ほりあてたっていうのはね、第二の家の話なんだよ」そういいながら、エルズワースはすっかりうれしくなっていた。だって、床《ゆか》はしっかりしているし、ジェスはおこっている。おこっているジェスのほうが、こわがっているジェスより、ずっとましだった。「ここじゃなくて、〈トーマスの家〉のときのことだよ。よし、じゃあ、先へ行こう。あっ、また頭文字だ。ほら、読書室の入り口。こんどは、Uだな。Uって、だれだっけ？　思い出せないや。でも、ほら、ここの床にも、あの模様《もよう》があるね」エルズワースはまた、懐中《かいちゅう》電灯を壁《かべ》にむけてみた。「あっ、あそこを見て。あそこはきっと、あの絵がかかってた場所だ」

となりにきていたジェスが、うなずくのが見えた。エリザベスおばさんの家とおなじように、ここでも読書室の西側の壁に、暖炉《だんろ》がつくりつけてあった。ただし、ここの暖炉はレンガでふさがれていて、マントルピースの表面の塗料《とりょう》はわれてはがれかけていた。そして、その上の壁に、ぽっかりと白く色がぬけている部分があったのだ。おそらく絵をはずしてから四十年はたっているはずだが、そこの壁の色はまわりのしっくいの色とはまったくちがっていた。しばらくのあいだ、二人はそれをじっと見ていた。

「やっぱり、そうだわ」やぶからぼうに、ジェスがいった。「あの絵のことだけど。もともとここにあって、いまはエリザベスおばさんの家にある絵。あれは、池の絵でしょ？　というか、まんなかに描《えが》いてあるのは、池よね。で、池ってなんだと思う？　穴よ。地面にあいた、大きな大きな穴《あな》。それでもって、ここの床はどうなってる？　穴ではないかもしれないけど、穴みたいなものがついてるわよね。だから、あれにはなにか意味があるのよ。あるにきまってる」

エルズワースは、知恵《ちえ》の輪でもやっているような気がしてきた。知恵の輪では、一つの輪を動かすと、さっきまで動かなかったべつの輪までなぜか動くようになる。それとおなじように、だれかがあることをいうと、それを聞いていた人の頭のなかに、まったくべつのことがうかんでくる。そんなこと、あるんだろうか？　だが、いまはともかくそんな感じだった。穴《あな》。床《ゆか》にあいた穴。それと、あの絵と。いままで、そういうふうに結びつけたことはなかった。そして、結びつけたとたん、まったくべつのことが頭にうかんできたのだ。

「エリザベスおばさんがいってた。ぼくのおばあちゃんが転んだんだって。おじいちゃんといっしょに、ここにきたときのことなんだ。おばあちゃんが、家のなかをあるきまわっていたら、なにかが動いて、転んだって。この模様《もよう》は、もしかしたら、ほんとに穴なのかも。穴といっても、人をのみこむほど大きいのじゃなくて、つまずくくらいの。それでもって、つまずいたら……」

エルズワースはしゃがみこんで、模様のまわりを指でさぐってみた。まるい板が動くようになっているのではないかと思い、留《と》め金をさがしてみたのだ。だが、そんなものは見つからなかった。念のために、二人で居間《いま》に行って、そこの模様もしらべてみたが、結局、二人とも手が真っ黒になっただけだった。

「ダイニングルームの床も、しらべてみる？」ジェスがいった。「もしかしたら、台所の床にもあったのかもしれないわね。さっきは気づかなかったけど」

二人は、そろそろと玄関広間《げんかんひろま》にもどっていった。ところが、階段《かいだん》のまえまできたところで、エルズワースが、穴《あな》のことなんかふっとんでしまうようなものを見つけた。下にむけていた懐中電《かいちゅう》灯の光のなかに、金属《きんぞく》のプレートがうかびあがったのだ。階段のいちばん下の踏《ふ》み板《いた》のほぼ全体にかぶせられた、大きな金属のプレートだった。

「なんだろう?」エルズワースは、懐中電灯の光を近づけてみた。「なにか書いてある。いっぱい字が書いてあるよ」

「なんて書いてあるの?」

「うーん、わからないや。飾《かざ》り文字だから。こういうの苦手なんだ」

「じゃあ、ちょっとその懐中電灯、あたしに貸《か》して」ジェスがいった。「ああ、これならだいじょうぶよ。ほら。言葉の最初の字が飾り文字になってるだけで、あとはそんなにややこしくないわ」ジェスはしゃがみこんで、あいているほうの手で、プレートのホコリをはらった。「いい、読むわよ。『この階段は』――これが最初の言葉ね。『この階段は、一人で……一人で……のぼるべからず』」

そこでジェスはしばらく文字をながめていたが、しばらくすると、しきりにうなずきながら、また読みはじめた。

「『二人ずつ、手に手をとって、たがいに助けあい、たがいにささえあうこと。そうすれば、いちばん上の段までたどりつくことができる。そこで、みなが集《つど》い、見つけるであろう。わたしがたくわえた、最後のものを。わたしがたくわえた、最良のものを。わたしがたくわえた、心からの贈《おく》り物、もっとも偉《い》大《だい》なる財宝《ざいほう》を』うわあ！」

「うん！」エルズワースもいった。「すごいや。でも、どうしてわざわざこの場所に、こんなものをはったんだろう？　いったいなにをいってるんだろう？」エルズワースは体をかがめ、最初の言葉を指でなぞりながら読んだ。『『この階段《かいだん》は、一人でのぼるべからず』そうか。もしも……もしもだよ、このやっちゃいけないってことを、やってしまったんだったら。おばあちゃんの話は、このことなのかな。一人でのぼろうとして、それで転んでしまったのかも」

ジェスは身ぶるいした。「この階段には、なにかよくないことがあるってことよ。やっぱり、そうだったのよ。もう、さわらないほうがいいわ」

だが、エルズワースは、はやくも懐中《かいちゅう》電灯をおいて、しゃがみこみ、くわしくしらべはじめていた。まず指を踏《ふ》み板《いた》のいちばん左のはしにおき、そこから右へ、すこしずつずらしながら、おしていった。だが、金属《きんぞく》の部分はただの金属だったし、木の部分はただの木みたいだった。ところが、指が右はしまできたとき、なにかが動いた。エルズワースは胸《むね》をドキドキさせながら、もっと強くおしてみた。力いっぱいぎゅっとおすと、階段の右側全体が、いきなり五センチほどさがった。同時に、板の左側がもちあがって、わっとホコリが舞《ま》いあがった。

「わあ！　いまの、見た？」だが、ジェスはくしゃみの最中でこたえられなかったので、エルズワースはもう一度おなじことをやってみた。こんどは左側がさがり、右側があがった。「ね。シーソーみたいだ」はらばいになって、踏《ふ》み板《いた》の下をのぞきながらいった。「たぶん、テコかなにかがしかけてあるんだ。踏み板のまんなかあたりにね。だから、こんなふうに、ほら……わあ、すごい！」

「もう、やめてったら！」ジェスはあとずさりした。いつのまにか、ぜいぜい苦しそうな息になっていた。「ひどいわ。どうして、こんなことしたのかしら。人を転ばせるつもりだったのかしら。とんでもない話だわ」

エルズワースは、やっと立ちあがった。「そうじゃないよ。たぶん。おじいさんは、転ばせようなんて考えてなかったはずだ。この板は、たしかにあがったりさがったりするけど、ほんのちょっとだけだ。それに、そのために、このプレートを書いて、つけといたんだと思う。みんなに気をつけてほしくてね。ぼくのおばあちゃんは、これに気づかなかったか、読まなかったかだったんじゃないかな。どうしてそうなったのか、わからないけど、ともかくジョン・マシューおじいさんがのぞんでいたのは、そういうことじゃなかったと思う。おじいさんは、みんなにいっしょにのぼっていってほしかったんだ。ほら、二人がいっしょにのれば、階段《かいだん》は動かない。ね？ シーソーみたいなものなんだからさ。右と左に一人ずつのれば、まっすぐになったまま、動かないはずだ。ためしてみなくちゃ。さあ」

「いやよ。シーソーなんか、大きらい。小さいころね、年上の子といっしょにのってて、うんと高くあげられたの。そのとたん、その子がさっととびおりちゃって……」

「ぼくはとびおりたりしないから。ほら、ぼくがここに立って、きみがここに立って。一、二の三で、いっしょにあがるんだ。手すりにつかまってもいい。ね？」エルズワースは懐中電灯《かいちゅう》の光を、ジェスの顔にむけた。ジェスは目を見ひらいて、下唇《したくちびる》をかんでいた。

「ねえ」ようやく口をひらいたジェスはいった。「もしも、あたしがやらないっていったら、あんた、どうするつもり？　ほんとは、あたしの知ったことじゃないかもしれないけど。でも、あんた、一人であがっていこうと思ってるんでしょ？」

「行かなきゃならないんだ。きみだって、わかってるくせに。宝《たから》がこの上にあるんだ。ジョン・マシューおじいさんが、ちゃんと書いてるじゃないか。宝はすぐそこにあるって。おじいさんの最後の、最良の宝が、この上でまってるって。それがなんなのか、見にいかなくちゃならないんだ」

ジェスは大きく息をすいこんで、はきだした。それから、のろのろと近づいてきて、階段《かいだん》の下にエルズワースとならんで立った。

第十五章　ひび

　エルズワースも、ふーっと息をはきだした。「よし。じゃあ、いくよ。いい？」ジェスの顔は見えなかったが、そばでうなずいたのだけはわかった。そのほうがよかった。ジェスがあれこれいいいいだすと、話がこんぐらがってくるのだ。「そうだ、手すりにつかまってのぼりなよ、念のために。いいかい、一、二の三！」
　二人は、そろって一段目《だんめ》にあがった。階段《かいだん》が一瞬《いっしゅん》、ぐらっと動いた。それぞれが反射的《はんしゃてき》に、足の位置をずらしてバランスをとり、階段はとまった。エルズワースは思わずにやりとした。懐中《かいちゅう》電灯を動かして、ジェスのほうを見ると、さすがに笑顔《えがお》というわけにはいかなかったが、おびえているようすはなかった。「いいかい？」
　ジェスがうなずいた。
「一、二の三」また、いっしょに一段あがった。そして、また一段。あがるたびに、だんだん自

信がついてきたエルズワースは、懐中電灯《かいちゅう》で上のほうをてらしてみた。だが、この高さからは、のぼりきったところに、なにがあるのかまでは見えなかった。わずかに、二階《かい》の鎧戸《よろいど》が勝手にあいたかのような、ぼんやりした光がさしこんでいるだけだ。「じゃあ、またいくよ。一、二の三」

この段は、おなじようにはいかなかった。エルズワースはおどろきの声をもらし、ジェスののどは、はげしくぜいぜい鳴った。二人は思わず顔を見あわせ、それぞれトントンと板を踏《ふ》みならしてみた。エルズワースはまたまた、にやりとせずにはいられなかった。この段《だん》はシーソーではなかったのだ。段全体がしっかりととめてあった。つぎも、そのまたつぎもそうだった。

「最初の三段だけだったんだね。あれをとおりこしたら……」

「わかんないわよ。気をつけなくちゃ」二人とも気をつけてはいたが、一段一段のぼっていくごとに、足もとは大木のようにどっしりとしてきた。

あともう二、三段というところで、エルズワースは階段から目をはなして、もう一度、上を見てみた。そして、思わず目をほそめた。これは、いったい。

「なに？」ジェスがいった。「なんなのよ」それからおなじものを目にした。「まあ！」

部屋《へや》や廊下《ろうか》があるはずの二階には、ものすごくひろい、がらんとした空間がひろがっていた。天井《てんじょう》もやたらと高く、垂木《たるき》がむきだしになっている。大きな窓《まど》には鎧戸がおりていて、さっき見えたぼんやりとしたあかりは、この窓からではなく、屋根のあかりとりの小窓からさしこんでいた。部屋《へや》の空気は長いあいだとじこめられて、ホコリっぽくよどんでいたが、部屋そのものは、ひろびろと心がときはなたれるような空間だった。

「すごい」ジェスがささやいた。「なんなのかしら？　なんのために、こんな大きな部屋を」

エルズワースは、さっそく懐中電灯《かいちゅう》の光で床《ゆか》をあちこちてらして、しらべにかかっていた。

「うん。でも、床は下の階《かい》とおなじみたいだね。ただし——ほら、あの、まんなかにある模様《もよう》。こっちのほうが大きいや。ずっとずっと大きい。色もちがうみたいだ。もうちょっと近くで——

——」

「だめよ！」ジェスがいったときには、エルズワースはもう床に足をのせていた。そして、三歩あるいたところで、気がついた。下の階では、聞こえてくる音といえば、自分の息の音に足音、そして小声でかわす話し声だけだった。ところが、ここでは……ここでは、べつの音がしているのだ。まるで、床が息をついているような音が。床がため息をつき、うめき声をあげ、みしみしいっている。足の下で、いまにもわれそうだというように。エルズワースは動けなくなった。

「落ちる、落ちちゃうよ！」

「わあ！　ひびよ、ひびが入ってるのよ！」懐中電灯の光がめちゃくちゃにゆれて、エルズワースはおおあわてでとびのいた。足がおりたところは階段《かいだん》の上から二段目で、とっさに壁《かべ》に身をよせたので、なんとかころげおちずにすんだ。心臓《しんぞう》がのどからとびだしそうだった。床が落ちたら、この階段だってあぶない。エルズワースはジェスの手をひっつかんだ。

「はやく、はやくにげるんだ！」二人はドタドタと階段《かいだん》をかけおり、シーソーのような段までくると、何年も練習してきたかのような息のあった動作で、つぎつぎとおりていった。そのまま、ころげるように裏口《うらぐち》まで走り、ポーチに出たところで、ようやく立ちどまった。ここまでくれば、もうだいじょうぶだ。二人はポーチの段にどさりとすわりこみ、何度も何度も荒《あら》い息をくりかえした。エルズワースには、このときのザ・スクエアの朝の空気ほど、はだにここちよく、あまく感じた空気はなかった。

しだいに息がととのってくると、頭もはっきりしてきた。すぐ横では、ジェスがまだぜいぜいのどを鳴らしている。気がつくと、エルズワースはジェスの手をにぎったままだった。その手をふりほどき、階段をずりおりてから立ちあがった。

頭をひやせ。落ちついて考えるんだ。だいじょうぶじゃないか。なにが起こったっていうんだ。ぼくらは、ジョン・マシューおじいさんの階段の謎《なぞ》をといたじゃないか。そして、ちゃんとのぼっていけたじゃないか。それに、けが一つしてはいない。そうだ、それがかんじんだ。発見だって、いくつかした。頭文字らしき文字、穴《あな》のような穴でないような模様《もよう》、注意書きのあるプレート。それから、ジョン・マシューおじいさんの宝《たから》がかくされていると思われる、あの気味のわるい部屋《へや》も。だが、いちばん大きな発見は、もしもおじいさんが宝をかくしていたとしても、それはぜったいに手に入らないだろうということだった。床《ゆか》がくさっているからだ。

だが、ほんとにそうだろうか。もしもくさっているとしたら、もっと、もっと……たよりない踏《ふ》みごこちなんじゃないだろうか。それに、あの音。あの音は、どこかで聞いたことがある音だ。だが、どこで聞いたのかは、いくら考えても思い出せなかった。

ふりかえると、ジェスの呼吸《こきゅう》も、ようやくふつうに近くなっていた。そのうえ、しかめっつらをしていた。「なに、これ？」ジェスがいった。「いま、気がついたんだけど。なんのにおいかしら？」

エルズワースは、首をふっていった。「なんにもにおわないけど」

「こげるようなにおい。このにおいは……このにおいは……タバコよ！」ジェスは目をほそめたかと思うと、エルズワースのすぐそばの道路をゆびさした。「あぶない！　あんた、火のついたタバコを踏んでるじゃないの。消して。はやく消してよ」

「落ちついてくれよ。こんなの、燃《も》えうつりゃしないよ」そうはいっても、いちおう足を動かして、踏み消しておいた。道路に落ちているそのすいがらを見ながら、エルズワースは考えていた。

「タバコをすうのは、どっちなのかなあ。知ってる？」

ジェスは身ぶるいしてみせた。「ドワイトおじさんよ。あの指、気づかなかったの？　タバコのヤニで真っ黄色じゃない。最低よ。でも、ほかにもすう人はいるみたい。朝はやくジョギングしてると、ときどき、いまみたいな火のついたすいがらが落ちてるから。ドワイトおじさんの散歩は、もっとおそい時間なのに」

ということは、RCなんだろうか？　RCが毎日、朝はやく、ザ・スクエアをあるきまわってるんだろうか。そしてきょうは、リチャードの家まで、ぼくのあとをつけてきた？　でも、どうしてそんなことを？　ほんとにぼくに会いたいのなら、エリザベスおばさんの家にたずねてくればすむことじゃないか。

　だが、いまはこれ以上、ＲＣのことは考えたくなかった。いま、いちばん気になるのは、あの床《ゆか》のことだ。ジョンおじさんに会いにいってみようか。ジョンおじさんは木工にくわしいと、ドワイトおじさんがいっていた。なにか考えがあるかもしれない。

　行くとしたら、父さんがくれた木箱をもっていって、見せてみることにしよう。エリザベスおばさんにも、床の話をしてみよう。それから父さんにも、また電話をかけてみようか。それにしても、不思議だった。父さんと話をしたいとは思うけれど、レイク・ブリーズ・モーテルがどんどん遠くなっていくような気がした。

「エルズワース！　あんた、寝《ね》てんの？　ぼーっとしちゃって。あたし、そろそろ帰らなくちゃ。朝ごはんにおくれたら、おばあちゃんにまたワーワーいわれちゃうから。食欲《しょくよく》なんかないけどね。なんだか、へんな気分なの。さっきは、頭がくらくらしちゃって。ほんとに、あそこになにかあるみたいな気がしてきちゃった」

「きっとあるんだよ。問題は、それをどうやって手に入れるかだ。あとでジョンおじさんのところに行くけど、いっしょに行かない？　父さんが、ジョンおじさんだったら、手を貸《か》してくれるんじゃないかっていってたから。おじさんは木工が得意だし。それに、あそこの家の床も、しらべさせてもらったらどうかな。ほかの家にも、あの穴《あな》みたいなものがあるかどうか、見てみたいんだ」

「うん、そうね。いいわ。あんた、むかえにきてくれる？　また、お料理をさせられてる最中だと思うから。きょうはパイですって」

「へえ。どんなパイ？」

するとジェスが、はじめてにこっと笑った。これがあのジェスかと思うほど、得意そうな笑《え》顔《がお》だった。そういえば、小さい子がどこかでつまらないジョークを聞いてきて、それをいいたくてしかたないとき、こういう顔をするよな。「こげこげパイ！　パイなんか焼くの、はじめてだもんねっ」

そして、走っていってしまった。くるりとふりむいてあるきはじめたエルズワースは、うきうきした気分になっていた。ジェスって、あんがい、いい子なのかもしれない。いつもというわけにはいかないけれど。

帰り道は、南の歩道をとおっていくことにした。いままで、この道はとおったことがなかったのだ。あるいていくと、あの二本のマツの木が右側に見えてきた。近くで見ると、二本とも、幹《みき》は両手をまわしてもとどかないほど太く、梢《こずえ》はどこまでも高く、天にむかって矢のようにまっすぐにのびていた。だが、木は死んでいた。完全に死んで、枯《か》れきっていた。まわりの地面には、枯れ枝《えだ》や枯れたマツ葉や、やせこけたマツぼっくりが、そこらじゅうにちらばっていた。

左側に見えているのも、楽しい光景ではなかった。〈トーマスの家〉だ。第二の宝《たから》の家。だが、いまでは、すっかり見すてられたようなありさまだった。人々は宝を見つけて、はこびだしてしまうと、この家のことなど忘《わす》れてしまったにちがいない。屋根のかわらはあちこちはがれ、壁《かべ》のレンガもぬけおちているところがたくさんあった。二階《かい》の鎧戸《よろいど》にいたっては、ちょうつがいがはずれて、ぶらぶらしているのが二枚《まい》もあった。ポーチにのぼる階段《かいだん》はなくなっていた。まったく、なくなっていたのだ。そのほうが安全かもしれないと、エルズワースは思った。ポーチもかなりいたんでいるようだったからだ。すっかりゆがんでかたむいたポーチは、どこかをちょいとひっぱってやれば、どっとくずれおちて、それとともに家そのものまでくずれてしまいそうに思えた。

第十六章　一九三二年——第二の宝《たから》

ときは一九三二年。この年、世界は音をたててくずれおちようとしていた。すくなくとも、スミス家の人々は、そういうふうに感じていた。このかいわいに住む、何百万という人々もおなじだった。三年まえの株《かぶ》の大暴落《だいぼうらく》にはじまった世界大恐慌《だいきょうこう》は、いっこうにおわるきざしを見せなかった。それどころか、ますます腰《こし》を落ちつけ、ますます猛威《もうい》をふるっていた。

ザ・スクエアで生まれたジョン・マシューの子どもたちのうち、生きているのは、二人だけになっていた。七番目に生まれたアイオニアは七十九歳《さい》だった。そんな高齢《こうれい》にもかかわらず、いまだに毎朝五キロの散歩をし、いまだに毎晩《まいばん》ピアノにむかって、ベートーベンのソナタをひいていた。ちょうどそのとき、生涯《しょうがい》で千二百うん十個《こ》目のチリソースのびんづめをつくりおえ、くわえてその年の分のモモとナシと、それからありとあらゆる種類《しゅるい》の野菜類のかんづめも、しこみおえたところだった。

アイオニアは自分の家庭をもったことはなかったが、この六十年間に生まれたスミス家の子どもたちは、一人のこらず、アイオニアおばあさんのやさしいひざにだかれて育った。みんなにひもじい思いだけはさせてはならない、というのが、アイオニアおばあさんのモットーだった。

ヘンリーにとって、これはありがたいことだった。家族みんなにかわいがられた「ヘンリーぼうや」もすでに七十三歳《さい》。それでも、食欲《しょくよく》だけはおとろえるようすがなかった。ヘンリーおじいさんは、西三番地の家に、息子《むすこ》のロブと、その妻《つま》のモード、そして二人の孫とともに住んでいた。上の孫のダンカンは十三歳、下のボビーは十歳だった。ダンカンは野球が好きなふつうの子どもで、だれにでも愛された。ところが、ボビーは、これぞ問題児の見本という感じの子だった。

いや、そこまでいってしまうと、ちょっとかわいそうかもしれない。ボビーはわるい子ではなかったのだから。ただ……ただ、知りたがり屋だったのだ。この子は、ともかくなんでもかんでも、知りたがった。とくに、ひいおじいちゃんであるジョン・マシューの宝《たから》に関することとなると、なに一つのがすまいとした。ボビーにかかると、三つの宝がまちがいなくあるのなら、もっとあっても不思議はないということになった。どんなすばらしいものが、どんなとんでもないところにかくされているか、わからないというのだ。

そういうわけで、よちよち歩きのころから、ボビーは屋根裏《やねうら》をあさってまわっていた。屋根裏だけではない。ボビーは、そこらじゅうの地下室にもぐり、ザ・スクエアじゅうの家々をたずねては、入れてもらって、家《や》さがしをした。その結果、宝と称《しょう》するものを手にして、もどってくることもあった。

宝《たから》のなかには、スカンク数匹《ひき》のはくせいもあったし、第一次世界大戦でつかわれたほんものの銃剣《じゅうけん》もあった。いやらしい写真が山のように出てきたこともあって、これにはボビーの目もまんまるくなった。もちろん、ダンカンの目も。写真はフリーマーケットにもっていって、二ドルで売れた。一九三二年当時としては、けっこうなお金だ。だが、ほんものの宝は——それは、まだ出てきていなかった。

こう書くと、ザ・スクエア南三番地の家のドアがあけられる日がついにきたとき、当然《とうぜん》、そのドア口には、いまにもかけこもうと胸《むね》をときめかす、ボビーの姿《すがた》があったと想像《そうぞう》されるかもしれない。だが、そうではなかった。十月のある天気のいい日、三番地の家の鎧戸《よろいど》があけはなたれ、しずしずとドアがあけられたとき、そこにボビーの姿はなかった。ボビーとダンカンは二人とも水ぼうそうにかかり、ふうふういって寝《ね》ていたのだ。

じっさい、このときドア口に立った二人の人間の頭には、ボビーをつれていくなどという案は、うかびもしなかった。誤解《ごかい》のないようにいっておくと、この二人、チャールズ・スミスとジョージ・スミスは、たしかにボビーがなついている親戚《しんせき》ではなかった。だが、ほかのみんなには一族の誇《ほこ》りといわれていた。ジョン・マシューの六番目の子ども、サミュエルの息子《むすこ》として生まれたチャールズは、スミス・ミルズのハイスクールの校長をしていた。その息子のジョージは当時十六歳《さい》で、生徒会長をつとめるいっぽう、弁論部《べんろんぶ》の副部長でもあった。

この父子は頭もよければ、責任感《せきにんかん》もあり、どんなだいじなことでもこの二人にまかせておけばだいじょうぶだとみんなが思う、そんな人間だった。ただ、ここがむずかしいところだし、二人には気の毒というほかないのだが、どうやら、頭がよくて、きちんとすじみちをたてて考えられることが、かならずしも宝《たから》さがしにむいているということではないらしい。

とはいえ、二人にはちゃんとわかっていた。家のなかに入って、真っ先にすべきは、絵をさがすことだと。この作業《さぎょう》はあっというまにおわった。台所にあたる部屋《へや》をとおりかかったら、すぐに目に入ったのだ。絵は、ふつうならガスレンジがある場所の、上の壁《かべ》にかかっていた。

父子は長いあいだ、じっとその絵を見ていた。しばらくして、父親のチャールズがせきばらいをしてから、口をひらいた。「さてと、謎《なぞ》はとけたようなものだな。やはり、わたしがずっと考えていたとおりらしい」

「そうだね、お父さん。そのとおりだ。ぼくが考えていたとおりでもある」

チャールズは、おかしそうにくっくっと笑った。「それにしても、おばあちゃまときたら、なんでもかんでも、カラフルに描《えが》いてしまうんだからな。この木の葉っぱを見てごらん」

「たしかに、これは見ものだ。ほんとに見ものだね、お父さん」

たしかに、その木全体が見ものだった。どう見ものかというと、まず第一に、ばかでっかい木だった。それだけでなく、木全体が描かれていた。絵の上半分には、地面から上の、青空にそびえる木が描かれ、下半分には、その木が真っ黒な土のなかに根をはっているようすが描かれていたのだ。だが、ほんとうに人目をひくのは、やはり木の葉だった。そこには金箔《きんぱく》がはってあったのだ。木《き》の葉ではなく金《きん》の葉だと、あとで笑い話になった。

「わたしはずっと思っていたよ。今回の宝《たから》は金にちがいない、とね」チャールズがいった。「では、それはいったいどこにあるんだということになるな。そうだ、どこにあるのか。そこでだ、ジョージ、まず、エルズワースとトーマスはふたごだ。そして、〈エルズワースの家〉では、シャンデリアにダイヤがかくしてあった。ガラスに見せかけて。そうだな？　そこからみちびきだしたわたしの結論《けつろん》はこうだ。ここ、〈トーマスの家〉にかくしてある宝は金だ。それが、真鍮《しんちゅう》に見せかけてあるんじゃないのかな。おやっ、これはすごいぞ。ガラスと真鍮《ブラス》ということになると、韻《いん》まで踏《ふ》んでるじゃないか！」

「ほんとだ、お父さん。すごいよ！　だけど、お父さん、この根っこ、なんだか気にならない？　ここに描《えが》かれてる、木の根っこ。どうして、こんなに長くのびてるんだろう。こんなにたくさんの、おかしな岩のあいだをとおって、こんなにふかくまで。なんだか、へんだよ」

チャールズはこれを笑いとばした。「ベッツィーおばあちゃまは、とってもすてきな人だったけど、科学に強いとはいえなかったからね。絵だって、けっしてじょうずとはいえない。でも、いいんだよ。この絵は、ちゃんとつたえることをつたえてくれてるんだから。わたしには、それでじゅうぶんだ。さあ、シャンデリアをおろしてみることにしよう。宝はきっとそこにある」

二人はシャンデリアをおろした。だが、そこには宝などなかった。いくらしらべてみても、真《しん》鍮《ちゅう》はただの真鍮で、ガラスはただのガラスだったのだ。真鍮《ブラス》とガラスは、おもしろい韻《いん》だったし、シャンデリアも美しかったが、宝《たから》はなかった。それから父と息子《むすこ》は、家じゅうを上から下までくまなくさがしてみたが、宝らしきものはなにも出てこなかった。とくに、金らしきものは、いっさい……

二人は絵のところにもどって、もう一度、じっくりとながめてみた。

「どう思う、ジョージ？　おまえの考えをきこうじゃないか」

「そうだなあ。いま、思ったんだけど、この木は、裏《うら》の原っぱのナラの木にそっくりだよね。原っぱの北のはしにあって、金色の大きな葉っぱをつけてるナラの木。それから、この絵に描《えが》かれているのは、地上の木だけじゃないよね。地下の部分も描いてある。根っこや、土や、岩もだ。ということは、ひいおじいちゃんは、木の下に宝をうめたってこと？」

「ああ、ジョージ。おまえは天才だ」

多くの親戚《しんせき》が同意見だった。それから何日か、そこらじゅうで、穴《あな》ほりがおこなわれた。だが、うめもどさなければならないたくさんの穴と、シャベルできずつけられて二度ともとへはもどらない、たくさんの木の根っこができた以外は、なんの成果もなかった。こうなると、チャールズとジョージ父子も、あきらめざるをえなくなった。二人は南三番地の家から絵をはこびだし、家には鍵《かぎ》をかけて、勝手のわかった学校の世界にもどっていった。

ほかには、だれも運だめしをしようという者はあらわれなかった。チャールズとジョージがやってみてだめだったのなら、ほかのだれにできるというのだ。一族の者たちは、しかたなく財布《さいふ》のひもをさらにひきしめ、アイオニアおばあさんのビーツのびんづめをあけて、せめてものおなかふさぎにした。

ところが、一人だけ、それではがまんできない人物がいた。ヘンリーだ。ヘンリーは、ビーツのびんづめにはあきあきしていた。それに、父親があの家にかくした宝《たから》を見たいというのは、少年時代から何十年もいだきつづけてきた夢《ゆめ》だった。このとき、痛風《つうふう》がこんなにひどくなっていなかったら、おそらくすぐにでも宝さがしにとりかかっていたことだろう。ところが、このしゃくにさわる病気のおかげで、じっとすわっているしかなかった。そこで、部屋《へや》にすわって、例の絵をながめていた。〈トーマスの家〉からはこびだされたものの、だれ一人ひきとり手がなかったので、ヘンリーの部屋にかけてあったのだ。

そんな日が何日かすぎて、ダンカンとボビーが、ようやく起きてもいいといわれた。ダンカンは、まだかさぶたがなおりきってはいなかったが、ボールを投げるのにはまったく影響《えいきょう》がなかったので、まっすぐに野球場にとんでいった。だが、ボビーがむかった場所は、もっと近くだった。ボビーは階段《かいだん》をかけおりたかと思うと、すぐむかい側にあるおじいちゃんの部屋に、ノックもせずにとびこんだ。

「どこなの、おじいちゃん？　絵はどこ？　うわあ、これかあ。すごいや。この木の葉、ほんとに金でできてんの？　この岩、おもしろいねえ。いろんな色で……ねえ、赤い岩なんてあるの、ねえ、おじいちゃん？」

ヘンリーおじいさんは、ロッキングチェアをゆすっていた。「ああ、ボビー。そういうのもあるよ。そうのもな」

「青いのもある、緑のもある、黒いのもたくさんあるよ。この木の根っこ、岩にすいついてるみたいだね。ほら、よく見て。根っこにも色がついてるよ」

そのとき、おじいさんが絵をのぞきこんだと思ったら、ロッキングチェアの動きがぴたりととまった。

「ああ、ぼくが穴《あな》ほりに参加してたら、ぜったい宝《たから》をほりあてたのになあ。ちくしょう、水ぼうそうのせいで。ぼくだったら、ぜったい見つけてたよ。でも、母さんが、穴はぜんぶうめられちゃったたって……」

「いいや、ボビー。穴ほりのことなんか、もう忘《わす》れろ。宝は、木の下にはないぞ。まったく、連中は、わしのお父さんが、なんのためにあの家を建てたと思っとるんだ。つかいもせんものを、建てたとでもいうのか。おい、ボビー、心配はいらん。宝はまだあそこにある。わしのお父さんがおいた場所に、そのままな。その場所がどこだか、おまえさんのおかげで、わかってきたようだ。さっき、根っこ《ルーツ》といったろう？　それが、ヒントだ。さあ、お母さんを呼《よ》んできておくれ。おまえさんとわしとダンカンで、探検《たんけん》にのりだすんだ」

いったん鍵《かぎ》をかけたあとだったので、多少すったもんだしたことはしたが、おじいさんはなんとかもう一度家の鍵《かぎ》をあけさせた。そして、モードを呼《よ》んでいった。「さて、モード。子どもたちにいって、この車椅子《くるまいす》をあの家までおしていかせてくれ。日が高いうちに、一時間だけあればいいんだ。危険《きけん》な目にあわせるようなことは、ぜったいにせん。おかしな考えをふきこんだりもせん。家のなかのあちこちを見てもらうだけだよ」

二人があちこち見ているあいだ、ヘンリーは、私道《しどう》でまっていた。長い長い時間まちつづけた。あまりおそいので、だれかの助けをかりに行こうとしていると、裏口《うらぐち》からダンカンが出てきた。

「ダンカンか。ボビーはどうした？　なにか見つかったか？」

「なんにもだよ。地下の倉庫に、石炭がすこし見つかっただけで」

「やっぱりな。やっぱりそうだったんだ。それは、どの倉庫だ？」

「それが、へんなんだよ、おじいちゃん。石炭があるとしたら、ふつうは石炭貯蔵庫《ちょぞうこ》にあるはずだろう？　でも、そうじゃなかったんだ。台所の下の倉庫にあったんだよ。根菜貯蔵庫《ルーツ》にね。でもだからどうなのさって、ぼくはいったんだけど、ボビーのやつ、シャベルをとってこいって。穴《あな》ほりをしなきゃならないっていうんだ」

「ほお、じゃあ行ってこい、ダンカン。シャベルをとってくるんだ。いそいでだぞ」

こうして、ダンカンがシャベルをとってきて、兄弟は、痛風《つうふう》で身動きがとれないことをぶつくさいっているおじいちゃんを外にのこし、床《ゆか》をほりおこしはじめた。床は土をかためたもので、作業《さぎょう》はなかなかたいへんだったが、さいわい、そんなに長いあいだほらなくてすんだ。つまり、そんなにふかくほらずにすんだ。わずか十センチ前後ほったところで、鎖《くさり》にぶちあたったのだ。さびた鉄製《てつせい》の鎖で、先をたどっていくと、結局、倉庫じゅうの床下《ゆかした》をはいまわるような形にうまっていた。そして、鎖の先端《せんたん》につながれ、さらに十センチほどふかい位置にうまっていたのは、箱だった。兄弟は箱をほりだし、外にはこんで、鎖やらなにやらもいっしょくたに、おじいちゃんのひざの上にのっけた。

それはスズで裏《うら》ばりした、小さな鉄の箱だった。なかに入っているものをちらりと見て、ボビーはしぶい顔つきになった。ボビーの目には、宝《たから》には見えなかったからだ。はんこやら封蠟《ふうろう》やらがべたべたついた紙きれが、一束。それから、手紙が一通。

だが、ボビーががっかりしたのは、早合点《はやがてん》だった。紙きれは、ペンシルバニア州《しゅう》西部の片田舎《かたいなか》にある土地の譲渡証書《じょうとしょうしょ》だった。手紙はジョン・マシューおじいさんが書いた、土地についての説明だった。

手紙には、こう書いてあった。そこから出た鉱石《こうせき》のサンプルをしらべたところ、五大湖以南でもっとも含有率《がんゆうりつ》の高い土地のひとつだとわかったと。含有率といっても、なにのだろうか？　いや、金ではない。金に替《か》えることができるもの、金とおなじくらい価値《かち》のあるものといったら？　答えは、鉄と石炭と石灰石《せっかいせき》だ。これらは、ジョン・マシューが生きていた時代に、あるものの原料として、世界じゅうで重宝《ちょうほう》されるようになった鉱物《こうぶつ》だった。そう、鋼鉄《こうてつ》の原料としてだ。その原料がとれる土地、それがジョン・マシューの用意した、二番目の宝だったのだ。

第十七章　マシューおじさん

エリザベスおばさんの家のポーチへとつづく階段《かいだん》を三段あがっていきながら、エルズワースが考えていたのは宝《たから》のことではなかった。食べ物のことだった。いまや、それしか考えられなくなっていた。

裏口《うらぐち》のドアはすこしあいていた。網戸《あみど》をあけたとき、おばさんの姿《すがた》が見えた。おばさんはいたいほうの足をイスにのせ、テーブルにむかってすわっていた。ところが、そこにいたのは、おばさんだけではなかった。男の人がガスコンロにむかって、なにやらかきまぜていた。においからすると、朝ごはんらしい。男の人がふりむいて、あいさつのかわりにあごをしゃくってみせた。

「エルズワースかな？　やっと会えたな。ぼくはマシューだ。さっそく握手《あくしゅ》したいところだけど、卵《たまご》がこげるといけない。たっぷり三人分あるから、よかったら、お皿をとってきてくれ」

「ああ、うん。ありがとう。はじめまして。はやく目がさめたから、ちょっとそのへんを……見

てようと思って」

エリザベスおばさんはにっこりした。「暑くなるまえに出かけるっていうのは、いい考えね。猫《ねこ》たちにえさをやってくれたのね。おかげで、いつもより三十分もおねぼうできたわ。なんだかんだで、らくをさせてもらってるわ」

「きみに会いにきたら、リズにつかまって、さっそく仕事をいいつけられたというわけさ」マシューおじさんがエルズワースに説明した。「もっとも、このスクランブル・エッグを一口食べたら、二度とたのむまいと思うかもな……ところで、きみの感想をきかせてくれよ。ザ・スクエアはどうだい？　ザ・スクエアが、はじめて現実《げんじつ》のものとして、せまってきたってとこかな。ちがうかい？　ぼくもね、そういうことを思って、生徒たちを博物館や古戦場《こせんじょう》につれていくことにしてるんだ。その土地に行ってみれば、歴史が生きてくる。物にふれても、おなじことだ。戦場だったところをあるいて、弾痕《だんこん》ののこる古い軍服にさわってみる。そうすれば、わかるんだ。戦争は現実に起こり、現実に人が死んだんだってね」

エルズワースは、きのうのことを思い出した。はじめてザ・スクエアを見たときのことだ。それまではザ・スクエアを、あんなふうに現実のものと感じることはなかった。じっさいに見るまえは、ずいぶんと見当ちがいな想像《そうぞう》もしていた。「そうだね。外から見て想像してたのとは、中身がぜんぜんちがうこともあるしね」イスをひいてすわりながら、エルズワースはいった。「宝《たから》の家だって、そうでしょう？　外から見ると、あんな姿《すがた》をしてるけど……」

マシューおじさんは、いそいでトーストをのみこんだかと思うと、機関銃《きかんじゅう》のようにしゃべりはじめた。「うん、たしかに外からは、ぜんぜんたいしたものには見えない。だが、あんな家を三軒《けん》も建てたジョン・マシューおじいさんには、驚嘆《きょうたん》するほかないよ。まったく、あのしたたかな、クエーカー教徒の御大《おんたい》ときたら。あんなにさまざまな工夫《くふう》をこらした家を建てて、あんなに手のこんだ計画をつくりあげたんだからな。これほどの歴史を受け継《つ》いでいる一族に生まれるなんて、ほんとうに幸運なことだね。ぼくはね、養子なんだ。ということは、みんなの倍も幸運だったってことだ。だって、ぼくの場合は、選ばれてスミス家の一員になったんだから。そして、歴史は、まだまだこれからつくられるんだ。あの最後の家には、ぜったいなにかがかくされている。ぼくには確信《かくしん》があるんだ。どうだい、エルズワース。さっそく、いっしょにさがしだしてやろうじゃないか」

エルズワースは、三口目のスクランブル・エッグが、のどにひっかかりそうになった。

「マシューったら」エリザベスおばさんがいった。「いきなりそれじゃ、あんまりよ。エルズワース、だいじょうぶ？　ほら、ジュースでもちょっとのんで。ほんとにだいじょうぶ？」

「だい、じょうぶ……」やっとのことで声が出た。マシューおじさんって、そうとうせっかちな人らしい。父さんよりずっと年上みたいだけど、父さんとちがって体つきもがっちりしているし、がむしゃらなところがある。へたにそばによったら、そのがむしゃらなエネルギーになぎたおされてしまいそうだ。

「そうさ。だれがなんといおうと、さがしだしてやろうな」マシューおじさんはくりかえした。それから、エルズワースのほうに顔を近づけて、こういった。「調査《ちょうさ》はあとほんのすこしというところまできてるんだ。ほんのいくつかだけど、疑問《ぎもん》の点がのこっていてね。いちばん大きな疑問は、『どうして』ということだ。どうして、ジョン・マシューおじいさんは子どもたちの家を建ておわったあと、わざわざあの三軒《けん》の家を建てて、宝《たから》をかくしたのか。うん、わかってるよ、リズ。一族の危機《きき》にそなえるためだっていうんだろ。でも、それにしては、あまりに手のこんだやりかただ。どうしてかな」

「それが、そんなにだいじなことなの？　どうして、ってことが」エリザベスがいった。

「だいじかって？」マシューおじさんの目のまえのスクランブル・エッグは、ここにきて完全に忘《わす》れさられてしまった。「『どうして』がなくて、歴史がわかると思ってるのかい？　『どうして』がわかれば、その人物の思考過程《かてい》がわかるんだ。今回のこの問題の場合は、『どうして』がわからなきゃ、話にならない！　ジョン・マシューおじいさんの思考過程もわからないで、いったいどうやって、おじいさんがのこした宝の中身を推理《すいり》するっていうんだい？　どんなかくしかたをしたかを推理するっていうんだい？　ああ、あの絵がヒントだっていうんだろ。あれはこのさい、おいといてくれ。あの絵でわかることは、ただ一つ。池が重要だってことだけだ。だからって、池をからにして、地面をほればいいのか？　いや、それはたぶんちがう。一九三二年に、ナラの木の下をほって、どうなった？　そう、ちがうんだ。こうなると、まったくお手上げだ」

おじさんはしばらくぼうっとしていたが、すぐにまたうれしそうに顔をかがやかせた。「そうなんだよ。お手上げなんだ。ああ、だめだ、だめだ。もっと本質《ほんしつ》に、ズバッとせまらなくちゃな。やっぱり、問題は……」

エリザベスおばさんがうなった。「もう、なんて人なの。ねえ、エルズワース。ほんとに、なんて人。いつだって、こういう調子でえんえんとしゃべってるんだから。理屈《りくつ》はやめて、いますぐとりかかったらどうなのよって、いいたくなるわ。そうすればおのずとわかってくることもあるでしょうからね。でも、そんなふうにたきつけるのもどうかしらという気もするし。ねえ、あなたはどう思う、エルズワース？」

二人が、じっとエルズワースの顔を見た。まるで、おつげをまっているみたいに。だが、エルズワースは首をふった。父さんだったら、どっちが正しいかを、ちゃんといってきかせることができるのかもしれないけど、ぼくには、そんなことできっこない。そう思うと、また急に、どうしても父さんの声が聞きたくなった。

「よくわかんないよ、ぼくには」エルズワースはいった。「それより、もういっぺん、父さんに電話してみようと思うんだけど」エルズワースは立ちあがって、イスを片《かた》づけた。

「ぼくも一度、会ってみたいと思ってるんだ、きみのお父さんには」マシューおじさんがいった。

「リズがいうには、きみのお父さんは、スミス家のことならなんでも知ってるということだからね。ぼくがいま疑問《ぎもん》に思ってることに、ぜんぶ答えてくれるんじゃないかと思って。お父さんにいっといてくれないかな。ぼくが電話してもいいかときいてたって。ジョン・マシューおじいさんや、あの家について、意見を聞きたいんだ。どうかな。いやがられるかな？」

「うーん、わからない」エルズワースは答えた。「でも、きいてみるよ」

「わたしからも、よろしくいってたって、つたえてね」エリザベスおばさんがいった。「いつも心にかけてるわって」

だが、結局、エルズワースはどの伝言もつたえることはできなかった。今回は、きのうとちがって、数回の呼《よ》び出し音のあとに、留守番《るすばん》電話が出た。だが、エルズワースが聞きたいのは、留守電なんかじゃなかった。父さんの声だ。もしかしてと思って、もう一度かけてみたが、だめだった。やっぱり、ロッコさんの声が、いかにもめんどくさそうな調子で、伝言をふきこんでくださいというだけだ。エルズワースはそれを聞きおわると、思いきってメッセージをふきこんだ。

「ロッコさん、エルズワースです。魔法瓶《まほうびん》、ありがとうございました。ヒューゴはだいじょうぶでした。あの、父さんにつたえてもらえませんか。電話くださいって。起きたらすぐ電話くださいって。お願いします」

さあ、これからどうしようか。台所にもどって、マシューおじさんとエリザベスおばさんに、ジェスといっしょに見つけたもののことを話してきかせたほうがいいのか。でも、そんなことをしたら、マシューおじさんに、ああしろ、こうしろといわれてしまいそうだ。おじさんはいい人そうだけど、なんといっても先生だから。

ぶらぶらとあの絵がかかっているところまできた。エルズワースは絵を見あげて、えっ？　と思った。きのう見たときは、そこに描《えが》かれた家の印象《いんしょう》はそんなに強くなかった。だが、きょうは、いくつもの家が目にとびこんできたのだ。池や、そのまわりでおどっている人々にまけないくらい、はっきりと。家々はしっかりと建っていた。まるで……まるで、池や人やなにもかもを、見まもっているかのように。

やっぱり、ジョンおじさんだ。おじさんに会いにいかなくちゃ。

エルズワースは二階《かい》にかけあがって、父さんの木の小箱をひっつかんだ。そこで、どっちにしようかとちょっと迷《まよ》った。正面の玄関《げんかん》から出るか、裏口《うらぐち》から出るか。正面玄関のほうが、めんどうはなかった。おばさんたちと顔を合わせないですむ。顔を合わせなければ、なにもいわないで出かけてしまえる……でも、やっぱり、そうはいかないか。エルズワースは、ため息とともに裏の階段《かいだん》にむかい、台所におりていった。

そこにいたのは、エリザベスおばさんだけだった。マシューおじさんはいなくなっていた。おばさんはテーブルにむかってすわったままだったが、声をかけるまで、エルズワースに気づきもしなかった。「ねえ、ジョンおじさんに会いにいってもいい？」エルズワースはいった。「きのうちょっと会ったんだけど、ききたいことがあるから」

「あら。あなただったの、エルズワース。ジョンに会いに？　ええ、いいわよ、もちろん。そういえば、ジョンには、わたしもきかなきゃならないことがあったわ。あなた、きいてきてくれないかしら。あした、ジョンの車で集会につれていってもらいたいんだけどって。このひざが……ひざが、このとおり、まだ運転できる状態《じょうたい》じゃないから」

おばさんは、わるいほうの足をまだイスにのせたままにしていた。ひざはたしかにすこしむくんでいた。だが、よく見ると、おばさんの顔まで、なんだかへんだった。顔まで、はれぼったくなっている。「あの、お水かなんか、もってこようか？」

おばさんは、鼻をかみながらいった。「えっ、お水？　いえいえ、お水はいらないわ……でも、ありがとう、気をつかってくれて。マシューとね、ちょっとその、ディスカッションをしてたもんだから。いつものことといえば、いつものことなんだけど。でも、心配しないでちょうだい。あなたとは、ぜんぜん関係ない話なんだから。まえから話し合いのつづいている問題が、ちょっとあってね。さあ、ジョンに会いにいっていらっしゃい。ジョンはとっつきにくい人に見えるかもしれないけど、てれ屋なだけなのよ。あなたが行ったら、きっとよろこぶわ」

第十八章　ジョン・マシューおじいさんの木箱

エルズワースは、ザ・スクエアの北側にあるジョンおじさんの家のすぐ手前まで来て、ジェスのことを思い出した。そういえば、あとでむかえに行くと約束したんだった。でも、ジェスはパイづくりの最中のはずだ。だったら、行ってもまたなきゃならないけれど、いまはまっているのはいやだった。いますぐ、ジョンおじさんに会いたかったのだ。

あの白い小型犬は、大よろこびでむかえてくれた。ジョンおじさんは、この犬のことをなんて呼《よ》んでいたっけ。そう、ウールマンだ。ウールマンは、たしかにウールのかたまりみたいなちっちゃな犬で、ぴんと立った小さな耳と、短いしっぽをしていた。エルズワースが私道《しどう》を近づいていくと、その短いしっぽをちぎれそうにふってみせた。物置小屋は静まりかえっていて、例の大工仕事の音は聞こえてこなかったので、エルズワースはポーチにあがって、裏口《うらぐち》のドアをノックした。

ジョンおじさんが戸口にやってきて、網戸《あみど》ごしにこちらをのぞいた。のぞくのに腰《こし》をかがめなければならないほど背《せ》が高く、ひょろひょろしているところはカカシみたいだった。びっしりとはえた白いヒゲばかりが目立つ顔だったが、わずかにのぞいているはだには、ふかいしわがよっていた。

「はて、さて」おじさんは、エルズワースを見おろしながらいった。そして、ドアをあけてからまたいった。「はて、さて。おまえさんには、きのうも会ったたな。エルズワースだな？　お入り」

この家の台所は、エリザベスおばさんの家の台所とはぜんぜんちがっていた。キティおばさんの家の台所ともちがう。大きな木のテーブルと、かたそうな木のイスが二つ、壁《かべ》ぎわにくっつけておいてあった。べつの壁のまえいっぱいにはガスレンジがおいてあり、もうひとつ、のこった壁のまえには、角がまるっこい冷蔵庫《れいぞうこ》と小さな流しがあった。いくつかあるせまい調理台の上には、白い戸棚《とだな》がおいてあったが、どれも天井《てんじょう》まである背の高いものだった。床《ゆか》は板張《いたば》りだ。じつにがらんとした、でもシンプルで清潔《せいけつ》な台所だった。

エルズワースが見ているのを見て、ジョンおじさんがいった。「一九三〇年代から、ほとんど模様《もよう》がえしてないからな。何年かまえに冷蔵庫とガスレンジはあたらしくした。だが、それ以外は、ほぼアイオニアおばあさんが住んでたころのままだ。アイオニアおばあさんとエミリーおばあさんが住んでたころ、ってことだが。エミリーおばあさんは、第一次世界大戦のあと、インフルエンザにかかって亡《な》くなったんだ。ところがおなじ家にいたのに、アイオニアおばあさんはかからなかった。元気な人だったよ、アイオニアおばあさんは。あの人のことは、いまでもよくおぼえてる。うちの家族がここに越《こ》してきたのは一九三七年、わしが九歳《さい》のときで、おばあさんは亡くなってからだったが、生きてたころは、よくつかまって、用事をいいつけられたもんさ。根っこをつかうからタンポポを山ほどほってこい、とかな」

ジョンおじさんはそこで言葉をきって、目をぱちぱちさせたかと思うと、頭をふった。「これは、すまなかった。こんなおしゃべりは、おまえさんにはたいくつだな。どうにもいいだしにくくてな。ベン・ロバートのことだ。あいつが元気だと聞いて、ほんとにうれしいよ。それにずっと……おまえさんの母さんのことは、気の毒だったと」

エルズワースは返事にこまって、ただうなずいた。そして、にぎっていた手をひらいて、もってきたものを見せた。「父さんが、荷物に入れといてくれたんだ。これ、父さんがここでつくったんでしょう？　つまりあの、おじさんに手伝ってもらってつくったものなんでしょう？」

ジョンおじさんの顔に、ゆっくりとほほえみがひろがっていった。「なんと、この箱が。ベン・ロバートは、これをとっておいたっていうんだな？　こりゃあ、うれしい話だ。あいつは、ジョン・マシューおじいさんの箱みたいなのをつくるんだといって、たいへんな意気ごみだった。さんざん苦労して、これをつくったんだ。ほら、見てごらん。こういう箱はな、どれもつくるのはもちろん、あけるのさえ、たいへんなんだ。あいつも、ずいぶん手こずったものだ」

「こういう箱はどれもって？」

「見たことないのか？　そうか。まあ、そうだろうな。ベン・ロバートの十六歳《さい》の誕生日《たんじょうび》に、わしが一つ贈《おく》ったんだが、あいつはここを出るまえに、それをかえしにきた。あずかってもらったほうが、安心だといってな。よかったら、いっしょにきて、見てみるか？　ちょっとばかし、階《かい》段《だん》をのぼらなきゃならんがな。何年かまえに、ぜんぶまとめて、三階にあげたんだ。ここでは、ホコリをかぶるばかりだから」

「三階って…」エルズワースはきいた。二人は廊下《ろうか》をぬけ、おもての階段をのぼりはじめていたが、エルズワースがおじさんについていくためには、かなりがんばらなければならなかった。

「……屋根裏《やねうら》の物置のこと？」

「ああ、一部は物置だ」おじさんは階段をのぼりきって、ドアをあけながらこたえた。「だが、十一人も子どもがいれば、寝室《しんしつ》もたくさん必要になる。ジョン・マシューおじいさんは、五三年にあたらしい家を建てたときに、四部屋《へや》ふやしたんだ。火事のあと、一八五三年のことだ。ところが、いまじゃ、そのたくさんの部屋をいったいだれがつかってる？　こんなおいぼれじじいが一人と、犬が一匹《ぴき》ときた。皮肉なもんだ。さあ、ここだ。下の男の子たちは、ここで寝《ね》てたんだ。子守りのためにやとわれた、お手伝いさんといっしょにな。お手伝いさんも、さぞかし手をやいたことだろうよ」

おじさんは、洋服のそでで顔の汗《あせ》をぬぐった。「ここは、夏のあいだは灼熱地獄《しゃくねつじごく》だ。あのころは、もっとひどかっただろう。まわりの木はうえたばかりで、まだこんなに大きく育っていなかったわけだからな。さあ、ここは、おまえさんがいちばん見たい場所じゃないかな。ベン・ロバートもそうだった。ヘンリーおじいさんの部屋《へや》だ。ヘンリーは、おまえさんにとっては、ひいおじいさんだか、ひいひいおじいさんだか、ともかく直系《ちょっけい》のご先祖《せんぞ》さまだ。ふたごの兄さんのトバイアスといっしょに、ここをつかっていたんだ。とはいっても、こういう細工をしたのは、ほとんどヘンリーだが。ほら、このドアをごらん。こんなものをほったとなれば、ヘンリーのお尻《しり》は、ぶじではすまなかったろうよ。そうとう、ぶたれたんじゃないのかな」

エルズワースは思わず、にやついてしまった。ドアには、「ヘンリー・ジョージ・スミス一世」という文字が、くっきりとほられていた。ほかにも、「ヘンリー」とほった文字が、大きいのやら、小さいのやら、あっちこっちにあった。それ以外には、年月日や、馬だの犬だのといった動物と思われる絵や、この家のつもりらしい、家の絵もあった。

「絵のほうはたいしたことないがな。だが、文字はへたじゃない。さてと、いよいよこれだ。これを見せたくて、おまえさんをここに案内したんだ」

エルズワースはふりむいた。この小さな部屋の片面《かためん》の壁《かべ》いっぱいに、棚《たな》がつくりつけてあり、棚の上には、きちんと一定の間隔《かんかく》でたくさんの箱がならべてあった。すべて木の箱だったが、どれ一つとしておなじものはなかった。大きいもの、小さいもの、模様《もよう》がほりつけてあるもの、模様もかざりもないもの、黒っぽい木でできているもの、暗い室内では白に見えるくらい、うすい色のもの。

ただ、どれもが、さわりたくなるような箱だった。どの箱も、手にとってさわってくれと、叫《さけ》んでいるようだった。ひっくりかえしてみてくれ、いじってみてくれ、フタをあけてくれと。エルズワースは手をのばしかけて、指をすべらせてくれ、ひっこめ、手のひらをジーンズにこすりつけてふいた。なぜかわからないが、汗《あせ》まみれの手では、さわりたくない気がしたのだ。

「フタのあけかたも、いろいろでな。簡単《かんたん》にあくのもあれば、手のこんだしかけがしてあって、あけるのに何年もかかった箱もある。ベン・ロバートに贈《おく》ったのも、なかなかあかなかったものの一つだ。さあ、これがその箱だ。ベン・ロバートがおいていった場所に、そのままにしてあるんだ」

おじさんが棚《たな》からとってみせたのは、うすい色の木と黒っぽい色の木を、模様《もよう》を描《えが》くように組み合わせてつくった箱だった。大きさは中くらいだ。おじさんはしばらくじっとそれをもっていたかと思うと、両ほうの手でぽんぽんとはずませた。「ほほお。わしが贈ったときとは、ちょっとちがうようだ。なかに、なにか入れたらしい。まあ、箱というのは、ものを入れるためのものだからな」

エルズワースは、急に息苦しいような気がしてきた。「ぼくにも見せて」

「うーむ。どうするかなあ。なかになにか入っているとすると、ちょっと話がちがってくる。ベン・ロバートは、だれにも見せたくないものを入れたのかもしれないし。ちがうかな?」

「父さんは、こっちの箱をぼくにくれた。そして、おじさんに話してみろっていったんだ。おじさんが手を貸《か》してくれるんじゃないかって。つまり、あの家のことで……」

ジョンおじさんが、エルズワースにするどい目をむけた。「あの家だって？　どの家の話だ。南二番地の家のことか。それがどうしたんだ」

「だから、あれは最後の宝《たから》の家でしょう？　父さんは、あそこにはなにかがかくされていると思ってるんだ。さがしにいってもいいっていってくれたんだ。でも、まず、たのんでみるようにって。ジョンおじさんとドワイトおじさんに……」

ジョンおじさんは、頭をふりながら聞いていたが、急に顔をこわばらせた。「ドワイトだって？　それで、ドワイトに話をしたんだな？」

「ちょっとだけだよ。きのう、鍵《かぎ》のことで。鍵が必要だと思ったんだけど……」

ジョンおじさんの顔の表情《ひょうじょう》は、もっとかたくなった。声もおなじだった。「それで、ドワイトが鍵をつくってくれることになったわけか。で、わしには、なにをさせようっていうんだ？」

エルズワースには、なにがなんだかわからなかった。どうして、こんなふうに急におこられなきゃならないのか。「鍵はだめだったんだ。おじさんには、あの、ここにはあそこに入ってもだいじょうぶなのかどうか、ききにきたんだ。あの家の床《ゆか》のことだけど。つまり、床がキーキーいってても、だいじょうぶなのか。ぶかぶかしてても、だいじょうぶなのか。それとも、床がくさってるのか。ドワイトおじさんは、時計とか鍵とか、そういうもののことはくわしいけど、木のことはそうでもないから」

　ジョンおじさんは鼻を鳴らした。「それはそうさ」おじさんの表情《ひょうじょう》がすこしゆるんだ。「あの家はまったく危険《きけん》はない。ほかの二軒《けん》はほったらかしだから、すっかりいたんでしまって、危険だ。こわしたほうがいい。だが、〈リチャードの家〉はちがう。わしがきちんと手入れをしてきたからな。屋根瓦《がわら》が飛ばないように、雨もりがしないようにとな。オーク材の床《ゆか》というのは、そう簡単《かんたん》にいたむもんじゃないんだ。キーキーときしんだ音がするからって、くさっているとはかぎらない。床の釘《くぎ》がしっかりとまっていないと、そういう音がすることがあるだけだ。だが、これだけはいっておく。あの家には、ぜったいに一人で入るんじゃないぞ。これは、ちゃんと理由があっていっているんだ。その理由をぜんぶ話すわけにはいかないがな。ぜったいに人にいわないと、六十年まえにちかったんだ。そのちかいをやぶる気は、わしにはない。ザ・スクエアのむこう側に住んでいるだれかさんが、どうする気かは、わからんが」

　おじさんは、また顔の汗をぬぐった。「そろそろ、下におりたほうがよさそうだ。脳《のう》みそが煮《に》えてしまわないうちにな」さらに、手にもった箱を見ながらいった。「ベン・ロバートがわしに会えといったのなら、おまえさんにこれをわたしたとしても、気にはせんだろう。じゃあ、これはわたしておこう。だが、いいか。さっきわしがいったことは、まじめな話なんだ。いずれにしても、あの家には入らないほうがいいのかもしれない。だが、もしも入るんなら、だれかといっしょに行くことだ」

二人はだまったまま、いそいで一階《かい》までおりてきた。「じゃあ、気をつけるんだぞ」おじさんは、ドアをあけてくれながらいった。「わかったな。父さんに連絡《れんらく》することがあったら、よろしくいっておいてくれ。もうずいぶん長いあいだ、会ってないからな」

「どうも」エルズワースはいった。「どうも、ありがとう」私道《しどう》をあるいていきながら、背中《せなか》にジョンおじさんの視線《しせん》を感じた。だが、ウールマンの鼻先でそっと門をしめてふりかえったときには、ドア口に人はいなくなっていた。

つぎになにをすべきかは、考えるまでもなかった。エルズワースは歩道からはずれ、やぶをまわって、きのうぶつかりそうになった切り株《かぶ》のところまできた。すわるのにちょうどいい木かげだった。箱のなかには、たしかになにかが入っていた。もってあるいていると、なかでカタカタ動くのを感じたのだ。なにが入っているのか、はやくあけてみなくては。

箱は、さっき見たとおり、たくさんのちがう色の木を、模様《もよう》のように組み合わせてつくってあった。フタの模様は、どこかで見たことがある気がした。どこで見たのかを思い出すのに、時間はかからなかった。けさ、エルズワースとジェスが〈リチャードの家〉で見た模様とおなじだったのだ。

エルズワースは、模様の周囲にならんでいる小さな四角形にそって、そっと指を動かしていった。そして、ちょっとためらってから、まんなかの黒っぽい円にふれてみた。ここで見ると、まんなかの円は、ぜんぜん穴《あな》のようには見えなかった。むしろ目のようだった。箱のなかにかくされた秘密《ひみつ》の番をする、黒い、するどい目だ。

　そうだとすれば、その目はたしかにきちんと役割《やくわり》を果たしているようだった。箱には留《と》め金ひとつなく、エルズワースがどうがんばっても、あけることはできなかった。エルズワースは、手のなかで何度も箱をまわしてみた。それから、寄《よ》せ木《ぎ》細工の木片《もくへん》を、一つ一つ順におしていった。小さな三角をおしたときは、ちょっとひっこんだので、ついに成功かと思った。だが、結局、だめだった。

　ほかにもゆるい箇所《かしょ》が見つかった。そのあと、つぎからつぎへと、合計四カ所の動きそうな箇所が見つかった。それぞれの面に一つだ。しかも、四つの木片はぐるっとつながって、箱を一周していることもわかった。だが、いくらおしてみても――強くおしたり、そっとおしたり、おしてぱっとはなしてみたり、ゆっくりじわじわとおしてみたりもしたが――箱は、がんとしてひらこうとしなかった。

　やっぱり、そろそろジェスをさがしにいったほうがよさそうだ。

第十九章　共同墓地《ぼち》

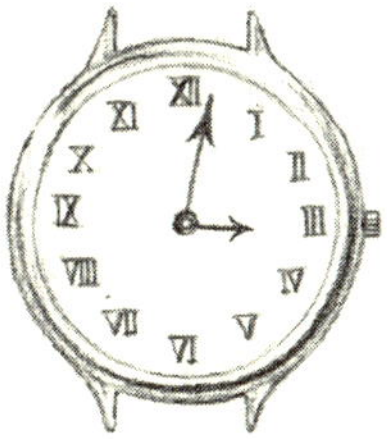

ジェスはたいしてさがすまでもなく見つかった。キティおばさんの家の階段《かいだん》に、ショートパンツとタンクトップというかっこうですわり、くつのひもをむすんでいたのだ。エルズワースが見たこともないほど、白いランニングシューズだった。

「いったい、どこをほっつきあるいてたのよ？」ジェスがいった。「はやくつれだしてくれないかと思って、ずっとまってたのに。ほんとに、パイづくりなんか、二度とごめんだわ。パイ生地《きじ》ときたら、にかわみたいにベタベタで、そんなものをのばしたり、たたんだりするんだから。それでもって、それをまとめて、焼き皿にひろげて。ああ、もう、やだやだ。おばあちゃんは、すこし横になるんですって。あたしはこれから、ジョギングよ」

「ジョギング？」エルズワースはいった。「でも、ちょっとこれ見てよ。ジョンおじさんにもらったんだ。だから、いまから……」

ジェスは、くつひもをぐいっとひっぱってむすびおえると、さっと立ちあがった。元気いっぱい、まるで独立《どくりつ》記念日のしかけ花火みたいだ。さっそく、足ならしに軽くジャンプをはじめた。

「そう、ジョギング。知ってるでしょ、ジョギングくらい。ここにいると、ときどきカゴの鳥になったみたいな気がしてくるのよ。そのうえ、おばあちゃんには、一日に十四回もごはんを食べさせられるし。だから、走るの。まずは、ザ・スクエアをひとまわりして、足ならし。それから、おばあちゃんの家にもどって、門からおもて通りに出るの。このところずっと、そうやって墓地《ぼち》まで走ってるのよ」

エルズワースは、またまたわけがわからなくなった。「えっ、墓地って、どこの墓地?」

ジェスは、大げさにため息をついてみせた。「あんた、ねぼけてんじゃないでしょうね。通り何本かむこうに、墓地があるじゃないの。スミス家の人たちのお墓があるところよ。ここにきてすぐ、あそこにつれていかれたの。いつもおなじ夢《ゆめ》を見て、ねむれなくて、それをおばあちゃんにいったもんだから。最初はあたしも、なにかの罰《ばつ》かと思った。でも、だんだん、おばあちゃんがそうさせたわけがわかってきたの。墓地なんて、気味がわるいと思うでしょう? ところが、行ってみると気持ちがいいの。どう、いっしょに行ってみる?」

「その墓地って、ジョン・マシューおじいさんのお墓があるところだよね?」エルズワースは、木箱をもった手に無意識《むいしき》のうちに力をこめながら、考えをめぐらせた。いっしょに行けば、むこうで腰《こし》を落ちつけて、ジェスに手を貸《か》してもらえるかもしれない。それに、この箱はジョン・マシューおじいさんの箱じゃないか。ということは、おじいさんに会えば――じゃなくて、おじいさんのお墓《はか》を見れば、なにかちがってくるかも？ そんなばかな。だが、ほかにいい考えもうかばなかった。これ以上、一人でがんばっても、箱をあけることなどできそうもない。それだけはたしかだった。

ジェスは、がまんも限界《げんかい》という顔をしていた。「そうよ、みんなのお墓があるところよ。ねえ、あたし、もう行かなくちゃ。あんた、くるの、こないの？」

「行くよ。でもさ、ザ・スクエアを一周っていうのは、なしにしようよ。それとも、自転車はないかな？ 自転車なら、さっと墓地《ぼち》まで行けるじゃないか」

ジェスは、目をむいた。エルズワースの頭の上に、もう一つ頭がはえてきたとでもいうような目つきだった。「それじゃ、なんにもならないでしょ。それから、その箱、もっていこうなんて、思ってんじゃないでしょうね。箱は、ここにおいていくこと。さあ、ザ・スクエアを一周よ。ちゃんとついてきてよね」

ザ・スクエアの南側にもたどりつかないうちに、エルズワースは、えらいことをはじめてしまったと気づいた。ジェスの足どりは飛ぶようで、《ナショナル・ジオグラフィック》誌《し》にのっている、アフリカの草原のチータを思わせた。それなのに、こっちは、息は切れるし、わき腹《ばら》はいたいし、はいているスニーカーはいうことをきかないし……エルズワースが足をおろすたびに、スニーカーが勝手に、もっとまえに着地してしまうのだ。おかげで、つまずいてころびかけ、立ちなおったと思ったら、またつまずいた。

ジェスは立ちどまって、足ぶみしながら、エルズワースがくるのをまっている。「箱、もってきちゃったのね！　ほんとにあんたって、どうしようもない子。さ、はやく」そういったかと思うと、ジェスはエルズワースのあいているほうの手をとって、走りはじめた。さっきよりスピードを落として、エルズワースをひっぱりながら。

エルズワースも、なんとかまた走れるようになった。余計《よけい》なことを考えずに、足をおろす位置にだけ気をつけていれば、ちゃんと走れたのだ。なんとか、ジェスについていくこともできた。だが、つぎからつぎへと家をとおりすぎ、庭をとおりすぎるうちに、みんながこっちを見ているという気がしてならなくなってきた。見て、どうしているだろう。たぶん……たぶん腹《はら》をかかえて、笑っているにちがいない。エルズワースは、ジェスの手をふりはらって、一人で走りだした。歯をくいしばって、なんとか、ある程度《ていど》のスピードで走りつづけた。

二人は、ようやくキティおばさんの家までもどってくると、そのまえをとおりすぎ、すぐに直角に曲がった。そして、小さな木戸をくぐって、家の正面に出た。すぐまえのおもて通りを横ぎって、つぎの通りまで、さらに、そのつぎの通りにさしかかる。ここでは、うだるような暑さのなかで、みすぼらしい小さな家ばかりが、ごちゃごちゃと肩《かた》をよせあって建っていた。でこぼこだらけの私道《しどう》には、三輪車にのっている、パンツ一丁の小さな男の子がいた。その子は二人を見ると、三輪車からおりて、ぴょんぴょんとびはねはじめた。「こんちは！」子どもはさけんだ。

「こんちは！　こんちは！　こんちは！」

「こんちは！」ジェスがあいさつをかえした。「こんちは！」それからエルズワースにいった。

「あの子、いつもあそこにいるの。一人ぼっちでね。かわいそうに。さあ、ついたわ。ここが墓《ぼ》地《ち》よ。ジョン・マシューおじいさんとその子どもたちのお墓《はか》は、まんなかの区画にあるわ。マツの木が何本かはえているところのまえ。わかった？　あんた、一人で先に行っててね。あたしはもうすこし走りたいから、ちょっとそこらをまわってくるわ」そういうと、返事もまたずに、走っていってしまった。

エルズワースはすぐに立ちどまった。立ちどまると同時に、どっと汗《あせ》がふきだしてきた。足が何十キロも重くなったような気がして、体のあちこちがいたく、耳いっぱいにドクンドクンと血のめぐる音がひびいた。まえかがみになり、そのまま、息がふつうになるのをまった。いったいどこのどいつだ、ジョギングなんてものを発明したのは。こんなものに一生懸命《けんめい》になるなんて、ジェスはおかしいんじゃないか。エルズワースはようやく一息つくと、木箱をしっかりかかえて、墓地のなかに入っていった。

エルズワースはいままで、墓地というと静かなものと思いこんでいたが、この墓地はじつににぎやかだった。あちこちから鳥の声やリスが走りまわる音が聞こえ、墓石もきらきらとかがやいて、そばをとおるときには、こちらにウィンクしているようにさえ思えた。

ようやくマツの木の下にたどりつくと、そのむこうには、円形にもりあがった大きな草地がひろがっていた。それにしても、へんだな。スミス一族の墓《はか》って、どこにあるんだろう。そんなにだいじな墓地《ぼち》ならば、目印《めじるし》に、それらしいものが立っていてもよさそうじゃないか。たとえば、大理石でできた天使の像《ぞう》とか。ところが、いま見えているのは、ぐるっと半円形になった低い植えこみのまえに、花がいっぱいの瓶《かめ》が二つ。それだけだった。

　そのとき、瓶のまえの草地のなかで、キラリと光るものが見えたような気がした。そばによっていったエルズワースは、なにやら草とはちがう踏《ふ》み心地《ごこち》を感じて立ちどまった。それは、灰色《はいいろ》火山岩の墓石《はかいし》だった。地面に、平べったく寝《ね》かしておかれている。かがみこんで、よく見ると、名前と年数がくっきりとほりこまれているのが見えた。〈アイオニア・アン・スミス　一八五三年〜一九三七年〉まわりを見ると、もう一つ墓石が見つかった。それから、もう一つ。〈トバイアス・イアン・スミス〉〈ヘンリー・ジョージ・スミス〉。ヘンリー。ヘンリーおじいさんだ。エルズワースはもっていた木箱をその墓石の上において、ほかのお墓をさがしはじめた。

　見つかった名前のなかには、エルズワースがよくおぼえていないものも多かった。ジョン・マシューおじいさんの子どもたちの結婚《けっこん》相手とか、そのまた子どもたちとかの名前だ。こういう人たちの名前は、父さんの家系図《かけいず》には、小さな文字で書いてあった。家系図に大きな文字で書かれていた名前は、どこにあるのだろう。さらにさがしつづけると、やがて一つ一つ見つかった。〈ロバート〉、〈アリス〉、〈サラ〉、〈マシュー〉、〈サミュエル〉、〈ユリシーズ〉、〈エミリー〉。そして、マツの木のまんまえで、いちばん見たかったものがいちどきに見つかった。〈リ

早川書房が子どもたちへ贈るシリーズ

〈ハリネズミの本箱〉

60th HAYAKAWA　〒101-0046　東京都千代田区神田多町2-2　●http://www.hayakawa-online.co.jp

6月発売

最後の宝《たから》

ジャネット・S・アンダーソン
光野多恵子［訳］

先祖がのこした宝のありかと
一族の秘密をさぐりだせ！

百年以上も昔、先祖がかくした
つの秘宝。ねむったままの最後
宝に、子孫の運命がかかってい
お金に困った一族を救えるの
貴重なその宝だけなのだ。13歳
少年エルズワースは、みなの期
を背負い、宝さがしに挑む。や
てあきらかになる意外な真実とは

四六判上製　定価1890円（税込）400ペー
ISBN4-15-250033-6

宝さがしならこちらもおすすめ！　好評発売中　四六判上製

幽《ゆう》霊《れい》船《せん》から来た少年

ブライアン・ジェイクス／酒井洋子訳

遠い昔に沈没した伝説の幽霊船に、少年と犬が乗って
た。助けあってつらい航海を乗り越えていくが、沈み
けた船から嵐の海へと投げだされてしまう。それが冒
のはじまりだった！　第50回産経児童出版文化賞推薦

定価1890円（税込）　424ページ　ISBN4-15-250005-0

海《かい》賊《ぞく》船《せん》の財《ざい》宝《ほう》

ブライアン・ジェイクス／酒井洋子訳

少年ベンと愛犬ネッドは、天使に命じられるままに海
船に乗り組み、ふたたび海へ出ることとなる。だが、
に積まれた財宝をめぐって事件が起こり、ふたりの身
も危険がせまる！　『幽霊船から来た少年』待望の続篇

定価1995円（税込）　488ページ　ISBN4-15-250019-0

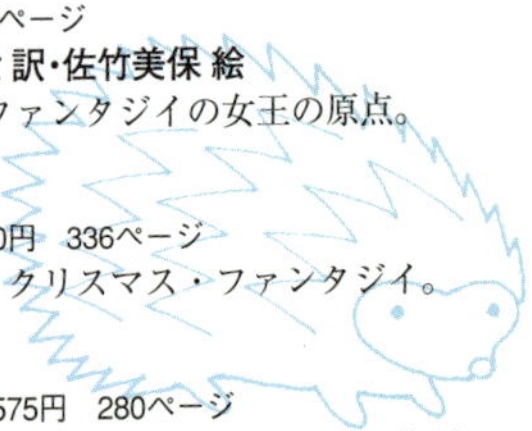

郵便はがき

料金受取人払

神田局承認

2700

差出有効期間
平成18年5月
23日まで

101-8791

525

東京都 千代田区 神田多町 2-2

早川書房

〈ハリネズミの本箱〉編集部行

★切手をはらずに、そのままポストに入れてください。

お名前

(男・女　歳《さい》)

ご住所《じゅうしょ》(〒　　－　　)

学校名・学年 またはご職　業《しょくぎょう》

これから出る新しい本の原稿《げんこう》を読んで、感想《かんそう》を書いてくれる人を募集《ぼしゅう》しています。やってみたいという人は、□に印《しるし》をつけてください。→ □

愛読者カード

あなたが感じたことを教えてください。
いくつ丸をつけてもかまいません。
むずかしかったら、おうちの人と相談《そうだん》しながら書いてもけっこうです。

このはがきが入っていた本の題名

どこでこの本のことを知りましたか？

①本屋さんで見た　②新聞・雑誌《ざっし》などで紹介《しょうかい》されていた
③広告《こうこく》を見た　④友だちや先生から聞いた
⑤おうちの人が買ってきてくれた
⑥その他（　　　　　　　　　　　　　　）

どうしてこの本を読んでみようと思ったのですか？

①表紙やさし絵がきれいだったから　②題名《だいめい》がよかったから
③あらすじがおもしろそうだったから
④〈ハリネズミの本箱《ほんばこ》〉のほかの本を読んだことがあるから
⑤同じ作家《さっか》が書いた本を読んだことがあるから
⑥ほかの人にすすめられたから（だれに？　　　　　　　　　　）
⑦その他（　　　　　　　　　　　　　　）

この本を読んで、どうでしたか？

内容　①おもしろかった　②ふつう　③つまらなかった
表紙・さし絵　①よかった　②ふつう　③よくなかった

感想を何でも書いてください。

これからどんな本を読んでみたいと思いますか？

①ミステリ　②ＳＦ　③ファンタジイ　④冒険《ぼうけん》
⑤ユーモア　⑥こわい話　⑦感動的《かんどうてき》な話　⑧伝説《でんせつ》・神話《しんわ》
⑨その他（　　　　　　　　　　　　　　）

ご協力《きょうりょく》どうもありがとうございました。
あなたの意見をもとに、これからも楽しい本を作っていきます。

モリー・ムーンの世界でいちばん不思議な物語
ジョージア・ビング／三好一美 訳 定価1890円 448ページ
みなし子少女がサイミン術で大冒険！ 女の子版ハリー・ポッター。

モリー・ムーンが時間を止める
ジョージア・ビング／三好一美 訳 定価1890円 432ページ
サイミン術パワーアップ！ モリー・ムーン第2弾はさらに不思議!?

ぬいぐるみ団オドキンズ
ディーン・R・クーンツ／風間賢二 訳 定価1680円 320ページ
悪いおもちゃを相手に大活躍！ 人気作家クーンツ初の児童書。

名探偵カマキリと5つの怪事件
ウィリアム・コツウィンクル／浅倉久志 訳 定価1575円 216ページ
虫の国には謎と冒険がいっぱい。『E. T.』の作者の大ヒット作！

おはなしは気球にのって
ラインハルト・ユング／若松宣子 訳 定価1470円 160ページ
11のすてきなおはなしと、その作者をめぐる心あたたまる物語。

サーカス・ホテルへようこそ!
ベッツィー・ハウイー／目黒 条 訳 定価1575円 288ページ
おくびょうな少女が、勇気をふりしぼって空中ブランコに挑戦！

秘密が見える目の少女 厚生労働省社会保障審議会推薦
リーネ・コーバベル／木村由利子 訳 定価1575円 296ページ
ふしぎな目を受けついだ少女ディナが、おそるべき冒険に乗りだす。

ディナの秘密の首かざり
リーネ・コーバベル／木村由利子 訳 定価1785円 376ページ
少女ディナがふたたび危機に！ 『秘密が見える目の少女』の続篇。

竜の王女シマー
ローレンス・イェップ／三辺律子 訳 定価1575円 232ページ
おそろしい魔女をつかまえろ！ 竜の王女と少年のふしぎな旅。

夜中に犬に起こった奇妙な事件 第51回産経児童出版文化賞大賞
マーク・ハッドン／小尾芙佐 訳 定価1785円 376ページ
事件を通し成長する自閉症の少年の姿を描いた、衝撃と感動の書。

サマーランドの冒険㊤㊦
マイケル・シェイボン／奥村章子 訳 定価各1680円㊤336ページ ㊦320ページ
妖精の国を旅する少年。ピュリッツァー賞作家が贈るファンタジイ！

ラー・イラスト満載！〈ハリネズミの本箱〉の話題作　A5判上製

7月発売

おこりんぼの魔《ま》女《じょ》のおはなし

ハンナ・クラーン

工藤桃子 訳　たなかしんすけ 絵

森に住む年寄りの魔女は、いじわるでおこりんぼ。すぐに腹をたてては、とんでもない魔法をかけてまわるのです。こまった動物たちは、なんとか魔女を追いだそうと相談しました。さて、どんな名案が……？　森のゆかいな毎日をえがいた、楽しいおはなしがいっぱい！

予価1680円（税込）　144ページ　ISBN4-15-250034-4

第51回産経児童出版文化賞受賞

ヘラジカがふってきた！

好評発売中

アンドレアス・シュタインヘーフェル

鈴木仁子 訳　ケルスティン・マイヤー 絵

クリスマスまえ、空からヘラジカがふってきた!?

ある夜、ぼくの家の屋根をつきやぶって、ヘラジカが落ちてきた！　トナカイのかわりにサンタのそりの試験飛行をしていて、足をすべらせたんだって。おもしろくてやさしいヘラジカで、すぐ仲よしになった。でもそれが、大騒動のはじまりだったんだ！

定価1575円（税込）　112ページ　ISBN4-15-250014-X

台湾の絵本作家の傑作

好評発売中

ほほえむ魚

ジミー作・絵／有澤晶子訳

河合隼雄氏絶賛！

「この作品はいろんな意味で好きです。
魚がほほえんでいる
というのが非常によかった。」

A5判変型並製　定価1575円（税込）　104ページ

ISBN4-15-208424-3

チャード〉。その両わきに〈エルズワース〉と〈トーマス〉。そして、そのむこうのすこし高くなったところに、花がいっぱいの瓶《かめ》に左右をはさまれて、いちばんなじみふかく、いちばんよくおぼえている名前があった。〈ジョン・マシュー・スミス　一八二〇年〜一八八一年〉〈エリザベス・サリバン・スミス　一八二五年〜一九〇二年〉。かがみこんで文字を読んでいると、一匹のアリが、ジョン・マシューおじいさんの「J」の文字の谷に入りこんで、もぞもぞとはいおりはじめた。エルズワースは思わず、指でアリをはねとばした。そして、手のひらをくっつけてみた。墓石《はかいし》は、とてもあたたかかった。

そのとき、うしろで砂利《じゃり》道を踏《ふ》む音がした。あわててふりむいたエルズワースは、つんのめってたおれそうになったが、顔をあげるとジェスだった。さすがのジェスも、いまではハアハア大きな息をし、顔にも赤く血がのぼっていた。そして、ひとまわり大きくなったように見えた。いや、大きいというか、ほんわかした感じになっていたのだ。さっきまでギュッとちぢこまっていたなにかが、ゆるんで、体全体にひろがったみたいに。

ジェスは草地を横ぎってやってきて、立ちどまったかと思うと、身をかがめてエルズワースの木箱を手にとった。「それで、これはなんなの？　いったい、なにが入ってるの？」

「さあ……」エルズワースはこたえた。「これは、ジョン・マシューおじいさんの箱なんだ。いや、つまり、おじいさんがつくって、しばらくジョンおじさんがもってて、それから父さんにプレゼントしたんだって。父さんは、なかになにか入れたらしい。ほら、手でもつと重いだろう？

で、父さんはそれをまた、ジョンおじさんにあずけていったんだ。ここを出るときにね。なにかすごいものが入ってるのかもしれないんだけど、どうしてもあけられなくて。ふだんなら、こういうのはまかせといてっていうところなんだけど。知恵《ちえ》の輪とか、そういうのは得意だからね。でも、これは、どうしたらいいか、さっぱりわからないんだ」

「ああ、そう。ジョン・マシューおじいさんの箱なのね。だったら、ジョン・マシューおじいさんがおしえてくれるんじゃない？　あら、そんな顔しないでよ。ほら、こうやって、おじいさんのお墓《はか》の上に、これをのせて。うん、これでいいわ」ジェスはエルズワースのそばにすわりこんで、じっと箱を見つめた。そうすれば、念力《ねんりき》がつうじて、箱がゴトゴトゆれはじめ、留《と》め金もはじけとんで、ポンとフタがひらくとでもいうように。だが、いくら見つめても、だめだった。箱には、まったくなんの変化もあらわれなかった。

「あのさ」エルズワースがいった。「この箱には、ぎゅっとおすとひっこむところが、四カ所あるんだ。こういうふうに、三角になってるところ。ね？　両手をつかえば、いっぺんに四カ所をおすこともできる。でも、そうやっても、やっぱりだめだった」

「まって、まって」ジェスは腹《はら》ばいになって、エルズワースの指に息がかかるほど、箱に顔を近づけていた。「手をはなさないで、おしつづけてみて。ほんのちょっと、すきまができてるのよ。たぶん……たぶんここで、さらに……もうひとおし、じゃないかな。もう一カ所、どこかを」ジェスは手をのばして、一瞬《いっしゅん》ためらったのちに、箱のまんなかの目のような部分を、ぎゅっとおした。それから、まるであえぐような声でいった。「さあ、フタをもちあげて。はやく、はやくもちあげて」

エルズワースはフタをひっぱった。指がふるえるほど、力をこめて。やがて、箱のフタがゆっくりとひらいた。

第二十章　日記

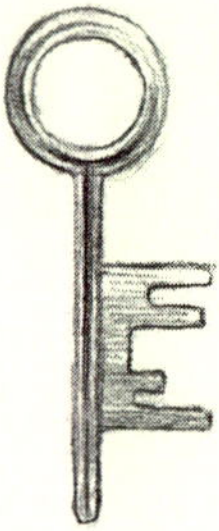

箱のなかには、ほぼぴったりの大きさの本が入っていた。エルズワースは一瞬《いっしゅん》ためらったのち、片手《かたて》で本をおさえて、箱をさかさにした。そして、すべり出てきた本を、あやうく落としそうになりながら、なんとか受けとめた。手にとってみると、表紙はぼってりとした感じで、皮みたいだった。背《せ》の部分はいたんでぼろぼろになっているが、表と裏《うら》はきれいなままだ。ただし、一枚《まい》皮ではなく、濃《こ》い茶とうすい茶色、なめらかな手ざわりやざらざらしたのといった、さまざまな皮をはぎあわせたつくりになっている。

そっと表紙をひらいてみると、しみだらけの扉《とびら》があらわれた。手書きの文字で、名前が書いてある。インクがうすくなっていたものの、大きく肉太《にくぶと》に書かれたその文字がだれの名前なのかは、見まちがえようがなかった。ジョン・マシュー・スミスだ。

「なんの本？　なにが書いてあるの？」ジェスがいった。

エルズワースは、最初の何ページかをめくってみた。それから、さらに二、三ページ。「日記だ。ジョン・マシューおじいさんのだ。最初の日付は……うーん、読みにくいなあ……でも、たぶん、一八四三年だと思う」エルズワースは、ジョン・マシューおじいさんの墓石《はかいし》をちらっと見た。「おじいさんは一八二〇年に生まれたわけだ。ということは、一八四三年には……二十三歳《さい》。二十三歳か。まだ若《わか》いころだね」

「一八四三年」ジェスはきちんとすわりなおし、真剣《しんけん》なまなざしになっていた。「ねえ、一八四三年に、なにがあったの？　読んで、はやく読んで」

エルズワースは、目をこらして文字を見た。「『わが人生の記である……この日記を』」つっかえながら、そう読みはじめた。「『この日、真に、わが人生が……』」エルズワースはそこで目をあげて、首をふった。「だめだ。あの階段《かいだん》の文字みたいなんだもの。ぼくには、読めないや。読んでみてよ」

ところがジェスは、唇《くちびる》をすぼめて考えこんでしまった。「ほんとに、読んでもいいと思う？　これは、階段に書いてあったのとはちがうでしょ。あれは、人に読ませるために書いたものだった。でも、これは、読んでほしくないんじゃないかしら」ジェスは片手《かたて》を、ジョン・マシューおじいさんの墓石の上においた。「読むのをいやがるんじゃないかな、ジョン・マシューおじいさん」

エルズワースはちょっと考えていたが、こういった。「うん、でも、ぼくの父さんも読んだんだし、きっとだいじょうぶだよ」そして、本をジェスのひざの上にぽんとのせた。「ともかく読めるかどうか、やってみてよ。ね？」

　ジェスはようやくうなずいて、ゆっくりと一ページ目をひらいた。そして、ひざの上のそのページをながめていたが、すぐに本をもちあげて顔に近づけた。それから、目をほそめて、読みはじめた。「わかったわ。あんたがいうとおり、だいじょうぶだと信じることにする。さあ、読むわよ。『わが人生の記であるこの日記を、この日、真にわが人生がはじまったこの日に、書きはじめることにする。本日、五月三十日、わが最愛《さいあい》のベッツィー・サリバンとわたしは、神のみまえ、集会場につどいたる兄弟姉妹のまえで、誓《ちか》いをかわした。本日、われわれ二人は、ともにあゆむ人生の長き旅路に、最初の一歩を踏《ふ》みだした。ねがわくは、神の……』」ジェスはそこでつっかえて、まゆをしかめた。「たぶん、『神のみめぐみがあらんことを』だと思うけど。なんだか、この〝み〟の字がへんなのよ。最後がしっぽみたいに長くのばしてあって。うん、それでまちがいないと思う。『ねがわくは、神のみめぐみがあらんことを。われらの信仰《しんこう》が、ともに、とこしえにつづかんことを』」ジェスはまたそこで読みやめた。「結婚式《けっこんしき》の日だったのね。この日、二人が結婚したんだわ」

「うん、そうだね……そうなんだね。ということは、この日記は……家族のことが書いてあるってこと？」

　ジェスは、ゆっくりページをめくって、先を見ていった。「そうみたい。繊維《せんい》工場のことと、

早川書房の新刊案内

〒101-0046 東京都千代田区神田多町2-2
http://www.hayakawa-online.co.jp

2005 6

――早川書房60周年記念出版――

SHADOW DIVERS

シャドウ・ダイバ

深海に眠るUボートの謎を解き明かした男た

ロバート・カーソン 上野元美訳

1991年、命知らずのダイバーたちが海底に発見した沈没潜水艦。死出の苛酷な調査環境の妨害のなか、第二次世界大戦最後の謎が明れてゆく過程を克明に描く冒険と感動のノンフィクション大作。四六判
定価2310円［23日発売］

$E=mc^2$

世界一有名な方程式の「伝記」

デイヴィッド・ボダニス 伊藤文英・高橋知子・吉田三知世

$E=mc2$というつつましい方程式が世界を一変させたのは誰もが知っる。でも、Eとかmっていったい何？　意外に簡単なこの方程式のと来歴を、伝記仕立てで解説するポピュラーサイエンス。四六判
定価1995円［23日発売］

ハヤカワ文庫の最新刊

●表示の価格は税込定価です。
●発売日は地域によって変わる場合があります。

6
2005

〈SF1518〉
宇宙英雄ローダン・シリーズ312
ノパロールの地下霊廟
フォルツ＆ダールトン／天沼春樹訳

脳だけの存在にされ、いずことも知れぬ宇宙へと追放されてしまったローダンの運命は!?
定価588円
［絶賛発売中］

〈SF1519〉
ハヤカワ名作セレクション
折れた魔剣
ポール・アンダースン／関口幸男訳

ノルンの三女神が紡ぐ糸をたどって展開する恋と憎しみ、栄光と悲劇の一大英雄叙事詩。
定価840円
［絶賛発売中］

〈SF1520〉
ネアンデルタール・パララックス2
ヒューマン―人類―
ロバート・J・ソウヤー／内田昌之訳

ネアンデルタールたちの並行宇宙との交流がついに始まるが、そこには恐るべき罠が……
定価966円
［23日発売］

〈JA799〉
グイン・サーガ102
火の山

グインとスカールの出会いは、何をもたらすのか？　そして瀕死のイシュトヴァーンは？

定価567円

こんな家を建てたいっていう話も書いてあるわ。でも、ここには、ほら……一八四四年よ。いい、読むわよ。『大いなるよろこびと、神への感謝《かんしゃ》とともに記す。本日、四月十五日、わが愛するベッツィーが、はげしい……』これ、なんてよむんだろう、陣痛《じんつう》、かな？　『はげしい陣痛ののちに、ぶじ、五体満足な男の子二人をうみおとした。ふたごだった。上の息子《むすこ》の名は、わが父にちなみ、エルズワース・ジェームズとする。下の息子は、ベッツィーの父親にちなみ、トーマス・デイビッドとする』」

ジェスは顔をあげて、エルズワースのほうを見た。「あんた、へんな気がしない？　自分の名前が、こんなに昔に書かれたもののなかに出てくるなんて」それから、またべつのことに気づいたようだった。「まあ、すぐに家族がふえたのね。五月に結婚《けっこん》して、つぎの年の四月だもの。ベッツィーおばあさんは、このとき、いくつだったのかしら？」ジェスは、ベッツィー・サリバンの墓石《はかいし》を指でなぞった。「一八二五年生まれ。ということは……十九歳《さい》？　十九歳だったんだ。あたしと五歳しかちがわないじゃない」

だが、エルズワースは、さっきジェスがいったことに、まだ気をとられていた。ジェスのいうとおりだ。大昔の日記のなかに、自分の名前が書かれているなんて、ほんとにへんな感じだ。しかも、昔の二人もふたごだった。一人はエルズワースで、もう一人はトーマス。しかも、このあと……このあと二人がどうなるかは、もうわかっているのだ。数年後に、なにが起こるのかは。もうあと数ページ先には、そのことが書いてある……エルズワースは自分でも気づかないうちに、立ちあがっていた。「やっぱり、やめた。いまは読みたくなくない。その本、かえしてよ。さあ、帰ろう」

ジェスは、じっとエルズワースを見あげた。「え？　だって、読みはじめたばっかりじゃないの。なにいってんのよ」

エルズワースは首をふって、手をさしだした。「そっちこそ、なにいってるんだよ。それ、かえしてくれってば。ぼくのものなんだから。この箱にもどしておきたいんだ」

ジェスは胸《むね》のまえで本をしっかりかかえて、はなさなかった。「いやよ。ここまできて、読むのをやめるなんてできない。そんなの、ずるいわよ。これはジョン・マシューおじいさんの日記よ。あんた一人のものじゃないわ。あたしだって、スミス家の一員なんだから。あんただけが、スミス家の人間じゃない。あたしだって、スミス家の一員なのよ」

〝スミス家の家族は、おまえとわたしだけだ〟父さんはいつもそういっていた。〝おまえとわたしの二人だけなんだよ、ジー〟

それとも、父さんのいうことが、まちがってたのだろうか。

「わかった」エルズワースは、ようやくそういった。「ただ、ぼくは……」エルズワースは大きく息をすいこんで、また大きくはきだした。「ぼくがやめようっていったのは……火事のことがあるからなんだ。火事があって、二人が……死ぬからなんだ。そうだろ？」

ジェスは、ぶるぶると体をふるわせ、かたく目をとじた。「そうだわ」おしころした声でいった。しばらくして、ゆっくりと顔をあげ、エルズワースの顔を見つめたとき、ジェスの目には思いつめたような表情《ひょうじょう》が浮《う》かんでいた。「でも、もしかしたら……もしかしたらよ。なにがあったのかを、ちゃんと読めば。おじいさんがどう書いているか、ちゃんと読めば、ちがってくるかもしれない。そんなにひどいことじゃなかったと、思えるかもしれない」

エルズワースはちょっと横をむいていたが、すぐにうなずいた。「うん、わかった」そして、またどさっとすわりこんだ。「わかった、そうしよう」

読みすすめていくと、ベッツィーとジョン・マシューの夫妻《ふさい》には、どんどん家族がふえたことがわかった。長男次男の誕生《たんじょう》からわずか六年のうちに、四回の誕生の記録があったのだ。一八四五年にはリチャード、一八四七年にはエミリーとユリシーズ、一八五〇年にはサミュエルが誕生していた。ジェスはここで日記から目をあげて、髪《かみ》の毛をかきあげた。「すごいわね。何人だっけ？　六人？　ねえ、ちょっと、六人もの赤ん坊《ぼう》のオムツがはためいてるところ、想像《そうぞう》してみてよ。紙オムツなんか、なかったわけでしょう？　乾燥機《かんそうき》だって」

「電気もなかったんだもんね」エルズワースは目をとじて、考えてみた。あの原っぱに、物干《ものほ》し用の綱《つな》はいったい何本はることができるだろう。ずいぶんたくさんにちがいない。そう思うと、原っぱに何キロにもわたって、真っ白なオムツがほされ、そよ風にはためいているようすが目に見えるような気がした。そして、おおぜいの小さな子どもたちが、そこらじゅうをころがりまわって……なんて、たのしい光景だろう……だが、そこで、はっと息をのみこんだ。この楽しさは、つづかなかったはずだ。

思ったとおりだった。「一八五二年」ジェスはまた読みはじめたが、急に声の調子がおかしくなった。エルズワースはそれまで以上にぎゅっと目をつぶった。書かれていたのは、短くておそろしい話だった。

一八五二年のある夏の日、八歳《さい》のトーマスは、夜ふかしして本を読もうと、こっそり屋根裏《やねうら》のかくれ家《が》にあがっていった。父親に日ごろから、本とロウソクについてきびしくいいふくめられていたトーマスだったが、またしてもそれにそむいたのだった。夜がふけて、トーマスはねむりこんでしまったのだろう。そして、ロウソクが、いつもは短くなって消えてしまっていたロウソクが、この日ばかりは消えなかった……その小さな炎《ほのお》が、いったいどうして、やがて猛火《もうか》となって、屋根裏じゅうに燃《も》えひろがっていったのか。いったんぶじに外につれだされたエルズワースが、いったいどうして、とめようとする子守りの腕《うで》をふりほどき、燃えさかる家のなかにとびこんでいったのか。それは、いまとなっては、だれにもわからない。

「『いったい、どうして？』」ジェスは、ふるえる声で読みつづけた。「『あの子は、ぶじに外につれだされ、家族全員といっしょに立っていた。いや、それは家族全員ではなかった。この子のふたごの弟がまだなかにいる、わたしがそう気づいた瞬間《しゅんかん》、あの子もおなじことに気づいた。あの夜の、あの子の顔。芝生《しばふ》をこがすほどの、おそろしい炎のなかで見せた、あの勇敢《ゆうかん》な子どもの顔。それは一生、わたしの脳裏《のうり》にやきついてはなれないだろう。あの子の顔に走った恐怖《きょうふ》は、一瞬のうちに怒《いか》りに変わり、さらに決意に変わった。そして、あの子は行ってしまった。そして、そして二人とも……永遠《えいえん》に、行ってしまったのだ。永遠に』」

エルズワースはしっかり目をとじたままだった。だが、ジェスの声は聞こえてきた。最初に出てきた声は、のどからしぼりだすような音だった。それから、ジェスは泣きだした。

第二十一章　ショック

ジェスは泣いて泣いて、泣きつづけた。エルズワースは、こんな泣き方を見るのは、はじめてだった。なんとかしなくてはと思ったが、どうしたらいいのか、さっぱりわからなかった。ただ一つ思いついたのは、だれかを呼《よ》んでくることだったが、こんなジェスを一人でおいていくわけにもいかなかった。

こまりはてたエルズワースが、とうとう人を呼びにいこうとしかけたとき、はげしく泣きじゃくっていたジェスの声がおさまりはじめた。泣き声は、やがてしゃくりあげる声に変わり、それがすすり泣きに変わった。ジェスはポケットをさぐって、ティッシュをとりだすと、大きな音をたててひとしきり鼻をかんだ。それからごろりとあおむけになって、ため息をついた。

「ああ、らくになった」ジェスがいった。

「ほんとに？」だが、ぜんぜんらくそうには見えなかった。エルズワースはおそるおそる手をのばし、さっと日記をとって、木箱にしまった。このようすでは、これ以上読めるわけがない。きょうはもうおしまいだ。

「うん。らくになったわ」ジェスは体を起こした。「きっと……なんていったらいいんだろう……きっと……あたしじゃなかったって、思ったから」ジェスの目にまた涙《なみだ》がもりあがってきた。

「ひどいことというと思うでしょうね。でも、そう思ったら、すっとらくになった。あの子たちは、あのふたごは……火事で焼け死んだけど、ジョン・マシューおじいさんの家も、焼けてあとかたもなくなっちゃったけど……でも、あたしたちは、荷物を運び出すことだってできたし、それに、だれもけががひとつしなかった。あの子たちのことは、ほんとにかわいそうだと思った。かわいそうだと思ったけど、それであたしはらくになれたの。わかる?」

「どうかなあ」エルズワースはいった。けれども、ほんとうはわかっていた。なぜなら、エルズワースも、ジェスが日記を読んでくれているあいだ、ずっと考えていたことがあったのだ。しょうがなかったのだ、と。火事を出したのはトーマスで、エルズワースは弟を助けようとしただけだったんだ、と。逆《ぎゃく》でなくてよかった。そう考えずにいられなかった。

そして、もう一つ。エルズワース自身の弟のこと。エルズワースが生まれたあと、ふたごの弟のトーマスがなかなか生まれてこなかった。そのせいで、母さんが死んだんじゃないか。いままで、こんなことを言葉にしたことはなかった。心のなかで考えたこともなかった。でも、いまはうれしかった。そうだったことが。その逆でなかったこと、自分のせいでなかったことが。もしも、もしも自分のせいで、母さんが……

「ママに会いたい」やぶからぼうに、ジェスがいった。「それもあって、泣いちゃったのかもしれない。会いたい、ほんとに会いたい。けんかばっかりしていたけど。それに、どうしてあんなやつと再婚《さいこん》しちゃったのかと思うと、くやしいけど。あんなうさんくさいやつと。でも、ママは……ママは、信用できる。毎週、電話してくれるし、会いたいっていってくれるし。ママは、あたしをすてたりしなかったもん。あたしをおいて、どっかへ行ってしまったりしなかったもん。パパはそこがわからなかった。小さいころは、なんでもいっしょにしてくれたのよ。だから、あたし、パパはあたしのこと、愛してくれてると勘《かん》ちがいしちゃったの」

これは、泣かれるより、もっと始末《しまつ》がわるかった。泣かれたとき、エルズワースはどうしたらいいかわからなかった。そしてこんどは、なんといったらいいのか、ほんとうにとほうにくれてしまった。「よくわかんないけど」エルズワースはやっと口をひらいた。「でも、きみのパパは……ね、ちょっと考えてたんだ。ぼくの父さんのことなんだけど。ぼくのおばあちゃんが、ちょっとまえに亡《な》くなったんだ。でも、父さんは帰ってこようとしなかった。お葬式《そうしき》にね。みんなに帰ってきてほしいといわれたのに。たぶん、父さんは、帰らなかったんじゃなくて、帰れなかったんだと思うんだ。父さんにとって、たえられないことがあって。その、昔、いろいろあったみたいで。ぼくはよく知らないんだけど、ともかく、ぼくが生まれて、母さんが……死ぬまえに」

「そうね」ジェスがいった。「そうかもしれない」そういって、ため息をついた。「で、どこにいるの？」

エルズワースは顔をしかめた。「だれのこと？」

「あんたのお母さんよ。ここにねむっているんでしょう？　ほかのみんなといっしょに」

エルズワースは、自分がふるえているような気がした。そんなことは、考えてもみなかったのだ。母さんは、ここに葬《ほうむ》られているのだろうか。

「なんで、そんなへんな顔してんのよ」ジェスがいった。「あんた、考えたことなかったの？　きいたこともなかったの？　ぜったい、この墓地《ぼち》にいるわよ。さがしてみたら？　さがしてみたいでしょ？」

「うん」エルズワースは消えいりそうな声でいった。「さがしてみたい。でも、どこにいるのかな。きいてみようにも、父さんはここにいないし」

「じゃあ、まずは、あんたのおばあちゃんのお墓《はか》をさがしましょう。お母さんは、きっとおばあちゃんの近くにねむってると思うわ。おばあちゃんのお墓は、あたらしいわけでしょう。だったら、すぐに見つかるわ。ジョン・マシューおじいさんの子どもたちは、このまんなかの区域に葬られてる。ってことは、最近亡《な》くなったおばあちゃんのお墓は、きっとはしっこのほうにあるはずだから。あんた、そっちをさがして。あたしは、こっちを見てみるから」

エルズワースは、よつんばいになって、のろのろとさがしはじめた。体がガチガチで、いうことをきかなかった。まるで、百歳《さい》のおじいさんになったみたいだ。ほんとに、ここにねむっているんだろうか？　母さんは、ここにねむっているんだろうか。そう考えると、汗《あせ》が出るほど暑いのに、寒気《さむけ》がして、気分がわるくなってきた。顔をあげて、ジェスのほうを見てみた。ジェスは腰《こし》をかがめて、あっちの木のかげ、こっちの木のかげと、いそがしくお墓《はか》を見てまわっている。

「ないわ」ジェスがいった。「どれもちがうみたい」それから、立ちどまっていった。「これは、うちのおばあちゃんがおしえてくれたお墓よ。おじいちゃんのなの。デイビッド・マクラウド。おじいちゃんは、ママが小さいときに亡《な》くなったんですって。一九七二年にね」ジェスはしばらく目をしょぼしょぼさせていたかと思うと、手の甲《こう》で涙《なみだ》をふいた。「そう思うと、なんだかへんな気分になっちゃう。ママにも父親がいなかったんだなって……」

「ねえ」エルズワースがいった。「なんだか、気味がわるくない？」

ジェスが、きっとふりむいた。「なにいってんの。気味わるくなんかない。わからないの？　これは、とってもだいじなことなのよ。あたしたちのルーツなんだから。あんた、それを知りたくないとでもいうの？」

「そうかい、そうかい、わかったよ。じゃあ、ぼくの母さんはどこにねむってるんだい。そんなになんでもかんでも、わかってるっていうんなら、ちゃんとおしえてくれよ」二人はしばらくじっとにらみあっていた。やがて、ジェスがうなずいていった。

「ごめん。わるかったわ。でもね、これはとてもだいじなことなの。あのね、いい？　うちのおじいちゃんは、ユリシーズおじいさんの近くのここにねむってるわけでしょ。あんたのうちも、おんなじだと思うのよ。あんたのご先祖《せんぞ》さまって、だれだっけ？　ジョン・マシューおじいさんの子どものうちの、だれなの？」

エルズワースが目をつぶると、まぶたのうちに、ジョンおじさんの家のドアが見えてきた。あの、名前がほってあったドアだ。「ヘンリーおじいさん。ヘンリー・ジョージ。そういえば、さっき見たよ。あっちで」

「なあんだ。じゃあ、そこに行ってみましょう。さあ」

見つけるのに時間はかからなかった。ジェスがいったとおり、おばあちゃんのお墓《はか》はまだあたらしかった。〈イザベル・メアリー・ルイス・スミス〉お墓にはそう書いてあった。まわりには、だれがうえたのか、ピンクの花がきれいにならんでさいていて、さらにそのまわりをかこむようにツタがうえてあった。

つぎのお墓を見つけたのは、エルズワースだった。それほど遠く離《はな》れた場所にあったわけではなかったが、見つめるエルズワースにとっては、遠い遠いところにあるように思われた。あまりに遠くて、一族のみんなのお墓とは、まったくべつのところにあるような気さえした。〈サラ・ジェーン・カッター・スミス　一九七一年～一九九〇年〉そして、そのすぐ下に、もう一つべつの名前が。〈トーマス・ロバート・スミス　一九九〇年〉

「まあ」ジェスは目を見ひらいて、エルズワースのほうにさしのべるように手をあげた。そして、また、「まあ」といった。

エルズワースは、くるりとジェスに背《せ》をむけた。もうなにも読みたくなかった、なにも見たくなかった、だれとも話をしたくなかった。ともかく、はやくここから出て、エリザベスおばさんの家に帰って、父さんと話がしたかった。いまは、ただただ、父さんの声が聞きたかった。

エルズワースは木の箱をつかみ、速足《はやあし》であるいていった。ジェスはうしろについてきていたが、ずっとだまったままだった。キティおばさんの家の門のところまできて、門をくぐり、ザ・スクエアに出てから、ジェスがようやく口をきいたが、その声はおとなしかった。「おばあちゃんの車がないから、買い物に行ったんだと思うわ。ねえ、なにか、ちょっと食べていかない？　ほら、パイをつくったから。それに、きのうつくったマフィンとかもあるし……」

エルズワースは首を横にふった。

「じゃあ、あとでまたきてよね。そして、だれかに話を聞きに行きましょうよ」

エルズワースはあいまいにうなずいた。「うん、たぶんね」

「あんた、けっこうじょうずに走れたじゃないの。はじめてにしてはだけどね。だから、もしもまた走りたかったら……」

エルズワースは首を横にふったが、なぜかふっと笑ってしまった。すると、気分がうんとらくになった。「うん。そうだな……やっぱりやめとく。でも、あとで、またくるよ、たぶん」

「うん、わかった」ジェスは安心したようだった。「じゃあね」

エリザベスおばさんの家に帰ると、おばさんは読書室で、古ぼけた回転イスにすわって机《つくえ》にむかっていた。パソコンの画面をじっと見つめている。エルズワースは近くにあったイスの上に木の箱をおいたが、その音がしても、本の山のむこうにいるおばさんは画面を見つめたままだった。エルズワースがそばに行くと、ようやく顔をあげた。「あら、エルズワース。ちょっと見てよ、このeメールの山。まったく、この文明の利器《りき》ができて、ありがたいのやら、迷惑《めいわく》なのやら」そこでもう一度、エルズワースの顔を見た。「まあ、あなた、なんだかへんね。どうかしたの？ね、なにかあったの？」

エルズワースは首をふった。「ううん。でも、父さんにもう一度、電話してみたいんだけど。いい？　けさも電話したんだけど、つかまらなかったんだ」

「もちろん、いいわよ。いま、インターネットは切ったから、もう電話はつかえるわ。じゃ、わたしはちょっとあっちの部屋《へや》に行って――」

「ううん、気にしないで、そこにいて」エルズワースは、おばさんに席をはずしてほしくなかった。おばさんがそこにいてくれれば、こんどこそ、うまく父さんに電話がつながって、こんどこそ、話ができるような気がしたのだ。そうすれば、いま自分がいだいている、重すぎるコートをむりやり着せられているような感じからも、ぬけだすことができるにちがいない。

エルズワースが番号をおすと、呼出音《よびだしおん》が二回鳴ったところで、相手が出た。よかった、つながった。「ロッコさん？　エルズワースです。仕事のじゃましてわるいんだけど、父さんを呼《よ》んできてもらえないかな？　たぶん、まだねむってると思うけど、でも、いそいで――」

「だめだ。おやじさんとは、話はできん」ロッコさんは、文句をいってくる客にどなりかえすときの声でいった。「どうしてかって？　出ていっちまったんだよ。荷物をまとめて、出ていっちまったんだ。ここをやめちまったんだよ。しかも、週末にだ。夏休みの、週末にだ。おまえさんたち親子には、あんなによくしてやったのに。だから、もう電話はせんでくれ。おっ、そうだ。魔法瓶《まほうびん》は役にたったそうだな。あれは、かえしてくれ。いますぐにかえしてくれ」ガチャンと受話器をおく音が、エルズワースの頭をうちぬく銃弾《じゅうだん》の音のようにひびいた。

「どうしたの？　なにがあったの？」ふりかえると、エリザベスおばさんが、エルズワースが吐《は》くのではないかというような顔で、心配そうに見ていた。そのとおりだった。エルズワースは、ほんとに吐きそうだった。父さんがいなくなった。ぼくになにもいわないで、いなくなってしまった。電話もしないで。ぼくの荷物はどうなったんだろう。トレバーは？　帰ってこいと、父さんはいった。でも父さんがいなくなってしまったら、いったいどうやって帰ったらいいんだ。

エルズワースは首をふるばかりだった。口をきくことができなかった。自分でもなにをしているのかわからないまま、窓《まど》のそばのソファまで行って、なにか大きなかたまりのそばに、どさりとすわりこんだ。気がつくと、そのかたまりはホッジだった。エルズワースのかすみがかかったような目に、エリザベスおばさんもやってきて、すこしはなれたところにある回転イスにすわっているのが見えた。おばさんはひざに手をおいて、静かにすわっていた。部屋《へや》のなかで聞こえるのは、パソコンのファンがまわる低い音だけになっていた。

エルズワースは、あたたかい日の光につつまれ、ホッジのあたたかい体にふれているうちに、ちぢこまっていた筋肉《きんにく》がほぐれていくような気がした。だが、心のほうは、そうはいかなかった。エルズワースの心は、あっちへとび、こっちへとび、さまざまな言葉や人の顔が、つぎつぎに大写しになっては消えていった。だが、やがてそれは一人の人の顔と、一つの疑問《ぎもん》にまとまっていった。見えてきたのは、父さんの顔。だが、エルズワースが知りたいと思ったのは、父さんがどこにいるかではなかった。父さんの人生のことだった。

「父さんがいなくなっちゃったんだ」やっと言葉が出てきた。「父さんが。ロッコさんがいったんだ。父さんは、荷物をまとめて出ていったって。どこに行っちゃったんだろう。どうして、ぼくに電話してくれなかったんだろう。それに、それに、どうしていままで、なんにも話してくれなかったんだろう……母さんのこと」エルズワースは言葉を切って、つばをのみこんだ。エルズワースの手はいつのまにか、ホッジの体にのっていた。さっきから、ホッジの体をやたらとなでたりさすったりしていたらしいが、ホッジはいやがるどころか、ゴロゴロのどまで鳴らしていた。

エリザベスおばさんは、視線《しせん》を床《ゆか》に落として、さっきとおなじように静かにすわっていた。エルズワースは、心をふるいたたせてつづけた。「ジェスがいってた。ジェスのパパは、ジェスをおいていなくなったって。ぼくの父さんは……父さんはここから出ていって、帰ってこなかった。母さんがここにいるのに。ここって、ここのお墓《はか》にだけど。トーマスだってここにいるのに。おばあちゃんだってここに……それでも、父さんは帰ってこなかった。だから、だから、こんどは……こんどは……ほんとうにいなくなっちゃったのかもしれない……ぼくをおいて、いなくなっちゃったのかもしれない」

ああ、とうとういってしまった。いってしまったのだ。だが、いった瞬間《しゅんかん》に、もうエルズワースにはわかっていた。そんなこと信じてはいないのだと。父さんがエルズワースをすてることなど、ぜったいにないのだと。ほかのことはともかく、それだけはわかっていた。エルズワースははげしく首をふった。それでも足りずに、もう一度ふった。

エリザベスおばさんの声は静かだった。「そんなことはないわ。ベン・ロバートがあなたをおいていなくなることなど、ぜったいにない。それから、ここから出ていって、帰ってこなかったという話。そのことも、わたしたちはちょっとちがったふうに考えているのよ。あれは……必死で逃《に》げだしたようなものだとね。十三年まえには、ベン・ロバートにはああするしか道がなかったのだと」

おばさんは長いあいだ、エルズワースの頭ごしに庭のほうをぼんやり見ていた。それから、首をふっていった。「でも、あなたのお母さんのこと。それだけは、わたしにも理解《りかい》できない。どんな人でも、自分のお母さんのことを知らなければ、人間としてだいじなところがかけていることになってしまう。だれかがあなたに、お母さんのことを話してきかせなければいけないみたいね。そして、どうやら、その役目はわたしがはたすしかないみたい。ベン・ロバートがゆるしてくれればいいんだけど」

第二十二章　サリー

あっ、いたい、と思った。エルズワースが下を見ると、自分で自分のひざをつかんでいて、ジーンズの厚《あつ》い生地《きじ》の上からなのに、ツメがはだにきつくあたっていた。すぐ横では、ホッジがしきりにのどをならし、うしろの窓《まど》のむこうでは、鳥たちがいっぱいに花をつけた低木のあいだを飛びかう羽音がしている。エリザベスおばさんが、ひざの上で軽くかさねあわせている両手が目に入った。朝の白い光にてらされたその手は、みにくかった。ごつごつしていて、しみだらけで、ところどころ静脈《じょうみゃく》が浮《う》きでていたし、数えきれないほどのすり傷《きず》や切り傷がついていた。でも、しがみついたら、しっかりと受けとめてくれそうな手だった。

　エルズワースは、へなへなとソファにしずみこんだ。同時に、長いため息がもれた。「あのね、小さいころ、よく父さんにきいたんだ。母さんって、どんな人だったって。でも、父さんは、ほとんど話してくれなかった。きれいな人で、ぼくを愛していたっていうだけで。一枚《まい》だけ、写真

ももってたんだ。でも、顔はよく見えなかった。犬をだいてる写真だったから」

おばさんのまなざしが、ふっとやわらいだ。「おぼえてるわ。シェヴィね。サリーは、その犬にシェヴィっていう名前をつけていたのよ。でも、どちらにしても、写真ではサリーがどんな人かはわからない。あの人の目を見なくては……あの人が笑う声を聞かなくては……サリーはね、部屋《へや》に入ってくるだけで、ぱっとそこがあかるくなる、そんな人だった。いっしょにいるだけで、楽しくなるような人。そばにいる人を幸せにする人だった」おばさんは、昔の思い出にほほえみながらつづけた。「すくなくとも、あなたのお父さんを幸せにしたのは、まちがいないわね。二人が出会って一週間かそこらたったころに、ベン・ロバートがサリーをつれてきたんだけど、あのときほど幸せそうなベン・ロバートは見たことがなかったもの。ベン・ロバートったら、すばらしい奇跡《きせき》を発見したような顔をしていた」

おばさんはため息をついた。「そうね、ベン・ロバートにとって、サリーはたしかに奇跡だったんでしょうね。サリーに会ってはじめて、人なみになれるチャンスがめぐってきたんですもの。はじめて、人なみの人生を生きられるチャンスがね。ああ、そのまえの話をしないと、どういう意味かわからないわね。人なみでいるというのは、ベン・ロバートが父親にさせてもらえなかったことの一つなの。ベン・ロバートが生まれた日のことは、もう話したわよね。RCにようやく子どもが生まれて、あんなに幸せな日はなかったといったわよね。でも、それが最初で最後の子どもだとわかって、RCは息子《むすこ》に完璧《かんぺき》な人生をおくらせようと考えたの。ベン・ロバートは、完

璧な息子《むすこ》でなければならなかった。RCの完璧《かんぺき》な分身でなければならなかった。その完璧さに傷《きず》をつけるようなまねは、ぜったいにさせるわけにいかなかった」

おばさんは、またため息をついた。「RCは、そんなことがほんとにできると思いこんでいたのよ。ベン・ロバートの人格を、自分の思うようにつくりあげるなんてことが。外のさまざまなものから、完璧に守りぬくなんてことがね。学校だって、行かせずにすむんだったら、ほんとうはそうしたかったんだと思う。ボーイスカウトやスポーツはいうまでもないわ。けがをしたらたいへん、わるい友だちができたらたいへんだってね。イザベルは、いつもそれでやきもきさせられて。でも、ベン・ロバート本人は、ずっとたいして気にしないでやってきた。空想の世界に生きてる子だったから。本の世界、過去《かこ》の世界にね。とくに、スミス家の歴史や物語をしらべるのが好きだった。いつも大きなノートをもちあるいて、あれこれ書いていたわ。長いあいだ、それ以外のものには、興味《きょうみ》がなかった」

おばさんは首をふった。「でも、こんな状態《じょうたい》が、いつまでもつづくわけがないわ。そのまえにも、すこしずつおかしくなっていたのだと思うけど、決定的な対立は、ベン・ロバートが十六歳《さい》になって、大学進学の話が出たときに起こった。RCは、すべてをきめてかかっていて、話し合おうともしなかった。進学先は、自分の母校。こぢんまりした経済専門《けいざいせんもん》の短大で、すぐ近くの町にあるし、ここで勉強すれば、将来《しょうらい》は自分とおなじ銀行家になることができる。通学は自宅《じたく》からすればいい。最初は、イザベルが車で送りむかえする。なんなら、一、二年のうちに、ベン・ロ

ったことに、こういうことを気にするあまり、RCは、ありのままのサリーを見ることができなくなってしまっていた。サリーがどんな人なのかも……」

「それで」エルズワースはかすれた声でいった。「どんな人だったの？」小さいころ、エルズワースはときどき母さんの夢《ゆめ》を見た。夢のなかで、母さんは、いつも遠いところにいた。長い廊下《ろうか》のむこうとか、道のずっとむこうとか。そして、エルズワースに見えるのは、こちらにむかってのばされた母さんの手だけ。いくらがんばって走っても、母さんのところには行きつくことができない。エルズワースはいつも、夢がおわるとむしろほっとしたものだった。

「サリーがどんな人だったか」エリザベスおばさんがくりかえした。そして、にっこりした。「そうね。まず、サリーは動物が好きだった。猫《ねこ》を二匹《ひき》つれてきたわ。それからもちろん、あのシェヴィがいた。シェヴィはほんとにかわいい犬で、黒と茶の毛の色をしていた。

そう、シェヴィといえば、サリーは車に夢中《むちゅう》だった(注)。RCがサリーをおそれたのは、そのせいもあったんじゃないかしら。サリーは、いつもいってたわ。自分が車好きなのは、父親ゆずりだって。お父さんが車の修理《しゅうり》をするときは、いつもそのそばにいたんですって。サリーは、自分用の車までもっていたわ。もちろん、なんとか動くといった程度《ていど》の代物《しろもの》だったけど。知ってのとおり、ベン・ロバートは機械なんて、からきしだめでしょう？　だから、サリーのことを天才だとでも思ったようだったわ」

(注)「シェヴィ」はアメリカのシボレーという車の愛称《あいしょう》。

おばさんは小さく肩《かた》をすくめてみせた。顔からほほえみが消えていた。「そうね、もしかしたら、サリーはほんとうに天才だったのかもしれない。でも、不幸なことに、RCによろこんでもらえるような種類《しゅるい》の天才ではなかった。RCがこのザ・スクエアにふさわしいと考えるような天才ではなかったの」

エルズワースは、いまではソファの上で身をのりだし、じっと聞きいっていた。エルズワースは、母さんの名前が好きだった。サリー。とっても、すてきな響《ひび》きだ。どうしてRCは好きになれなかったんだろう。そこでふと思いついた。エルズワースは、まっすぐにすわりなおした。

「おばあちゃんはどうだったの？　おばあちゃんは母さんのことを、好きじゃなかったの？」

エリザベスおばさんは身をのりだして、エルズワースの腕《うで》に手をおき、じっと目を見つめた。

「おばあちゃんは、あなたのお母さんを愛していたわ。イザベルはとっても心のあたたかい人だった。サリーのことも、小さいころから苦労をかさねてきた子だからこそ、といっていたわ。でも、サリーを大切に思っていたのは、やっぱり、ベン・ロバートを幸せにしてくれる相手だったからじゃないかしらね。おばあちゃんはね、あなたのこともとっても愛していたのよ、エルズワース。そのことを、ずっとずっと忘《わす》れないであげてね。あなたが生まれた瞬間《しゅんかん》から、ずっと愛していた」

「ふうん」エルズワースはすぐには言葉が出てこなかった。「わかった。でも、だったらどうして……どうして、RCの心を変えさせることができなかったの？　それに、父さんはどうして…

…どうして、ここにこようとしなかったの？　父さんがRCにおこっているのはわかるけど、そうしておばあちゃんにまで……」

エリザベスおばさんはイスの背《せ》に体をあずけると、しばらくだまって外を見ていた。それから、首をふっていった。「そうね、エルズワース。それは、わたしの口からはいえないわ。ほんとうの答えはわたしにはわからない。ベン・ロバートの心のなかにしかないんだと思う。お父さんが連絡《れんらく》してくるのを、まちましょう。それしかないわ」そして、またエルズワースのほうに身をのりだした。「でも、お父さんが連絡してきたら、そのときは、あなたがきくのよ。あなた自身がきくの。わかった？」

「そうだね」エルズワースはいった。「うん、わかった。父さんが連絡してくれるといいな。はやく連絡してくれるといいな」

「ぜったい、してくれるわ」やさしい口調《くちょう》でおばさんがいった。それから、そろそろと立ちあがった。「これから、ちょっと出かけなければいけないの。あなたがくるとわかるまえに、約束しちゃったもんだから。でも、そういう約束も、これが最後。きょうは、お友だちのおうちに行って、庭で植物の移植《いしょく》のしかたをおしえてあげることになっていてね。そろそろ、そのお友だちが車でむかえにくるころなの。留守電《るすでん》をセットしていくから、電話番をしている必要はないわ。ちょっとのあいだだから、一人でだいじょうぶでしょう？」

「そうだね」エルズワースはまたそういった。

「ところで、出かけるまえに、ちょっとあなたに見せておきたいものがあるの。玄関《げんかん》広間にあるんだけど。まえに話したの、おぼえているかしら？　お友だちが家じゅうにはってくれた貼《は》り紙。もう一枚《まい》、お気に入りがあるって、いったでしょう？　ぴったりの場所にあるのよ。ちょっと、そのイスをもって、ついてきてちょうだい。見せてあげるわ」

エルズワースは、いまの自分の頭にこれ以上なにかをつめこんだら、パンクしてしまいそうな気がした。でも、いわれたとおりにイスをもち、杖《つえ》をついて広間にむかうおばさんのあとからあるいていった。ここの広間はまだよく見たことがなかった。〈リチャードの家〉の広間とおなじように、ここも暗く、壁面《へきめん》の下半分は羽目板《はめいた》や重厚《じゅうこう》な飾《かざ》りでおおわれていた。だがここでは、羽目板の上の壁《かべ》には、バラの模様《もよう》の壁紙がはってあった。うすい黄色のツルバラが格子垣《こうしがき》をはいのぼっている模様で、見る者の視線《しせん》を上へ上へとみちびいている。

天井《てんじょう》のひびは、だれが見てもすぐにわかるものだった。ぱっくりと口をあけたひびは、二メートルほどまっすぐに走っていたが、あとはめちゃくちゃに折れ曲がって、壁とのさかいの化粧縁《けしょうぶち》にまでたっしていた。

エルズワースは、一瞬《いっしゅん》、レイク・ブリーズ・モーテルに帰って、部屋《へや》の壁にできたひびわれを見ているのかと思った。ほんの数日まえ、あそこにできたひびわれ。トレバーだったら、縁起《えんぎ》がわるいというにちがいないと思った、あれだ。あれはたしかに、不吉《ふきつ》なできごとが起こる「しるし」だった。だが、いま目のまえにあるひびわれを見ても、そんなおそろしい感じはなかった。

これを見てわかるのは、もっと現実的《げんじつてき》なことだ。つまり、この家には、修理《しゅうり》の必要なものがもう一つあるということ。いや、すぐに修理しなければ、天井《てんじょう》がごっそりぬけおちるということかもしれない。

エリザベスおばさんは、エルズワースの視線《しせん》を追っていた。「こわいわね」でも、ぜんぜんこわがっているようには聞こえない。いつものあかるい声にもどっていた。おばさんは階段《かいだん》に腰《こし》をおろして、杖《つえ》で天井をさしてみせた。「それで、貼《は》り紙だけど。見えるかしら？　われ目がいちばん大きくひらいているところの、すぐそばにはってあるでしょう？　シャンデリアをつけて、あかるくすれば、まったくちがった見かたをするようになるわよ。あれを読むと、ひびわれのことも、まったくちがった見かたをするようになるわよ。シャンデリアをつけて、あかるくするといいわ。そのイスの高さで、読めるかしら？」

イスの高さは、じゅうぶんとはいえなかった。その上にのっても、まだ天井までは二メートル近くあった。だが、シャンデリアの光はとてもあかるく、貼り紙の文字は肉太《にくぶと》で、しかもこい黒インクで書いてあった。エルズワースは思いきり頭をそらして、貼り紙の文字を読んだ。「やぶりていずるにまかせよ、光も人生も」

「やぶりていずるにまかせよ、光も人生も」もう一度、読んでみた。だが、よくわからなかった。「やぶりていずる」って、「つきやぶって出てくる」ってことかな。いったい、どこから？　上の部屋《へや》からだったりして。この上はたぶん、エリザベスおばさんの部屋だろうけど。でも、あそこからつきやぶって出てくるものといえば、壁土《かべつち》とか、床板《ゆかいた》とか、おばさんのベッドとか、たんすとかじゃないかな。光も人生も出てこないはずだ。

イスからおりたエルズワースの顔を、エリザベスおばさんはちゃんと見ていた――なにかのジョークかなと思っている顔を。

おばさんは、静かな笑い声をあげた。「ええ、わかってるわ。ばかげた言葉だって思ってるんでしょう？　でもね、心のかたすみにとめておくといいわ。人生が……そう、人生が、もうどうにもならないほど、いきづまったときのためにね。人生にどうしようもないひびが入ってしまったときこそ、いちばんのチャンスなの……いろんなことが、ひらけていくチャンス。ありとあらゆる、思いもかけないことが、いちどきにふきだしてくるの。そのなかには、わるいことばかりじゃなくて、いいこともあるのよ」

おばさんは、ふいに言葉をきって、しばらくだまっていた。そして、つぎに口をひらいたときに出てきた言葉は、エルズワースにむけたものではなかった。ひとりごとのように、おばさんはいった。「いいことがたくさん見えてきたとしても、そのうちどれかを選ばなきゃならないんだけど」それから、うんとうなずき、もう一度、うんとうなずいた。「でも、そうね。やっぱりこの貼《は》り紙のいうとおり。やぶりていずるにまかせよ、光も人生も、だわ」

第二十三章　家《や》さがし

数分後に、おばさんは外出した。エルズワースはイスを読書室にもどしに行き、しばらくそこにつったって、電話器を見つめていた。体じゅうがいたかった。ジョギングしたおかげで足は筋《きん》肉痛《にくつう》になっていたし、胃《い》は巨人《きょじん》に両手でしめあげられているみたいだった。だが、いちばん苦しかったのは、体のどこかをもぎとられたような感じがすることだった。

エルズワースにとって、いままでは母さんは、現実《げんじつ》に生きていた人間だった。墓地《ぼち》でお墓《はか》を見つけたことと、エリザベスおばさんの話のおかげで、ほんとうに生きていたと感じられるようになった。同時に、母さんの死も、いままで感じたこともなかったようないたみをともなってエルズワースにせまってきていた。そのうえ、父さんまでいなくなってしまった。

ホッジはソファからおりて、小さな日だまりのなかで、まるくなっていた。エルズワースはかがみこんで、ホッジのあごをなでてやった。ホッジはいやがりもせず、エルズワースがなでやすいように、あごをもちあげさえした。そして、またさっきとおなじように、のどを鳴らしはじめた。エルズワースは、ほんのすこしだけど、胃《い》がらくになったような気がした。

ホッジは大きくてあったかくて、それに、いまごろになってどういうわけか、エルズワースになつくことにきめたようだった。エリザベスおばさんはさっき、母さんは猫《ねこ》が好きだったといった。二匹《ひき》もかっていたといった。エルズワースの手の動きがぴたりととまった。その猫たち、どうなったんだろう。猫は長生きだというけれど。もしも……もしも、父さんが出ていくときに、その二匹をエリザベスおばさんにあげたとすると。その猫は、まだここにいるかもしれない。

「ホッジ？」エルズワースは小さな声できいてみた。ホッジはこたえてはくれなかった。かわりに、片目《かため》をあけたかと思うと、大きくあくびをし、前足をぐっとのばした。そして、また寝《ね》てしまった。エルズワースは両手を、ホッジのゆっくりと上下しているわき腹《ばら》においた。しばらくそうしていると、やがてわき腹の動きは、エルズワースの体が脈打《みゃくう》つリズムと一体化していった。

「ホッジ」もう一度、呼《よ》んでみた。答えはイエスだ。たぶん。エルズワースは立ちあがって、自分ものびをした。さっきより、ずっとましな気分になっていた。

でも、いまから、なにをしたらいいんだろう。お昼ごはんを食べる？　そのあとで、修理《しゅうり》でもするんだったら、まっているものはいくらでもある。時計でもいいし、あの古いテレビでもいい。ミキサーのコンセントだってある。きのう、晩《ばん》ごはんのあとに、とれそうになっているのを見つけたのだ。それとも、ジョン・マシューおじいさんの日記を読む？　いや、それはだめだ。いまは、したくない。

ほんとうは、めんどうなことはなにひとつしたくない気分だった。父さんがいまにも電話してくるんじゃないかと、それが気になったのだ。もちろん、留守電《るすでん》はセットしてあるけれど、父さんは留守電がきらいだから、留守電だとわかると、なにもふきこまないで、さっさと切ってしまう。ということは、電話の音が聞こえるところで、ひまつぶしをしながらまっていたほうがいいわけだ。

エルズワースは、食べるものをもって、ぶらぶらと玄関広間《げんかんひろま》に行き、さらに居間《いま》に行ってみた。きのう、とおりがかりにちらりと見たとき以上に、おもしろいものはなさそうだった。ぼってりしたイスやソファがおいてあるふつうの居間で、読書室とおなじくらいたくさんの本が、もうすこし整理されておかれているというだけだった。ただ一つだけ、エルズワースの目をひいたのは、写真だった。棚《たな》の上の、黄ばんだ一枚《まい》の写真。そこには、古くさいワンピースを着た、五人の女の人がうつっていた。エルズワースはもっとよく見ようと、近づいていった。

「一九〇〇年」写真にはそう書いてあった。「ベッツィー・サリバンと娘《むすめ》たち。エミリー、アイオニア、サラ、アリス」アリス、サラといった人たちのことはよく知らなかったし、エミリーとアイオニアは、ジョンおじさんから名前を聞いただけだった。だが、ベッツィー・サリバンおばあさんのことなら、知っていた。ジョン・マシューおじいさんの奥《おく》さんで、この子どもたちみんなのお母さんで、あの絵を描《えが》いた人だ。だが、ここにうつっているベッツィー・サリバンおばあさんは、画家らしくもなければ、おばあさんでもなかった。大きすぎるイスに腰《こし》かけている姿《すがた》は、まだ子どもといってもいいくらい、若《わか》く見えた。小柄《こがら》で、ぽっちゃりしていて、にこやかな笑顔《えがお》を浮《う》かべていて、黒っぽいロングドレスの下に見える足は、床《ゆか》から浮《う》いていた。いっぽう、娘《むすめ》たちはおとなっぽく見えた。みんな、背《せ》が高くて、まじめくさった顔をしていたが、一人だけちがう人がいた。さっさとこんなところはぬけだして、いそがしく体を動かしていたい、とでもいいたげな顔をしていた。たぶん、これがアイオニアだ。ジョンおじさんにタンポポをほってこさせたといっていたけど、自分でもそのくらいやってしまいそうな人だ。

ほる。そうだ、さっきからエルズワースがしようと思っていたことは、ほることに関係があった。あの穴《あな》だ。各部屋《へや》をまわって、穴のようなかっこうをした模様《もよう》があるかどうか、しらべようと思っていたのだった。この部屋からはじめれば、ちょうどつごうがいい。いちばんおもての部屋だから順にやっていくにはいいし、〈リチャードの家〉で模様を見つけたのも、この部屋が最初だった。エルズワースはぐるりと床を見まわしてみた。じゅうたんが一枚《まい》、二枚、三枚、四枚。読書室みたいに一枚の大きなじゅうたんがしいてあるのではなくて、ここのは四枚に分かれていた。そんなに重そうでもない。エルズワースはしゃがんで、床にひざをつき、一枚一枚、じゅうたんをめくってまるめていった。だが、出てきたのは、ホコリと一セント銅貨《どうか》が二枚、それに紙くずと猫《ねこ》の毛だけだった。模様もなければ、穴もない。ここの床にはなにもついていなかった。

エルズワースは立ちあがり、じゅうたんを足でもとどおりにひろげ、部屋《へや》のむこうのはしまで行った。そして、ダイニングルームとのあいだをしきっている引き戸をあけたが、なかを見たとたんに、床《ゆか》のことなど忘《わす》れてしまった。部屋《へや》のまんなかの、玄関《げんかん》広間のより小さめのシャンデリアの下に、ビリヤード台がおいてあったのだ。大きくて、とても美しいビリヤード台だった。黒っぽい木でできていて、こった彫刻《ちょうこく》がしてあり、太い一本脚《あし》でささえられていた。これもこったつくりの棚《たな》が、南側の壁《かべ》の細長い食器棚の上にかかっており、この上に突《つ》き棒《ぼう》や玉や、そのほか、エルズワースにはなんなのかわからない道具がならべてあった。これ以外に、イスが一列に壁ぎわにおしつけておいてあった。数えてみると、十二脚《きゃく》あった。がっしりしたつくりのイスだったが、座部《ざぶ》にはられた赤い薄地《うすじ》の布《ぬの》は、さけてボロボロになりかけていた。

それにしても、なぜ、ビリヤード用の台のそばに、イスなんかおいてあるのだろう。そうか、この台は、ダイニングテーブルにもなるのかもしれない。そうだとすると、なにか上にかぶせるものが、おいてあるにちがいない。それはじきに見つかった。ダイニングルームと台所のあいだにある、食器室においてあったのだ。さがしていたものはドアのかげにあったが、最初はそれがそうだとはわからなかった。一枚《まい》の大きな板ではなくて、八枚の小さな板にわかれていたからだ。板はどれも、鉛《なまり》のように重かった。だから、小さくわけて運べるようにしたのか。そして、運びおわったら留《と》め金で全部を留めあわせて、一枚の大きな板にしてつかうわけだ――よく見るところしたしくみがわかった。なるほど。

エルズワースはビリヤード台のところにもどって、すりきれた緑色のフェルトにさわってみた。

ビリヤード台のある家なんて、見たこともなかった。第一、ビリヤードはテレビでしか見たことがない。たしか、トーナメントの中継《ちゅうけい》だったと思う。見てみると、思っていたよりおもしろいゲームだった。とくに、玉を一回か二回わくにあてて、それがもう一つの玉にぶつかり、そっちの玉がポケットに入るというのがおもしろかった。そうなるように計算して、最初の玉を突《つ》くのだ。ほんのちょっとでもずれたらだめ、ちょうどきっちりあたるところをねらわなければならない。エルズワースはスポーツはあまり得意ではないが、ビリヤードはおもしろそうな気がした。そうだ、エリザベスおばさんが帰ってきたら、いろいろきいてみることにしよう。

エルズワースは床《ゆか》のことを思い出したが、ここの床も読書室のように、大きなじゅうたんにおおわれていた。花模様《はなもよう》のじゅうたんの下にはパッドがしいてあって、どちらもびくともしなかった。だが、模様は居間《いま》にもなかったのだから、ここにもない可能性《かのうせい》のほうが高い。やっぱり、あの模様があるのは〈リチャードの家〉だけなのかな。つまり、宝《たから》さがしの鍵《かぎ》として、あそこにつけてあるのかも。宝が二階《かい》にあるのはほぼまちがいなく、その二階の部屋《へや》には、同じ形のもっと大きな模様があったのだから。あのがらんとした部屋、床がくさっているような音がした、あの二階の部屋には。

ただ、ジョンおじさんにいわせると、くさっているような音というのはまちがいらしい。床のくぎがいくつかぬけているだけだ、といっていた。そうだ。けさ、ジェスと二人で、あの家からとびだしたあと、なにか気になると思ったのは、このことだったのだ。

あの音は、まえにも聞いたことがあった。ずっとまえに住んでいたアパートで、床《ゆか》がギーギーいって、父さんもエルズワースも気がへんになりそうになったことがあった。あのとき、ようやく大家《おおや》さんに連絡《れんらく》がとれたと思ったら、大家さんは、それは下張《したば》り床のくぎがぬけているからで、そのうち自分が打ちに行くからといったのだ。いつまでまってもこなかったので、結局、荷物をまとめて引《ひ》っ越《こ》しをしたのだけど。

だから、たぶん、あの音はそんなに気にすることはないのだろう。でも、あのひびわれは？　ひびわれがあるのは、エルズワースも見たし、ジェスも見た。いや、あのひびわれもたいして気にする必要はないのかもしれない。危険《きけん》というほどでもないのかも。

エルズワースは玄関《げんかん》広間にもどって、そこのひびわれを見あげた。ここにこんなものがあっても、エリザベスおばさんはたいして心配していない。それどころか、気に入っているような感じさえする。ジョン・マシューおじいさんは、〈リチャードの家〉にわざとあのひびわれをつくったのかも。でも、わざとひびわれをつくるなんてことが、できるんだろうか？　できるとしても、どうしてそんなものをつくったのだろうか？

なんだか、だんだんわけがわからなくなってきた。なにもかも、さっぱりわからない。それに、父さんはいったいどこに行ってしまったんだろう。どうして、電話してこないんだろう。こっちのほうが気がかりだった。いったいどこに、いったいどうしてと、くりかえし思いながら、エルズワースはふらふらと読書室にもどり、ソファにどさりとすわりこんだ。

考えなくては。考えるんだ。エルズワースはぼんやりと絵を見あげた。父さんが大好きだったという絵。しょっちゅう見にいっていたという絵。この絵はそのときから、いや、そのまえから、ずっと変わっていない。この絵のなかには、すべてがそろっている。家も、池も、みんなでおどっているスミス家の人々も。

エルズワースもこの絵が好きだった。父さんに、もう一度この絵を見てもらわなくては。いま父さんにたのみたいのは、それだけだ。父さんに帰ってきてもらって、この絵を……エルズワースのまぶたは重くなり、意識《いしき》はうすれはじめていた。言葉が、風にのったシャボン玉のように、ぷかぷかとただよっていく。いま父さんにたのみたいのは……ここに、ザ・スクエアに帰ってきてもらわなくては……帰ってきて、帰ってきて、帰ってきて……

第二十四章　絵

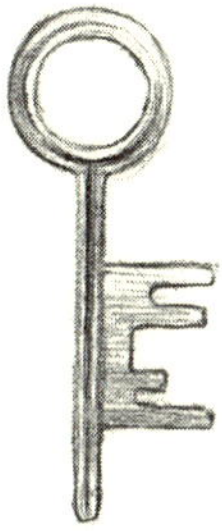

ベルが鳴っていた。エルズワースはあわてて体を起こし、ふらふらと立ちあがった。電話だ！　父さんだ！　父さんが電話してきたんだ！　見ると、もうエリザベスおばさんが受話器をとって、ふだんどおりの声で話をしているところだった。おばさんは電話を切り、ふりむいて、エルズワースに気づいた。

「あら、起こしてしまったのかしら。ごめんなさい。キティからだったのよ。夕食にこないかって。わたしは今晩《こんばん》は用があるけど、あなたは行くかもしれないといっておいたわ。ジェスがね、なにか、あなたに話したいことがあるんですって。キティとジェスは、お昼から外出してたみたい。それを聞くと、あなたにはわるいことをしたと思うわ。あなたをおいて、出かけたりして」しゃべりながら、おばさんは杖《つえ》でイスを回転させて、すわった。「一人でだいじょうぶだった？　たいくつしなかった？」

エルズワースもすわって、目をさまそうとした。どうやら、長いあいだ寝《ね》すぎたらしい。いろんな考えが、いっしょくたになって頭にはりつき、はなれていってくれなかった。まるで、洗車《せんしゃ》機のなかをとおりぬけてきたみたいにぐちゃぐちゃの気分だ。「うん。だいじょうぶだった。ビリヤード台とかを見てたから。ところで、父さんがモーテルをひきはらったことなんだけど。もしかしたら、それは……たとえばなんだけど、その……ここにくるためなのかなって。でも、ちがうよね。ぼくがくるのさえ、最初はだめだっていったんだから。そんなはずないよね」

「そうとはかぎらないわ。わたしは、あなたのいったとおりだと思うわ、エルズワース。そのとおりだと思う」おばさんはエルズワースのほうに身をのりだした。「どうしてだか、わかる？ここの状況《じょうきょう》が変わったからよ。これまで、ここにはベン・ロバートに必要なものはなにもなかった。でも、いまはあるわ。それは、あなたよ」

「ふーん」おばさんのいったことが、頭のなかで意味をなすのにしばらくかかった。それから、エルズワースは深呼吸《しんこきゅう》を一つした。「そうかもしれない。もしほんとに父さんがここにむかってるんだとしたら、たぶん電話はしてこないと思うんだ。父さんは電話がきらいだから。たぶん、だまって突然《とつぜん》くると思うんだ」そこで、首をふった。「ただ、うちの車はポンコツで。なんとか、たどりついてくれるといいんだけど」

「たどりつけなかったら、そのときは連絡《れんらく》してくるわよ。ぜったい、してくるわ」

「そうだね」エルズワースは立ちあがった。「ねえ、キティおばさんのところに行っていい？

ジェスに話もあるし」

「もちろん、いいわよ。ただ、一つたのまれてくれないかしら。行きがけにマシューのところに寄《よ》って、今晩《こんばん》、まってるからとつたえてほしいの。わたしたち、土曜の夜はスクラブル(注)をすることにしてるのよ」

「うん、いいよ」いいながら、エルズワースは木箱をおいたイスのほうをちらりと見た。あの箱をもっていって、マシューおじさんに見せようか。いや、やっぱりやめておこう。そういえば、ほんとうはもう一つ、しなければいけないことがあったような気が。「ジョンおじさんにも、なにか、つたえなきゃいけなかったんだよね。すっかり忘《わす》れてた」

「集会にのせていってほしいという話。でも、それはいいわ。電話するから。キティにも電話しておきましょうね、あなたが出かける用意をしているあいだに。あなたが夕食から帰ってきたら、マシューと三人で、外にすわっておしゃべりするっていうのはどうかしら。きのうみたいに。きのうはほんとに楽しかったわ。おしゃべりして、すずしい風にあたって……日が落ちて、暗くなってからなら、原っぱを見ても、心がいたまないから」

おばさんは首をふった。「あそこは、ひどいことになってるでしょう？　ことしはこのひざのせいで、わたしも手入れができなかったし。それに、日でりつづきだったから。いちばんつらいのは、あのストローブマツを切りたおさなきゃならないこと。何年かまえに、さび病にやられて。

（注）文字ならべゲームの一種。

このあたりだけで何百万というマツがやられて、枯《か》れてしまったの。いまに専門家《せんもんか》がクスリかなにかをもってきてくれて、治してくれるんじゃないかと思ってたんだけど。もちろん、わたしたちに費用がはらえる範囲《はんい》でね」おばさんはため息をついた。「でも、だめだった。かわいそうなマツ。ベン・ロバートが見たら、きっとがっかりすると思うわ。いつも木のぼりをしていた、お気に入りの木だったから。いつもいってたわ。あのてっぺんにのぼると、世界じゅうが見えるって」

「ねえ、おばさんは、あの家にあるのは、なにかすごいものだと思う?」エルズワースの口から、自分でも思っていなかった言葉がとびだした。「つまり、ほんとにほんとの宝《たから》だと思う? すごく価値《かち》があるものってことだけど」

エリザベスおばさんはちょっと考えてから、うなずいた。「ええ、そう思うわ。ジョン・マシューおじいさんは、宝は三つあるといったでしょう? わたしは、その言葉を信じてる。ただ、ちょっと心配なのは、見つかっても、もしかしたらがっかりする人もいるかもしれないってこと。今回の絵は、いままでの二枚《まい》とは、まったくちがうわ。なんといったらいいのか……ベッツィーおばあさんの気持ちをあらわした絵よね。そんな絵がヒントになって出てくる宝は、お金にかえられるものとはかぎらないような気がして。もしかしたらアブナーには、わたしが見落としたものが、見えているのかもしれないわね。一度、きいてみるといいかもしれないわ。アブナーは、あの絵に関してはプロだから。ただ、アブナーにもジョージーにもあまり会う機会がなくてね。あの二人は、ヴァーモント州《しゅう》にも家をもっていて、ほとんどそっちでくらしているの。でも、ちょうどいま、二、三日の予定で、こっちの家にきているみたいよ。宝《たから》の話だけど、わたしは、最後の宝はどちらかというと——そう、なにかを象徴《しょうちょう》するものではないかと思いはじめているところ。ダイヤモンドとか、炭坑《たんこう》とか、そういうものじゃなくて、ジョン・マシューおじいさんがわたしたちにつたえたいこと。スミス家に関して、つたえたいことをあらわすものではないかってね」

おばさんはにっこりした。「そんなの、おもしろくもなんともないと思ってるでしょう？　マシューもそうだったわ。それもあって、マシューの家に寄《よ》ってみてほしいの。あなたがた二人が知恵《ちえ》を出しあえば、わたしがまちがっていたと証明《しょうめい》できるかもしれないわよ」おばさんはゆっくりと立ちあがった。「さあ、出かける用意をしていらっしゃい。わたしは、キティに電話するわ。あなたが行ったら、きっとよろこぶわよ」

エルズワースをむかえて、キティおばさんがよろこんだのはたしかだった。花柄《はながら》の壁紙《かべがみ》をはった清潔《せいけつ》ですずしい台所で、ふわふわのクッションつきのイスにすわって食事をしながら、おばさんは、何度もフォークをおいた。そして、ジェスとエルズワースの顔を見くらべながら、こういった。「ああ、なんてすてきなんでしょう！　あたしにとっちゃ、最高のごちそうですよ。あなたがた二人が、そろってうちの食卓《しょくたく》にならんでいるのを見ていられるなんてね。さあ、エルズワース、もうすこしハムをおあがり。それからジェス、ゼリーはあなたの好物よね。ゼリー、好きだっていったでしょう？　さあ、そのサラダをはやく食べてしまって。デザートはピーチパイですからね。ああ、ほんとに、なんてうれしいんでしょう！」

エルズワースもまんざらではなかった。父さんはパイはつくってくれなかったし、できたてのピーチパイなんて、学校のカフェテリアでも、そうそうお目にかかれるものではなかったからだ。エルズワースは、二きれも食べた。さっきエリザベスおばさんと意見が合ったのも思い出してうれしかった。おばさんは、父さんがモーテルをひきはらったのなら、こちらへむかっているはずだといってくれた。あの家には宝《たから》があるはずだともいってくれた。どんな宝かはわからないけれど、あることはまちがいないだろうと。

三人いっしょに食事をして、いっしょに食器を片《かた》づけ、いっしょにそれを食器洗《あら》い機に入れているあいだ、エルズワースには一つだけ、うれしくないことがあった。ジェスがまったく口をきかなかったのだ。そりゃあ、だれだって、キティおばさんがあれだけひっきりなしにおしゃべりしているところへ、わってはいるのは簡単《かんたん》じゃない。だが、ジェスはエルズワースの顔も見なかったのだ。いったい、なにをおこってるんだろう？　いや、おこっているというより、ぴりぴりしている。その理由がわかったのは、ようやく二人で外に出て、裏口《うらぐち》の階段《かいだん》にすわったときだった。

「きょうの午後、おばあちゃんが、工芸展《こうげいてん》につれていってくれたの。っていうか、工芸だけじゃなくて、絵も展示《てんじ》してあるんだけどね。賞も出たりして。おばあちゃんがそこにあたしをつれていったのは、審査員《しんさいん》のなかにあの人がいたからなのよ。アブナーおじさん。ほら、ザ・スクエアのあっち側に住んでる人。展覧会《てんらんかい》には、奥《おく》さんのジョージーおばさんもきてた。おばあちゃんは、なかなか会えない人たちだから、あたしを会わせておきたいと思ったみたい。ヴァーモント州《しゅう》で画廊《がろう》かなにかをやっていて、しょっちゅう買いつけのために旅行しているんですって。こんども、こっちには、二、三日しかいないらしいわ。

それで、ともかく、二人に会ったわけよ。そしたら、ジョージーおばさんが絵のことを、いろいろしゃべりだして。そう、あの絵のことよ。エリザベスおばさんの家にある絵。ジョージーおばさんは、あの絵こそが宝《たから》だっていうの。おばさんによると、ジョン・マシューおじいさんが、あの絵の裏《うら》になにか書いてるんですって。みんながいっしょにおどっている絵を見るのは、なんと幸せなのだろう、みたいなことをね。そしたら、こんどは、アブナーおじさんも――」

「ちょっと、まってくれよ」エルズワースは頭がくらくらしてきた。「ジョン・マシューおじいさんがあの絵のことを気に入ってたって？　でも、だからどうだっていうんだよ。どうして、ほかには宝はないってことになるわけ？　じゃあ、あの階段《かいだん》に書いてあったことは、どういうことなんだよ？」

「あのねえ。わるいけど、だまって最後まで聞いてくれない？」ジェスは、おこりだしそうな顔になっていた。エルズワースはだまった。

「じゃあ、さっきのつづき。そしたらこんどは、アブナーおじさんも、ジョージーおばさんとおなじ意見だっていったの。額縁《がくぶち》を見れば、わかるんですって。ほかの絵は、ジョン・マシューおじいさんのお手製《てせい》の、模様《もよう》もなにもない額縁《がくぶち》に入ってるんですって。でも、あの絵だけは、骨董《こっとう》品《ひん》みたいな、すごく高い額縁に入ってる。それが、あの絵が宝《たから》だという証拠《しょうこ》だっていうの」

エルズワースは立ちあがって、あるきまわりはじめた。「そうじゃないよ。いや、そのアブナーおじさんってのは、画商だろう？　画商だから、額縁だのなんだのに、すぐ目が行くんだ。でも、それ以外にも、ぜったいなにかあるはずだよ。ジョン・マシューおじいさんは……おじいさんがだいじに思ってたのは……」

エルズワースはもどかしかった。いいたいことはちゃんとわかっているのに、どういったらいいのかがわからなかったのだ。「ぼくだって、絵がだいじじゃないなんていってるわけじゃないんだ。もちろん、だいじだ。でも、絵はおばあさんが描《えが》いたものだ。ベッツィーおばあさんがね。ジョン・マシューおじいさんのやりかたはちがってたと思うんだ。おじいさんは、なにかを組み合わせてものをつくるのが得意だった。あの木箱みたいにね。それから、おもちゃも。ドワイトおじさんがいってた。おじいさんがつくった動くおもちゃがたくさんあるって。だから、この最後の宝は、きっと……きっと、手づくりのなにかだと思うんだ」

エルズワースは、大きくうなずいた。やっと、言葉にすることができた。きっと、いまいったとおりだ。そういうことだったのだ。

ジェスはすなおに感心したようだった。「そうね。そうよね。そうだったら、あたしもうれしいわ。ほんとに、あの二人のいいぐさを聞かせたかったわよ。自分たちはなんでも知ってるって顔で。あたしのことなんか、ばかにして。あんな人たちのいうことなんて、まちがってればいい。なにかきっとすごいものがかくしてあって、あたしたちがさがしだすのをまってる。そう思いたいわ」

「そうだよ」エルズワースはいった。「ぜったい、そうだよ」

「そっちは、なにかわかった？　床《ゆか》のこととか」

「いや、あんまり。でも、ひびわれのことは、心配しなくてもいいんじゃないかな。それから、エリザベスおばさんの家の居間《いま》をしらべてみたけど、模様《もよう》はなかったよ。ただ、ひびわれのことは、ちょっとわからないことがあるんだ。ところで、マシューおじさんのところに行って、伝言をつたえなきゃならないんだ。こっちにくるとちゅうで寄《よ》ってみたんだけど、ベルを鳴らしても返事がなくて」

「マシューおじさんは、行っちゃったわよ」

「行っちゃった？」

「あたしたち、会ったのよ、工芸展《こうげいてん》に行くとちゅう。マシューおじさんはリュックをしょってて、一、二日、留守《るす》にするっていってたわ。なんだか、そうとう頭にきてるみたいだった。おばあちゃんが、どうしたのってきいたんだけど、ほっといてくれですって。おばあちゃんは、きっと、エリザベスおばさんのことだっていってたわ。けんかでもしたんだろうって」

「けんかでもしたって？　どういうこと？」そういったとたん、けさ、エリザベスおばさんの目がはれていたことを思い出した。「マシューおじさんも出かけるのなら、どうしておばさんに電話しないんだろう？　おばさんは、今晩《こんばん》、おじさんがくると思って、まってるのに」

「電話なんか、するもんですか。むくれてるんだから。ねえ、どう思う？　あの二人って……」

「えっ？」

「だから、恋愛中《れんあい》じゃないかって」

えーっ？　いったい、どこをひっくりかえしたら、そんな話が出てくるんだ。「それ、どういうこと？　あの二人は親戚《しんせき》同士じゃないか」

「遠い親戚。それに、マシューおじさんのほうは養子よ。おばあちゃんがそういったの。だから、問題ないんですって」

「まったく、なにをつまらないことをいってるんだよ。あの二人は、友だちだよ。わかった？でも、まあ、いいや。マシューおじさんが家にいないのなら、ほかにやることはきまってる」

「また、あの家に入るのね」

「うん、そういうこと。でも、すぐにじゃない。まだいくつか、確認《かくにん》しなきゃならないことがのこってるから。まずアブナーおじさんに会いにいこう。絵のことで、きいてみたいことがあるんだ」

第二十五章　アブナーおじさん

二人はそれ以上なにもいわないで、歩道を横ぎり、原っぱに入っていった。エルズワースは、ようやくこのあたりにもなれてきた。例の大きな切り株のそばをとおりすぎるときは、すかさず、ピシャッとたたいてやった。枯《か》れそうになりながら花をつけている植えこみも、きのうはうっかり踏《ふ》んでしまうところだったが、ちゃんとよけてとおった。まだ日没《にちぼつ》には間があったが、木々のあいだからもれてくる日ざしは、すっかり弱まっていた。電球でいうなら、四十ワットくらいというところだ。おかげで、原っぱの光景は、ますます生気《せいき》がない感じに見えた。

「どうして、水をやらないのかしら」ジェスがいった。「カリフォルニアでも、夏はまったく雨がふらないけど、植物がこんなになるまでほっとくなんて、考えられないわ」

「これだけひろいところに水をまこうと思ったら、すごいお金がかかるのさ。ぼくがいたモーテルのロッコさんが、いつもブーブーいってたもん。お客さんが流しっぱなしにするから、お金が

かかってしょうがないって。それに、だれがその作業《さぎょう》をするっていうんだよ。エリザベスおばさんは庭仕事が得意だけど、いまはひざがわるくてできないし」エルズワースは立ちどまった。「あっ、しゃがんで。ベンチのかげにしゃがむんだ。あっちに、ジョンおじさんがいる。いま、話をしたくないんだ。木箱のことをきかれそうだからね。なかになにが入っていたか、いまはまだいいたくないんだ」

ジェスもいそいでエルズワースのそばにしゃがみこんだ。二人はベンチの板のあいだからむこうをのぞいた。「ドワイトおじさんもきたわ。ほら、見て、見て。あの二人の話、おぼえてる？さあ、そろそろ、はちあわせしそうなところまで近づくわよ。犬も、けたたましくほえあってるわ。ということは、そろそろ、二人はまわれ右して……」

だが、二人はまわれ右しなかった。「あれっ、もどっていかないわ」ジェスがおしころした声でいった。「二人ともつったたってる。こんなのはじめてよ」

「うん」ジェスのいうとおり、二人はつったたって、じっと相手をにらみつけていた。と思ったら、ドワイトおじさんがものすごいくしゃみをした。

反射的《はんしゃてき》にジョンおじさんの声が「おだいじに！」これには、いったほうも、いわれたほうも、びっくりしたようだった。

「どうも」ドワイトおじさんがいった。そして、ティッシュをごっそりとりだして、鼻をかんだ。二人は、しばらくじっと相手の顔を見つめていたが、やがて、二人同時にまわれ右をし、犬をひっぱって行ってしまった。

二人の姿《すがた》が見えなくなるのをまって、エルズワースが立ちあがった。「それにしても、あの二人、いったいなにがあって、あんなに仲がわるくなっちゃったんだろう」ジェスは、ひざこぞうについた葉っぱや砂《すな》をはらっているところだった。

「おばあちゃんがいってたけど――」ジェスがいいかけて、やめた。

「なんていったんだよ」

「よくはわかんないけど、あんたのお父さんに関係あることですって。あんたのお父さんとお母さんが結婚《けっこん》したときのこと」

「なんでそれが、あの二人の仲と関係あるんだよ」

「あたしは知らないわよ。いったのは、おばあちゃんなんだから」

エルズワースは肩《かた》をすくめた。「さっぱりわからないな。さあ、行こうか」

アブナーおじさんの家のポーチには、ごみがちらかっていた。そのうえ、裏口《うらぐち》はぴったりとざされ、カーテンのかかっていない窓《まど》が寒々《さむざむ》として見えた。

「ノックしなよ」エルズワースがいった。ジェスがエルズワースをにらんだ。

「わかった、わかった」エルズワースはいったが、結局、どっちがノックしてもおなじだったことがわかった。だれも出てこなかったのだ。エルズワースがもう一度コンコンとやり、とうとう二人があきらめて帰りかけたとき、ドアがあいて、アブナーおじさんが出てきた。

「これは失礼。音は聞こえたが、お客さんだとは思わなかったんだ。ザ・スクエアの人たちがたずねてくることは、ほとんどないもんだから。だが、よくきてくれたね。さあ、入って」アブナーおじさんはジョンおじさんとおなじくらい背《せ》が高かったが、ヒゲははやしていなかった。着ているものは、いかにも高そうなシャツと、びしっと折り目のついたズボン。白くなった髪《かみ》だけはすこし乱《みだ》れていたものの、鼻にちょこんとのせた縁《ふち》の太いメガネの上からのぞいている目は、するどく光っていた。家のなかに入ってすぐ、おじさんはジェスとエルズワースの顔を何度も見くらべていたかと思うと、にっこり笑った。

「ほんとにそっくりだ。さて、こちらのお嬢《じょう》さんには、さっきもう会ったね。そして、きみたちに血のつながりがあるのは一目瞭然《いちもくりょうぜん》だから、たぶん、きみはエルズワース。ちがうかな？　いや、ちがうわけがない。さあ、奥《おく》へどうぞ。ジョージーがあとで聞いて、きっとがっかりすることだろうな。ジョージーは、工芸展《こうげいてん》でくたびれてしまって頭痛《ずつう》がするといってね。もう、休んでるんだよ」

ジェスは、ゆっくりとあたりを見まわしていた。「すごいわ。あたし、こんなお台所、見たこともない。おしゃれねえ！」

「これはどうも」アブナーおじさんはうれしそうだった。「二、三年まえに、改装《かいそう》したんだよ。ジョージーが自分でデザインしてね。シンプルで、しかもエレガントだろう。ここを気に入ってくれたんだったら、居間《いま》も見てもらおうかな」

その居間《いま》は、さらにすばらしかった。読書室と居間のあいだの壁《かべ》はとりはらわれ、ひろくなった部屋《へや》の壁という壁に、絵がかかっていたのだ。大きな部屋全体が、色の洪水《こうずい》でわきかえっているようだった。

「絵は、定期的に入れ替《か》えるんだ」アブナーおじさんは、二人を大きな灰色《はいいろ》のソファにすわらせながらいった。「あたらしく買ったものに合わせたり、気分によって変えたり、季節によって変えたりしてね。もちろん、売ることもある。あきてきたり、その絵がほしいというお客さんが出てきたりしたらね」

「あそこみたいに？」エルズワースは、あいているスペースをゆびさしながらいった。「あそこにあった絵も売ったの？」

「よく気がついたね」アブナーおじさんは、エルズワースの顔をあらためて見た。「それにしても、きみたちには、ほんとうにおどろいた。親戚《しんせき》同士といっても、きみたちのあいだがらはそんなに近くないはずなのに、こんなに似《に》ているとはね。遺伝子《いでんし》というものは、アーティストとおなじだねえ。わたしは、いつも思ってるんだ。どこにでもあるような素材《そざい》をいくつか組み合わせただけで、じつにさまざまなスタイルやテーマを表現《ひょうげん》できるのが、アーティストなのだとね。だが、同時に、模倣《もほう》というものも存在《そんざい》する。二十世紀の画家たちは、無意識《むいしき》のうちに十七世紀のアーティストがとりあげたモチーフを――」

「あのお。すみませんが、ちょっとききたいことがあるんだけど」エルズワースがいった。

アブナーおじさんは目をぱちぱちさせた。それから、メガネをはずして、イスにふかくこしかけた。「ああ、そうだね。どうぞ、きいてくれたまえ」

「絵のことなんだけど。あの絵。エリザベスおばさんの家にかかってる、おじさんが売りたいと思っている絵」

「わたしは、あの絵を売りたいなんて、一度も思ったことはないよ」アブナーおじさんは首をふった。「スミス家のみんなの多数決で、売ることになったんだ。きみはさっき、壁《かべ》のあいているスペースのことをいったね。じつは、あの場所は特別にあけてあるんだ。あの絵を、うちにかざらせてもらえる順番がきたときのためにね。絵を売ってしまったら、あのスペースはこれから先、ずっとあいたままになる。そう考えたら、わたしは胸《むね》がはりさけそうだよ」

エルズワースもジェスも、ぽかんとしておじさんを見つめていた。「まあ。あたしたち、てっきり、おじさんが――」

「だったら、聞いてほしいことがあるんだ」エルズワースが割《わ》ってはいった。「ぼくとジェスは、宝《たから》をさがしてるんだ。みんなは宝なんかないと思ってるかもしれないけど、ぼくたちはあると思ってる。そして、ぼくたちが宝を見つけたら、絵は売らなくてよくなる。ザ・スクエアにずっとおいておけるんだ。でも、宝をさがすには、手がかりを見つけなくちゃならないでしょ。手がかりは絵のなかにあると思うんだ。これまでもそうだったから。でも、その手がかりがなんなのかが、どうしてもわからない。それで、考えたんだ。おじさんだったら、ぼくたちが気づいてない

ことに、気づいているんじゃないかって。ちょっといっしょにきて、絵を見てもらえないかな？」

「ああ、あの絵だったら、わざわざ見にいかなくてもだいじょうぶだ」アブナーおじさんは、頭を指でたたいてみせながらいった。「筆づかいの一本一本にいたるまで、ちゃんと、ここに入っているよ。ちゃんとここにね。ただ、きみたちが気づいてないことに、わたしが気づいているかどうか。それは、わからない。わたしがおしえてあげられるのは、あの絵のどこがすばらしいかということだ。それがあるために、わたしはあの絵を見るたびに、いや、あの絵のことを考えるたびに、息をのむ思いがするんだ。といっても、はたしてきみたちの参考になるかどうかはわからないが、聞きたいかね？」

エルズワースはさっとジェスの顔を見た。ジェスの目は大きく見ひらかれていた。ぼくもきっとあんな目をしているんだろうな、とエルズワースは思った。二人はうなずいた。

アブナーおじさんはひざに手をおき、ぐいと身をのりだした。「おどってるんだよ。そう思わないかい？　人々がおどってるんだ。池のまわりで、軽《かろ》やかにおどってる。なのに、人々の足を見ると、ぜんぶ地面にしっかりついてるんだ。浮《う》いている足は、一つもない。そう思って見なおしてごらん。そして、どう思ったかおしえてもらえるとうれしいね。いったいどうやったら、あんなふうに描《えが》けるんだろう。手がかりといえないかもしれないが、奇跡《きせき》であることはまちがいない」

三十分後、エルズワースはエリザベスおばさんの家にもどった。網戸《あみど》をしめようとすると、すきまからタイガーとリリーが入ってきた。二匹《ひき》はそこにぺたんとすわり、相手の顔をなめはじめた。「やあ、きみたち。どこに行っていたんだい？　エリザベスおばさんは？」二匹はじゃれあっているばかりで、こたえてくれなかった。

奥《おく》に行ってみると、テーブルの上にメモがはってあった。見ると「エルズワースへ」と書いてある。「マシューに電話したら、留守電《るすでん》になっていました。どうやら、いつもの古戦場《こせんじょう》あさりに出かけたみたいです。今夜のスクラブルは、なしということです。あなたとのおしゃべりも、またこんどにさせてください。とてもつかれたので、きょうはこれで休みます。あしたは、パンケーキの朝ごはんにしましょうね。おやすみなさい。エリザベスより。ＰＳ　ドアに鍵《かぎ》をかけてちょうだいね」

がっかりするほどのことではないのに、エルズワースは落ちつかない気分になってしまった。まだ九時だっていうのに、だれもかれもはやく寝《ね》てしまうなんて。昼寝をしたせいもあって、エルズワースはまだぜんぜんねむくなかった。とくに、さっきのアブナーおじさんの話を思い出すと、もう一度、絵を見てみたくてしかたなくなった。ほんとうに、スミス家の人たちは、全員、足を地面につけたままなんだろうか。それなのに、おどっているように見えるんだろうか。

おじさんは、もう一つべつのこともいっていた。これもどうしてかはわからないが、絵のなかの池がとてつもなく大きく見えるというのだ。まわりをかこんでいる人たちは、たった十五人なのだから、描《えが》かれたじっさいの面積はたいしたものではないはずなのに。

それでは、原っぱにある池は、ほんとうはどのくらいの大きさなんだろうか。手をつないで、まわりをとりかこんで、ダンスするとしたら、何人くらいの人間がいなければいけないのだろう。いまの池だったら、ほんの少しの人数で足りるはずだ。なにしろ、ほとんど干上《ひあ》がって、ごくごく小さくなってしまっているのだから。いまザ・スクエアにいる人たちだけで、じゅうぶんかもしれない。もしかしたら、ジョン・マシューおじいさんは、ほんとにみんなで池をかこんでおどってほしいと考えたのかも。そして、それが宝《たから》さがしの鍵《かぎ》なのかも。だとしたら、ことしやるようにといわれているようなものだ。日でりつづきで池が小さくなっている、ことし……。

エルズワースは自分の部屋《へや》をめざして、階段《かいだん》をのぼっていった。もしかしたら、答えは日記に書いてあるかもしれない。日記の、まだ読んでいない部分に。だが、日記は絵とおなじように、エリザベスおばさんが寝《ね》ている読書室にあった。あのイスの上の、本の山のかげにおいたのだ。

エルズワースはヒューゴにえさをやって、パジャマに着がえた。それから、大きなロッキングチェアを窓《まど》のそばまでひきずっていった。原っぱはようやく夕闇《ゆうやみ》につつまれ、草かげで光るホタルのあかりが、チラチラと見えはじめていた。そのとき、なにかべつのものが動いた。見ると、この家の私道《しどう》のはしっこに人が立っていた。がりがりにやせて小柄《こがら》な人だ。顔はかげになって見えなかったが、うすやみのなかに、カールのかかった白い乱《みだ》れ髪《がみ》がくっきりとうきあがっていた。

エルズワースは、息をとめてじっとすわっていた。ちょっとでも動いたら、あの人は行ってしまう。RCは、エルズワースのおじいちゃんは行ってしまうのだ。そこに立ってこの家を見あげてはいたが、その人はおよそ人間のようには見えなかった。

まるで、幽霊《ゆうれい》のようだった。

第二十六章　ドワイトおじさんの話

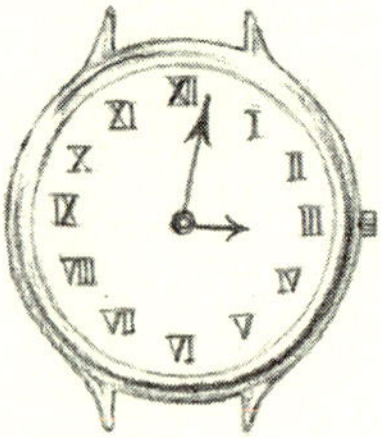

　エルズワースはその夜、なかなか寝《ね》つくことができなかった。翌朝《よくあさ》、目をさまして起き出したのは、エリザベスおばさんに声をかけられてからだった。
「ごめんなさいね」エルズワースが階下《かいか》におりていくと、おばさんがいった。おばさんは、ガスレンジによりかかって、パンケーキをひっくりかえしているところだった。「起こしちゃわるいと思ったんだけど、パンケーキの朝ごはんをつくってあげるって約束したでしょう？　ジョンといっしょに集会に出かけるまえに、あなたにつくりたてを食べさせようと思って」
　エルズワースは両手でお皿をもって、パンケーキをのせてもらい、テーブルにはこんだ。「集会って、どんな集会なの？」
「お祈りの集会よ」おばさんはエルズワースにほほえみかけて、メープルシロップのびんをわたしてくれた。「クエーカー教では、礼拝《れいはい》のことをそう呼《よ》ぶの。もともとは、ジョン・マシューおじいさんとベッツィーおばあさんがはじめた集会なの。だから、ずいぶん歴史はあるわね。いまでも、けっこうおおぜいがあつまってるんだけど、スミス家からいつも出席しているのは、ジョンとわたしだけになってしまったわ。よかったら、あなたもいつか見にいらっしゃい。気に入るかもしれないわよ」

「そうだね」エルズワースは、すぐにうんという気にはなれなかった。「たぶん、こんどね。それで、どんなことをするの？」

エリザベスおばさんはパンケーキを食べながら、しばらく考えていた。「静かにすわって、耳をかたむけるの。そしてじっとまち、祈るの。そうすると、ときどきだけど、神さまの声がはっきり聞こえてくることがあって。そういうときは、みんなにも、こんな声が聞こえましたと話してきかせるのよ」エルズワースがへんな顔をしたのを見て、おばさんは笑った。「気味がわるい？　でもね、そんなことないのよ。とっても落ちつくの。気持ちがすっきりして。すごく感動することもある。あら、話をしてたら時間になっちゃった。そろそろ、出かける用意をするわね。一、二時間で帰ってくるから。あなたのほうは、きょうはなにか予定があるの？」

「はっきりは、まだ」きのう、エルズワースとジェスは、はっきりした予定をきめないまま、わかれてしまった。二人がアブナーおじさんの家から出てきてみると、キティおばさんがジェスのことを呼《よ》んでいたので、ジェスは走って帰らなければならなかったのだ。「ねえ、父さんはきょう、つくかな？　車できたら、どのくらいかかると思う？」

「さあ、どうかしらねえ。一つだけ、いえるのはね、ベン・ロバートは、はやくここにつこうと一生けんめいやっているだろうってことよ」

エルズワースはうなずいた。「もう一つ、きいてもいい？　RCのことだけど。ぼくのおじいちゃんのこと。おじいちゃんは……だいじょうぶなのかな？」

エリザベスおばさんは、またイスにすわりなおした。「どうしてきくの、そんなこと？」

「ゆうべ見たんだ。おじいちゃんが、この家の裏《うら》にいた。あんまり元気じゃないみたいだった。あの、なんていうのか、体を……体をとおして、むこうが見えるんじゃないかと思うほど」

エリザベスおばさんは首をふった。「なんとか、しなくちゃいけないわね。ジョンやキティやわたしが、何度も会ってもらおうとしたんだけど……お料理やメモを、おいてくることしかできなかった。RCは玄関《げんかん》に出てこないし。電話もとってくれないし。外にいるところを見かけたというんなら、いままでよりはましだわ。でも、安心はできないわね。集会のあとで、ジョンといっしょに行ってみるわ。なかに入れてもらえるまで、ねばってみる。RCは人に会わなくちゃだめよ。人と話をしなくては。また、生きることをはじめなくては」おばさんはこんどはほんとうに立ちあがって、ため息をついた。「きょうの集会で、RCが光のなかにいますようにと、お祈りするわ。わたしたち、みんなが光のなかにいますようにって。いまこそ、それが必要なときだわ」

エリザベスおばさんは、父さんにまけずおとらず、皿洗《あら》いがきらいみたいだった。エルズワースは、流しにたまっていたお皿を洗《あら》い——皿洗いは、どこへ行ってもエルズワースの仕事ということみたいだ——おばさんがおもての玄関《げんかん》のドアをしめる音を聞いてから、ジョン・マシューおじいさんの木箱をとりにいった。

エルズワースは木箱をそっともちあげて、重さをしらべた。だいじょうぶだ。日記はちゃんとなかにある。絵ももちろん、ちゃんとそこにあった。絵を見ると、なるほどアブナーおじさんがいったとおりだった。人々はまちがいなくおどっているが、足はすべて地面についたままなのだ。池もじっさいよりとても大きく見えた。よし、これがきょうの予定だ。池を見に行って、それからジェスに会いにいくことにしよう。

この暑さは、いつまでつづくんだろうか。外に出ると、オーブンのなかにいるようだった。庭のハチたちは、きょうも羽音をたてていたが、その動きは、電池切れ寸前《すんぜん》だとでもいうように、スローモーションになっていた。池はあいかわらずのようすだった。波ひとつないのも、干上《ひあ》がっているのも、にごってあわだっている水も変わりなかった。いくら見ても、水のなかから、魔法《まほう》の手がうきあがってきて、宝《たから》をさしだすなんてことはなかった。

そのとき、ポチャンという水音がした。つづいて、ポチャン。また、ポチャン。なにか小さないきものが、つぎつぎに水のなかに消えていき、消える直前にちらりと大きな目玉が見えた。カエルだ。ほかにも、もっといるのだろうか。そう思ってしゃがみこんでみると、やがてさざ波は静まっていった。同時に、育っていく植物とくさっていく植物がいっしょになった、むせかえるは、池の水面をかすめて飛ぶ、虫たちの姿《すがた》も見えた。ということは、ここにいたものは完全に死んでしまったわけではないのだ。へりが干上《ひあ》がっているというだけのことだ。ここにいま必要なものがあるとすれば、それは雨だった。

　ドワイトおじさんの家をとおりすぎようとすると、いちばん大きい日時計の下に、黒いコッカースパニエルがでれっとねそべっているのが見えた。エルズワースが近づくと、犬は舌をたらしたまま、しっぽをこまかくゆりうごかしたが、起きあがろうとはしなかった。もうかなりの年らしいし、そうとうのおデブさんだったが、エルズワースが頭をなでてやると、笑ったような顔になり、耳は絹《きぬ》のようにやわらかくて気持ちよかった。

　そのとき、きのうと同様、ドワイトおじさんの声が網戸《あみど》のむこうから聞こえてきた。「そいつの名前はタラだ。年は、おまえさんより一つ下だ。シェヴィのかわりにかいはじめた犬だからな。シェヴィ、知ってるだろ？　おまえさんの母さんの犬だよ。ベン・ロバートはここを出ていくまえに、シェヴィをわしにあずけた。だが、シェヴィはこの家にはなじめなかったらしい。だんだんえさも食べなくなって、やせおとろえて死んでしまった。いい犬だったんだがな……そのタラもいい犬さ。だが、そいつももう年だ。ここの住民たちも年寄《としよ》りばかりだ。いや、あの女の子がいたか。それから、おまえさんも。じつはきのうから、またきてくれればいいと思ってたんだ。どうだい、寄《よ》っていくか？」

「うん」エルズワースは答えた。ジェスに会うのと、あの家に入るのは、そのあとでもかまわないだろう。「そうするよ」

ドワイトおじさんの台所を見たとき、エルズワースが真っ先に思ったのは、エリザベスおばさんの家の台所に似《に》ているということだった。もっとも、ここには植物や編《あ》み物や果物《くだもの》はなかったし、猫《ねこ》もいなくて、かわりにたくさんの時計があった。掛《か》け時計や置き時計だけでなく、腕《うで》時計もおいてあった。それから、ドア用の錠前《じょうまえ》や、窓《まど》用の錠前や、金庫や目覚まし時計も。部屋《へや》じゅうで物がおかれていないゆいいつの場所はテーブルの上で、ここは時計や錠前を分解《ぶんかい》したり組み立てたりするのにつかわれているようだった。

「おまえの母さんが、はじめてこの部屋に入ってきたとき、なんていったか、知りたいかい?」ドワイトおじさんは、イスの上にあった大きな置き時計をどけ、そこにすわるようにとあごをしゃくってみせた。「知りたいにきまってるよな。母さんはいったんだ。『まあ、ここ、まるで天国みたいね』ってね。サリーがジョン・マシューおじいさんの時計をいじってるところ、おまえさんにも見せたかったよ。何時間もかけて、時計のしくみを、ああでもない、こうでもないとな。だが、まちがっても、ぞんざいなあつかいはしなかった。じつに手際《てぎわ》がよかったよ。ジョン・マシューおじいさんが見たら、さぞかしよろこんだことだろうよ。だから、あの家のなかを見せてくれといわれて、わしもいやとはいえなかった。おかげで、こっちもこまったことにまきこまれてしまったわけだが」

「あの家って?」エルズワースはびくっと体をかたくした。「〈リチャードの家〉のこと? 母

「そうさな、これは宝《たから》の話だな。宝というのは、不思議な力をもっているもんだ。そうだろう？　人をひきずりこむような力をな。サリーもさがしてみたくなったんだと思う。サリーはベン・ロバートに夢中《むちゅう》だった。ベン・ロバートもだ。あんなにあつあつのカップルは見たことがない。だが、RCは……そのな、なんというか、RCにはいろいろと考えがあって、ベン・ロバートにはまだはやすぎると思ったわけだ。なんといっても、ベン・ロバートはまだ十八歳《さい》だったし、初恋《はつこい》の相手がサリーだったわけだし、RCとしては……」

「うん」エルズワースはいった。「エリザベスおばさんが話してくれた。おじいちゃんは、母さんと父さんが、あそこに入ったの？」

ドワイトおじさんは、自分のイスにどっかりとすわりこんだ。

「うん、そういうことだ。RCは、サリーのことが気に入らなかったんだって」

ドワイトおじさんは、あきらかにほっとしたようだった。「うん、そういうことだ。RCは、サリーのことが気に入らなかったんだ。そこで、サリーは思ったのさ。そうなの、あたしのことが気に入らないのね、ってな。でも、もしもあたしがしくみをときあかしてみせたら？　もしもジョン・マシューおじいさんの宝を見つけだしたら？　そうしたらきっと、RCもあたしのことを好《す》いてくれる。サリーはそう思ったんだ。じっさい、そうなっていても不思議はなかった。わしはいまでも思っとる。サリーだったら、きっとできたとな。わしらができなかったことも、サリーなら――」

「ちょっとまって。『しくみをときあかして』って、どういう意味？　なんのしくみを――」

「おいおい、話の腰《こし》をおってくれるなよ。なんの話をしてたか、わからなくなったじゃないか。そうだ、思い出したぞ。ベン・ロバートもあさはかだったんだ。わしだって、あさはかだったというしかない。わしは、イザベルがけがをしたあと、ＲＣがあの家の鍵《かぎ》を池にすてたのを、この目で見てたんだからな。わしらはサリーの魅力《みりょく》に負けて、おろかなことをしてしまった。ともかく、わしはあたらしい鍵をつくった。そして、ある晩《ばん》、わしら三人はあの家に出かけたんだ。運だめしのつもりでな。ところが、わしらがドアをあけた、ちょうどそのとき、いまにもなかに入ろうとしておったそのとき、いったいなにが起こったと思う？」

エルズワースは息が苦しくなってきた。「なにが起こったの？」

「なにが起こったと思うかね？　ＲＣがやってきたのさ。いま思うに、あのときばかりはＲＣも正気《しょうき》じゃなくなっていたんだろうよ。口をかぎりにののしったんだ。あとになったら、ＲＣだって後悔《こうかい》したと思うが、そのときはもうおそかった。わしらがけっして忘《わす》れないようなことを、たくさん口にしてしまってたんだから。ベン・ロバートがけっしてゆるせないようなことをな。それから一週間後、ベン・ロバートとサリーは、サリーのおんぼろ車でかけおちした。帰ってきたときには、正式に結婚《けっこん》していたというわけだ」

エルズワースは、ぎゅっと目をつぶっていた。ＲＣが、ののしったという言葉が、中身はわからないながらも、真っ赤な文字でそこらじゅうに書いてある気がした。血がとびちったみたいな真っ赤な文字で、そこらじゅうに。なんとか、それを心のなかから追い出したかった。でも、おばあちゃんは？　おばあちゃんがいたはずだ。「おばあちゃんは？　おばあちゃんはそのとき、どうしたの？」

「イジーか？　イジーは、ベン・ロバートを愛していた。サリーのこともかわいがっていた。イジーは、みんなに好かれる、やさしい、やさしい人だった。だが、RCのいうことにはさからえなかった。昔からずっとそうだったんだ。だから、どうしてやることもできなかった。部屋《へや》を提供《ていきょう》して、二人のめんどうをみたのは、エリザベスだった。やがてサリーのおなかに、おまえさんができた。おまえさんと、それから……」

エルズワースは、イスをぐいとひいて立ちあがった。ぼくと……トーマスだ。でも、トーマスは死んでしまった。母さんも死んでしまった。おばあちゃんだって、結局、生きているうちには会えなかった。いまからでは、もうどうやっても、三人と会うことはできないのだ。「ぼく、もう帰る」

ドワイトおじさんも立ちあがった。「ちょっとまってくれ。話がすっかりそれてしまったようだ。おまえさんにつらい思いをさせてわるかった。だが、そんなつもりじゃなかったんだ。サリーがどんなに器用だったかを話したかっただけなんだ。サリーだったら、きっとあの謎《なぞ》をとけたにちがいない。わしとジョンが、はるか昔に、ときあかせなかった謎を、もしかしたら、おまえさんがといてくれるかもしれない謎を。もちろん、あの女の子といっしょにな。あそこには、一人では入ってはいけないからだ。それだけは、約束してくれ。一人では行かないとな。それから、あかりももっていったほうがいい。鍵《かぎ》はここにある。エルズワース、聞いてくれ。わしは考えなおした。いろいろ考えたが結局、おまえさん用につくったんだ。あたらしい鍵をつくったんだよ」

だが、エルズワースはもうどうでもよかった。鍵なんかどうでもいい。ドワイトおじさんとジヨンおじさんと〈リチャードの家〉がどうしたこうしたという話も、もうどうでもいい。エルズワースは、網戸《あみど》をぐいとあけ、出ていった。網戸が背後《はいご》でバタンとしまった。

第二十七章　一九四二年に起こったこと、あるいは、起こらなかったこと

ドワイトおじいさんがいった「はるか昔」……それは、一九四二年だった。スミス家は、あのヘンリーおじいさんの孫のダンカンとボビー、そしてチャールズの息子《むすこ》のジョージの時代になっていた。この年、アメリカじゅうが第二次大戦をたたかうなかで、スミス家は分裂《ぶんれつ》していた。ボビーとジョージは軍隊《ぐんたい》に入ったが、ダンカンは入隊を拒否《きょひ》して刑務所《けいむしょ》に入れられようとしていたのだ。

いまの社会では、自分の信念のため軍隊に入らないと宣言《せんげん》する「良心的兵役《へいえき》拒否」は、ある程《てい》度理解《どりかい》されているが、当時はそうはいかなかった。だが、ダンカンには世間の見かたは問題ではなかった。ダンカンはクエーカー教徒として、軍隊より牢獄《ろうごく》を選んだのだ(注)。ダンカンは信念の人なのか、それとも単なる臆病《おくびょう》者なのか？　ザ・スクエアのなかでも、その答えはわかれた。だが、ボビーとジョージに関しては、みんなの気持ちは一致《いっち》していた。みんなが、心から身の安

全を案《あん》じていたのだ。当時、多くの兵士が戦場から二度と帰ってこなかったのだから、それももっともなことだった。

ジョンとドワイトは親友同士で、このとき、ともに十四歳《さい》。ひとときもじっとしていられない年ごろだった。二人は、自分たちの状況《じょうきょう》にいらついていた。入隊《にゅうたい》するには年齢《ねんれい》が不足だが、かといって、もう新聞を読んだりラジオを聞いたりして、手づくりの戦況《せんきょう》地図にピンをさしていくというだけでは、ものたりなくなっていたのだ。二人にいわせれば、ボビーとジョージはものすごくラッキーだった。自分たちもはやくあんなふうになりたいと思っていた。だが、そのいっぽうで、けっして口に出していいはしなかったが、戦場でまちうけているおそろしい運命のことを気にしないではいられなかった。

二人のあいだでは、ダンカンの名前は禁句《きんく》だった。ダンカンは野球がとてもうまく、二人にも教えてくれた。プロになってもいいくらいだと、二人とも尊敬《そんけい》していた。ところがいまは……。とくにジョンの心はゆれていた。おなじクエーカー教徒として、そのときがきたら、自分もダンカンのような選択《せんたく》をするのだろうか。ジョンにはわからなかった。

そんなわけで、ジョンとドワイトは落ちつかなかった。なにかしでかさないでは、いられない気分だった。なにか、だいそれたことを。それのおかげで窮地《きゅうち》に立たされることになるか、ある

（注）このころも宗教《しゅうきょう》的理由から兵役《へいえき》を拒否《きょひ》することはみとめられていたが、審査《しんさ》のあいだ投獄《とうごく》されることも多く、じっさいに一万数千人が監獄《かんごく》に入れられたという。

いは、はれがましい栄誉《えいよ》をあたえられるのか、それはわからないが。

そんな二人のまえに、〈リチャードの家〉がそびえていた。ザ・スクエアのいちばん奥《おく》に、あかりを消され、鍵《かぎ》をかけられ、だが、人まち顔に。二人は、そこへ入ろうかどうしようか、と迷《まよ》ったりはしなかった。いつ、どうやって、だけがのこった問題だった。

〝どうやって〟のほうは、心配なかった。学校の勉強は得意とはいえない二人だったが、技術《ぎじゅつ》の授業《じゅぎょう》だけは例外だったのだ。ドワイトは、機械類の分解《ぶんかい》と組み立てなら、お手のものだった。ジョンは木の加工が得意だった。ドワイトは、あの家の鍵があけられることを知っていた。ドワイトは、機械油少々と合《あ》い鍵《かぎ》があれば、あの家の鍵があけられることを知っていた。ジョンは、床《ゆか》がオーク材ならだいじょうぶだとわかっていた。

〝いつ〟に関しては、月が出ていない、寒くて小雨《こさめ》のふる夜がくるまで、まつということになった。そういう夜なら、おとなたちは家にこもって、暖炉《だんろ》のそばで新聞でも読んでいたがるにちがいないからだ。歴史の課題が出ているから、友だちの家にあつまって勉強すると、二人はおとなたちにつげた。そんなにおそくならないうちに、帰ってくるからと。

家には、なんの問題もなく入れた。二人が手にした懐中《かいちゅう》電灯の光は、壁《かべ》をのぼっていって絵にあたり、ぐるりとうしろにむけられて、頭文字らしき文字をうかびあがらせ、床をはっていって四角と円の組み合わさった模様《もよう》をてらしだした。階段《かいだん》までくると、二人は一段目にあった注意書きを読んだ。それから、用心しながらのぼっていった。

二階の床を踏《ふ》んだところで、二人の足はとまったが、それもたいして長い時間ではなかった。

たしかに床《ゆか》はきしみ、あえぎ、吐息《といき》をついたが、二人がのってもぬけはしなかった。その上をあるいていき、あのひびわれのところまでたどりついた。

そして、それから？——二人は結局、目的をはたせなかった。宝《たから》があるかもしれない、いや、あるにちがいない場所まで、せっかくたどりつきながら、空手《からて》で帰ってきた。いったい、なぜそんなことに？　なにかを見おとしてしまったからか、難関《なんかん》を突破《とっぱ》する妙案《みょうあん》を思いつけなかったからか、それとも技術《ぎじゅつ》がなかったからか。あるいは、もしかして、なにかおそろしいものを見てしまったのか。

もしかして、なにかとてもおそろしいものが、二人のまえにあらわれて、二度とこの階段《かいだん》をあがれないようにし、二人の口をも封《ふう》じてしまったのか。まだ時がきていないという理由で、宝を手にする時はまだだという理由で、あるいは、宝の発見者として選ばれる子どもは、ほかにいるという理由で？

ともかく、二人は目的をはたさぬまま家をあとにし、ここであったことは、ぜったいに口にすまいと約束しあった。絵のことも、模様《もよう》のことも、頭文字のことも。階段のこと、あの階段をどうやってあがっていったらいいかということも。

あの階段で起こったできごとについても。

第二十八章　ふたたび〈リチャードの家〉に

「ジェスは?」

「エルズワースなの?」キティおばさんがいった。「さあ、お入り。どうしたの、そんなに息を切らして。ちょっと、そこにおかけなさいな。ジェスは、また走りにいったわ。毎日のように走ってるんだから。この暑いのに、よくつづくこと。あたしには、とてもとてもだわ。いま出ていったばかりだから、すこし時間がかかるんじゃないかと思うんだけど」

エルズワースは、どさりとイスにすわりこんだ。ドワイトがいったことで、どうしてこんなに心を乱《みだ》されたのかわからなかった。だが、そうなんだから、しかたがない。そう思うと、きょうはキティおばさんのおしゃべりが、いやじゃなかった。まるで、ちっちゃな子どもをあやすようだけど、いまはそんなあつかいがうれしかった。エルズワースは、おばさんが目のまえにおいてくれたミルクをのみほし、おばさんのおしゃべりが、チャプチャプと岸を洗《あら》う波のように、自分の心を洗《あら》ってくれるのにまかせた。気がつくと、おばさんはこういっていた。

「あなたにはね、いつかいおうと思ってたのよ。あなたがここにきてくれて、あたしがどんなにうれしかったかってね。あなたって、ほんとにいい子だもの。それに、ジェスにとっても、ほんとによかったわ。あなたがきてから、まだまる一日とちょっとだけど、あの子の変わったこと！　ちゃんと食べて、ちゃんとねむって、きのうなんか、笑い声まであげたんだから。ほんとに、あなたには、なんといってこの気持ちをつたえたらいいか……」おばさんはかがみこんで、エルズワースのほほに一つ、キスをした。それから、もう一つ。「最初のは、あたしからのキス。二番目のは、イジーからよ」おばさんの目に涙《なみだ》があふれた。「あの人がなつかしいわ。イジーもいまのあなたを見たら、それはそれは自慢《じまん》に思ったでしょうよ」

突然《とつぜん》こんな話をされたら、こまってしまっても不思議はなかった。だが、そんなことはなかった。エルズワースは、何度かつばをのみこんだあげく、なんとか言葉をしぼりだした。「うん、ありがとう」それから、ぎくしゃくと立ちあがった。「あの、ぼく、もう行かなくちゃ。ジェスに、きてほしいってつたえて。いや、やっぱり、ぼくがさがしにいくことにするよ。それから、きのうの晩《ばん》ごはん、おいしかったよ。ごちそうさま」

「ええ、ええ、エルズワース。いつでも、またいらっしゃいね。まってるわ」

エルズワースが裏《うら》の階段《かいだん》をおりて、庭をとおりぬけ、家の横手をまわっていこうとしていると、きのうとおなじ門からジェスが走ってきた。赤い顔をして、息もあらく、Tシャツは汗《あせ》でぬれて、しぼれそうなほどびしょびしょになっている。

「きてたの？」ジェスはいった。「やめた、やめた。暑くてだめ」

「ねえ、いっしょに行こう。もう、まてないんだ。もう一度、あの家に入ってみたいんだ」

「えっ、どうしたの？　なにかまずいことでも？　それとも、日記を読みおえたとか、なにか手がかりが見つかったとか」

「ううん、ちがうんだ。ドワイトおじさんに話を聞いてきたんだ。おじさんがいうには、母さんが、もうすこしであの家に入るところだったんだって。父さんもいっしょにね。それに、ドワイトおじさんは、ほんとに入ったらしいんだ。ジョンおじさんといっしょに。うんと昔の話だけどね。それで、もうすこしで見つかりそうだったんだって。だから、ぼくにもできると思うんだ」

エルズワースは、自分にいいきかせるようにうなずいた。「そして、ぼくのことをわからせてやるんだ」

「えっ、わからせてやるって、だれに？　ねえ、いますぐじゃなきゃ、だめ？　あたし、シャワーもあびたいし、それから――」

「だめだめ。一歩でも家に入ったら、キティおばさんがいっしょにどっかに行こうとか、そういうことになるにきまってるんだから。そんなのまってられないよ」

「そうねえ。でも、鍵《かぎ》がいるんじゃないの？　二階《かい》においてあるわよ」

「そうかあ」そういったとたん、思い出した。「そういえば、きのう、鍵をかけるの忘《わす》れてきちゃった。だから、すぐあくよ。ねえ、たのむから」

ジェスは、Tシャツのすそで顔の汗《あせ》をぬぐった。「わかった。しょうがないわ。行こう」

ザ・スクエアに人かげはなく、がらんとしていたが、南二番地の家につくと、ポーチはからっぽというわけではなかった。ドアのすぐまえに、ビニール袋《ぶくろ》が一つ、おいてあった。袋のなかには、大きな懐中《かいちゅう》電灯が二つと、潤滑油《じゅんかつゆ》の缶《かん》が一つ、それから鍵《かぎ》が入っていた。ドワイトおじさんのメモも見つかった。「さっきは、わるかった。これをつかってくれ。くれぐれも慎重《しんちょう》にな」

「これ、油なの？」潤滑油をゆびさしてジェスがいった。「どうして油なんか。油は、いや」

「これはね、油に似《に》てるけど、ほんとは油じゃないんだ。シュッとふきつけて、さびついた鍵とかを動かしやすくする液体《えきたい》。でも、きょうは必要ないね。鍵はあいてるんだから。懐中電灯のほうは、助かったよ。あかりがいることを忘《わす》れてた」

エルズワースはジェスにも懐中電灯をわたし、ドアのとってをまわしてあけた。なかに入って、うしろでドアがしまると、エルズワースは深呼吸《しんこきゅう》を一つした。首尾《しゅび》は上々だぞ。無事《ぶじ》に入れたし、ドワイトおじさんの懐中電灯はおどろくほどあかるかった。それに、きょうはもう、びくびくしながら、やみくもにあるきまわる必要もない。ちゃんと行き先がきまっているのだから。

ところが、玄関《げんかん》広間まできたところで、ジェスが突然《とつぜん》立ちどまり、大きなドアの木わくについている「R」の文字に懐中電灯の光をあてた。「そうだ。さっきあんた、あたしがきいたことにこたえなかったわね。日記のことよ。のこりを読んだかって、きいたのに。日記に、文字のことは、なにか書いてなかった？　もしも、ここに子どもたち全員の頭文字があるとしたら、なにか意味があるはずでしょう？　あたしね、十三個《こ》の頭文字をいろいろならべかえてみたの。なにか、意味のある言葉になるんじゃないかと思ってね。そういうの、ちょっと得意だから。たとえば、先生が〈Happy New Year〉って、黒板に書くとするでしょう。そしたら、そこにふくまれている文字をつかって、できるだけたくさんの言葉を考えるの。〈pay〉とか、〈pen〉とか……」

ジェスはしだいに小さな声になっていき、くるっと懐中電灯《かいちゅう》をこちらにむけたかと思うと、急におこりだした。「なによ、その顔。なんなのよ。最初は、『いっしょにきてよ、ジェス、たのむ、たのむ』っていってたくせに。なのに、あたしがちょっとなにかしたり、アイディアを出したりすると、すぐにへそを曲げるんだから。あんた、『ぼくにもできると思う』っていったわよね。『ぼくのことをわからせてやる』っていったわよね。ぼく、ぼくって、ほんとはあたしなんか、いないほうがいいと思ってるんでしょう？　ほんとは、一人でできたらと思ってるんでしょう？　あんたは、そういう子なのよ。なんでも、一人でやりたがるの。こんどだけは、そうはいかないもんだから、ふてくされてるんだわ。あのねえ、あたし、何度も何度も、いったでしょう？　スミス家は、あんただけのものじゃないって。あたしもスミス家の一員なんだって。それから、あたしはしたいことがあったら、遠慮《えんりょ》なくさせてもらいますからね。いいたいことがあったら、いわせてもらいますからね。わかった？」

ジェスは、エルズワースに顔をくっつけんばかりにして立ち、ぐっと目をにらみつけた。「わかった？」もう一度、ジェスがいった。「わからないんだったら、あたしは――」

「いいよ」

「いいよって、どういうこと？」

「いいよ、わかった。わるかったよ。ぼくはただ、はやく先へすすみたかっただけなんだ。ぐずぐずしてるうちに人がきて、じゃまされたらいやだと思って。それに、はやくしなきゃ、なかなか見つからないかもしれないし、謎《なぞ》もとけないかもしれないし。そんなつもりじゃ、ぜんぜん……あのね、たしかに最初は、きてほしいとは思ってなかったかもしれない。きのう、いっしょにきてっていったのは、父さんに一人で行っちゃいけないといわれてたからなのかも。でも、いまは……」エルズワースは自分がなにをいっているのか、わからなくなっていた。このあと、いったいどうつづければいいものか。

ジェスも、こんなときにかぎって、なにもいってくれなかった。あいかわらず、エルズワースをにらみつけながら、そこにつったっていた。ぴったりと口をとざし、顎《あご》をぐいとあげ、髪《かみ》の毛の先からパチパチ火花が出そうなほど、ぼさぼさの髪型で。エルズワースはしかたなく、つづけた。「でも、いまは……その、きみにいてほしいんだ。いてくれて、よかったと思ってるんだ。これでいい？」返事はなかった。「いい、これで？」

ジェスは突然《とつぜん》、ため息をついた。長いふかいため息だった。それから、首をふった。「うん、まあね。いま、あんたがいったことは、本気みたいだしね。あんたって、うそがつけないおばかさんみたいだもん。でも、ともかく、二度とさっきみたいな顔をして、あたしを見ないでちょうだい。いいわね？」

ジェスはむこうをむいて、階段《かいだん》の下まであるいていった。「じゃ、いい？　行くわよ」だが、エルズワースがとなりにならぶと、ジェスはまたしてもため息をついた。「エルズワースなんていう、ごたいそうな名前じゃなかったらねえ。なにかニックネームはないの？」

「ニックネーム？」エルズワースはいった。ジェスがいっしょに行ってくれるときまったいま、エルズワースの心は懐中《かいちゅう》電灯の光をおいかけて、すっかり二階にむけられていた。「ああ、あるよ。そう呼《よ》ぶのは、父さんだけだけど。でも、きみもつかってもいいや。父さんはね、ぼくのことを、ジーって呼ぶんだ」

第二十九章　選ばれた子どもたち

エルズワースは、床《ゆか》はだいじょうぶだと信じていたかった。二階《かい》の床はのってもくずれおちたりはしないのだと。だが、ジェスと二人でその上に足を踏《ふ》みだしたとき、あのライト兄弟の気持ちがいたいほどわかった。兄弟がつくった人類初の飛行機が離陸《りりく》した瞬間《しゅんかん》というのは、きっとこんな気持ちだったにちがいない。飛行機が飛びつづけてくれると信じたい。だが、飛びつづけてくれない可能性《かのうせい》だってある。そのときは、地面にたたきつけられて死んでしまうのだ。

一歩、また一歩、そしてまた一歩。エルズワースは汗《あせ》ばんだ両手で懐中《かいちゅう》電灯をかまえ、胃《い》がひっくりかえったりしないよう念《ねん》じながらあるいていった。床はしっかりともちこたえていた。ただ、こういうのを、はたして「しっかりと」といっていいものかどうか。なにしろ、足を踏みだすたびに、ブカブカとゆれる感じがするのだ。そして、ゆれとともに、あの奇妙《きみょう》な音がした。きのう、二人をぎょっとさせた、きしむような、あえぐような、吐息《といき》をつくような、あの音が。

それを聞いていると、いまあるいているのは床《ゆか》ではなくて、年とった巨人《きょじん》の背中《せなか》の上のような気がしてきた。リューマチ持ちの巨人が、エルズワースたちがあるくと痛《いた》いところにひびくものだから、うめきながら体を動しているような感じ。そう、床は「動いて」いるだけなのだ。けっして、ばらばらになろうとしているわけではない。くさったところからくずれおちて、エルズワースたちをのみこもうとしているわけでもない。よし、なんとかここまでは、ぶじにきたぞ。

エルズワースはもう三歩まえへすすんでから、立ちどまった。「だいじょうぶ？」おしころした声でジェスにきいた。

おっかなびっくりそばまできたジェスは、ふーっと息をはきだした。「うん、たぶん」懐中電《かいちゅう》灯で足もとをてらして、つぎにジェスがあげた声はほとんど声にならなかった。「あっ、あのひびだわ！」

「だいじょうぶだよ」エルズワースはいそいでいった。「わかってる。でも、だいじょうぶだ。ほらね」エルズワースは自分の懐中電灯で、床をてらしてみせた。それはたしかにひびわれだったが、めったやたらにわれているのではなかった。割れているというにしては、あまりにも形がととのっているのだ。すきまはどこをとっても五センチくらい、切り口もなめらかだし、ゆるやかな弧《こ》を描《えが》いていた。「自然にできたものじゃない。つくったんだ。ジョン・マシューおじいさんがつくったんだ。そうだよ。つまり、ほら。わあ、すごい！ ほら、見て！」

エルズワースがゆびさしたのは、懐中電灯にてらされて、ひびのむこうに姿《すがた》をあらわした円盤《えんばん》だった。形だけは下の階《かい》にあった模様《もよう》の中心とおなじだが、はるかに大きい円盤《えんばん》だ。そして、決定的にちがうのは、床《ゆか》がそのように切り取られていることだった。ひびわれに見えたのは、円盤のまわりにぐるりとつくられたすきまだったのだ。すきまのおかげで円盤は完全に床からから切りはなされ、まるで宙《ちゅう》に浮《う》いているように見えた。

きょうは懐中《かいちゅう》電灯の光が強いので、色もはっきりわかった。床のほかの部分はオークの白木でできているのに対して、この円盤には色が塗《ぬ》ってある。色は青、さまざまな色合いの青だ。そのあちこちにスイレンが描《えが》かれ、スイレンの上にはカエルがすわっていた。

エルズワースは、背《せ》すじにぞくぞくとふるえが走るのを感じた。「あの絵だ。あの絵だよ。ほら、カエルがいるだろう。スイレンの上にすわってる。あの絵のなかの池なんだ」

いっぽう、ジェスの懐中電灯は、すごいいきおいで、あちこちをてらしだしていた。「うん、そうね。でも、池だけじゃないわ。ほら」ジェスは大きなコマみたいに、体をまわしていった。「ほら、壁《かべ》に。壁には、家が描いてある。三軒《けん》、三軒、三軒、そして一軒。ザ・スクエアとおなじよ！」

エルズワースも、懐中電灯をぱっと壁にむけた。ジェスのいうとおりだった。こちらも絵とおなじだ。「ほんとだ。でも、だいじなのは床のほうだよ。この池、どうなってるんだろう。なんにもなくて、こんなふうに、ういてるはずはないんだけど」エルズワースはひざをついて、懐中電灯ですきまの奥《おく》をてらしはじめた。しばらくすると、うーんとうなり、こんどは床にふせて、用心しながら指で板の裏《うら》をさぐっていった。この円盤《えんばん》を、かげでなにかがささえているはずなのだが。エルズワースは、また、うーんといった。「ここに、なにかがついているんだ。もうすこし、あかりがほしいな。ねえ、ぼくの懐中電灯《かいちゅう》をわたすから、二本でてらしてみて」

だが、あかりがふえても、あまり役にたたなかった。すきまがせますぎるのだ。手でさぐってみるほかなかったが、それもこのせまさでは簡単《かんたん》ではなかった。とはいえ、手にあたっているものが金属《きんぞく》だというのはわかった。ほそい棒《ぼう》のようなもの。それが、上のほうで床《ゆか》にくっついている。先端《せんたん》が平たくなっていて、ネジで床にとめてあるのだ。こんどは、下のほうをさぐってみよう。指がとどくかぎり、棒をつたって奥《おく》まで手を入れていくと――エルズワースの心臓《しんぞう》が急にドキドキしはじめた。一本の棒だと思っていたが、そうではなかったのだ。棒は二つにわかれていた。つなぎ目には、ちょうつがいが。二本の棒が、ちょうつがいでつなぎあわせてあったのだ。

エルズワースは指をひきぬくと、ぱっと起きあがった。「袋《ふくろ》がいる」

ジェスは、エルズワースの顔に懐中電灯の光をあててきいた。「えっ、どうしたの？　なにか見つかったの？　袋って、どの袋？」

まぶしさで目がくらみかけたエルズワースは、ジェスの手をおしのけていった。「潤滑油《じゅんかつゆ》の入った袋だよ。階段《かいだん》をのぼりきったところにおいてある。床の下に、ちょうつがいが見つかったんだ」いまや、エルズワースの頭はいそがしく回転していた。「こういうのが、ほかにもあるにちがいない。一本の棒でこの池をささえておくのは、どう考えてもむりだからね。袋がくるまで、ぼくは……」しゃべりながら、また、ぱたっと体をふせて、さっきのところから数十センチほど左のほうに体をずらし、また指をつっこんだ。「うん、やっぱりだ。もう一本あった」さらにすこしずつ体をずらしては、手をつっこんでいった。それから、しばらく腹《はら》ばいになったままで、床《ゆか》のホコリをすいこみながらしきりに考えていたが、とうとうひどいくしゃみが出て、とまらなくなってしまった。エルズワースは床に手をついて立ちあがり、ようやく口がきけるようになるといった。「見つかった?」

ジェスのもっていた懐中電灯《かいちゅう》は、一つは池にむけられ、もう一つはまっすぐ下にむけられていたので、ジェスの顔は見えなかった。

「ねえ――」ジェスはいいかけて、やめた。

エルズワースはため息をついた。そうか、ジェスが油がきらいなのを忘《わす》れていた。「わかった、ぼくがとってくる。それにしても、なんでそんなにこわがるんだよ。潤滑油《じゅんかつゆ》なんかで、火事は起こせやしない――」

「そうじゃないの」ジェスが、さっきより大きな声でいい、池にむけていた懐中電灯をかえしてよこした。そして、エルズワースの腕《うで》をつかんで、その懐中電灯の光を自分のとおなじ場所にむけさせた。「そこを見てよ。床になにかほってある」

「へえ」エルズワースは床を見た。「ほってあるって? これ? なあんだ、節穴《ふしあな》じゃないか。そうだろ?」節穴なんかどうでもよかった。はやく、あのちょうつがいに潤滑油《じゅんかつゆ》をさしてみなくては。あのちょうつがいが、すべての鍵《かぎ》をにぎっているのだから。ちょうつがいは、なにかを動かすためについているわけで、そのなにかを動かすことができれば……

だが、ジェスはそこにしゃがみこんだかと思うと、エルズワースもひっぱってすわらせた。「節穴《ふしあな》じゃないわよ」ジェスは懐中電灯《かいちゅう》をおいて、ツメで、床《ゆか》の上の節穴と思われるものをほじくりはじめた。「ホコリがたまってるだけ。ちゃんときれいにして……ちゃんと見えるようにして……ほら、文字よ！　頭文字。なんて書いてあるのかしら——Eだわ！　一階《かい》にあったのとおなじように、またEだわ」

エルズワースは、うんざりしながら床を見おろした。ジェスときたら、なんでこんなに頭文字にばかりこだわるんだ。「うん、そうかもね。Eかもしれないね。でも、それがどうしたっていうんだよ」

「それがどうした、ですって？」こんどは懐中電灯が近いおかげで、ジェスの顔はいやというほどよく見えた。ほほはホコリのついた手でこすったためによごれ、目は興奮《こうふん》と憤慨《ふんがい》でギラギラ光っていた。「それがどうしたって、きいてるのね。じゃあ、おしえてあげる。Eがあるなら、ほかの文字もあるはずなのよ。だから、いまから二人でさがすの。なにか、だいじなことを意味しているはずなんだから」

「わかった、わかった」そのとおりかもしれない。「でも、ちょっとまって。ね、きみはさがしててよ。ぼくは、このちょうつがいをなんとかしなくちゃ——」

ジェスは聞いていなかった。さっさと、そこらをはいまわりはじめていたのだ。いっぽうの手にもった懐中電灯《かいちゅう》で床《ゆか》をてらしては、もういっぽうの手で床をさぐっている。おかげでそこらじゅうにホコリがたち、エルズワースはまたくしゃみが出た。ふと気づくと、ジェスはまったくしゃみなどしていなかった。「アレルギーがあるんじゃなかったの？」エルズワースはいった。

「え？ ああ、くしゃみのことね。ジョギングに出るまえに、おクスリをのんだの。だから、だいじょうぶ。あ、あった！ またEだわ。さっきのは、エルズワースのEね。そして、これはエミリーのE」ジェスは体を起こしてぱっとふりむき、エルズワースの顔を見た。「いったっけ？ エミリーって、あたしのミドルネームなの。だからね、これはあたしたちのことなのよ。この部屋《へや》は、あたしたちがくるのをまってたっていうことなのよ」

エルズワースは、とってきた袋《ふくろ》を両手にかかえたまま、ジェスの顔を見かえした。すると、いまジェスのいったことが、じわじわと頭に入ってきた。エルズワースのEと、エミリーのE……。突然《とつぜん》、目のまえのジェスの顔が、そうよ、そのとおりというように、うれしそうにかがやいた。

気がつくと、自分の口もともすっかりゆるんでいた。

そうだ、ジェスのいうとおりだ。いまこの時こそ、この部屋がずっとまっていた〝時〟なのだ。そして、ぼくたちこそ、この部屋がまっていた子どもたちなのだ。ばかげた話に聞こえるかもしれないが、たぶん、これがジョン・マシューおじいさんが計画したことなのだ。ついに、おじいさんがきめた最後の瞬間《しゅんかん》がせまってきているのだ。二人が、スミス家の最後の宝《たから》を見つけだす瞬間が。

だが、それから一時間ほど、ハラハラドキドキしながら、汗《あせ》まみれ、ホコリまみれになって、そこらじゅうをはいずりまわったあげく、わかったのは、どうやらジョン・マシューおじいさんの計画では、二人だけでこの仕事をすることにはなっていないらしいということだけだった。

第三十章　リチャードの物語

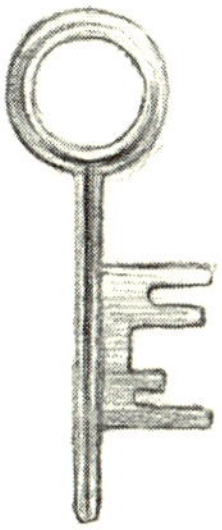

「おかしいな。かんたんに見つかると思ったのに」エルズワースは、池のそばのベンチのまえを行ったり来たりしていた。「おじいさんも、そのつもりだったと思うし。子どもたちが階段《かいだん》の注意書きをちゃんと読んで、二人で階段をのぼり、池の絵を見つけて、宝《たから》のありかを知る、ってふうにしてあったんじゃなかったのかな」

「そうよね」ジェスは、両足を投げだしたかっこうでベンチにすわっていた。最初から汗《あせ》まみれだった顔に、ホコリで黒く色がつき、しかも、しかめっつらになっていた。「でも、ちがってたのよね。あたしたちは、注意書きを読んで、いっしょに階段をのぼり、それからさがした。たぶん、宝のありかもちゃんとわかってると思う。でも、結果はどうだった？　宝はまだ出てきてないわ」

「うん。もっとおおぜい、人が必要だとわかっただけだもんね。うんとおおぜいの人が。それで、いまだったら何人、あつめられるのかなあ？」

ジェスは指を折ってかぞえはじめた。「おばあちゃんとあたしで、二人でしょ。マシューおじさんで三人。ドワイトおじさんで四人。アブナーおじさんとジョージーおばさんで六人。それに、あんたとエリザベスおばさんと、それから、えーっと……ジョンおじさん。これで、全部かな。ううん、もう一人──」

「その人はむりだよ」エルズワースがいった。「うん、九人だ。それに、父さんがやってきたら、十人。でも、父さんがくるころには、アブナーおじさんとジョージーおばさんはいなくなってるかなあ。マシューおじさんも、帰ってきてないかもしれないし。うーん、やっぱり足りそうもないなあ。たとえ、足りたとしても、みんなをあそこにあつめるなんてできっこないよ。たとえば、ドワイトおじさんとジョンおじさんはあんなに仲がわるいし、マシューおじさんは、なんだかよくわからないけど、エリザベスおばさんにおこってるみたいだし。まったく、ジョン・マシューおじいさんは、なんでこんなに大人数が必要な計画をたてちゃったんだろう？」

エルズワースはぴたっと立ちどまった。「なんで、どうして？」と思ったら、マシューおじさんがいったことを思い出したのだ。どうして、がだいじなのだ。どうして、ジョン・マシューおじいさんはあの家を建てたのか、解明《かいめい》する必要があるのだ。その答えをおしえてくれそうなあるもののことを、エルズワースはすっかり忘《わす》れていた。ジェスと自分がもっている、あるもの。

「なに？」ジェスが立ちあがりながらきいた。「どうしたのよ？」

「日記だよ。あれを最後まで読んでみようよ」

「だから、あたしが何百回もそういってるのに！　いいわ、こうしましょう。そろそろおばあちゃんが、あたしがどこに行ったたって騒《さわ》ぎはじめてるころだわ。それに、シャワーもあびたいし。だから、一時間後にもう一度、ここで会って、日記を読むっていうのはどう？」

「うん、いいよ。でも、ここじゃないほうがいいな。人がとおりかかるかもしれないから」

「じゃあ、どこにする？　墓地《ぼち》はどう？」

エルズワースは墓地と聞いて、一瞬《いっしゅん》、まよった。またあそこへ行っても、ぼくはだいじょうぶだろうか。でも、ほかにどこがある？　エルズワースはうなずいた。

「じゃあ、きまり。おばあちゃんには、一族の歴史を勉強しに行くっていうわ。だって、ほんとにそうでしょう？　おばあちゃん、きっと大よろこびよ」

エルズワースが帰ると、エリザベスおばさんは集会からもどって、ツナサンドをつくっているところだった。一族の歴史の勉強という話には、エリザベスおばさんも大よろこびだった。「たのしいことが見つかってよかったわね。マシューにもよろしくいっておいてね」おばさんはいってしまってから、ちょっと顔をしかめた。「マシューといっても、ザ・スクエアのむこう側に住んでいるほうじゃなくて、ご先祖《せんぞ》さまのほうよ。マシュー・ダンカン。一八五八年に生まれて一九二八年に亡《な》くなった、わたしの曾祖父《そうそふ》よ。母がいつもいってたわ。子どものころの最初の記憶《きおく》は、そのおじいちゃんにとんぼがえりをおしえてもらって、いっしょに原っぱをころげまわったことなんですって。そんなことで大よろこびしたんだから、母もやっぱりスミス家の人間ね」

墓地《ぼち》にはきのうより人影《ひとかげ》があった。だが、スミス家の区画は大きかったし、マツの木のかげにもなっていたので、エルズワースとジェスは、なんとかその奥《おく》のほうに静かな居場所《いばしょ》を見つけることができた。二人は例の大きな瓶《かめ》をそれぞれ背《せ》もたれにして、腰《こし》を落ちつけた。やがて、聞こえてくるのは、遠くで車が砂利《じゃり》の上をとおっていく音や、ぼんやりとした話し声だけになった。

箱はすぐにあいた。ジェスが本をひらき、このまえ読みやめたところをさがした。「気をつけてさわらなくちゃね。角がぼろぼろになってるから。あら、この日記帳、ぜんぶはうまってないのね。半分しかつかってないわ。それに、最後のほうは何ページもあけて、もう一ページだけ書き足してある。えーと、一八六四年よ」

「おじいさんが亡《な》くなる二十年くらいまえだね。ほら、墓石《はかいし》に、亡くなった年は一八八一年ときざんである。で、一八六四年になにがあったの？」

「さあ。でも、そのまえにあったことを見てみましょうか。このあたりがいいかな。ちょっと見て。最後のほう、すごく字がみだれてる。なぐり書きしたみたい。それに、ほら。この、ページの下のほう。しみができてるわ、水でぬらしたみたいな」ジェスは目を見ひらいて、エルズワースの顔を見た。「まるで、だれかが……泣いたみたい。なんだか、背中《せなか》がぞくぞくしてきたわ。だれかが死んだかどうかしたのかしら？」

一八六四年。なにがあった年だろう。南北戦争だ。そして、南北戦争では、たしかにある人が死んでいる。エルズワースはひざをついて、ふたごの兄弟のあいだにあるお墓《はか》を確認《かくにん》した。やっぱり、そうだった。〈リチャード・サリバン　一八四五年～一八六四年〉

「リチャードだ。リチャードが死んだんだ。ぼくたちが入ったのも〈リチャードの家〉だ。この部分は重要だよ。なにか手がかりが見つかりそうだぞ。ねえ、ちょっとまえにもどってみて。リチャードの話がはじまるところまで。そこから読みはじめてよ」

「はい、はい、わかったわ。ちょっとまってて。字がうまく読めないのよ。また、おじいさんの字のくせを思い出さなくっちゃ。ああ、ここだわ。まえのほうに、子どもたちみんなのことが少しずつ書いてあるところがあるんだけど、そのなかにリチャードのことも書いてあるの。でも、ちょっとまって。うーん、ここかな。ここは、リチャードという名前ではじまってるから」

「うん、そこから読んで」

「一八五七年」ジェスが読みはじめた。『リチャードはもうじき十三歳《さい》になる。あの子のことを思うと、心配で胸《むね》がいたむ。わたしは、本がいけないなどというつもりはない。学習ほどだいじなものはないと思うからだ。だが、リチャードが夢中《むちゅう》になって読みふけっているのは、学校の本ではない。古典《こてん》でもなければ、数学でもなく、フランス語の文法でもない。そうだ、リチャードが熱《ねつ》をあげて読んでいるのは、じつにくだらない物語ばかりだ。あの子はそれを詩と呼《よ》び、物語と呼び、小説と呼んでいる。家庭教師にいわせると、その分野ではわるくないできの書物なのだという。だからといって、くだらないものであることに変わりはない。騎士《きし》だとか、竜《りゅう》だとか、栄光の戦いだとかいう危険《きけん》な妄想《もうそう》に満ちた、くだらない読み物だ。そこに出てくるのは、現実《げんじつ》の戦争とは似《に》ても似つかない戦争だ。血のにおいもなければ、胸《むね》のわるくなるような光景もなく、人殺しもない。なんという危険な考えかた。なんというくだらない書物』」

エルズワースはたれていた頭をあげて、枯《か》れかけている芝生《しばふ》のほうにぼんやりと目をやった。RCのことを思い出した。最後のほうは、いかにもRCという人がいいそうな言葉に思えた。

「リチャードの物語はわたしの物語なんだ」父さんはいつもそういっていた。エルズワースは両《りょう》腕《うで》で自分の体を抱《だ》きかかえた。この日記がどうつづくのか、ほんとうに知りたいのだろうか。やはり、知らなければならないと思った。第一、ジェスの朗読《ろうどく》はつづいていた。

「『一八五八年――』ここも、ずっとリチャードの話だわ。『この子のことを、いったいどうあつかったらいいものか。このいとしいわが子を。しんぼうづよく接《せっ》することが必要なのはわかっている。だが、ユリシーズやおさないサムでさえ、この子よりはまだものの道理がわかっている。たとえば、あの宝《たから》のことだ。わたしが十五年以上もまえ、ロンドンの古ぼけた骨董屋《こっとうや》で見つけ、あのような興奮《こうふん》につつまれた宝のこと――」

「宝だって？　なんの宝？」

「それはこのあとに書いてあるわ。じゃましないで。どこを読んでたのか、わからなくなっちゃうじゃないの。うん、ここだわ。読むわよ。『子どもたちはみな、あの宝を気に入っている。あたりまえだ。あれがきらいな人間がいようか。だが、この子どもたちは、ひとしきり、ながめたりさわったり、その由来《ゆらい》を聞いたり、ならべて遊んだりしてしまうと、満足して、宝《たから》に鍵《かぎ》をかけられようが、しまわれようが、気にもかけない。だが、リチャードにとっては、あの宝はそれ以上の存在《そんざい》になっている。リチャードは、あの宝をつねに身近におきたがっている。わたしは不安になってきた。あの宝がリチャードに話しかけているのではないか、呼《よ》んでいるのではないか、リチャードをそそのかして、さらに現実《げんじつ》に背《せ》をむけるようにしむけているのではないか、聖杯《せいはい》伝説(注)と同じくらい困難《こんなん》な、世の中の不正をただす旅を夢見《ゆめみ》るようにしむけているのではないかと。もちろん、わたしも、世の中の不正をただす旅をくだらないと片《かた》づけることはできない。どうして、そんなことができようか。しかし、それだからこそ、こうした困難な時代に、子どもにはそうした声を聞かせたくないのだ。世の親たちの心をこおらせる、おそろしい運命におちいらせないために』」

　エルズワースは、汗《あせ》をかいていた。マツの木があまりに密集《みっしゅう》してはえていたので、風はそよともふかなかった。だんだん、集中できなくなってきて、ジェスの読んでいる内容がこまかくつかめなくなってきた。

　ジェスは一八五九年にすすみ、それから、一八六〇年に入った。先に書かれていた「困難な時代」は、人々が奴隷制度《どれいせいど》のあやまちを見すごすことができなくなるにつれ、さらに苦悩《くのう》をふかめていった。そのあやまちを先頭に立って指摘《してき》したのが、クエーカー教徒たちだった。リチャード

(注)『アーサー王』伝説などに出てくる、騎士《きし》たちが多くの苦難《くなん》にあいながら聖杯をさがす話。

は十五歳《さい》になっていた。いまや、リチャードが夢中《むちゅう》になっているのは詩ではなく、奴隷制度《どれいせいど》に反対する文学だった。かつてないほどの多くの作家がつぎつぎと生み出した、奴隷制度を強く批判《ひはん》する文学だった。

「『リチャードの信念は、また、わたしの信念でもある』」ふたたび、ジェスの声が聞こえはじめた。「『クエーカー教では、人を奴隷にするということ自体を悪としている。わたし自身も、つねづねこの日記に、あらたに合衆国《がっしゅうこく》に加盟《かめい》する州《しゅう》では奴隷をみとめるべきでないと書いてきた。また、奴隷の逃亡《とうぼう》を助けるクエーカーの信徒たちにも、すすんで寄付《きふ》をしてきた。だがリチャードの結論《けつろん》は……。ああ、あの子は結局、わたしのしてきたことの意味をまったくみとめていなかったのだ。そうでなければ、どうしてこんなおそろしい結論を出すはずがあろうか。あの子は、戦争こそがすべてを解決《かいけつ》する方法だと信ずるようになった。人殺しこそが解決法だと、信ずるようになってしまったのだ。わたしとクエーカーのおしえに反して。そして、わたしがいくら話して聞かせようとしても、聞く耳をもたない。戦争というものは、つねにいいあらわせないほどの苦しみを生み出すものだと、話して聞かせようとしても』」

ジェスの読むスピードがあがっている。一八六一年。リチャードの十六歳の誕生日《たんじょうび》の記述《きじゅつ》。サムター要塞《ようさい》への南軍の砲撃《ほうげき》。南北戦争開戦。この早熟《そうじゅく》な長身の三男が入隊《にゅうたい》するのを思いとどまらせようとする、ジョン・マシューの必死の説得。「『正気《しょうき》のさたではない。たとえ、わたしが承諾《しょうだく》したとしても（もちろんそんなつもりはみじんもないが）、この年齢《ねんれい》では入隊をこばまれるだろうに。いや、こばんでもらわなくてはこまる。だが、リチャードは食事も睡眠《すいみん》もとろうとしない。そして、わたしとは口をきこうともしない。たまに口をきくことがあるとすれば、それは、わたしが工場の布地《ぬのじ》を北軍の軍服用に提供《ていきょう》しないといって責《せ》めたてるときだけだ。リチャードにとっては、わたしの信念はどうでもいいのだ。わたしの生きた証《あかし》である、信念は』

そして、一八六二年。リチャードの十七歳《さい》の誕生日《たんじょうび》の記述《きじゅつ》があり、三日後にシャイローの激戦《げきせん》の記述。二万四千人戦死。わずか二日間で、両軍で二万四千人もの死者が出たのだ。そして、大きな弔《とむら》いの鐘《かね》がこの年をつうじて鳴りつづけるかのように、激戦がつづく。ブルランの戦い、アンティータムの戦い、フレデリックスバーグの戦い。

ジェスの手はブルブルふるえて、ページをめくるのもむずかしくなっていた。ジェスは知っているのだ。一八六三年、リチャードが入隊《にゅうたい》がゆるされる十八歳になり、父親にも制止《せいし》できなくなったとき、なにが起こるか。エルズワースも、もちろん知っている。

リチャードをとめることは、もうだれにもできなかった。『『わたしには書くべき言葉がない』』ジェスの声はふるえはじめていた。『『この誕生日について書かずにおけるものなら――。

ベッツィーは涙《なみだ》にくれ、おさない弟妹たちはリチャードにまとわりついていた。リチャードがいちばんかわいがっていた妹のアイオニアも、兄が遠くへ行くことだけはわかったとみえる。こうききつづけた。「リッチーお兄ちゃん、どうして行かなきゃならないの？　どうして？」

だが、わたしは知っているのだ。リチャードは、けっして〝行かなければならない〟わけではない。このたびのあたらしい徴兵制度《ちょうへいせいど》でも、この年齢《ねんれい》では、志願《しがん》さえしなければ、徴兵されるわけではないのだ。わたしは……わたしは、この子の兄たちが、あのような亡《な》くなりかたをしたことを思い出すと、またしても、いとしいわが子をうばわれることに、とてもたえられそうもない。この無益《むえき》な戦い、無惨《むざん》な戦いのために……これ以上は書くことは……』」

ジェスもそこで読むのをやめてしまった。そして、本を草の上になげだし、両手で顔をおおった。ジェスはきのうとちがって、泣いてはいなかった。この暑さにもかかわらず、ガタガタとふるえていた。

「それでおしまいなの?」エルズワースは思いきっていった。「さっき、あとのほうに、つけくわえられているページがあるといってたけど」

「あんたが読んで」顔をおおったまま、くぐもった声でジェスがいった。「あたしは読めない。これ以上は読めない」

エルズワースは胃《い》がしめあげられるように感じながら、日記を手にとった。ページをめくっていくと、さがしていた箇所《かしょ》が見つかった。さっきジェスが読んでいたところから、三、四ページ先だ。さきほどのページとはちがって、ここにはもう、涙《なみだ》のあとのようなしみはなかった。黒いインクで書かれた、わずか二つの短い段落《だんらく》。文字の乱《みだ》れはないが、異様《いよう》に力の入った筆跡《ひっせき》だった。

エルズワースがそれを読みとくのには、長い時間がかかった。とくに、oとaが区別しにくかったのだ。「うん、読めた」ようやくそういった。「『一八六四年――』これが最初だ。さっき、きみがいったとおりだ。そのあとは――」指で文字をなぞりながら、読んでいった。「『ベッツィーは、わたしを責《せ》めるつもりはないという。リチャードが旅立つとき、わたしがいったこと。あれが呪《のろ》いの言葉になったわけでは、けっしてないという。あの言葉が現実《げんじつ》のものとなったわけではないと。だが、ベッツィーはまちがっている。わたしにはわかっているのだ。わたしはあのとき、こういってしまった。「行け、行くがいい。だが、おまえがほんとうに行くのなら、わたしの祝福《しゅくふく》はないものと思え。クエーカー教会の祝福もないものと思え。神の祝福もないものと思え。おまえは一人で行くのだ」と。

リチャードは一人で行った。母親には手紙をよこしたが、わたしたちが顔を見ることは二度となかった。リチャードは一年間の従軍《じゅうぐん》ののち、一八六四年六月三日、ヴァージニア州《しゅう》コールド・ハーバーの戦いで戦死した』」

エルズワースは大きく二度ほど息をついたあと、最後の文章を読んだ。最後の文章は、あまりにもペンを強くおしつけて書いたため、紙に穴《あな》があいていた。「『二度と、わたしの子どもたちを一人で行かせるようなことがあってはならない』」

第三十一章　計　画

エルズワースはねむれなかった。暑さは頂点《ちょうてん》に達し、エリザベスおばさんの家の厚《あつ》いレンガの壁《かべ》でも、ふせぐことはできなくなったようだった。エルズワースの部屋《へや》は、あの二つの窓《まど》をむりやりあけはしたものの、それでも蒸《む》し風呂《ぶろ》のようだった。古いベッドはきしみ、頭のなかをさまざまな思いがネズミのようにかけめぐっていた。

父さんは、どうしてきてくれないんだろう？　電話さえかかってこない。ほんとうは、くる気なんてないんじゃないだろうか。どこかべつの場所へ、ぼくをおいて行ってしまったんじゃないだろうか。リチャードみたいに、父さんも……。いや、そんなはずはない。でも、だったら、どうしてはやくきてくれないんだ。

それから、RCのこともうかんできた。RCのことなど、べつにどうでもよかった。どうして、ぼくが気にかけなくちゃならないんだ。でも、エリザベスおばさんはRCのことを心配している。

おばさんとジョンおじさんがたずねていったら、RCはやっと玄関《げんかん》まで出てきたそうだ。でも、ほとんど口もきかず、なかに入れてもくれなかったという。

おばさんはそのことでがっくりきてしまっている。はやくマシューおじさんがきて、元気づけてくれればいいのに。でも、おじさんはきてくれなかった。まだ帰ってきていないんだろうか。もしかしたら、ぼくが元気づけるべきなのかもしれないけど、そんなこと、できるわけがない。おばさんのミキサーをなおすことさえ、できなかったぐらいだから。コンセントをとりかえないといけないいんだけど、見つからなかったのだ。エリザベスおばさんはいまごろ、思っているんじゃないだろうか。どうして、こんな子をここに呼《よ》んでしまったんだろうって。

それから、宝《たから》のことも気になった。日記は読んだが、なんの手がかりも見つからなかった。どうやってここのみんなをあつめて、協力してもらうか知りたかったのに、ぜんぜん書いてなかったのだ。エルズワースは心のなかで、ザ・スクエアを何度も何度もめぐってあるいた。一軒《けん》一軒、家を思いうかべ、住んでいる人を思いうかべ、番地を思いうかべながら。すると、ようやくすべてがまざりあって消えていき、ねむりがおとずれた。

翌朝《よくあさ》起きたとき、もうかなりおそい時間のような気がした。暑いことに変わりはなかったが、窓《まど》まで行って外を見ると、空がちがってきていた。きのうまでカンカンでりだった空に、雲が出て、空の色もくすんだ感じの青に変わっていたのだ。エリザベスおばさんによると、ラジオの天気予報《よほう》で、きょうの夕方か夜には雷雨《らいう》になるといっていたそうだ。

ほかにも、きのうとちがうことがあった。きょうは計画があった。きのう、半分ねむりながら、思いついたのだ。人数は、なにも十三人ちょうどでなくても、なんとかなるのではないだろうか。ジョン・マシューおじいさんだって、そんなにきっちり十三人でなくても、かんべんしてくれるのではないだろうか。十人前後のスミス家の人たちがあつまれば、それでいいのでは？

それだったら、話は簡単《かんたん》になる。これからジェスと手分けして、ザ・スクエアの家々をたずねてあるき、一軒《けん》ずつ話をしていけばいい。きょうの何時にあの家へきてください、と。そのときほかの人のことをいわなければ、けんか相手がくることなどわかりっこない。エルズワースが話をするのは、エリザベスおばさんとドワイトおじさんとジョンおじさん。それに、もし帰っていたら、マシューおじさんも。ジェスの担当《たんとう》は、キティおばさんとアブナーおじさんとジョージーおばさんだ。いったん、みんなをあつめてしまえば、もうこっちのもの。みんなに、二人が見つけたもののことや、二人が解明《かいめい》したジョン・マシューおじいさんの計画を話してきかせるのだ。そうすれば、みんなも夢中《むちゅう》になって、ほかのことは忘《わす》れてしまうにちがいない。ぜったい、そうなるはずだ。

そのとき、なぜか、最初に話をするのはエリザベスおばさんでなければ、という気がした。じゃあ、いますぐだ。エルズワースはいそいでシャワーをあび、服を着て、五分後には、裏《うら》の階段《かいだん》を台所にむかっておりていた。ところが、階段をおりきるまえに、おばさんと二人きりで話をするには、しばらくまたなければならないことがわかった。マシューおじさんがきていたのだ。おじさんは、なんだか、深刻《しんこく》そうな声でいっていた。「ちょっと、ぼくのいうことを聞いてほしいんだ、リズ。ちょっとでいいから、耳を貸《か》してくれ」

「おはよう!」エルズワースがドタドタとおりて、台所に入っていくと、二人はぎょっとしてふりむいた。

「エルズワースか」マシューおじさんがいった。「ちょうどいい。きみに質問《しつもん》がある」

「やめて、マシュー。やめてちょうだい」

「いいじゃないか、リズ。ほんとのところを知りたいだけなんだから。エルズワース、ぼくたち二人は、どのくらい年をとってると思う?」

エルズワースは、まわり右して、自分の部屋《へや》にもどりたい気がした。マシューおじさんは鼻を鳴らして、さらにいった。

「よし。きみが考えやすいように、こうきいてみようか。ぼくたち二人のうち、どっちがより年をとってると思うかね? だいじょうぶ。まちがっても罰《ばつ》はなしだから、安心して答えてくれ。だれもおこったりしないから。リズか、ぼくか? ぼくか、リズか? さあ、どっちだ」

エルズワースはげんなりして、二人の顔を見くらべた。しばらくそうやっていると、急に答えが見えてきた。なあんだ。こう答えればいいんだ。これが、ほんとのことなんだから。「わかんないよ。二人とも、ぼくから見たら、そうとう年とってるっていう以外は」

マシューおじさんはニヤニヤしはじめ、エリザベスおばさんもほっとした顔になった。「ありがとう、エルズワース」そういいながら、おばさんは立ちあがった。「いまのはほんとに、的《まと》を射《い》ていたわ。貼《は》り紙に書いてあるとおり『権力者《けんりょくしゃ》にあえて真実を』つげたってとこね。あなたのいうとおり。二人ともそうとう年とってるわよね」そこで、こんどは、マシューおじさんにむかっていった。「なんにしても、わたしのほうが年上ってことよ」切りつけるようにそういった。「それに、わたしはずっと一人ぐらしをしてきたし、家事だってきらいだし、料理はへただし、その気になったら、夜中の二時までだって本を読んでいるような人間ですから。それにね、これもう、いやになるほどいったと思うんだけど、わたしの名前はエリザベスです。勝手にリズなんて略《りゃく》さないで。わたしにとっては、だいじなことなのよ、マシュー。そんなこともわからないんだったら、わたしのことなんて、なんにもわかりっこないないわ」

「そして、きみは」マシューおじさんが、テーブルに手をたたきつけて立ちあがり、エリザベスおばさんの顔をにらみながらいった。「きみは、いちばんだいじなことを、みとめまいとしてるんだ。なんのことだか、ちゃんとわかってるはずだ。自分でもそう感じている。ぼくだっておなじだ。おねがいだ。無視《むし》するなんてできないだろう」

「いま、ここでわかっているのは」エリザベスおばさんがおさえた声でいった。「わたしたちがエルズワースをこまらせているということよ。その話は、またにして、マシュー。いいわね」

「わかったよ。またにするよ。でも、一つだけたのみがあるんだ。今回、旅に出ているあいだに、こんなものをつくってみたんだ。きみの貼り紙コレクションにくわえてもらいたいと思ってね。

これを見つけるまでには、ずいぶん時間がかかったよ。きみも知ってるとおり、クエーカーのおえらいさんの著書《ちょしょ》はぼくの愛読書とはいえないからね。でも、これはクエーカー教の指導者《しどうしゃ》ウィリアム・ペンの言葉だ。そして、ぼくがいいたい言葉でもある。だから、きみにぜひ読んでほしい。あとで、気持ちが落ちついてからでいいから。そして、リズ——いや、エリザベス。あのことを、ちゃんと考えてみてほしいんだ。考えてみるだけでいい。これが、ぼくのお願いだ」

マシューおじさんは返事をまたずに、くるりとむきを変え、エルズワースの腕《うで》をつかんでいった。「ちょっと、いっしょにきてほしいんだ。話したいことがあるから」

「うん、わかった。でもそのまえに、エリザベスおばさんにたのみたいことがあるんだけど」

「ほんの一分でいいんだ」マシューおじさんは、エルズワースをひっぱって家の外に出て、ポーチの階段《かいだん》にやれやれとこしをおろした。「恋《こい》をするなら、四十歳《さい》になるまえにするんだぞ、エルズワース。いまのうちに忠告《ちゅうこく》しておくよ」

「うん、いや、どうも。ところで、ぼく、おじさんにもたのみがあるんだ」

「なにかな？　それが終わったら、こっちの話だよ」

エルズワースは思いきっていった。「じつは、あの家であるものを見つけたんだ。〈リチャードの家〉で。ぼくとジェスでね。それで、それをとりだすのを手伝ってほしいんだ」

マシューおじさんの目がすーっと細くなった。「〈リチャードの家〉だって？　あるものを見つけたって、どういうことだ。ぼくはまだ、あの家の鍵《かぎ》さえ手に入れていないというのに」

エルズワースは、自分の頭をこつんとやりたい気分だった。しまった、そのことを考えておくのを忘《わす》れてた。「ああ、その、もってるんだ。いや、もってるというか、ジェスが合《あ》い鍵《かぎ》をもってて。それに、そのあと、ドワイトおじさんが——」

「つまり、こういうことかね」マシューおじさんは、いまや、学校の先生そのものという口調《くちょう》になっていた。「きみが一人であの家に入ったと、そういうことか？」

「ちがうんです。そうじゃなくて、おじさんが入りたがっているのはわかってたけど、どっかに行ってしまってたし、それで、ジェスとぼくは相談《そうだん》して——」

「つまり、きみとジェスは、おとなのつきそいもなく、勝手に二人であの家に入ったということだな。あの家が危険《きけん》だってことは、じゅうじゅう承知《しょうち》で……」マシューおじさんのほうこそ、危険な感じになってきた。顔を真っ赤にして、立ちあがろうとしている。

「ねえ、ちょっとまって」だめだ。こんなことじゃ、ぜんぜんだめだ。「どうして、おこってるの。ぼくの説明も聞いてよ」

「ぼくがきょう、ここにきたのは」マシューおじさんがいった。「エリザベスと話をするためもあったが、きみがそろそろ、探検《たんけん》に行きたいんじゃないかと思ったからなんだ。その気になってるんだったら、ぼくがつれていってあげようと思ったんだが、その必要はなかったってわけだ。きみたち二人とも、ぼくの手助けなんかなくてもよかったんだ」

「ちがうんです。それはちがう。おじさんの手助けは必要だよ。ジェスとぼくは、きょうの午後、おじさんがちょっとこれないかなと――」

「こられないかな」おじさんは、さめきった声でいった。「そういうときは、こられないじゃなくて、こられないというんだ。いや、やめとこう、エルズワース。ぼくは行かない。かわりに、これから家に帰って、よくよく考えてみることにするよ。はじめてここにきたときに、自分がなにを夢見《ゆめみ》ていたかね。きみには、また会えるかもしれないし、二度と会えないかもしれない。いっておくが、さそいにきてもむだだからね」

そういったかと思うと、マシューおじさんは、私道《しどう》わきの花をピシピシたたきながら、おもてへむかった。そして、歩道に出ようとしたところで、あやうく、ウールマンをつれたジョンおじさんとぶつかりそうになった。

「こりゃ、失礼！」ジョンおじさんがいった。マシューおじさんは低い声でなにかいっただけで、どんどんあるいていってしまった。

「あんまりたのしそうじゃなかったな、あの人は」ジョンおじさんがいった。「おまえさんもだな。じゃあ、話はかんたんにすませるとしよう。あれから、ずっと考えてたんだ。このまえ、おまえさんは、あの家のことをいってただろう？〈リチャードの家〉のことだ。あそこに入ってみたいとかなんとか。それでだ。考えてみると、それもわるくないかもしれない。だが、入るなら、なかをあかるくしたほうがいい。それには、鎧戸《よろいど》をあけなくてはな。どうだい、いまからうちにきて、いっしょに梯子《はしご》をもっていこうじゃないか。わしも手伝ってやるよ」

エルズワースは一瞬《いっしゅん》、考えた。うん、それがいい。エリザベスおばさんは、しばらくは話ができるような気分ではないだろう。それだったら、さきにジョンおじさんに話すことにすればいい。

「うん、お願いします」エルズワースはいった。

第三十二章　もう一つのいさかい

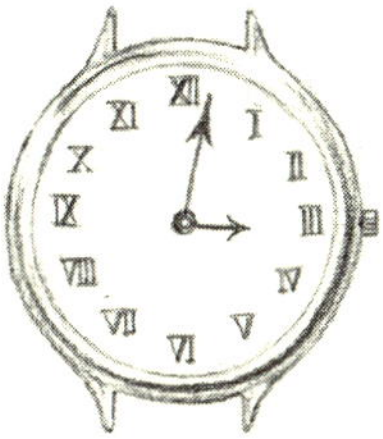

道を半分くらい行ったところで、ジョンおじさんは立ちどまり、梯子《はしご》を地面におろした。短くかりこんだあごヒゲの上の顔は、赤くなって汗《あせ》がふきだしている。「わるいな。ちょっと一休みさせてくれ」おじさんは顔の汗をぬぐい、空を見あげた。「おかしな天気になってきたなあ。おてんとさまも、雲も、なんとなくさっきまでとはちがう。ゆうべは、西のほうで稲妻《いなずま》が光ってたからなあ。もしかしたら、ザーッとくるかもしれないぞ。いや、そろそろ、きてくれないとな。このまま、雨がふらなきゃ、このあたりはみんな干上《ひあ》がっちまって、お手上げだよ」

「ほんとだ。でも、風はないね。空の上のほうじゃ、ふいてるみたいだけど。だって、ほら、雲が動いてるもん。でも、下のほうじゃ、ぜんぜんだね」

「だから、そろそろふるんじゃないかと思うんだ。さてと、むこうについたら、梯子にのぼらせてやってもいいが、どうだ？　高いところは、こわくないんだろう？」

「たぶんね。いままで、梯子《はしご》にのぼったことはないけれど」

「じゃ、この機会にやってみるといい。家を管理しようと思ったら、梯子にのぼって修理《しゅうり》しなきゃならないものが、山ほどあるからな。鎧戸《よろいど》、とい、屋根、煙突《えんとつ》……。どれもおろそかにしてはならないんだ」

二人はまたあるきはじめ、こんどは一休みすることもなく、南側の一角までできた。ところが、そこでジョンおじさんが突然《とつぜん》立ちどまり、エルズワースは梯子をもっている手をあやうくはなしそうになった。「いったい、あそこでなにをしとるんだ」おじさんは体をまえにたおすようにして、しげしげとそちらを見た。「いつも、ろくでもないことを思いつくやつだが、こんどはなんだ？　なにをやっとるんだ？」

〈リチャードの家〉にむかって、角を曲がってやってくる、ずんぐりした男の人の姿《すがた》を見るまでもなく、だれのことかわかった。ジョンおじさんの声を聞いて、ぴんときたのだ。ドワイトおじさんだ。ドワイトおじさんは、大きな段《だん》ボール箱をかかえていた。すごく重そうな箱で、そのうえいっしょにいる犬のタラもかえってじゃまになっていた。忠犬《ちゅうけん》らしく一歩踏《ふ》みだしてはとまってまち、というあるきかたをするので、おじさんはタラにぶつかってばかりいたのだ。ぶつかるたびに、箱はどんどんずり落ちていった。エルズワースは、ちらっとジョンおじさんの顔色をうかがった。ドワイトおじさんはまた一歩すすんだところで、タラの引き綱《づな》に足をとられてよろめいた。エルズワースは、梯子を地面においた。「ちょっと手伝ってくるよ」

ジョンおじさんは鼻を鳴らしていった。「ああ、ああ。そのほうがよかろう。あいつが首の骨《ほね》をへし折ってくたばらないうちにな。ついでに、わしらはここでやることがあるから、じゃまするなといってきておくれ」

うだるような暑さのなかをエルズワースは走っていき、ドワイトおじさんの箱が地面につくまえに、なんとかうけとめた。ドワイトおじさんは、そのまま二、三歩よろめいていったかと思うと、階段《かいだん》にたおれこむようにして手をついた。そして、ぜいぜいいいながら腰《こし》をおろした。エルズワースは箱をおろした。すると、タラが鼻をつっこんできた。エルズワースもなかをのぞきこんだ。工具がいっぱい入っていた。ドライバー一式、電気コード類一式、潤滑油《じゅんかつゆ》が二、三缶《かん》、大型の懐中電灯《かいちゅう》一つ、キャンプ用ランタンが二つ。ドワイトおじさんは息がおさまると、タバコに火をつけ、首をふった。

「二階にいたら、おまえさんたち二人がやってくるのが見えたんでな。おかげで、朝めしをふきだしそうになったよ。非常識《ひじょうしき》だ、ほんとに非常識なやつがいるもんだ……この暑いのに、梯子《はしご》なんぞもちあるいて……それにのぼって、首の骨でもへし折る気かね。やつは、鎧戸《よろいど》をあけるつもりなんだろう？　やつの考えそうなことだよ。十九世紀から進化していない頭だからな。あかりといったら、おてんとさまの光しかないと思ってる。さあ、いいか。なかに入るんなら、あかりがいる。だから、いっぱいもってきた。鎧戸なんか、うっちゃっておけばいい」それから、エルズワースのうしろを見たかと思うと、視線《しせん》を上にうつした。「おや、だれかと思ったら、おまえさんか。じゃあ、いまの話は聞いてくれたな。知ったかぶりは、もういいかげんにやめてくれ」

エルズワースはその場にしゃがみこんだ。いまではウールマンもそこにいて、タラと仲よくにおいをかぎあっていた。それからエルズワースのにおいもかぎはじめ、エルズワースは犬たちになめられながら、体をなでてやり、おじさんたちが自分のことを忘《わす》れてくれればいいと思った。だが、心配する必要はまったくなかった。二人はエルズワースのことなど、まったく頭になくなっていた。

「おまえさんこそ、いつだって、お呼《よ》びでないところに鼻をつっこんでくるくせに」ジョンおじさんがいった。「わしらはここでやることがあるから、おまえさんはさっさと家に帰って、じゃまをしないでくれ。さあ、帰るんだ。そのタバコのすいがらをもってな。おまえさん、肺《はい》ガンで死にたいとみえるな。エルズワースには、そんなやつをお手本にしてほしくないからな」

ポーチの階段《かいだん》がきしむ音が聞こえて、ドワイトおじさんが立ちあがったのがわかった。だが、それからなんの音もしない。しばらくしてとうとうエルズワースは顔をあげてみた。頭の上では、きのうとおなじように、二人の老人がにらみあっていた。ジョンおじさんの真っ白なヒゲのそばで、ドワイトおじさんの赤くなった顔がよけいに赤く見えた。

「おまえさんは昔から、自分はなんでもわかってると思ってるんだ。そして、ちょっと人がまちがえると、それ見たことかとせめたてる。十四年まえだってRCといっしょになって、ベン・ロバートがあんなことになったのは、わしのせいだといった。おまえさんから、そういうことをいわれるすじあいはないのに。ヤキモチだな。ベン・ロバートがわしのことをたよりにして、うちにばかりくるものだから――」ドワイトおじさんがいうと、ジョンおじさんもいいかえした。

「ああ、いったとも。何度だっていうさ。それで、ベン・ロバートがどうなったか、見てみろ。おまえさんが、よけいなところにその鼻をつっこんだばっかりに」

エルズワースは立ちあがった。いったい、この二人はどういうつもりなんだ。いつまでも、おんなじことでけんかばかりして。それでどうなるっていうんだ。

「やめてよ」エルズワースは、口からあふれてくる言葉をとめられなくなっていた。「やめてよ、ほんとに。けさ起きてからずっと、まわりじゅうけんかばっかりだ。もういいかげん、いやになっちゃったよ。それに、ぼくの父さんのことでけんかするのは、もうやめて！　このまえ父さんがいったことが、やっとわかったよ。たとえ、この家に宝《たから》があったとしても、だれにも見つけられないってね。ジョン・マシューおじいさんは、ぼくたちがかんたんに見つけられるように考えてくれたんだ。でも、これじゃ無理《むり》だ。みんなが、かんたんに見つからないようにしてしまってるんだ。おじさんたちが、そうしてしまってるんだ。だから、帰ってよ。わるいけど、二人とも帰って。いますぐに」

二人はポカンと口をあけて、エルズワースを見ていた。やがて、ジョンおじさんが悲しそうな目になってくるりとうしろをむき、ウールマンに低い声でなにかいったかと思うと、歩道をあるいて行ってしまった。ドワイトおじさんは、ジョンおじさんが曲がり角まで行ったのを見とどけてから、逆《ぎゃく》のほうをむくと、タバコをすててくつでもみ消した。それから、ぶつくさいいながらしゃがんでタラの引き綱《づな》をひろい、そのあとやっとエルズワースのほうを見た。「わるかったな」

エルズワースは、階段《かいだん》のいちばん下の段にすわりこんで目をとじた。なにもかも、どうかしてる。だれもかれも、どうかしてる。みんな、けんかするのが好きなんだろうか？ エルズワースはきらいだった。けんかというものに慣《な》れていなかった。けんかなんか、ばかげてる。

ここの人たちはみんな、ぼくの家族だと思ってたけど、ほんとうは、そろいもそろってばかだ。エリザベスおばさんだって、マシューおじさんとのことではそうだ。エリザベスおばさんのことをばかだなんて、思いたくないのに。エルズワースのつもりでは、みんなに手伝いにきてもらうのは、そんなにむずかしくないはずだったのに。でも、その計画はもう、やめたやめた。

そのとき、すわっている階段がきしんだ。こんどは、なんなんだ！ 目をあけてみると、ジェスだった。ジェスは、青いポロシャツと白いショートパンツに着がえていた。エルズワースがお尻《しり》をずらして場所をあけると、ジェスはそこにすわり、すらりとして日に焼けた脚《あし》の上につっぷした。しゃべる声はくぐもって聞こえた。「そうね、二人とも、いうことだけはきいてくれたわけね。あっちへ行ってくれといったら、行っちゃったんだから」

「うん、でも、あの二人のけんか、聞いただろ？ ここにきて手伝ってもらうのは、永遠《えいえん》にむりだね」

ジェスは顔をあげて、うなずいてみせた。「おばあちゃんもよ。あたし、けんかしてとびだしてきちゃったの。それで、ここでちょっと頭をひやそうと思って。そしたら、ドワイトおじさんがくるのが見えたから、かくれてたの。あのね、あたしゆうべ、すごいアイディアを思いついたのよ。なんとかする方法はないものかと思って、ともかく、みんなにたのんで、きてもらいさえすればって……」

エルズワースは背《せ》すじをのばした。「ふーん。ぼくもおんなじ。でも――」

「でも、失敗しちゃった。この家に入ったといっちゃったのよ。そのときのおばあちゃんのおこりかた、あんたにも聞かせたかった。『あそこには入っちゃいけないって、いったでしょう！　あぶないじゃないの！　なんて、考えのない子なの！　そんなことをして、死んでしまったらどうするの！』って。まるで、五歳《さい》の子どもにいうみたいに」

「マシューおじさんの反応《はんのう》も、似《に》たようなもんだったよ」エルズワースはいった。だが、ジェスの話を聞いたら、急に気分がよくなって、背すじがさらにしゃんとのびた。「ぼくも、おなじようにに考えたんだ。十人でいいからきてくれれば――」

「ううん」ジェスがいった。ジェスの背すじものびていた。「十人じゃなくて、九人よ。だって、RCは家から出てきそうもないもの。でも、九人でもやれると思うわ」

「十人さ。ぼくの父さんがくるから。きっとくる、わかるんだ」

「そうなの？」ジェスの背中がまたがっくりとまるくなった。「そうかもね。でも、たとえきても、だめだわ。さっきの二人は、ぜったい、いっしょになかには入らないだろうし、おばあちゃんも入りっこない。それにアブナーおじさんとジョージーおばさんは、今晩《こんばん》、むこうの家に帰ってしまう。そうなると、のこりの可能性《かのうせい》は、マシューおじさんが帰ってきて、それから、エリザベスおばさんと……」

エルズワースはすでに首をふっていた。「あの二人もけんかしちゃったよ」エルズワースは立ちあがって、軽く階段《かいだん》をけりながら考えた。エルズワースとジェスは、まったくおなじことを考えていたのだ。これは、なにかを意味しているにちがいない。二人が考えた方法でいいということではないだろうか。どうやったらうまくいくかは、さっぱりわからなかったが、ともかくなにか行動を起こしてみたら。そうすれば、その先になにかがひらけるのではないだろうか。

「そうだよ」エルズワースはいった。「そうしよう。ねえ、梯子《はしご》のつかいかたってわかる？」

第三十三章　嵐《あらし》

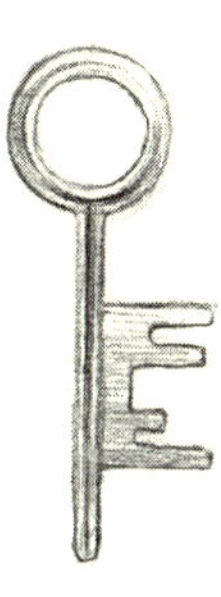

エルズワースとジェスは、南二番地裏《うら》の歩道で、上を見あげて立っていた。ジェスのショートパンツはもう白くはなく、エルズワースのTシャツは真っ黒で、どちらの顔も釜《かま》ゆでにされたようにすっかりのぼせていた。それでも、二人ともとてもいい気分だった。〈リチャードの家〉の鎧戸《よろいど》をすべてあけ、きちんととめつけおわったところだったのだ。しかも、首の骨《ほね》も折らずに。

「ずっとましになったわね」ジェスがいった。「だって、まえは、ほら、死んだ家みたいだったじゃない？」エルズワースもうなずいた。窓《まど》が見えるようになったおかげで、家の印象《いんしょう》はぜんぜんちがっていた。まだよごれてはいるが、これで家はつかえる状態《じょうたい》になった。外から見てこれだけ変わったのだから、なかに入ったら、まったくちがっていることだろう。はやくあの池を自然の光のなかで見てみたかった。

　そのとき、まわりの光がふっとかげった。エルズワースは、目をぱちぱちさせた。また、ふっとかげった。二人が作業《さぎょう》に夢中《むちゅう》になっているあいだに、空の青い部分は、ぐんぐん動いていく雲のあいだにわずかに見えるだけにせばまっていたのだ。雲もふえ、しかも大きくて黒い雲ばかりになっていた。風も強くなってきた。こんななかで梯子《はしご》にのぼっていたら、たいへんだった。ときどき、地面に切りつけるような突風《とっぷう》がふいて、草の根もとをさっと分けていく。高いところでは、風はたえまなくふいていて、すこしまえから木がゆれはじめていた。

「エルズワース！」声がひびいてきた。風をはらんだ空気のなかで、それはザ・スクエアのむこうのはしからではなく、何キロも遠くから聞こえてくるように思えた。「エルズワース！　どこにいるの？　はやく帰っていらっしゃい！」

「エリザベスおばさんだわ」ジェスがいった。「ねえ、あたしもいっしょに行っていい？　いまは、おばあちゃんのおうちには帰りたくないの。おばあちゃん、まだおこってると思うから。それに、それにね。空が……なんだか、いやな感じ。気持ちわるいわ」

「気持ちわるい？　嵐《あらし》がこようとしてるだけじゃないか。でも、かまわないよ。いま、帰るよお！」エルズワースはどなった。「すぐに帰るからねえ！」エルズワースは、もう一度、家のほうを見て満足すると、くるりとうしろをむき、歩道をぴょんぴょんと二とびで横ぎった。「さあ、帰ろう！」

池のまわりを走っていきながら、エルズワースは思った。つぎに考えておかなければならないのは、みんなになんというか、ということだ。きてくれなくてはこまるということを、説明してまわるのか。それとも、とにかくお願いとたのむのか。どんなふうにたのむのがいいのか、よくわからないけど、もしかしたら、ジェスなら――

ところが、エルズワースのまえを走っていたそのジェスが、急に立ちどまった。

「わあ。あぶないじゃないか」

ジェスは聞いていなかった。「あれ、だれ？」

「だれのことさ」

「あの人よ。ポーチに立ってる人」

エルズワースは見た。すると、その人以外はなにもかも、すっと視界《しかい》から消えていった。「父さんだ！」数秒後には、エルズワースも父さんもエリザベスおばさんの家の私道《しどう》にいた。エルズワースは父さんにあんまりぎゅっとだきしめられて、息ができないほどだった。

「ジー」父さんは、何度もそう呼《よ》んだ。「ジー」それから、エルズワースの肩《かた》をつかんで体をひきはなし、顔をのぞきこんだ。「だいじょうぶだったか？　こまったためにあわなかったか。ひどいめにあわなかったか」

「きてくれたんだね」エルズワースはいった。体はふるえていたが、気分は最高だった。なにもかも、最高だった。「父さんは、ちゃんとここにむかってたんだね。エリザベスおばさんは、きっとそうだっていったけど、でも、ロッコさんがあんまりおこってたから。それに、車のことも心配になって。車がもしも……」

父さんは、エルズワースの肩《かた》をもう一度、ぎゅっとだいてから、首をふってみせた。「あんなつかえない車はないよ、まったく。時速六十キロ以上はぜったい出せないし、ガソリンは一時間おきにちびちびと足してやらなきゃならないし……ああ、ジー。もちろん、ここへむかっていたさ。おまえがのったバスが見えなくなった瞬間《しゅんかん》、一人で行かせるなんて、どうかしてたと気づいたんだ。それであそこを出ようとしたら、ますますひどいことになっていった。ロッコさんのご機嫌《きげん》は、もちろんサイコーだったさ。わたしがいなくなるからじゃないんだ。ほんとは、夜勤《やきん》のアルバイトなんていらないんだからね。ロッコさんもそれはわかってる。あの人が大騒《おおさわ》ぎをしたのは、おまえのことだ。おまえがいなくなったら、どうしようって。『あの子がいなかったら、わたしはどうすればいいんだ』ってね。『あの子が必要なんだ、どうしても』って」父さんはうなずいた。「その気持ちは、いたいほどわかったよ。それにしても、おまえに会えて、ほんとにうれしいよ、ジー」

「ぼくも父さんがこれて──じゃなくて、くることができて、うれしいよ。話したいことが、山ほどあるんだ。ききたいこともね。ああ、そうだ。これ、ジェスだよ」

「ジェスか。こんにちは。あれっ、どこかで会ったことがあったかな？　よく似《に》た知り合いがいたような気がするんだが」

ジェスは答えなかった。ふりかえってみたエルズワースは、ジェスがふるえているのに気づいた。「どうしたの？」

ジェスは首をふった。顔に血の気がなくなっている。ジェスはゆっくりと手をあげて、私道《しどう》のむこうをゆびさした。それから、じりじりとあとずさりしていった。

エルズワースと父さんは、同時にジェスのゆびさしたほうを見た。エルズワースの腕《うで》にするどいいたみが走った。見ると、父さんの指ががっちりつかんで、くいこんでいた。RCだった。RCが、自分の家の私道の入り口に、まるで彫刻《ちょうこく》のようにじっと立っていたのだ。エルズワースはつばをのみこもうとした。たしかにRCには会いたいと思っていた。いや、思ったこともあった。でも、いまはだめだ。せっかく父さんがきたばかりで、せっかく父さんがあんなにうれしそうにしていたのに。それなのに、いまの父さんの顔は、まるで大きな肉ひき器が目のまえにすえられて、そこにのみこまれそうになっているみたいだ。そのとき、網戸《あみど》がバタンとしまる音がして、エリザベスおばさんがけんめいに足をひきずりながらやってくるのが見えた。

あたりは急に暗くなり、空気がどんよりと重くなった。遠くで、雷《かみなり》の鳴る音が一つ、また一つ聞こえたかと思うと、原っぱに強風がふきつけて、草のきれはしや落ち葉や枯《か》れ枝《えだ》が舞《ま》いあがった。まるで、だれかが突然腹《とつぜんはら》を立てて、机《つくえ》の上に積んだ紙をひっくりかえしたみたいだ。

だが、エリザベスおばさんはそちらを見もしなかった。「ベン・ロバート」おばさんがいった。「聞いてちょうだい。おねがいだから、聞いて。あなたのお父さんは、すっかり変わってしまったの。もう以前のお父さんではなくなってしまったのよ。どうかわかってあげて」エリザベスおばさんのしゃべりかたは、屋根からとびおりようとしている子どもに話しかけているようだった。

「お父さんは、悲しみにおしつぶされている。体もどんどん弱っていっている。あのようすを見て、ベン・ロバート。よく見てごらんなさい。かわいそうだと思ってあげて。そして、あなたから……」

「わたしから、どうしろと？」父さんの顔にはようやく血の気《け》がもどってきていたが、その表《ひょう》情《じょう》と声は苦々《にがにが》しかった。「わたしから、たのめとでもいうんですか？　ゆるしてくださいと。自分自身の人生を生きたいといって、もうしわけなかったと。父さんが気にくわない恋愛《れんあい》をして、ごめんなさいと。そして、そして……知らなくてごめんなさいと。母さんが、最後には、わたしのことを見すてると知らなくて……」

父さんの言葉はとぎれがちになっていた。父さんは、ますます強くエルズワースの腕《うで》をつかみ、エルズワースの頭ごしに、じっと立ったままのRCを見すえていた。「母さんは、あの人にさからえなかったんだ。わたしが結婚《けっこん》したあとは、ろくに口もきいてくれなかった。サリーの体の具《ぐ》合《あい》がいよいよふつうでなくなったとき、わたしは恥《はじ》をしのんで母さんのところに行った。わたしたちは医療保険《いりょうほけん》に入っていなくて――入れるわけもなくて、援助《えんじょ》してほしいとたのみに行ったんだ。でも、答えはノーだった。助けてあげたいけど、だめなのだと。どうしてだか、知っているでしょう。知らないわけがない。みんな知ってる。だが、あの人がいちばんよく知っているはずだ」

はきだすようにいわれた最後の言葉が、毒気《どくけ》をもって空中にただよっていた。つづいて出てきた言葉が追いうちをかけた。「あの人には、もうけっしてなにもたのまない」

だが、父さんは顔をそらすこともできないでいた。じっとRCを見すえ、RCも父さんを見すえて、身じろぎもしないで立っていた。エルズワースは、二人のあいだの空気がビリビリふるえているような気がした。だれかがどこかでスイッチを入れて、何千ボルトという電気がこの私道《しどう》に流れだしたかのように。

そのとき、ドーンと大きな音がして、ジェスが叫《さけ》び声をあげた。エルズワースの体に、さっと鳥肌《とりはだ》が立ち、体じゅうの細胞《さいぼう》がざわめきたった。目のはしにちらっと見えたもの。ビリッとエネルギーが走った感じ。そのために視覚《しかく》も聴覚《ちょうかく》も触覚《しょっかく》も炸裂《さくれつ》してこっぱみじんになったような気がした。同時に、池のはしでは、二本のマツの木が炸裂して燃《も》えあがった。

第三十四章　火事

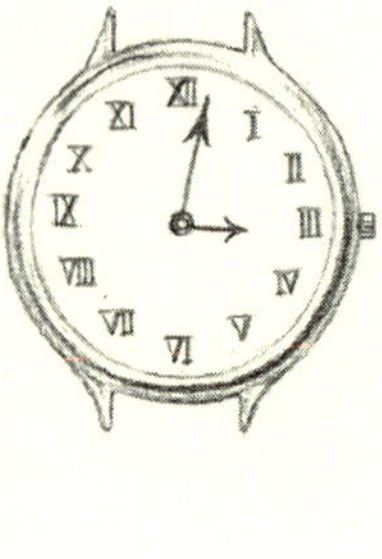

ジェスが悲鳴をあげた。ジェスの足もとになにかが落ちて、ブスブスいぶっている。そう思うまもなく、バラバラと頭の上に火《ひ》の粉《こ》がふってきた。エルズワースとジェスは、父さんの胸《むね》にぎゅっとおしつけられた。ところが、父さんは絶叫《ぜっきょう》とともに、すぐさま二人をおしのけ、Tシャツのすそをつかんだかと思うと、一瞬《いっしゅん》のうちに脱《ぬ》ぎすてた。

父さんは、しきりに背中《せなか》をさすっていた。「ああ、熱かった！　エルズワース、だいじょうぶか。ジェス、きみにも、なにかあたったのか？」

ジェスは目をみひらき、ふるえる手をのばして、足もとでくすぶっているマツぼっくりをゆびさした。「あたって、すぐはねかえったの。だれかがなげたみたいに、これが飛んできて」ジェスは、ぶるぶるとふるえながら、大きく息をついた。「あれで、おしまい？　あれで、もうおしまい？」

だが、エルズワースがあたりを見まわしてみると、おしまいどころではなかった。ザ・スクエアの南側の一角が、戦場のようになっていたのだ。マツの枝《えだ》やマツぼっくりやマツ葉がそこらじゅうに散って、炎《ほのお》をあげていた。歩道に落ちたものは、すでに火が消えてくすぶっているだけだったが、原っぱに落ちたものはそうはいかなかった。二カ月ものあいだ一滴《てき》も雨がふらなかったため、枯《か》れてカラカラになり、風にはげしくゆれていた草に、燃《も》えうつりはじめていたのだ。

雷《かみなり》も近くで鳴りはじめ、黒い雲もふえてきていたが、雨だけはふる気配《けはい》もなかった。息が苦しくなるほど空気が乾《かわ》ききっている。はやく手を打たなければ、ザ・スクエアじゅうが炎につつまれるのはまちがいなかった。

エルズワースは走りだした。走りながら、体じゅうにエネルギーが満ちあふれてくる気がした。同時に、もうだいじょうぶだという気がした。エルズワースは一人ではなかったからだ。ザ・スクエアじゅうに人がどっと出てきて走りまわっていた。エルズワースのうしろでは、父さんとジェスの足音が聞こえた。二人はあちこちで地面を踏《ふ》みつけて、火を消してまわっている。

エリザベスおばさんが足をひきずりながら、花壇《かだん》から散水用のホースをひっぱりだしてくるのも見えた。ドワイトおじさんも、手こずりながらホースをのばそうとしている。マシューおじさんがやぶのあいまをかけぬけて出てきたかと思ったら、キョロキョロ見まわして、またかけもどっていった。そして、つぎに出てきたときには、消火器を手にして、うしろにキティおばさんをしたがえていた。

最後に、原っぱをすたすたとやってきたのは、ジョンおじさんだった。おじさんは両腕《りょううで》に水でびしょびしょにぬらした毛布《もうふ》をかかえてあるき、それを燃《も》えている木の枝《えだ》にかけては、上にのって踏《ふ》んでいた。火が消えたことをたしかめると、毛布をつかみ、またつぎの燃えている枝をさがしている。

そうだ、あれだ。なにかを水でぬらすんだ。池にひたしてぬらしては、火を消し、それから、またぬらしに走ればいい。Tシャツはどうだろう。よし、それでいこう！　いそいでTシャツをぬぎ、池の岸にむかってかけだそうとして、エルズワースははたと立ちどまってしまった。目のまえの池が、燃えていたのだ。それは、もはや池ではなく、炎《ほのお》の海だった。

夢《ゆめ》に見たとおりの光景だった。レイク・ブリーズ・モーテルの部屋《へや》で、何度も何度も見た夢。だが、どこかが夢とはちがっていた。よく見ると、燃えているのは池ではなく、木の枝だった。マツの木からとびちったたくさんの枝が、干上《ひあ》がった池につきささり、燃えながらゆれていたのだ。まるで、たくさんの旗《はた》に火がついてゆれているように。

気がつくと、ジェスがそばにいた。顔はすすで真っ黒によごれ、目は必死だった。「これで、このへんはなんとかなりそうね。でも、あっ。見て、ジー！　ほら、あのポーチ！」エルズワースはまたくるりとうしろをむいて、やぶのあいだの、ジェスがゆびさしているものに目をむけた。〈リチャードの家〉のポーチにのぼる階段《かいだん》に、マツの枝がごっそり燃えおちていくところだった。枝はほとんど黒こげだったが、まだわずかに煙《けむり》をあげている。もしも、火が階段に燃えうつったら。階段《かいだん》の、乾《かわ》ききった古い木材に燃《も》えうつるようなことがあったら……

エルズワースは、Tシャツをざぶんと水につけてからひきあげると、いろんなものの燃えがらにつまずきながらあるいていった。いくらがんばっても、なかなかまえへすすまず、いつまでたってもたどりつけないのではないかと思った。はやく行かないと、家とそのなかにある宝《たから》が燃えてしまう。燃えて、灰《はい》になってしまうのだ。

ようやく歩道までたどりついたとき、二つのものが同時に目に入った。一つは、階段のいちばん下の段のすみっこでチロチロと燃えながら、いまにもひろがろうとしている炎《ほのお》だ。もう一つは、アブナーおじさんの姿《すがた》だった。目のまえのおじさんは、おとといとは別人のようで、顔を真っ赤にして、うすい色のズボンにも黒いよごれがすじになってついていた。

おじさんは熊手《くまで》をふりまわしてかけつけた。そして、ぶすぶすと煙《けむり》をあげる大きな枝《えだ》を、さっと歩道にひきずりおろしたかと思うと、あっというまにこまかくくだいてしまった。エルズワースがぬれたTシャツを階段にたたきつけ、その上にのって踏《ふ》みつけはじめると、おじさんは荒《あら》い息をしながらも大きくうなずいてくれた。

「そうだ、その調子」おじさんはいった。「この家は、たぶんだいじょうぶだ。屋根には火がつかなかったからな。風むきがよかったんだ。おかげで、火の粉《こ》がこちらにはあまり飛んでこなかった。だが、こんどは雷《かみなり》がやってきたようだ。あっ、また光った。こうなったら、外はあぶない。全員、家のなかに入らなくては。そう、全員だ。まったく、雨はどこなんだ。雨はどこに行ってしまったんだ」

雷《かみなり》が落ちて、雨がふらない……エルズワースは、以前あったできことを思い出した。コロラドに住んでいたころのある年、雨がふらずに雷だけが落ちて、大規模《だいきぼ》な山火事が起きたことがあったのだ。だが、もっとだいじだったのは、アブナーおじさんの言葉だった。「全員」とおじさんはいった。そう、そうなんだ。いまの瞬間《しゅんかん》なら、全員が原っぱに、ザ・スクエアにあつまっているのだ。火はほぼ、消えかかっている。あとすこししたら、それぞれが家ににげかえってしまうだろう。もしも、もしも……家ではなく、ここににげこむようにもっていけたら……。

「ねえ、きいて」エルズワースは、こなごなになった燃《も》えがらを踏《ふ》みこえていって、アブナーおじさんの顔を見あげた。おじさんは、どっと疲《つか》れが出たような顔をしていた。これでは、いますぐにでも、家に帰っていきかねない。いいたいことは、すぐにいわなくては、しかも正確《せいかく》につたえなくては。「おじさん、きいてほしいんだ。このまえ、ジェスとぼくの考えを話したの、おぼえてる？　ここに宝《たから》があるにちがいないって。それが、ほんとにあったんだ。ジェスとぼくとで、見つけたんだ。というか、もう一歩で見つかるっていうところまで、たどりついた。でも、それを手に入れるには、みんなでやらなきゃならない。全員でやらないとだめなんだ。だから、みんなにここにきてもらわなくては。いますぐ、ここにあつまってもらわなくては。おじさん、手伝ってくれない？　おねがい」

おじさんは、一瞬、ぽかんとしていた。それから、何度か目をぱちぱちさせたかと思うと、口もとに笑《え》みがうかび、しだいに顔じゅうにひろがっていった。「きょうは、わたしの人生のなかで、いちばんとんでもない日になってしまったようだな。でも、答えはイエスだ。手伝おうじゃないか」おじさんはうしろをふりむいて、両手を口のまわりにあててどなった。「ジョージー、ジョージー！　はやくこっちへきておくれ。外に出ているのはあぶない。それに、この子がみんなに話があるそうだ。だから、きておくれ。いそいで！」

ぼくの人生のなかで、いちばんとんでもない日。ほんとにそうだ。走って原っぱにもどっていきながら、エルズワースはそう思っていた。きょうは、エルズワースの人生のなかで、いちばんとんでもない日だった。そして、雷《かみなり》の音が近づいてくるにつれて、さらにとんでもないことが起こった。ジェスがまるでエルズワースの考えを読んだように、むこうから走ってきたのだ。しかも、ジェスは一人ではなかった。そのうしろを、ころびそうになりながら、けんめいに走ってくるのは、キティおばさんだった。そのキティおばさんも一人ではなかった。マシューおじさんが片側《かたがわ》に、ドワイトおじさんが反対側についていた。ドワイトおじさんはもうホースをもっていなかったが、マシューおじさんはあの消火器をもっていた。真っ赤にかがやく消火器は、どっしりとたよりになりそうで、それを見ているとエルズワースはさらに元気が出てきた。

「そうだ！」エルズワースは大声でいった。「みんなをつれて、ポーチに行って。そして、いっしょにあそこにいてくれ。ぼくは父さんをつれてくる」

遠くまで行く必要はなかった。池をまわって、マツの木の枝《えだ》が燃《も》えつきようとしているあたりまでできたとき、父さんとエリザベスおばさんとジョンおじさんの、三人の姿《すがた》が見えてきたのだ。エリザベスおばさんを支《ささ》えながら、家にむかって、そろそろとあるいているところだった。

エルズワースは、ベンチにぶつかりそうになりながら急停止《きゅうていし》した。「いっしょにきてほしいんだ。おねがい、きて。〈リチャードの家〉までいっしょにきて。頭がおかしいと思うかもしれないけど、ちがうんだ」

きてくれるだろうか。一瞬《いっしゅん》、だめなのではないかと思った。エリザベスおばさんの顔はいたみのために青ざめていたし、父さんの顔も疲労《ひろう》にくもっている。ジョンおじさんも、ぐったりしているように見えた。

「〈リチャードの家〉だって？」父さんが顔をあげた。その顔に、みるみる元気がみなぎってきた。「〈リチャードの家〉だって？　あそこに入ったのか？　ジー、おまえは……」

エルズワースはうなずいてみせた。「ぼくたち、見つけたんだ。ぼくとジェスでね。でも、それを手に入れることができないんだ。父さんたちの助けがないとだめなんだ。みんなの助けがないと。いいといってよ、父さん。いいといって」

エリザベスおばさんは、二人の顔を交互《こうご》に見くらべていた。よごれのついたおばさんの顔のなかで、目があかるくかがやきだした。「ベン・ロバート、ジョン。進行方向を変えてちょうだい。あそこまでつれていってくれるわね？　もちろんいいですとも、エルズワース。さあ、みんな、行くわよ！」

第三十五章　力を合わせて

結局、父さんとジョンおじさんは、エリザベスおばさんをかかえて走ることになった。だが、そのスピードは、おどろくほどはやかった。四人が〈リチャードの家〉のポーチにのぼる階段《かいだん》に近づいていくと、ほかのみんなはすでに家のなかに入ったあとだった。よかったとエルズワースは思った。西のほうの空にはまた稲妻《いなずま》が走っている。たとえ呪《のろ》われた家だとしても、〈リチャードの家〉のなかにいるほうが、外にいるよりましにきまっている。

なかに入ったとたん、みんな興奮《こうふん》してわっとしゃべりだした。エリザベスおばさんは窓《まど》わくにつかまって、なんとか落ちついていた。父さんは緊張《きんちょう》したようすで、みんなと握手《あくしゅ》したり、肩《かた》をだかれたりしながら、十三年近くも会っていなかった人々を相手に、なにをいったらいいのかと苦労していた。

でも、ジェスは？　ジェスはどこにいるんだ。エルズワースは一瞬《いっしゅん》、パニックを起こしそうになった。だがすぐに、玄関広間《げんかん》からこちらへやってくるジェスの姿《すがた》が見えた。ジェスはものすごいかっこうになっていた。いや、ジェスだけではない。みんながものすごいかっこうだった。それに、くさかった。部屋《へや》じゅうにたちこめているにおいは、キャンプに行ったとき、雨で消えそうになっているキャンプファイアのまわりでかいだにおいとおなじだった。

ジェスが、エルズワースを手まねきした。「なにをぐずぐずしてんのよ。なにかあったの？」

「なにもないけど」エルズワースがいった。「でも、うまく説明できなかったら、どうしようと思って。もしも、ぼくたちの推理《すいり》がまちがってたら。もしも、うまくいかなかったら」

「うまくいくにきまってるじゃない」ジェスがいった。「あのね、いい？　あの火事。ザ・スクエアの火事。あれは、あたしの夢《ゆめ》に出てきた火事だったわ。夢のなかでは、あんなにこわい火事だったけど、でも、現実《げんじつ》に起こってみたら、あたしが起こしたわけじゃなかった。ねえ、わかる？　あたしは、その火事を消したのよ」

ジェスは身なりこそきたならしくなっていたが、大きなマラソン大会で優勝《ゆうしょう》をはたした選手のように見えた。人生の大きな一区切りを走りおえて、優勝した選手のように。

「そうだね」エルズワースはおずおずとみとめた。「火事のことは……きみのいうとおりだ。ぼくたちが、ちゃんと火事を消した。けがをした人も、一人もいない。そして、みんなにここにきてもらうことができた……」エルズワースの元気がまたもどってきた。そして、それをまっていたかのように、みんなが静かになった。キティおばさんでさえ、しゃべりつくしてだまってしまった。ほかの人たちも、父さんのまわりからはなれ、同時に、たがいからも距離《きょり》をおきはじめていた。ドワイトおじさんはジョンおじさんから。マシューおじさんはエリザベスおばさんから。そして、アブナーおじさんとジョージーおばさんは、ほかの人たちみんなから。「ほかの人たちみんな」のなかにいないのは、RCだけだった。

でも、父さんがいるじゃないか。エリザベスおばさんも。二人はならんで立ち、父さんがおばさんの腕《うで》をとっていた。だが、おばさんが見ているのは、父さんではなかった。エルズワースの顔を見つめていた。その顔はこういっているようだった。「そうなさい、エルズワース。とうとう、時がきたのよ。あなたがわたしたちに、ずっとまちのぞんでいたことを聞かせてくれる時が」

エルズワースは、大きく息をすいこんで、最初に心にうかんだ言葉を、そのまま口にした。「こんちは！」これからだいじな話をはじめようというのに、なんというまのぬけたせりふ。でも、だいじょうぶだった。みんなは耳をかたむけていた。ほかに聞こえてくる音は、窓《まど》を鳴らす風の音と、鳴りつづけている雷《かみなり》の音だけだった。エルズワースは大きく息をすって、話しだした。「なんだか、へんなことばっかり起こってるよね。けさからずっと。というより、ぼくがここにきてからずっと。でも、それは、なんというか……『時』がきたからだと思うんだ。ジェスとぼくがここにやってきて、ジェスの合《あ》い鍵《かぎ》がうまく鍵穴《かぎあな》にあって、それから、日記のことも。その、つまり、父さんがおいていった木箱のなかに、日記が入っているのがわかって、ぼくたちそれを読んだんだ。

それはぜんぶ、そうなるようにきまってたからじゃないかと思うんだ。ぼくたちが見つけることにきまってたから。ジョン・マシューおじいさんの宝《たから》を見つけるようにね。さがすのはかんたんだった。見つけやすいようにかくしてあったんだ。おじいさんは、宝がすぐ見つかって、願いがかなってほしいと思ってたんだ。おじいさんの願いっていうのはね、どの子どもも、二度と一人ぼっちにしないことだったんだもの。日記にも、ちゃんとそう書いてあった」

部屋《へや》は、水をうったように静かになった。エルズワースはつばをのみこんだ。「どういうことか、きてもらったら、わかると思うんだ。いっしょに二階《かい》に行ってもらったらね。階段《かいだん》をのぼらなきゃならないんだけど、そこにはちょっとしたしかけがある。でも、心配しないで。二人ずつ、のぼればいいだけなんだから。それから、二階の床《ゆか》はへんな音がして、ちょっとこわいかもしれない。でも、これもだいじょうぶ。ジョンおじさんがだいじょうぶだといったし、たしかにおじさんのいうとおりだったからね。そして、ドワイトおじさんが用意してくれた潤滑油《じゅんかつゆ》をつかったから、あそこにあるしかけもちゃんと動くと思う。だから、みんなには、みんなには、ただ……ただ、いっしょに、きてもらえばいいんだ」

エルズワースは口をつぐんだ。ほかになにをいったらいいのか、わからなかったが、これでおわるわけにいかないことだけはたしかだった。だれもがそこに立ちつくして、エルズワースを見つめていたのだ。なにがなんだか、わからないという顔をして。もっと説明があるはずだという期待をこめて。そのとき、エルズワースがほっとしたことに、父さんがこういってくれた。

「口をはさんでわるいが、ジー。わたしたちはみんな、すこし頭のはたらきがわるくなってるらしい。あんなすごい火事をくぐりぬけてきたばかりだからね。でも、おまえがいっているのはもしかして……リチャードの宝《たから》のことなのかい？　リチャードの宝がほんとうにここにあったと？」

何人かが、自分もそれが知りたいというようにうなずいた。するとこんどは、エリザベスおばさんが口をひらいた。「ここにあるのね、この家の二階《かい》に。そして、それを手に入れるには、わたしたちみんなの力がいる。エルズワース、ジェス、そうなの？　もしもそうなのだったら、そして、みんながやる気なのだったら、どうぞそこへ案内してちょうだい」

エリザベスおばさんと父さんが、ちゃんと話をまとめてくれたのだ。みんなはふたたびおしゃべりをはじめたが、こんどは静かな声で、しかも移動《いどう》しながらだった。エルズワースはジェスといっしょにドアをぬけるときに、うしろをふりかえってみた。みんなは、ゆっくりと移動していた。ばらばらと、足をひきずりながら、それでもともかく全員がついてきていた。

階段《かいだん》について、ジョン・マシューおじいさんの注意書きと、シーソーのような動きをする三段の階段を見ると、みんなはおどろきの声をあげた。注意書きと階段を見ていたキティおばさんの目に、涙《なみだ》があふれてきた。「『なにかが動いた』というのは、これのことだったのね。これのせいで、転んだのね。ああ、かわいそうなイジー。どうして、こんなものをつくったのかしら。どうして、こんな人がけがをするようなものを」

これにこたえたのは、マシューおじさんだった。おじさんは、ぶっきらぼうな声でこういった。

「宝《たから》さがしというのは、いつでも危険《きけん》がつきまとうものなんですよ。けがをすることだってある。だが、運がよけりゃ、すばらしい宝が見つかる。そういうものなんだ。ぼくはイジーとは、ほんの数年のつきあいだったが、あの人はそれがわかっていたと思う。なにかに賭《か》けてみなければ、危険をおかしてみなければ、なにも得られないのだということがね。だから、あの人はジョン・マシューおじいさんをゆるしていたと思いますよ。そういう人でしたからね、イジーは」

しばらく、一同は静まりかえっていた。それから、父さんがいった。その声はすこしふるえていた。「ほんとに？　ほんとに、母さんはそういう人だったと思いますか？」

また一瞬《いっしゅん》おいて、エリザベスおばさんが口をひらいた。「そうよ」おばさんは、父さんのほうに身をのりだしてつづけた。「そうですとも、ベン・ロバート。そう思うんじゃない。ほんとうにそういう人だったのよ」おばさんはそういって、ちらっとマシューおじさんのほうを見たが、すぐに目をそらしてしまった。

「あのお――」エルズワースがいった。なんだか、いろんなことが、ごちゃごちゃ起こってきて、こんなことでは、いつまでたっても先へすすめやしない。「そろそろつぎにいきたいんだけど。ここでだいじなのは、二人でのぼることなんだ。いい？　ほら、ぼくとジェスがやってみせるから。ね、こんなふうに。みんな、だいじょうぶかな？」

これにこたえて、アブナーおじさんとジョージーおばさんが、みんなのなかからすすみでてきた。二人は、階段《かいだん》の下にならんで立った。「だいじょうぶだとも。なんだか、わくわくしてきたなあ。ジョージー、二人で先頭を行かせてもらおうか？」ジョージーおばさんは、おじさんのほうを見て、にっこりほほえんでみせた。きょうはじめて会ったが、髪《かみ》も白くなったおばあさんなのに、すっきりと背《せ》が高くて、よごれた服装《ふくそう》でもなぜかエレガントに見えた。

おばさんとアブナーおじさんは、一、二、三と数えもせず、ぴったり合った呼吸《こきゅう》で最初の段にあがり、つぎの段にあがり、またつぎの段にあがった。そこまでくると、満足げなほほえみとともに手をひろげて、エルズワースに先へ案内するようにうながした。

エルズワースは、二人といっしょにのぼっていきながら、下を見た。すると、ジェスがキティおばさんとマシューおじさんをならばせているところだった。そのうしろには、父さんとエリザベスおばさん。そのまたうしろには、あの長年の宿敵《しゅくてき》同士が、落ちつかないようすではなれて立っていた。エルズワースの頭に妙案《みょうあん》がひらめいた。

「ねえ、おじさんたち。ジョンおじさんとドワイトおじさんだよ。できれば、つぎはおじさんたちがのぼってきてくれないかなあ。ジョンおじさんには、もう一度床《ゆか》を点検《てんけん》して、こんなにおおぜいがのぼってもだいじょうぶかどうか見てほしいし、ドワイトおじさんには、潤滑油《じゅんかつゆ》のほうをチェックしてもらいたいんだ。ぼくが塗《ぬ》っておいたけど、それで足りてるかどうか。ね、二人とも、いいでしょう？」

おじさんたちは、二人でなにかをやるなんてまっぴらだ、という顔だったが、ともかく階段《かいだん》のまえまできた。二人ならんでそこに立ち、目のまえの一段目を見おろしたとき、二人の顔にはうっすらとほほえみさえひろがりかけていた。いよいよ最後の宝《たから》の謎《なぞ》があかされようとしているいま、もしかしたら、六十年まえのあの日、二人でここに立ったときのことを思い出しているのかもしれなかった。永遠《えいえん》に二人だけの秘密《ひみつ》として封印《ふういん》しておくつもりらしい、あのときのことを。

二人は、それぞれ手すりと壁《かべ》に片手《かたて》をつき、わずかにうなずきあったかと思うと、最初の段にのぼった。それから、二段目、三段目をのぼり、足をとめることなくのぼりきった。

よーし！　これなら、だいじょうぶだ。エルズワースはのこりの段をかけあがって、二階の床《ゆか》の上に足を踏《ふ》みおろした。床はきのうとおなじようにきしんだ。だが、エルズワースはその音にもほとんど気づかなかった。あとからのぼってきた人たちのざわめきやおどろきの声にも、ほとんど気づかなかった。

鎧戸《よろいど》をあけはなったいま、部屋《へや》には自然の光があふれていた。だが、ふつうの太陽光とはちがっていた。ぱっとあかるくなったかと思うと、つぎの瞬間《しゅんかん》には、すーっとかげっていく、この世のものとは思えないような光だった。おかげで、このがらんとした部屋が、魔法《まほう》の空間に早がわりしたようだった。なにが起こっても不思議はない、魔法の空間に。きのう、ジェスと二人ではいずりまわった部屋との、あまりのちがいに、エルズワースはぼーっとなって、一瞬、なにをしにきたのか忘《わす》れてしまいそうになった。

それを思い出させてくれたのは、キティおばさんの声だった。おそれおののいたような声を発したのだ。ほかのみんなの顔にうかんでいる表情《ひょうじょう》を見ると、みんなもおなじように感じていることがわかった。「まあ、あの池じゃないの。そうよ、もちろんよ。これはあの池だわ！」

第三十六章　もうあと一歩

エルズワースは、キティおばさんにだきついてキスしたい気分だった。おばさんはわかってくれたのだ。「そうなんだ！　ジョン・マシューおじいさんがつくって、ベッツィー・サリバンおばあさんが絵を描《えが》いたんだ。あの絵とまったくおなじように描いたんだ。池と、それから家も。さっきもいったように、かんたんに見つかるようにしてあったんだ。今回は、ジョン・マシューおじいさんは、スミス家のみんなに、いっしょにのぼってきてほしかった。そして、これを見てほしかったんだ。見たら、宝《たから》のありかが、ちゃんとわかるようになってる」

エリザベスおばさんが、目を見ひらいていった。「あの絵に描かれていることを、わたしたちが演《えん》じてるわけね！　みんなでここに立って、絵の世界を現実《げんじつ》のものにしたのね！　なんて、すばらしいんでしょう。そのうえ、宝まで、ほんとうにあるというの？」

「ぜったい、あるはずなんだ。あの池の下にあるはずだ」エルズワースがいった。「ジョンおじ

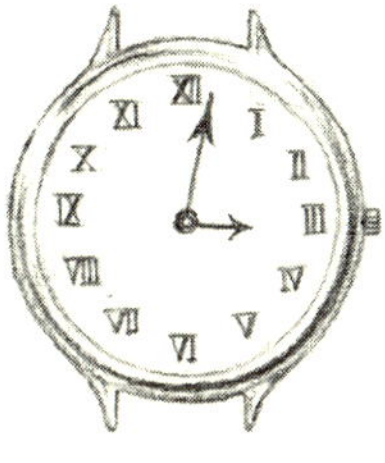

さん、ドワイトおじさん、そうなんでしょう？　宝《たから》は、この床《ゆか》と――」エルズワースは軽く床をけってみせた。「この下につくられた、もう一つの床のあいだにあるんだよね？　床が二重構造《こうぞう》になっているから、ぶかぶか動いたり、音がしたりするんだ。で、こんどは、宝をどうやってとりだすかという話なんだけど。これは、ポイントが二つあると思うんだ。きのう、ぼくがアームを見つけて、ジェスが頭文字を見つけて――」

「おいおいおい」マシューおじさんが奇声《きせい》をあげた。「わるいけど、もっと段階《だんかい》を追って説明してくれないか。わたしのようなただの歴史教師には、なにがなんだかさっぱりだよ。床が二重になっているという話まではわかった。だが、腕《アーム》だって？　頭文字だって？　いったい、どこに？」

「うん、わかった。ちょっとまって」エルズワースがいった。「まず、アームは――」よつんばいになって、床のすきまに指をつっこんでみせた。「見えないけど、こうやってさわったら、わかるんだ。ちょうつがいのついた金属《きんぞく》のアームがあるのがね。そのアームがここからのびていって、いったんちょうつがいのところでおれて、たぶんむこうのはしは、池のまんなかにくっついていると思う。池全体に、そういうのが何本も、ぐるっとついているんだ。ほら、自転車の車輪のスポークみたいな形にね。このアームを動かすことができれば、あの池がもちあがる。アームはそうとうさびてたけど、ドワイトおじさんの潤滑油《じゅんかつゆ》をふきかけてみたんだ。そしたら、すこしは動くようになった。でも、アームをのばすことまではできなかった」

そういいながら、エルズワースの頭のなかに、きのうのことがよみがえってきた。暗闇《くらやみ》でジェスがてらしている二本の懐中電灯《かいちゅう》だけをたよりに、汗《あせ》と油まみれになりながらはいずりまわって、結局、どうにもならなかったこと。ところが、そのあと……。

「そのあと、ジェスが頭文字を見つけたんだ」エルズワースはジェスのほうをむいていった。

「ここからは、きみが話してくれる？」

「ああ、うん。頭文字は、ここにあるの。顔を近づけないと見えないわ。ほら、この床《ゆか》に。すごく小さい文字だけど、ふかくほってあるから、よく見ればわかるわ。これはE。エミリーのEよ。エミリーってあたしのミドルネームなんだけど」

マシューおじさんが、遠慮《えんりょ》がちにいった。「そして、エリザベスのEでもある。そうだ、きっとエリザベスのEだよ」

エリザベスおばさんはなにもいわなかったが、口もとにはわずかにほほえみをうかべていた。

「ああ、そうね。いいわ、それでも」ジェスがゆずった。「だいじなのは、頭文字がそろってるってことなの。つまり、頭文字は十三個《こ》。子どもたちとおなじ数なの。ジョン・マシューおじいさんとベッツィー・サリバンおばあさんの子どもたちとね。ほら、あの絵のなかのように。それから、ジー、いいえ、エルズワースが、さっきいい忘《わす》れたことが一つ。池の下の金属《きんぞく》のアームも、十三本あるの。これが、おじいさんのつくったしかけだと思うんだ。ちょっと見ててね。まず、あたしが、このEの上にのります。それから、ジーがとなりのUにのります。そうすると……」

ジェスは、手品師がシルクハットをぬいでみせるときみたいに、大きく手をひろげた。そして、ジェスとエルズワースが、それぞれの頭文字の上で足をしっかりふんばると、池のこちら側だけがゆっくりともちあがっていった。

だが、そんなに大きくはもちあがらず、ほんの三センチくらいあがったところで、ギシギシと音をたててとまった。「あぶない！」ジョンおじさんがさけんだときには、二人はすでにうしろにとびのいていた。

「うん、そうなんだ。一カ所か二カ所だけに強い力をくわえると、ぜんぶがこわれてしまうおそれがあるんだ。だから、一部だけじゃなくて、池全体をもちあげなくちゃいけない。それが、ジョン・マシューおじいさんが、してほしかったことだと思うんだ。ここを見ると、外側に家がならんでいて、まんなかに池があって、それから、エリザベスおばさんがいったみたいに、ぼくたちみんなが立っている。あの絵のなかの家族みたいに、ほんとうにおどることはできないかもしれないけど、でも……」

エルズワースはアブナーおじさんのほうにむきなおった。「このまえ、おじさんがいったこと、おぼえてる？　ベッツィーおばあさんの絵のこと。みんな足を地面につけてるのに、おどっているように見えるっていう話」

アブナーおじさんはうなずいて、にっこり笑い、やはりシルクハットをぬぐまねをしてみせた。

「きみには脱帽《だつぼう》だ」

「どうも」エルズワースはいった。「だから、おじいさんのしかけはこういうことじゃないのかと思うんだ。みんなが、頭文字のところに一人ずつ立つ。そうやって正しい位置に立つと、池全体がもちあがるようになっている。そして、もちあがった池の下にあるもの——ぼくは、きっとあると思うんだけど——それが宝《たから》のはずなんだ」

するど、ジョージーおばさんが手をあげて、こういった。大きくてはっきりした声だった。

「ねえ、アブナー、このしかけはほんとに動くかしら？　わたしたちの人数は、十三人には足りないし。もしも、あの池の下にほんとになにかあるとしたら、それはとても貴重《きちょう》なものでしょう？　だったら、一刻《いっこく》もはやくとりだしたほうがいいんじゃないの？　たとえば、のこぎりで池を切って、はずしてしまうとか……」

そのつぎに起こったことは、エルズワースにとって、この日のできごとのなかでももっとも忘《わす》れられないものとなった。ここにいる人たちは、もう何年ものあいだ、ジョン・マシューおじいさんのいちばんたいせつな宝をさがそうともせずに、手をこまねいてきた人たちだった。だが、この瞬間《しゅんかん》、みんながいっせいに、ジョージーおばさんのほうをむいて、それはないよという顔をしてみせたのだ。

助け船を出したのは、アブナーおじさんだった。にっこり笑って首をふり、おばさんにいったのだ。「心配しなくていいんだよ、ジョージー。ちゃんと考えてくれている人がいるようだからね、わたしたちのことも、宝のことも」それから、エルズワースのほうをむいていった。「だが、人数はたしかに十人だけだね。これで、だいじょうぶだろうか」

「どうかなあ。でも、ともかく、やってみようよ。あの池を、下が見えるくらいの高さまで、なんとかもちあげることができれば……」

「そうよ、やってみるべきよ、エルズワース。やりましょう、やりましょう」キティおばさんは、興奮《こうふん》でいまにもはちきれそうになっていた。「だったら、子どもっぽいと思われそうだけど、あたしはUの上に立ちたいわ。ひいおじいさんのユリシーズの頭文字だから。ひいおじいさんは、あたしが生まれる十年まえまで生きてらしたんですからね」

「えっ？」エルズワースは頭のなかが真っ白になった。みんなが頭文字をえらびたがるなんて、考えてもいなかったのだ。もしも、えらんだ頭文字がかちあったら、どうすればいいんだ。だが、気がつくと、マシューおじさんが交通整理を引きうけてくれていた。おじさんは、新入生を席につかせるように手ぎわよく、場所をきめていった。ジョンおじさんは、おばあさんがサラだからSに。おなじように、ドワイトおじさんはアリスのA、アブナーおじさんはロバートのRに。そして、ジョージーおばさんはトバイアスのTに。

「トバイアスは、ロバートがかわいがっていた弟なんですよ」おじさんは、ジョージーおばさんおばさんにいった。「いいですね。では、まだきまってない人は？」

「わたしがまだよ」エリザベスおばさんがいった。いつもの静かな声だったが、おばさんの目はマシューおじさんに笑いかけていた。「わたしはMね。マシューのM。そこが、わたしの居場所《いばしょ》というわけ。ウィリアム・ペンの言葉をおぼえてる？　『ためしてみようではないか、愛の力でなにが可能《かのう》になるかを』ペンのいうとおりだと思うわ。そして、あなたのいうとおり。だから、ためしてみるわ」エリザベスおばさんは、マシューおじさんの目をじっと見つめながらゆっくりあるいていって、Mの上に立った。

「ほんとなんだね、エリザベス？」そういったマシューおじさんの声はかすれていた。「ほんとにそうしてくれるんだね？」

エリザベスおばさんはうなずいた。雷《かみなり》がようやく遠ざかり、稲光《いなびかり》もほとんどしなくなってきていた。急にうす暗くなった部屋《へや》のあかりが、この瞬間《しゅんかん》、すべてエリザベスおばさんの顔にあたっているような感じがした。「ええ。ええ、マシュー、そうするわ」

「さてと」父さんがいった。父さんは、さっきからエリザベスおばさんとマシューおじさんの顔を何度も見くらべて、笑顔《えがお》になっていた。「さて、のこった人は、わたしがきめさせてもらうとしようか。わたしはヘンリーのH。ジー、おまえにはなんと、エルズワースのEがのこってるぞ。ジェスはエミリーのE。そして、マシューは……ちょっと、マシュー、聞いてますか？　マシューはサミュエルのSだ。よし、これでみんな移動《いどう》したな」そこで、父さんはあやうくバランスをくずしそうになった。「おい、ちょっと、ちょっとまってくれ！」

さっきからみんなが自分の位置をめざしてあるきまわっていたために、床《ゆか》のきしみはますますひどくなり、いまではギーギーという音にまでなっていた。みんなの足で踏《ふ》まれて、さびついた金属《きんぞく》がこすれあい、潤滑油《じゅんかつゆ》の助けもあって、ついに動きだしたのだ。おかげで、最初のうちはじわじわと動くだけだったまんなかの池は、いまではかなりのスピードで上にもちあがっていた。三センチ、五センチ、そして十センチと。どんどん大きくなっていくすきまを、くいいるように見つめていたエルズワースは、ちらりとまわりに目を走らせてみた。みんなは、エルズワースとおなじ立ちかたをしていた。頭文字の上に足をふんばり、すこしまえかがみになって。自分のもっているエネルギーを最後の一滴《てき》まで、足もとのしかけに注ぎこもうとするかのように。

ふたたびまえを見ると、円盤《えんばん》をおしあげている金属の棒《ぼう》まですっかり見えていた。そのとき、エルズワースはドキッとした。なにか、べつのものが見えだしたのだ。池のすぐ下、池のまんなかあたりに、小さな木の台が。おおっている円盤があがりきっていないために、そこになにかのっているのか、それはなんなのかは見えなかったが、エルズワースは直感した。あそこに、なにかがある。あれはぼくたちのものだ。いや、もうあと一歩で、ぼくたちのものになるのだ。そのとき、ぞっとするようなキーッという音をたてて、ジョン・マシューおじいさんご自慢《じまん》の装置《そうち》が完全にとまってしまった。

「だめだ!」エルズワースとおなじことを、口々にみんながさけんだ。「だめだ。おねがいだから、とまらないで!」エルズワースは、血走った目をジェスにむけた。「どうしたらいいんだ? はやく、なんとかしなくちゃ。どうしたら?」

ジェスは首をよこにふった。その目は、エルズワースと自分のあいだにある、二つの頭文字にむけられていた。だれものっていない、二つの頭文字に。「あたしにも、わからないわ。でもね、そこに問題があるのよ。その二つの場所に」

「どういう意味?」エルズワースはきいたが、ジェスのいいたいことはちゃんとわかっていた。

だから、それがじっさいに口にされても、まったくおどろきはしなかった。

「やっぱり、もう一人、必要だわ」ジェスはそういった。「もう一人、そこに立ってくれる人が。そう、そこに」ジェスがゆびさしたのは、リチャードのRのほられた床《ゆか》だった。

第三十七章　RC

エルズワースは、あとになっていくら考えても、思い出せなかった。そのとき、どうやって階《かい》段《だん》をおりたのか。それから、どうやって廊下《ろうか》と台所をとおって裏口《うらぐち》まで行き、ポーチに出たのかも。私道《しどう》に出たところで、マツの木の燃《も》えのこりを見おろし、体がふるえだしてはじめて、エルズワースはわれにかえった。

風が、さっきとはちがってきていた。きまぐれにふきつけるのではなく、ややすずしくなった風がたえまなくふいている。その風にむかって顔をあげてみて、雲が空いっぱいにひろがっているのに気づいた。重く真っ黒にのしかかるその雲の下では、ザ・スクエアのなにもかもが黒っぽく色をうしなって見えた。

あとでジェスがいうには、いっしょに行くわ、と声をかけたらしい。だが、エルズワースはだまって首を横にふって、階段にむかったという。まるでゾンビーみたいだったと、ジェスはいっ

た。エルズワースは、もう一度首をふって頭をはっきりさせ、私道《しどう》をのろのろとあるいていった。つきあたりまでくると、できるだけ大きく息をすいこんで、肩《かた》をいからせ、左に曲がった。どこに行かなければならないのかは、わかっていた。

だが、ゆっくりとしか、あるけなかった。マツの木に雷《かみなり》が落ちて、燃《も》え上がったとき、このあたりの歩道がいちばんひどくやられていたのだ。そこらじゅうに、さまざまな破片《はへん》が落ちていた。こっぱみじんになった大枝《おおえだ》やはがれおちた木の皮や、黒こげになってからみあった木の枝などなど。そして突然《とつぜん》、エルズワースの目のまえに、あの二本のマツの木の残骸《ざんがい》があらわれた。いままでは死んではいても、姿《すがた》だけはあった木が、完全になくなってしまっていた。根もとだけがのこってくすぶっているその残骸を見ているうちに、エルズワースはどうしようもなく心細くなってきた。

「ジー！」エルズワースは、反射的《はんしゃてき》にふりむいた。「ジー、まってくれ！」声の主《ぬし》は、父さんだった。父さんが、歩道の残骸をあっちへよけ、こっちへよけ、半分ころがるようにして走ってきて、追いつこうとしていた。父さんは、またエルズワースをぎゅっとだきしめた。父さんがここについたときみたいにだきあったまま、二人はしばらくじっとそこに立っていた。それから、どちらからともなく体をはなした。

「おまえが、だまって行ってしまったものだから」父さんがいった。「あそこで、わたしはおまえの助けになってやれなくて、つらい思いをしていた。ところが、ジェスがなにかいったと思ったら、急におまえがいなくなってしまったんだ。どこへむかおうとしているか知っていたら、ぜったいに一人では行かせなかった。このまえのことでこりたんだよ。もう二度とあんなことはさせたくない」

エルズワースはうなずいた。「わかってるよ、父さん。でも、ぼく……」ため息が出た。思っていることを言葉にするって、なんてむずかしいんだ。言葉がジグゾーパズルのピースみたいなもので、パチンパチンとはめあわせたら勝手に文章ができあがってくるんだったら、うんとらくなんだけど。エルズワースは、もう一度、大きく息をして、はじめからいいなおした。「だって、父さんはあの人のことを憎《にく》んでるんだもの。だから、ぼくは、その、うまくいかないと思ったんだ。ぼくは、あの人にきてほしいんだ。あの人がきてくれたら、うまくいくかもしれないんだ。でも、父さんはいったでしょう……？」

「ああ、たしかにいったよ」父さんは首をふって、悲しそうにすこし先の地面を見つめた。「あのマツの木の残骸《ざんがい》をごらん。かわいそうに。あんなに、りっぱな木だったのにな。小さいころは、あの木のできるだけ高いところまでのぼって、そこにすわって、世界じゅうを見わたしたもんさ。あっちに川があるんだ。ハドソン川だ……いつも、その話をしたくってな。父さんに話したかったんだ。父さんも、あの川が好きだったからな。もっと小さいころは、よく港につれていって、船を見せてくれた。船は世界じゅうから、いろんなものをつんでやってくるんだ。バナナとか石油とか砂糖《さとう》とか……」

「どうして、いわなかったの。どうしてその話をしなかったの？」

父さんはまた首をふって、悲しそうな声でいった。「話したら、父さんはあの木を切ってしまうにちがいないからだ。わたしのためにね。わたしが木から落ちて、首の骨《ほね》でもおったら、たいへんだってね。わたしはずっと思ってきたんだ。おまえを、そんなふうに育ててはいけないと。そんな愛情《あいじょう》を注《そそ》いで育てることだけは、ぜったいにするまいと」

父さんは、しばらくだまっていた。それからやっと顔をあげて、むりやり笑ってみせ、手をのばしてエルズワースの腕《うで》に軽くおいた。「そういうことだ。だが、いまはこんなことをやっている場合じゃないな。行くんだったら、そろそろ行かなくては」

だが、父さんの笑顔《えがお》はつづかなかった。母親がだいじに手入れしていた花壇《かだん》が、すっかり枯《か》れているのを見ると、父さんは苦しげに顔をゆがめた。そして、私道《しどう》を家にむかうエルズワースのあとから、足もとの雑草《ざっそう》をまたぎながら、のろのろとついてきた。エルズワースのほうも、ポーチへの階段《かいだん》をのぼる足どりは重かった。父さんがいっしょにきてくれたとはいっても、はたしてうまくやれるものか、自信がなかった。手をあげてドアをノックすることができるだろうか。そして、ドアがあいたら？　ＲＣの顔をまともに見られるだろうか。そして、いうべきことをいえるだろうか。

でも、いわなくてはならなかった。エルズワースは網戸《あみど》をあけて、ドアのとってをまわそうとした。ドアには、鍵《かぎ》がかかっていた。それでも、とってをガチャガチャと二度ほど動かしてみた。

それから、胸《むね》をドキドキさせながら、ノックした。何度も何度もノックした。これでもかと、体じゅうの力をこめて。

「落ちつくんだ、ジー」父さんはエルズワースのそでをひっぱりながら、もう一方の手で、ズボンのポケットをさぐっていた。「これをためしてみてごらん」父さんの手の上にあったのは鍵《かぎ》だった。「ずいぶん長いあいだ、もちあるいたもんだ」父さんの声はかすれていた。「だが、いまでもつかえると思う。もしも錠前《じょうまえ》のくせが以前のままなら、ちょっと右にガチャガチャやればだいじょうぶなはずだ。さあ」

エルズワースは、手にもった鍵をじっと見つめた。それから、ゆっくりと鍵穴《かぎあな》にさしこんで、右にちょっとガチャガチャやってから、ぐいとまわした。ドアがひらいた。

だが、すこしひらくととまった。エルズワースは、ドアをおしてみた。それから、もう一度おした。なにかがドアのむこうに、つっかえているみたいだ。「どうしたんだい、ジー？」父さんはまだかすれた声でいった。その声は、大きな不安をおしかくしているように聞こえた。

「なんだろう」エルズワースがぎゅうぎゅうおして、ようやくある程度《ていど》までドアがひらくと、つっかえているものが目に入った。ただの、大きな段《だん》ボール箱だった。「箱だよ」エルズワースは箱をぐいっとおしやり、なかに入った。父さんもついてきた。

台所は箱だらけだった。小さな箱もあれば、大きな箱もあった。ほとんどの箱は、きっちりとテープをはってしめてあったが、一つだけ、いちばん小さいのは、口があいていた。二階《かい》でなにかが床《ゆか》をこする音が聞こえてきたと思ったら、ドタンドタンという音がして、箱が階段《かいだん》をころがり落ちてきた。

階段下まで落ちた箱は、ふたがひらき、なかから本がこぼれでた。階段をおりてくる足音がして、RCがあらわれた。いままでよりさらにやせて、さらにうすよごれて見えた。

RCは二人にちらりと視線《しせん》をむけただけだった。「どうやって入ったんだ。出ていけ」おこっているというより、いらだっているような声だった。見ず知らずの訪問者《ほうもんしゃ》に、時間をむだにさせられているとでもいうように。「おまえのもちものは、じきにわたしてやる。いま、いそいで片《かた》づけてるんだ。だから、はやく出ていって、わしのことはほうっておいてくれ」

エルズワースは、父さんのほうを見た。だが、父さんの顔は、こわばって真っ青になっていた。

「どういう意味？」エルズワースはRCにいった。「いったい、なにをやってるの？」

「なにをしているように見えるかね」RCがいった。「片づけて、ほっぽりだそうとしてるんだよ。ああいうばかげたことを、何年もやらせておいたなんて、ほんとに信じられん。上の部屋《へや》は……イザベルが、けっしてさわらせなかったから。あの子のだといって。出ていったときのままにしてあったんだ。こんなにたくさんの本を。一冊《さつ》のこらず、そのまんまに。それに、あっちの小さい部屋も。あそこのベッドも、ベビーベッドから、もっと大きな子ども用のベッドにとりかえて。子どもが、また大きくなったからといってな。どこにいるかも、わからなかったのに……

……」RCは口をつぐんだ。そして、つぎにまた口をひらいたとき、その声はおしころしたようになっていた。「わしらは、子どもがどこにいるかも知らなかったのに。そうだろう、ちがうか？　でも、子どもが大きくなっていくことだけは、知っていて……」

エルズワースは、悪夢《あくむ》を見ているような気がした。「子どもって？　子どもって、だれのこと？　いったい、なんの話なの？」

「なんの話かだって？　わかっているだろうが。わたしは、これの話をしておるんだ」そういって、RCはさっきのいちばん小さい、口のあいている箱をつかんでみせた。そして、なにかをひっぱりだした。それは、フードのついた、小さな青い手編《てあ》みのセーターだった。RCはそれをエルズワースの手にぽいとわたし、こんどは箱のもっと奥《おく》までひっかきまわした。「ほら、これもだ」これはさっきのより大きな、真っ赤なスモックだった。よだれかけの部分に、黄色い馬の刺繡《しし ゅう》がついている。

「赤ん坊《ぼう》の服――」エルズワースはとほうにくれていた。「父さん、どういうこと？　父さんの服なの？　父さんが子どものころに着てた服なの？」父さんはまた首をふったが、こんどは、目をきつくとじて、苦しみに満ちた顔をしていた。「だったら……」エルズワースにもようやくわかった。「ぼくの？　これ、ぼくの服ってこと？」

RCはエルズワースの目のまえで、急にしぼんでいったように見えた。肩《かた》をまるめて、イスを手さぐりで引きよせ、どさりとすわりこんでしまった。そして、まるで大きな鉤《かぎ》で言葉を引きずり出すように、ゆっくりとしゃべりはじめた。「そうにきまっとるじゃないか。あいつはおまえたちが出ていったその日に、つくりはじめたんだ。しばらくは、それだけで満足しているように見えた。編《あ》み物や縫《ぬ》い物をすることで、なんとか頭がおかしくならずにすむのなら、それでもいいと、わたしは思った。だが、そのうちに、つくったものを着せたいといいだした。おまえに着せたいといいだしたんだ。だが、わたしもあいつも、おまえたちの居所《いどころ》は知らなかった。エリザベスは知っていた。あいつは、おしえてくれとたのみこんだ。だが、エリザベスはだめだというんだ。約束したからと。わたしらには、ぜったいおしえないと約束したからと。そんなにも、わたしらは憎《にく》まれてたんだ。あいつにはわからなかった。どうして、そんなに憎まれなければならないのか。あいつはおまえたちが帰ってこないなどとは、信じようとしなかった。二度と、こんりんざい、帰ってこないとはな」

するとと、父さんがとうとう口をひらいた。「母さんじゃない。母さんのことはけっして憎んでなどいない。その人にいってやってくれ、ジー。おまえにわたしした手紙のなかに、わたしが書いておいたことを——」

突然《とつぜん》、RCが立ちあがった。「いま、なんといった？　おまえ、いまなんと呼《よ》んだんだ？」

父さんは一瞬《いっしゅん》、ぽかんとしていたが、すぐにうなずいた。「そうですよ——そうか、おぼえてたんですか。まさか、おぼえているとは」それから、エルズワースのほうをむいていった。「ジーというのは、母さんのことなんだよ。母さんの名前はイザベルだが、みんなにイジーと呼ばれていた。小さいころのわたしは、もっと短く、ジーと呼んでいたんだ。おまえの名前のエルズワースを、短くしてエルジーと呼《よ》んでみたとき、すぐに頭にうかんできたのが、そのジーだった。おまえをそう呼ぶたび、心がなぐさめられた。なぐさめられたんだ」そして、またRCのほうにむきなおってくりかえした。「わたしが憎《にく》んでいたのは、母さんじゃない」

「葬式《そうしき》にも、帰ってこなかったくせに」RCがいった。

「母さんに、そんなひどい仕打ちはできなかった」父さんがいった。「わかっているくせに。そのときになって帰ってくるなんて。そのときになって帰ってきたって、もう……」父さんは、苦しそうに顔をゆがめた。それでも、にらみつけているRCを、じっと見つめかえしつづけた。とうとう、RCがうらめしそうに目をふせて、うなずいた。

「もしもあのとき、おまえが帰ってきたら、わたしはおまえを殺したと思う」二人の視線《しせん》が、またがっちりからみあった。だが、つぎの瞬間《しゅんかん》、なぜか父さんの表情《ひょうじょう》がふっとゆるみ、こんどは父さんのほうがRCにうなずいてみせた。

「でしょうね。あるいは、わたしが父さんを殺していたか。それもあって、帰ってこなかったんだ。でも、わたしはこうして帰ってきた。ジーも、やってきた。もう、それでいいじゃないですか」

「わたしにはわからん。そんなことをきかれても、わたしはなんとこたえたらいいのか……」

「ねえ」突然《とつぜん》、エルズワースがいった。もうこれ以上、まっていたら、すべてが手おくれになってしまう。もしかしたら、もうだめかも。「ねえ。わからなくていいから、ぼくといっしょにきてくれない？　ぼくたち、むかえにきたんだ。どうしても、おじいちゃんが必要なんだよ。リチャードの宝《たから》が見つかったんだ。だけど、おじいちゃんがきてくれないと、とりだすことができないんだ。だから、いっしょにきて。みんなが行ってしまうまえに。みんなまってる。おじいちゃんをまってるんだよ。おじいちゃんが、あの家のこと、好きじゃないのはわかってる。でも、でもね……」そのとき、なんといったらいいかおしえてくれる、エリザベスおばさんの声が聞こえたような気がした。

「おばあちゃんのことなら……おばあちゃんは、きっといいっていってくれるよ。いっしょにお行きって、いってくれるよ。だって、ぼくたち三人で行くんだもの。おじいちゃんと父さんとぼくと。三人で力を合わせてやるんだもの」

エルズワースは、返事をまっていなかった。いや、まっていられなかった。網戸《あみど》をぱっとあけると、ポーチに出て、階段《かいだん》をかけおりた。また、心臓《しんぞう》がドキドキしはじめた。さっきより、もっとはやく脈《みゃく》うっている。うしろで、いったんしまったドアが、またひらく音がして、だれかがポーチをあるいてくる足音が聞こえてきた。出てきたのは一人。エルズワースは息がつまりそうな気がした。

私道《しどう》をすすみだすと、こんどは足もとの雑草《ざっそう》がじゃまになって、うまく走れなくなった。草が急に背《せ》が高くなり、足にからみついて、行く手をはばんでいるみたいに思えた。そのとき、うしろでもう一度、ドアのひらく音がした。そして、ゆっくりとしまる音がしたかと思うと、もう一人が、ポーチをあるく足音が聞こえてきた。

エルズワースの頭に、ぽつっとつめたいものが落ちてきた。つづいて、一滴《てき》、また一滴。エルズワースは空を見あげた。ようやく、雨がふりだしたのだ。

第三十八章　池の下から

ジェスは、ポーチを行ったり来たりしていた。エルズワースたちを見つけたとたん、その顔がぱっとあかるくなった。「もどってきたのね。しかも、三人で！　でも、だいじょうぶ？　ぬれてるみたいにみえるけど」

エルズワースは、階段《かいだん》を二段ずつかけあがった。「うん、ぬれてるよ。雨がふってきたんだ。でも、ちゃんと三人でもどってきただろ」エルズワースはRCのほうをふりかえった。RCは放心したように、ドアを見つめているところだった。「ねえ、ジェス。父さんといっしょに先に行って、みんなにつたえてくれないかな。おじいちゃんとぼくもすぐに行くって」

そうはいったものの、ほんとうのところ、いつごろ二階にたどりつけるか、見当もつかなかった。RCがきてくれたのはいいが、やっとここまでたどりついたという感じだ。いま、RCは家のなかに入ろうとしていた。おずおずと、まるで夢《ゆめ》ではないかというように。

窓《まど》からは雨で洗《あら》われたような光がさしこみ、RCのぬれた顔の上で、かげろうのようにゆれていた。RCはぐるっとあたりを見まわして、目をぱちぱちさせ、またぐるっと見まわした。そして、エルズワースの姿《すがた》が目に入ると、不思議そうな顔でじっと見つめた。「近くで見ると、ずいぶんちがって見えるな。そっくりだ……あいつに。だが、だれかほかの人も思い出させる。それがいったい、だれなのか……」

エルズワースは首をふった。「わかんないよ、ぼくには」

「そうだな」RCは、雨でびしょぬれになった髪《かみ》を手ですいた。それから、大きなため息をついた。「雨が必要だったんだ」RCは声をつまらせた。「イザベルは雨が好きだった。雨がふって、鳥の水浴《みずあ》び用の盆《ぼん》にいっぱい水がたまると、おおよろこびだった……あふれても、うれしがった。これで、鳥がくるといってな。そういうことが、好きだったんだ」

エルズワースはせきばらいした。なにかいおうと思ったが、言葉がうかんでこなかった。会いたかったと思った。イジーに。イジーおばあちゃんに。おばあちゃんが生きているあいだに、一度でもいいから、会えればよかったのにと思った。「じゃあ、おばあちゃんは、よろこんでるんじゃないかな。ずっと、雨がふらなかったんでしょう？ そして、やっとふったんだから」

RCが顔をあげた。「そうだろうか？」そして、ゆっくりとうなずいた。それから、エルズワースの頭ごしに廊下《ろうか》のほうを見た。「二階《かい》だといったな？ いっしょに、二階に行ってほしいと」それから、エルズワースの顔をじっと見ていった。「行けるかどうか」

「うん、でも、やってみせてあげるから」エルズワースは必死でいった。なんとかここまできたのだ。あと、ほんのもう一歩だ。「二人でやればいいんだ。二人でのぼっていけば、だいじょうぶ。エリザベスおばさんものぼれたし、それから、キティおばさんだって、のぼれたんだよ」

RCはごくりとつばをのみこんだ。「キティか。あれはわけのわからん人だ。だが、イザベルは仲がよかった。どうしてなんだか、わたしにはさっぱりわからなかったが、ともかくイザベルはあの人が好きだった。最近じゃ、あの人は、わたしにも食べ物をとどけてくる。ポーチにおいていくんだ。どうしてそんなことをするんだか。わたしはほしくなんかないのに。だが、ほしくなくても、食べ物がくる。そうすると、食べてしまう……まったく、さっぱりわけのわからん話だ」

「じゃあ、そろそろやってみようか」エルズワースはそういいながら、ベビーシッターをやったときのことを思い出していた。これじゃまるで、赤ん坊《ぼう》をおだてたり、すかしたりしているみたいだ。「だいじょうぶだったら。みんな、まってるから。ね。このドアをぬけて、廊下《ろうか》をとおって。それから、二人でやればいいんだよ。最初の三段《だん》を二人でのぼっていけば、あとはもうだいじょうぶだから。さあ、行くよ。いい？」

だが、階段《かいだん》の下まできたRCは、かぶりをふって動かなくなってしまった。四十年間見つづけてきた悪夢《あくむ》のなかに、いまもいるかのように、じっと階段を見つめて。「だめだ。できない」そして、じりじりとあとずさりした。

「なんだよ。だいじょうぶだよ。ぜったいだいじょうぶだったら」エルズワースは、思わず手をさしだした。RCはしばらくなんの反応《はんのう》もしめさなかったが、やがて、下をむいたまま、さしだされたエルズワースの手をとった。

エルズワースは大きく深呼吸《しんこきゅう》をした。「よーし！」そして、つないだ手に力をこめた。「用意はいい？　じゃあ、行くよ。一、二の三！」

階段《かいだん》を半分ほどのぼったところで、RCは立ちどまった。ふりかえって、下の廊下《ろうか》を見た。ずいぶん時間がたったように思われるころ、またまえをむいて、エルズワースの手を軽くにぎってからはなした。それから、エルズワースの顔をじっと見た。はじめておこってもいなければ、こまってもいない、また、とほうにくれてもいない目だった。くたびれてはいたが、おだやかな目だった。RCは、エルズワースの頭に手をおき、しばらくそのままにしていた。「やっと、わかったよ。わたしの父だ。ダンカンだよ。さっき、おまえの顔を見ていて、思い出しそうになった人というのは」それから、手をおろして、階段の上を見た。「おまえのいうとおりだな。みんながあつまっているようだ」

たしかに、みんながあつまっていた。階段のまわりにあつまって、RCが最後の段をのぼりきると、かわるがわるすすみでて握手《あくしゅ》した。ある者はスマートに、ある者はぎこちなく。だが、だれもが、五カ月ぶりにRCの顔を見ることができて、ほっとしているようだった。「RC」キティおばさんがいった。おばさんの目には涙《なみだ》がキラキラ光っていた。「ああ、RC」

「おおげさに騒《さわ》ぐのはやめてくれよ、キティ。わたしはだいじょうぶだよ」

「これでなにもかも、だいじょうぶだ」ドワイトおじさんがいった。「みんながあつまったんだから、この仕事も先へすすめられるというわけだ」それから、おかしそうに顔をゆがめていった。

「さっきから考えてたんだ。エルズワースは、みんながここにあつまることが、ジョン・マシューおじいさんののぞみだったといっただろう？　それにしても、いまここにあつまった顔を見たら、おじいさんはどう思うだろうな。宝《たから》をかくしたときに考えてたのは、まさか、こんなメンバーじゃなかっただろうからな」

ジョンおじさんが、これにこたえた。つっけんどんないいかただったが、その目がちゃめっけたっぷりにかがやいているところを見ると、どうやらジョンおじさんも、さっきからおなじことを考えていたにちがいなかった。「だからどうだっていうんだ。おじいさんには、このメンバーでがまんしてもらうほかないさ。さあ、宝をとりだそう」

エルズワースの目が、ジェスの目と合った。ジェスはにやっと笑ってみせた。エルズワースも笑いかえした。エルズワースは、空に舞《ま》いあがりそうな気分だった。ここまでたどりついたのだ。ようやく、みんながあつまったのだ。

さっきまで、しんと静まりかえり、むし暑かったこの部屋《へや》も、すっかり変わっていた。だれかが窓《まど》をいくつかあけたらしく、すずしくなっていたし、入ってくる日光は、まだけっして強い光ではなかったがみずみずしかった。古いガラス窓をつたって流れおちる雨水ごしに、お日さまの光もぬれたような不思議なかがやきをたたえていた。雨は頭の上では、単調な音で屋根をたたきながら、流れおちていた。ジョンおじさんがにんまりしながら、上を見あげるのが見えた。エルズワースも、おじさんにうなずいてみせた。ジョンおじさんのいうとおり、屋根はしっかりしていたというわけだ。

　みんなは部屋《へや》のまんなかの、池のほうへ移動《いどう》しはじめていた。父さんは疲《つか》れきってまえかがみになっていたし、エリザベスおばさんはひどく足をひきずっていた。アブナーおじさんとジョージーおばさんは、しっかり手をつないでいた。それでも全員があるいていき、それぞれが自分の頭文字の上にたどりつくと、床《ゆか》のきしみが金属《きんぞく》のきしむ音に変わった。

「おじいちゃん」エルズワースが呼《よ》んだ。「おじいちゃんは、そこに立って。ぼくとジェスのあいだの、Rの上。いい？」RCはうなずいた。こうして、全員が自分の位置に立つと、まんなかの円盤《えんばん》がもちあがりはじめた。どんどん、どんどん上に。さっきより、さらに高く。ところが、すっかりあがりきらないうちに、またもや、ギギーッと音をたててとまってしまった。

「だめ！」エルズワースがさけんだ。「とまらないで。おねがいだから。あがって、あがっていってくれ」

「だいじょうぶ」ジェスがすかさずいった。「きっと、だいじょうぶ。みんなで手をつなげばいいのよ。みんなで手をつなぐの、あの絵に描《えが》いてあったみたいに。手をつないで、できるだけ足をふんばるのよ。そうすれば、そうすればきっと……」

みんなはなにもいわずに、ジェスのいうとおりにした。みんなの腕《うで》が、羽をひろげるように、ゆっくりとあがっていった。そして、みんなの手がしっかりとつながれた。エルズワースは、片《かた》方《ほう》の手を父さんとつなぎ、もう片方をおじいちゃんとつなぎながら、みんなの顔がおどろきで変わっていくのを見た。みんな、エルズワースとおなじものを感じているのだ。それはみんなのエネルギーだった。つながれた手から手へ、まるでコードのなかを流れる電気のように、めぐりめぐる、みんなのエネルギー。それにのって、みんなはまるでおどっているようだった。

こんどは、ちょうつがいが最後までのびきり、円盤《えんばん》もスムーズにさらに三十センチほどあがって、そこでとまった。ちょうど、エルズワースの腰《こし》のあたりの高さだった。円盤がかちっという音をたてて、完全にとまったので、エルズワースはRCの手をはなし、父さんの手もはなして、しゃがみこんだ。

さっきのエネルギーがめぐっている感じは、まだ体のなかにのこっていた。その感じがあまりにも強かったので、エルズワースはうまく動けなかった。しゃがみこんで、目をこらすのがせいいっぱいだった。円盤の下には、さっきちらりと見えた台があった。そして、その上には二十センチ四方ほどの木箱があった。エルズワースはぎりぎりまで身をのりだして手をのばし、箱をもちあげた。そして、百二十年ものあいだねむっていた寝床《ねどこ》から、箱をとりだした。

第三十九章　箱の中身

　エリザベスおばさんのビリヤード台は、八枚《まい》の板でおおってきっちりと留《と》めたおかげで、大きなマホガニーのテーブルに変身していた。そして、その上には、ジェスが食料貯蔵室《ちょぞうしつ》のひきだしから見つけてきた、白いテーブルクロスがかけてあった。このテーブルのまんなかに、あの木箱がどっしりといすわっていた。
　ジェスが、壁《かべ》ぎわにならべてあった最後のイスをはこんできて、テーブルの上座《かみざ》においた。この場をとりしきる人がすわる席だ。「これで十二脚《きゃく》。十二じゃ、一つあまるんじゃない？」
「そうだね」エルズワースがこたえた。「でもね、ちょっと考えたんだけど、あの絵を、そこにおいたらどうかな。上座のイスに絵をおけば、みんなから見えるだろう？　それにね、おかしいと思われるかもしれないけど、あの人からもみんなが見えるだろう？　その、ジョン・マシューおじいさんからもね。ぼくたちがちゃんとやりとげたって、おじいさんにもわかってもらえるんじゃないかな」

ジェスは目を見ひらいていた。「いいわね。うん、それはいいわ。でも、そんなこと――」そういいながら、ジェスはエルズワースを追いかけてきた。「あんただってまえは、思いつきもしなかったでしょうね」

「まえって、いつよりまえ？」エルズワースはうわのそらできいた。絵をはずしながら、落としたりしないように、どこをもったらいいか考えている最中だったのだ。

「ここにくるまえよ」

「ああ、そういうことか。うん、そうかもしれないな。さあ、ちょっと手を貸《か》して。これ、思ったよりずっと重いや」

だが、もちにくいのは、重さのせいだけではなかった。これからなにが起こるのかと思うと、期待で手がふるえて、うまくはこべなかったのだ。クリスマスの朝、ツリーの下にプレゼントがあるのを知りながら、はやく見たい気持ちをおさえて、父さんが用意してくれたごちそうを食べているときのような気分。

おとなたちは、この箱をすぐにあけようとはしなかった。シャワーをあびて、ちょっと休んで、なにか口に入れて。それがあたりまえだと思っているようで、反対する人なんか、一人もいなかった。なにか口に入れるというのはいいとしても、ちょっと休むなんて。エルズワースには信じられなかった。

「いま、何時？」エルズワースはジェスにきいた。「みんな、どうしてはやくこないのかな」

「知らないわよ、そんなこと。でも、あたしはちゃんとここにいるじゃない。それに、エリザベスおばさんと、あんたのお父さんが話してる声も聞こえる。台所にいるみたいね。わかった、わかった。落ちつきなさい。いまのは、裏口《うらぐち》のドアがあいた音じゃない？　うん、そうだ。おばあちゃんだわ。マシューおじさんの声も聞こえる。さあ、出むかえにいこう！」

「いけば？」エルズワースはいった。「ぼくは、ここにいたいんだ。でも、おねがいだから、みんなにいそいでもらってくれよ。はやく箱の中身が見られなかったら、ぼくはもう……」

ジェスはドアをばたんとしめて、出ていってしまった。エルズワースはイスにすわった。テーブルの上にほおづえをついて、じっと箱を見た。それは、いつかジョンおじさんの家で見せてもらった、ジョン・マシューおじいさんご自慢《じまん》の木箱とは、まるでちがっていた。きめのこまかい黒っぽい木でできていて、きれいではあったが、飾《かざ》りがほってあるわけでも、はめこみ細工がしてあるわけでもない。第一、金属《きんぞく》でできた留《と》め金をぱちんとはずせば、簡単《かんたん》にあいてしまいそうに見えた。

エルズワースは、箱の中身についても、推理《すいり》してみた。これは最後の宝《たから》だ。そして、リチャードの宝だ。リチャードが好きだったものだと、ジョン・マシューおじいさんの日記に書いてあった。ほかの子どもたちも好きだったという。ジョン・マシューおじいさんが、ロンドンで買ったなにかだ。おじいさんは「宝」と書いていた。ほかでもない「宝」と。

だが、いったいなんだろう。箱は、そんなに重くはない。もしも、それが……ただのお土産《みやげ》だったら。ガラクタだったら。アブナーおじさんとジョージーおばさんが、手にとったとたんに、首をふってみせたりしたら……

「ジー」そう呼《よ》ばれて顔をあげると、くよくよ考えているあいだに、人があつまってきていた。みんながそこにいた。父さんはエルズワースのとなりにすわろうとしていたし、キティおばさんとドワイトおじさんとRCはむかい側に腰《こし》をおろすところだった。つづいて、アブナーおじさんとジョージーおばさんが、三人のそばにすわった。そして、ジェスはエルズワースのもういっぽうのとなりに、ジョンおじさんは父さんのむこう側にすわった。

最後に、マシューおじさんがエリザベスおばさんを手伝って、テーブルのはしのイスをひきだした。エリザベスおばさんがそれに注意ぶかく腰をおろし、おじさんにありがとうとうなずいてみせると、おじさんがあいていた最後の席についた。エリザベスおばさんは、むかい側の席においてある絵を見て、にっこりほほえんだ。

「ああ、この絵をおいたのね。昔、この絵をしょっちゅう見にいっていたころ、この絵がなければ、夜も日もあけなかったころ、いつも思ったものだわ。裏《うら》には、なにが書いてあるんだろうってね。ジョン・マシューおじいさんはなんて書いたんだろうって……ベン・ロバート、あなたはその言葉をおぼえてるわよね。ぜったい、おぼえているはずだわ」

「『主《しゅ》よ、あなたはわたしの嘆《なげ》きを、おどりに変えてくださいました』」父さんが静かな声でいった。「旧約聖書《きゅうやくせいしょ》、詩編《しへん》三十章十二節。子どものころは、いったいなにをいっているのか、さっぱりわからなかった」父さんはそういうと、自分の手を見つめてしばらくだまっていた。「そのあと、何年ものあいだ、ただただ信じられない時期があった。ベッツィーおばあさんが、こんな絵を描《えが》いたということが信じられなかった。ジョン・マシューおじいさんがこんな言葉を書いたことも信じられなかった。そしてなにより信じられなかったのは、おじいさんが心からそう思えたということだった。いまは、どうだろう。自分でもよくわからない。もしかしたら、そういうこともあるのかもしれないと、思いはじめているのかもしれない」

「信じられないといえば」エリザベスおばさんが、父さんのあとをひきとっていった。「わたしたちのことも信じられないわね。わたしたちみんなが、ここにあつまっているということも」おばさんは、テーブルクロスのしわをしばらく指でなぞっていたが、やがて目をあげていった。

「ここでみなさんに、あることをお願いしても、きっとそんなにおどろかないでいてくださると思うわ。逆《ぎゃく》に、お願いしなかったら、ジョン・マシューおじいさんが、そこにいるおじいさんのほうが、きっとびっくりなさるはず——きょうは、多くのできごとがありました。いまから、また多くのできごとが起こるでしょう。そのまえに、ちょっとみなさんの時間をいただいて、いっしょに黙禱《もくとう》したいと思います」

ささやきともため息ともとれる静かなざわめきがテーブルにひろがり、エリザベスおばさんはそれを追いかけるように、一人一人の顔に静かな視線《しせん》をむけていった。どうしてあんなふうにぼくたちのことを見るんだろう、とエルズワースは思ったが、それ以上心配する必要はなかった。おばさんは満足したらしく、ひざの上に手をくんで目をとじた。父さんのほうを見ると、父さんも口もとにちょっとほほえみをうかべて、ごく自然に足をくみ、手をくんで、目をとじた。

イスの上で、だれかが体を動かす音がした。何人かのイスが、きしむ音がした。それから、ゆっくりと静寂《せいじゃく》がひろがっていった。その静けさのなかで、きょう起こったいろいろなことが、水のなかでものがしずむように、ゆっくりと落ちついていくようだった。そして、あとには、透明《とうめい》であかるい静かな空間だけがのこった。

エルズワースはそう感じた。そう感じずにはいられなかった。ジェスの顔にうかんだおかしな表情《ひょうじょう》を見ると、ジェスもおなじことを感じているのだとわかった。なんにもない空間と静けさがどこまでもひろがり、ふかまっていくなかで、エリザベスおばさんがいった。この上なく短くて、この上なく適切《てきせつ》な言葉だった。「みなさん、ありがとう」

それから、おばさんはこちらをむいていった。「エルズワース、ジェス、ジェス。発見者はあなたたちよ。信じられない思いの人がいても不思議はないけれど、あなたがたはやりとげたのよ。なにが入っているのかしらね。ジョン・マシューおじいさんは、わたしたちになにをのこしてくださったのかしら。最後の家の、最後の箱の中身はなに？」

エルズワースはジェスの顔を見た。すると、ジェスがいった。「あんたがあけてよ。あたし一人だったら、ぜったいあの家に入ったりしなかったんだから。あんたがいわなかったらね。だから、あんたがあけなさいよ」

「そう？」エルズワースはいって、つばをのみこんだ。

「そうよ」

エルズワースは、大きく息をすいこんだ。「わかった」そして、テーブルのまんなかに手をのばして、そっと箱を手もとにひいた。えらく軽かった。軽すぎやしないだろうか。もしも、これがからだったら……

まさか、まさかそんなはずは。そして、金属《きんぞく》でできた小さな留《と》め金をはずして、フタをあけてみると、その〝まさか〟にはならずにすんだことがわかった。なかには、とりだすのに苦労するほどきっちりと、もう一つ箱がおさめられていたのだ。まだらによごれた、黒っぽい箱で、材質《ざいしつ》は木ではなく……

「銀だな」ドワイトおじさんがいった。「それは銀だ。だが、なかになにか入ってるんだろう？なにもないはずがない」

こちらの箱をあけるのには、すこし時間がかかった。留め金がさっきのより手のこんだものだったので、しばらくあけかたがわからなかったのだ。留め金は、複雑《ふくざつ》なうずまき模様《もよう》のほりもののあいだにかくれていた。それを見つけるのに、まず手こずった。見つかったら、こんどはまっすぐにぎゅっとおさなければならなかった。ようやく、ちゃんとおせたとき、フタがすーっとひらいた。テーブルのまわりに、また、ため息がひろがった。

「なんなの？」ジェスがきいた。イスを近づけて、エルズワースに息がかかるくらい身を寄《よ》せていた。「なにが入ってるの？」

なかに入っていたのは、封筒《ふうとう》のようなものだった。紙ではなく、布製《ぬのせい》の封筒。それが、何本かのリボンをゆわえてとじてあった。ところが、エルズワースがほどこうとすると、ちょっとさわっただけで、リボンはぼろぼろにやぶれてしまった。エルズワースはふるえる手でその残骸《ざんがい》を横におしのけ、封筒をひらいた。まずおもての一層《そう》を、それからそのなかの、びっしりとまいてある二層を。

最後に出てきたのが、ジョン・マシューおじいさんがのこした宝《たから》だった。一目見ただけで、なるほど、これだったら、おじいさんの子どもたちが大好きだったはずだと思った。じっさい、ジェスはもう手をのばしてさわっていた。だれでもこれを見るとさわりたくなり、手にとって、遊びたくなるにちがいなかった。みがいたり、組み合わせをこう変えたり、ああ変えたり、ならべなおしてみたり。

おじいさんの〝宝〟は、光りかがやく銀のスプーン一式だった。

第四十章　宝《たから》

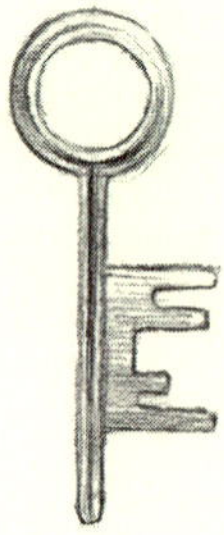

それは、見たこともないような、変わった形のスプーンだった。エルズワースは、そのうちの一本を手にとってみた。長さは十五センチくらい。まるくくぼんでいる部分は、ふつうのスプーンよりずっと大きく、ひらたかった。それに、ごくほそい柄《え》がついている。柄のさきには、小さな人形がついていた。平《ひら》べったい帽子《ぼうし》をかぶり、なにかを腕《うで》にかかえている人形が。
テーブルごしに、おしころしたような声が聞こえてきた。「これはおどろいた」アブナーおじさんだった。おじさんはせきばらいした。「ちょっと、いいかね？」エルズワースがスプーンをわたすと、おじさんは注意ぶかく手にとって、両手で何度もひっくりかえしながら調べた。「銀細工は、わたしたちの専門《せんもん》じゃないが……」おじさんはいった。「だが、事典ならもってるぞ。さっそく、家に行って、とってくることにしよう。だが、これはキリストの十二使徒《しと》をかたどったスプーンだな、ジョージー。しかも、わたしの見立てがまちがっていなければ、どうやらとて

も古いものらしい」

「わしにも見せてくれ」ドワイトおじさんがいった。アブナーおじさんは、そのスプーンをしぶしぶドワイトおじさんにまわした。それからこんどは、ジェスのほうに身をのりだし、ジェスが一列にならべた、のこりのスプーンをじっと見た。どのスプーンにも人形がついていた。そして、おなじ人形はひとつもなかった。

「うーむ、これは」アブナーおじさんがいった。「こんなものが目のまえにあるなんて、信じられない。ぜんぶで何本ある？」

「九、十、十一、十二」ジェスがかぞえた。「十二本よ。そこの一本をくわえると、ぜんぶで十三本。頭文字とおなじ数だわ。すごい！　ジョン・マシューおじいさんの子どもたちの数とおなじなのね！」

だが、アブナーおじさんは首をふってみせた。「そんなはずはない。十三本というのは、どう考えてもおかしい。とにかく事典をとってくるが、わたしの知識《ちしき》だけでも、使徒のスプーンは十二本一組と決まっているはずだ。十二本そろっているのはほんとうにまれだがね。おもての玄関《げんかん》から出てもいいかね、エリザベス？　そのほうが近道だから」アブナーおじさんは、おおいそぎで部屋《へや》を出ていった。

「のこりのスプーンを、みんなに見せてもらえるかしら、ジェス？　順にまわしてちょうだいな」エリザベスおばさんがいって、みんなも目がさめたようになり、がやがやと話しはじめた。

みんなでスプーンを一本一本まわしては、どの人形がどの使徒なのか見きわめようとした。

「使徒といえば、まずヨハネだわね」キティおばさんがいった。「ヨハネをもってる人は、だれ？　それからマタイにトマス。ジョンとマシューとトーマスはスミス家にもいたわね。そしてペテロ。スミス家には、ピーターはいないけど(注1)……」

そのとき、ドワイトおじさんが大声をあげた。「おい。ちょっと、みんな。このスプーンは、なんだかへんだぞ。ほかのとぜんぜんちがう。銀の質《しつ》がちがうし、形もだ。これだけは、かなりあたらしそうだ。あっ、ここになにか、言葉がほってあるぞ。日付と、それから……もうちょっとで、読めそうなんだが。うーん、だめだ。虫メガネで見ないと」

そこへアブナーおじさんが帰ってきた。大きな本を一冊《さつ》わきにかかえ、もう一冊は読みかけのところに指をはさんでもっていた。「ほら、事典をもってきたよ」おじさんの声は、ふるえているようだった。「ジョージー、信じられないことだよ。ここをごらん。十六世紀だ。ほとんどまちがいないと思う。エリザベス朝《ちょう》時代のものだ。その時代からのこっている銀細工というのは、ほんとうにまれなんだ。しかも、一本も欠けてない、完璧《かんぺき》なセットとは、信じられないな。これが存在《そんざい》することを知ったら、いくらかかってもいいから買いとるといってくる博物館がたくさんあるにちがいない。いますぐにでも五館は思いつくよ。まったく、ジョン・マシューおじいさんは、これをどこで手に入れたのかねえ。それから、やっぱり、わたしが思ったとおりだったよ。十三本ということは、ありえない。キリストの使徒は十二人だが、そのうちユダをのぞくと十一人だ。裏切《うらぎ》り者のユダ(注2)を、おめでたいスプーンにつけようと思う人はいないからね。それに、パウロ(注3)があとからくわえられて、十二人というわけで——」

「ちょっと、いいかな」ドワイトおじさんが口をはさんだ。「それは、おまえさんがいうとおりだろうが、こっちのいうことも聞いてくれ。スプーンはぜんぶで十三本ある。これは、まちがいない。だが、この一本は十六世紀につくられたものじゃない。ほら、ここを見ればわかる。一八八〇年とはっきり書いてある。ジョン・マシューおじいさんは、ほかのスプーンに合わせて、このおちびさんをつくらせたんだな。きっとそれは——」

そのとき、父さんがはじめて口をひらいた。「一八八〇年だって？　ジョン・マシューおじいさんが亡《な》くなる直前だな。さっき、なにか言葉がほってあるっていったね。なんとほってあるんだろう」父さんはまえかがみになり、指で軽くリズミカルに、テーブルのはしをたたいていた。父さんの顔には、エルズワースがよく知っている表情《ひょうじょう》がうかんでいた。なにもかも忘《わす》れて、本を書くのに熱中しているときの表情だ。

「さて、どうかな」ドワイトおじさんがいった。「もう一度、見てみるとするか」ドワイトおじ

(注1) 英語ではヨハネをジョン、マタイをマシュー、トマスをトーマス、ペテロをピーターという。

(注2) イエス・キリストの弟子《でし》だったが、裏切《うらぎ》って司祭長《しさいちょう》に売りわたし、その結果キリストは十字架《じゅうじか》にかけられた。

(注3) もともと「使徒」はキリストによって各地に派遣《はけん》された弟子をさしていたが、キリストの死後の復活に遭遇《そうぐう》して伝道にたずさわるようになったパウロも、例外的に使徒と呼《よ》ばれるようになった。

さんは、小さな虫メガネを手にして、スプーンをのぞきこんだ。そして、ゆっくりゆっくり、のこりの文字を読んでいった。「『あなたはわたしの愛する子、わたしの心にかなう者』そう書いてある」

みんなは、しーんと静まりかえった。テーブルをたたいていた父さんの指が、ぴたっととまった。父さんのむかい側にすわっているRCは、石の彫刻《ちょうこく》のように動かなくなった。ドワイトおじさんだけが、そんなまわりのようすもおかまいなしで、しゃべりつづけた。「なるほど。聖書《せいしょ》の言葉だな。神さまがキリストにいった言葉だ。そうか、なるほど。この人形は十字架《じゅうじか》をかかえてるよ。ほら、見えるだろ、RC？　やっぱりこのセットは、このスプーンを入れて十三本なんだよ、アブナー。さっき、ジェスがいったように、十三はジョン・マシューおじいさんにとってだいじな数だからね。それに、キリストと十二使徒を合わせれば、十三じゃないか」ドワイトおじさんは、ここで突然《とつぜん》、みんながだまりこんでいることに気づいた。「えっ、そう思わないかい？みんな、いったいどうしたんだ」

「どうもしてないわ」エリザベスおばさんがおだやかにいった。「それに、ほんとにあなたのいうとおりね、ドワイト。キリストのこと。でもね、いま、みんなが考えてたことは、こういうことじゃないかしらね。ジョン・マシューおじいさんの頭のなかにあったのは、それだけではなかったんじゃないかしら。この宝《たから》はリチャードの宝でしょう？　リチャードは、父親の祝福《しゅくふく》を受けずに旅立って、そして二度と帰ってこなかった。ジョン・マシューおじいさんは、こうすることで、なんとか……折り合いをつけようとしたんじゃないかしら……自分がしたこととの折り合い、リチャードがしたこととの折り合いを。ただ、ひとこと、こういうことでね……おまえを愛していたと」

雨はまだふりつづいていたが、いまではもう小ぶりになっていた。やさしく窓《まど》をたたく雨音が、お日さまの光とともに、古いレースのカーテンごしに室内にもれていた。父さんがそっとイスをひいて立ちあがった。その顔には、わずかながら、ほほえみさえ浮《う》かんでいた。「あなたはけっしてあきらめないんだね、エリザベス」

「ええ、あきらめないわ、ベン・ロバート」おばさんは、父さんをまっすぐに見つめていった。

「わたしは、ぜったいにあきらめない」

父さんはうなずいた。そして、エルズワースの肩《かた》に手をおいていった。「わるいが、ジー、失礼するよ。心配しなくていい。とてもくたびれて、これ以上はたえられないだけだ」父さんは、申し訳《わけ》ないというような身ぶりをして、ぎこちなく部屋《へや》から出て行ってしまった。

「父さん！」エルズワースも、いそいでイスをひいて立ちあがった。

「やめとくんだ」そういったのは、テーブルのむかい側にいるRCだった。RCも立ちあがっていたが、やはりくたびれはてて立っているのがやっとというふうに見えた。「行かせてやりなさい。ベン・ロバートがああいうふうになったときは、好きなようにさせておくほかないんだ。あいうふうになったときは……まつほかないんだ。あいつが冷静になって、自分からもどってくるまで、まつほか……」そういって、ドアを見たRCの目は、さびしそうだった。「だが、イザベルのいったとおりだったな。今回は、わたしもさすがにまちすぎた」

「そんなことないよ！」エルズワースがいった。「まちすぎたなんてこと、ないよ。父さんはちゃんと帰ってきたじゃないか。ここにもどってきたじゃないか」父さんはリチャードとはちがう。ぜったい、ちがうんだ。部屋《へや》じゅうの人々がコトリとも音をたてずに見まもるなか、エルズワースはRCをにらみつけ、RCもエルズワースを見かえした。やがて、RCがうなずいた。

「そうだ。ほんとに、おまえを見ていると、思い出すよ。わたしの父を。ダンカンを」RCはもう一度、うなずいた。「父は、どんなことがあっても、にげたりしなかった」そして、RCも、おぼつかない足どりで出ていった。

大きなため息が、あちこちから聞こえてきた。キティおばさんは目のまわりをぬぐい、ドワイトおじさんとジョンおじさんは、イスの上でもぞもぞ体を動かしていた。エリザベスおばさんは目をとじて手をのばし、マシューおじさんの手にふれた。おじさんは、それを自分の手につつみこんで、しっかりとにぎりしめた。

エルズワースは、自分の腕《うで》にもツンツンと、なにかがあたっているのを感じた。見ると、ジェスがエルズワースの腕をつついていた。エルズワースはしっかりかかえていた箱をテーブルの上において、イスの背《せ》にもたれた。

「さてと」アブナーおじさんがいった。「さて、そろそろ、スプーンの話にもどってもいいかな？　十三本目のスプーンの話だがね。十三本目はただの複製《ふくせい》にちがいない。だが、それ以外の十二本。こちらは、慎重《しんちょう》に調査《ちょうさ》をして、もちろん鑑定書《かんていしょ》も書いてもらう必要がある。だが、もしもだ、もしも、これがほんものだとすると、そして全部そろっているとすると、価値《かち》は見当もつかないくらいだ。エルズワース。箱のなかには、ほかになにも入っていないかな？　ジョン・マシューおじいさんが、この十二使徒をどこで手に入れたかとか、キリストの像《ぞう》がだれの作なのかとかについて、書いたものは？　こういうのを、来歴《らいれき》というんだがね。来歴が必要なんだ」

「ああ、うん」エルズワースはこたえた。「見てみるよ」エルズワースは、「来歴」というのがなんなのかは、よくわからなかったが、いまはともかく、なにかすることがあるのがうれしかった。スプーンが入っていた布《ぬの》の封筒《ふうとう》をさかさにして、ふってみると、紙が二枚《まい》出てきた。エルズワースは、その紙をおじさんのほうにおしやった。

「ああ、これだよ。見てごらん、ジョージー。ロンドン、一八四三年と書いてある。領収書《りょうしゅうしょ》だ。もう一枚は、ボストン、一八八〇年。信じられない！」

「ねえ、ここにもなにかあるよ」エルズワースがいった。「箱に書いてある。銀の箱のほう。内側は外側ほどよごれてなくて、そこにもなにか書いてある」

「ええ」こんどはジョージーおばさんがいった。おばさんは、アブナーおじさんがもってきた本のうちの一冊《さつ》を、自分のまえにひらいておいていた。「その箱のことが、さっきから気になっていたの。アブナー、その箱のスタイルをごらんなさいな。なかほどにぐるっとまわしてある、金細工を見て。そして、事典のこの写真。ね、おなじだと思わない？　まったくおなじといってもいいほど。この銀細工は、アメリカでつくられたものであることは、ほぼまちがいと思う。十八世紀、独立《どくりつ》戦争前のものであることも。で、さっき、そこになんと書いてあるといった、アブナー？　ボストンといったわね。このスミス家は、もともとはボストンに住んでいたんじゃなかった？　ここに移《うつ》ってくるまえは」

「そのとおりだ。ボストンだよ」アブナーおじさんは、ジョージーおばさんの顔から事典の写真に視線《しせん》をうつし、最後に箱を見た。「もしこれが、きみが考えているあの人——ぼくが考えているあの人の作なら、この箱をきれいにしてみれば、すぐわかることだ。製作者《せいさくしゃ》の銘《めい》が入っているはずだ。名の知れた銀細工師は、みな、銘を入れたものだからね」

「アブナー、そろそろ、二人でごそごそいうのはやめにしてくれない？」キティおばさんがいった。「自分たちだけ、お利口《りこう》ぶるのはもうやめて。いったいなんの話をしてるの？　いったいだれの話なのよ？」

「ああ、キティ。よく聞いてくれよ。事典にのっている写真がほんとうに手がかりになるとするならば、わたしがいっているのはポール・リヴィアだ」

エルズワースの耳には、そのあとのみんなの声は、ほとんど聞こえていなかった。背中《せなか》を電流が走ったような気がした。ポール・リヴィア。使徒のスプーンも、エリザベス朝《ちょう》時代の銀細工も、さっぱりわからなかったが、ポール・リヴィアなら知っている。歴史の授業《じゅぎょう》にも出てきた、アメリカ独立《どくりつ》戦争の英雄《えいゆう》だ。エルズワースは、もう一度、箱の内側の文字をのぞきこんだ。「ねえ、ジェス」エルズワースは小さな声でいった。「これ、見てよ。そして、読んでくれないかな？なんて、書いてあるの？」

「みんな、静かにして」キティおばさんがいった。「さ、読んでごらんなさい、ジェス。ポール・リヴィアなの？　ね、そうなの？」

「うん、見てみるわ」ジェスがこたえた。「ちょっと、まってね。日記とおなじで、なれなきゃ読めないのよ。短いから、まだいいけど」ジェスは、箱のなかに頭をつっこむようにして、文字を一つ一つなぞっていった。それから目をパチパチさせ、すわりなおした。

「なんて？」エルズワースがいった。「なんて書いてあるの？」

ジェスは、にやっと笑ってみせた。

「ひどいなあ、もう」エルズワースがいった。「なんて書いてあるんだよ」

「はいはい。まず、一七七一年、ね。それから『スミスからスミスへ』。最初のスミスのsは小文字のs。あとのスミスのSは大文字よ」

「『スミスからスミスへ』」エルズワースはその言葉をくりかえした。それから、立ちあがった。立ちあがらずにはいられなかった。雷《かみなり》がまた、目のまえのテーブルに落ちたような気がした。

「『スミスから』っていうのは、つくった人のことだ。シルバースミス、つまり銀細工師だ。そして、『スミスへ』というのは、だれのためにつくったかをいってるんだ。わかったかい？　ね、わかった？　この箱をつくった銀細工師がポール・リヴィアだとすると、あの英雄《えいゆう》がスミス家のために、ぼくたちのためにつくってくれたってことなんだ！」

第四十一章　スミス家の子どもたち

エリザベスおばさんの家のポーチにのぼる階段《かいだん》は、いつのまにか、すっかりすわりなれた場所になっていた。おそい夕食でおなかがいっぱいになったエルズワースは、タイガーリリーをひざの上にのせて、ぼんやりと階段の左側の親柱に寄《よ》りかかっていた。焼けこげた木の枝《えだ》が散乱《さんらん》する原っぱの光景は、エリザベスおばさんの花でいっぱいのひろい花壇《かだん》が手前にあるおかげで、ほとんど見えなかった。雨がふって、ますます元気になった草花は、目に見えるのではないかと思うほどの、いいにおいをはなっていた。

うしろの網戸《あみど》がひらき、しまる音がきこえたかと思うと、父さんがエルズワースのそばにきてすわった。

「やあ」エルズワースはいった。

「やあ」父さんがいった。父さんが二匹《ひき》の猫《ねこ》にそっとさわると、二匹はのどを鳴らしはじめた。

「いつも楽しそうだな、こいつらは」父さんは、エルズワースの顔をじっと見た。「で、おまえはどうなんだ？　だいじょうぶか？」

「うん」エルズワースは、思いきりのびをした。いい気分だった。ほんとにいい気分だ。父さんがとうとうやってきて、この階段《かいだん》に、すぐそばにすわっているのだもの。

父さんは、エルズワースに体をもたせかけてくつろいでいた。「ああ、わたしもだ。かなり強《きょう》烈《れつ》な一週間だったけどな。きょうのザ・スクエアは、文字どおり花火が爆発《ばくはつ》したような騒《さわ》ぎだったし」そして、また猫《ねこ》の背《せ》中《なか》をなではじめた。「ここが気に入ったみたいだな」

「うん」エルズワースは、考えを集中しようとして、マユをしかめた。いま父さんがいったことは、宝《たから》さがしの件《けん》が落ちついたあと、ずっと考えていたのだ。「ここは……ちがうんだ。わかるでしょ？　いままで住んでた、どことももちがう。まるで……まるで、ここが……なんていうか、ぼくのことを知ってるみたいなんだもん。ぼくは、ここにきたばかりなのにね。ここには、エリザベスおばさん、ジェス、それに、猫たちもいる。猫はこんなにかわいいし。それから、池まであったしね。夢《ゆめ》のなかであの池をしょっちゅう見てたんだ。でも、ここにある池だなんて、知らなかった」

あとこれだけは、いっておかなければと、エルズワースは思った。「ねえ、父さん。ぼくたち、ここに住めないかな？」

父さんは、すぐにはこたえなかった。そして、なにか問題をといているかのように、じっと宙《ちゅう》

を見つめていた。「そうだなあ」ようやくそういった。「エリザベスおばさんは、そうしてほしいと思っているようだ。この家にいつまでいても、いいというんだ。それに、近いうちに、もう一軒《けん》空き家《や》ができるかもしれないし。あの二人が、結ばれたらな」

父さんは肩《かた》をすくめてみせた。「あのエリザベスが結婚《けっこん》するなんて、思ってもみなかったよ。でも、マシューはいい人のようだから。それに、いい仕事をもっている。給料もいいんだろう。お金が入ってくるようになれば、エリザベスのくらしも変わるだろうよ。ひざだって、治療《ちりょう》できるかもしれないし」

「おばさんたちは、土曜日にはスクラブルをやるんだ。父さんも、いっしょにやればいいじゃないか」

だが、父さんはまだ自分の考えを追っていた。「だが、幽霊《ゆうれい》がいるんだよ、ジー。思い出という幽霊がな。いいこともわるいことも、いっしょくたになって。いつまでたっても、ずっと、そんなふうなんじゃないかな」父さんは首をふった。「それに、仕事をさがさなきゃならない。それがうまくいくかどうか。こんなさびれた繊維《せんい》の町では、そんなに仕事はないからな」

父さんは、エルズワースのほうをちらっと見た。「一つだけ、不思議なことがあるんだ。これはやっぱり、おまえにもいっておくべきだろうな。わたしの書いている本のことだ。もうほとんど完成している。六カ月もまえに、ほとんどできあがって、エージェントには売れそうだとまでいわれている。だが、結末がどうしても見つからないんだ」父さんは、両手をぎゅっとあわせていた。「どうしてなのか、やっとわかった。いや、ほんとは、ずっとわかってたんだが、みとめたくなかったんだ。もしも、結末が見つかる場所があるとしたら、それは……いまはやっぱりいえないな。だが、それがレイク・ブリーズ・モーテルでないことだけはたしかだ」

エルズワースも首をふった。「あそこで見つかりそうなものといったら、ロッコさんだけだもんね。そのロッコさんも、ぼくたちには、もうもどってほしくないと思ってるんだろうし」

父さんは、半分笑いだしそうだった。「おまえのいうとおりだ、ジー。たしかにそうだよ」

「まあ、どっちにしても、あそこはうるさかったし。父さんもいつも、いってたじゃないか。ザ・スクエアのほうが静かだよ。ここでなら、本もしあげられると思うよ。本が完成すれば、もう仕事をさがさなくてもいいじゃないか。本がたくさん売れて、お金が入って、またあたらしい本にとりかかれるよ」

父さんは、鼻を鳴らした。「最初の本は、そんなにがっぽりもうかるもんじゃないんだよ。二冊《さつ》目だって、そうだ」

「わかった。じゃあ、スプーンは？　あれを売ってお金ができたら、そのうちのいくらかはもらえるんでしょう？」

「たしかに、そうなったらうれしいが、現実《げんじつ》はそうはいかないんだよ。ザ・スクエアを維持《いじ》するのに、お金が必要だからね。屋根の修理《しゅうり》に、ペンキ塗《ぬ》りに、植木職人《しょくにん》に、税金《ぜいきん》。保険料《ほけんりょう》だって、はらわなきゃならない。光熱費《こうねつひ》だって。そういうつまらないお金をはらってはじめて、ここにいる人たちがくらしていけるようになるんだ。まあ、その心配がなくなれば、わたしたちだってくらしやすくなる。もしもここでくらすなら、ということだが。ところで、うれしいニュースが一つあるぞ。いま、エリザベスから聞いたんだが、あのスプーンのおかげで、絵を売らなくてもよくなったそうだ」

「え、ほんと？　じゃあ、いつでも好きなときに見られるんだね。よかった。トレバーがあそびにきたら、トレバーにも見せるんだ。だけど、あの箱はどうなるの？　ポール・リヴィアがつくった箱。あれも売ってしまうの？」

父さんはにやりと笑った。「キティおばさんの性格《せいかく》を考えると、あの箱は州立《しゅうりつ》博物館行きだな。博物館の常設展《じょうせつてん》にならべられて、こんなただし書きがつくのさ。『ニューヨーク州、スミス・ミルズのスミス家より寄贈《きぞう》』いやいや、これは冗談《じょうだん》。あれは、おいておくことになると思うよ」そしてまた、ふっと笑った。「すくなくとも、つぎの危機《きき》がおとずれるまではね。スミス家を経済《けいざい》的な危機からすくってくれるお宝《たから》は、もうこれ以上は出てこないんだからな。今回わたしたちは、ジョン・マシューおじいさんが用意してくれた贈《おく》り物の、最後の一つをとりだしてしまったんだ。今後はもう、なにもたよるものがない。わたしたちは、自立しなきゃならないんだ。スミス家にとって、それがいちばん、こわいことかもしれないな」

「なんでこわいの？」エルズワースがいった。「あのね、考えたんだけど、つかっていない家をこわせば、ずいぶんお金が節約《せつやく》できるでしょう？　もちろん、〈リチャードの家〉はべつだよ。

あれは、まだしっかりしてるから。それに、家のなかにはあのすごいしかけもあるし。ドワイトおじさんもいってたけど、博物館にしてもいいんじゃないかな。そこで、ジョン・マシューおじいさんの木箱とか、おもちゃとか、そういうものをならべて、みんなに見せるんだ。

でも、ほかの二つの家はちがう。あの二軒《けん》は、もう死んでるんだ。ジョンおじさんもそういってたよ。なかにはなんにものこってないし、たおれるおそれがあるって。それと、父さん、いってたでしょう？　あっちに川があるって。だから、あの二軒をこわしたら、そこに木をうえるんだ。木のぼりできる木をたくさんうえて、川を見るんだよ。港も見てみたいな。それから、それから……」

父さんは、とうとう笑いだした。エルズワースが、長い長いあいだ聞いたことがなかった、楽しげな笑い声だった。笑い声は、ここちよくエルズワースの耳をくすぐった。父さんは立ちあがり、両手を口のまわりにあてた。「聞こえましたか、ジョン・マシューおじいさーん！」父さんはザ・スクエアにむけてどなった。その声が木々や家々にぶつかり、こだまとなってはねかえってきた。「いまの話、聞こえましたか、ジョン・マシューおじいさん！　安心して、ねむってください！　とうとうやりましたね！　おじいさんがのぞんでいたことが、実現《じつげん》したんですよ！」そして、笑顔《えがお》のまま、エルズワースにむきなおっていった。「よーし、これでだいじょうぶだ、ジジー。いや、だいじょうぶにちがいない。そう願おう。さて、いまの話を、エリザベスおばさんにおしえてあげに行くかな。これを聞いたら、おばさんはきっと、月にものぼってしまうだろうよ(注)」

「だいじょうぶって？」だが、すでに父さんは姿《すがた》を消していて、網戸《あみど》がしまるところだった。タイガーとリリーがまだのどを鳴らしながら、ねむそうにエルズワースを見あげた。それから、二匹《ひき》でもっと体をよせあって、ひとかたまりになった。「ほんとなのかな？」エルズワースは二匹にきいた。二匹はさらにのどを鳴らした。

ようやく、きっとそうだという気持ちになれて、いや、たぶんそうだという気持ちになれて、エルズワースは落ちついてすわりなおした。あくびが出た。あたりは暗くなりかけていた。それにしても「月にものぼってしまう」ってどういう意味だろう？　空には雲はほとんどなくなっていて、ほんとうに月が出ていた。父さんから話に聞くだけの月じゃなくて、エルズワース自身の月だ。ザ・スクエアの月だ。まだ細い三日月だが、たしかにかかっていた。マツの木のあるところに上に、いや、マツの木がなくなったところの上に、マツの木がなくなったところの上に、マツの木がなくなったところの……

突然《とつぜん》、わき腹《ばら》を、ちょんちょんとつつかれた感じがした。「エルズワース！　あんた、寝《ね》てんの？」エルズワースは目をぱちぱちさせ、口をぬぐって、すわりなおした。見ると、となりにジェスが、ひざをかかえてすわりこんでいた。ジェスは、闇《やみ》のなかをじっと見ていた。

「ねえ」しばらくして、ようやくジェスが口をひらいた。夢《ゆめ》を見ているような声だった。まるで、長い長いあいだ、夢を見ていたかのような声だった。「あたしの小さいころの話なんだけどね、団地《だんち》に住んでて、そこにはたくさん子どもがいたの。裏《うら》には、大きな野原があってね。毎日、そこで暗くなるまで、思いっきりあそんだわ。あのころが、いちばんたのしかったな。それから、引《ひ》っ越《こ》しして、大きくなったら、いつも一人ぼっちになっちゃった。だから、いつも思ってたの。おとなになったら、ぜったい子どもをもつぞって。たくさんたくさん、子どもをもつぞってね。そしたら、あたしの子どもたちは、ぜったいに、ぜったいに……一人ぼっちにはならない。ね、そうでしょう?」

エルズワースはうなずいた。エルズワースには、そうだとわかっていた。ジョン・マシューおじいさんもわかっていたにちがいない。エルズワースの目のまえに、またあの光景が見えてきた。ザ・スクエアじゅうを、たくさんの小さな子どもたちがころげまわってあそんでいる光景が。

ジェスがポケットから小さな紙きれを出して、ひざの上においた。「あの家にあった頭文字、おぼえてる? あたしが言葉ゲームが得意だっていう話もしたわよね。だから、いつもいちばんたくさん思いついて勝てるんだけど、こんどばかりはだめなのよね。たくさん思いついてもしょうがないの。意味のある言葉じゃなきゃだめなんだから。それで苦労しちゃったんだけど、ついにわかったわ。この頭文字には、意味のあるならべかえがかくされているのよ。ジョン・マシューおじいさんとベッツィーおばあさんは、意味もなくあそこに頭文字をつけておいたわけじゃなかったの」

(注) とびあがるほどうれしいという意味の、イギリスのいいまわし。

台所のあかりが、網戸《あみど》からわずかにもれていた。エルズワースは、そのあかりのなかで、頭文字を見つめた。スミス家の子どもたちの頭文字。紙には、ジェスの字で大きく書かれていた。「ETREUSISARMTH」エルズワースは長いあいだ考えていたが、とうとう首を横にふった。この手のパズルは得意じゃない。たぶん、言葉をどうこうするっていうのが、うまくできないたちなんだ。

ジェスは、てれくさそうに手をのばして、さっと紙をひっくりかえした。裏側《うらがわ》には、ジェスが一字ずつていねいに書いた文字がならんでいた。それを見たとたん、エルズワースは、ひんやりとすずしい夜なのに、大きくてあたたかい腕《うで》に、しっかりとだきしめられているような気がした。

「『SMITH　TREASURE』――スミス家の宝《たから》」ジェスがやさしい声で読みあげた。「つまり、子どもたちのことよ。二人がいいたかったのは、そういうことなんじゃないかな。あの家でいいたかったこと。ザ・スクエアじゅうでいいたかったこと。それはきっと、スミス家の宝は子どもたちだということなのよ」

「そうだね」エルズワースもいった。「そうだよ」この家の子どもたち。初代のエルズワースとトーマス、リチャードをはじめとする子どもたち。そして、いまここで生きているジョン、ドワイト、エリザベス、キティ、RC……それから、ベン・ロバートとエミー。それから、ジェス。そしてエルズワース自身。

みんなみんな、スミス家の子どもたちなのだ。

この子どもたちみんなが、スミス家の宝《たから》なのだ。

第四十二章　休息のとき

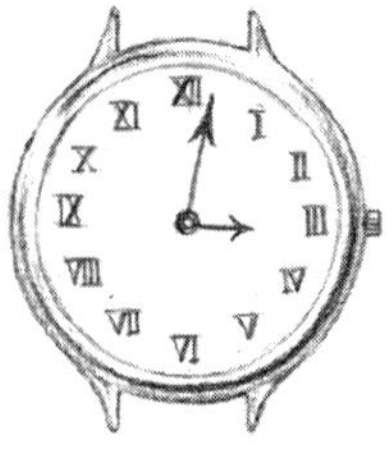

雨にあらわれた、さわやかな夏の夜だった。空には、星と月のかけらだけがうかいていた。ザ・スクエアでは、ときおりふいてくるそよ風が、カーテンのすみをもちあげたり、ひらいた本のページをめくっていったり、池のスイレンの葉をゆらしたりしていた。

そよ風は、墓地《ぼち》にもふいていた。スミス家の墓地をおおうようにはえている、大きなマツの木にふきつけては、その枝《えだ》をやさしくゆらし、マツ葉にのこったわずかな水滴《すいてき》をはらいおとした。落ちた水滴のあるものは、つつましやかな墓石《はかいし》の上の小さな水たまりにながれこみ、またあるものは草の葉をすべりおちて、その下でうるおいをまっている根っこまでしみこんでいった。

スミス家の人々は、全員がねむっていた。なかには、夢《ゆめ》を見ている者もいたが、きょうの夢は、たのしい夢だった。

この夏の夜、スミス家の人々に、ようやく、やすらかなねむりがおとずれたのだった。

生きている者たちにも、そうでない者にも。

魔法《まほう》より不思議な、人間の心のうごき――訳者《やくしゃ》あとがきにかえて

はじまったばかりの夏休み。この作品の主人公、エルズワースはちょっと憂鬱《ゆううつ》な気分になっています。親友はさっさと家族旅行に行ってしまったし、父さんがイライラしていて家のなかには重苦しい空気がたちこめているし。とはいえ、この夏休みもまた、たぶんいつもとおなじようになんの変わったできごともなく、ダラダラとすぎていくにちがいない――と思っていたら、とんだ予測《よそく》ちがい。突然《とつぜん》、父さんの故郷《こきょう》に一人で行くことになり、そこからすばらしい冒険《ぼうけん》がはじまったのです。

まちうけていたのは、まるでふたごのようにエルズワースにそっくりな親戚《しんせき》の女の子、ジェス。出会うやいなや、二人はなにかにとりつかれたように、六代前の先祖《せんぞ》が空き家《や》のどこかにかくした宝《たから》さがしにのりだします。そして、宝さがしが進展《しんてん》するにつれ、この一族の悲しい過去《かこ》の物語があきらかになっていきます。エルズワースの両親の結婚《けっこん》をめぐるいさかい、エルズワースの母の死、さらには百五十年近く前に起こった悲しいできごとも。

でも、描《えが》かれているのは悲しい話ばかりではありません。二人の先祖《せんぞ》たちがくりひろげる夢《ゆめ》と勘《かん》ちがいだらけの宝《たから》さがしのお話は、わたしがいちばん好きな部分でした。また、理科系《けい》人間で自分の気持ちを言葉にするのが苦手なエルズワースが、口が達者で姉さんみたいな存在《そんざい》のジェスにふりまわされる場面では、「こういう姉弟っているよな」とニヤリとさせられました。

そういう思わず笑ってしまうようなユーモラスな話と一族の悲しい物語がないまぜになって、息もつがせぬスピードで展開《てんかい》していくのが、この作品の魅力《みりょく》だと思います。あつかっているテーマは人間の愛憎《あいぞう》や心の傷《きず》といった重く読みごたえのあるものですが、それを重苦しいと感じさせないくらい、どんどん話が先にすすんでいくのです。わたしなど原書を読んでいて、つぎになにが起こるのかと気になってなかなか本をとじられず、とうとう徹夜《てつや》するはめになったくらいです。

アメリカでは、この作品はアメリカ探偵《たんてい》作家クラブ賞（エドガー賞）ヤングアダルト部門の候補《こうほ》になりました。受賞こそしませんでしたが、ミステリ界で有名なこの賞の候補にえらばれたということは、この作品のおもしろさを多くの人がみとめた証拠《しょうこ》だと思います。

もう一つおもしろかったのは、人間の心のうごきの不思議を描《えが》いた部分でした。本文を読めばわかるとおり、この作品にはもっと超《ちょう》自然的な話も出てきます。エルズワースの先祖が亡霊《ぼうれい》としてあらわれて風をまきおこす、冒頭《ぼうとう》の部分です。この〝願いのこもった風〟はとても印象的《いんしょうてき》で、作品をつうじてずっと吹《ふ》きつづけているようにも感じられました。けれども、それにもまして不思議でおもしろかったのが、この作品に描かれている、人の心の傷がいやされていく過程《かてい》でした。

エルズワースとジェスは、それぞれ家庭のなかに問題をかかえています。エルズワースの母親はすでに亡《な》くなっていて、その死のいきさつは謎《なぞ》につつまれています。ジェスのほうは、両親の離婚《りこん》で心にふかい傷《きず》をおっています。そして二人とも、その問題にはできるだけふれないようにして、生活してきたのです。でも、心のなかに封印《ふういん》されている問題のために、いつも不安や恐《おそ》れを感じています。

ところが、二人が出会い、いっしょに泣いたり笑ったりけんかしたりしているうちに、思いがけず問題にふれてしまったり、あるいは自分で意識《いしき》して問題にふれる気になったりします。その結果、いままでなんとしてものりこえられなかった不安や恐れを、あっというまにのりこえてしまうのです。作品のなかの貼《は》り紙に書かれていた言葉のように、「人生がやぶれていずる」瞬間《しゅんかん》がおとずれたのです。

こうした瞬間がおとずれて心の霧《きり》が一気に晴れていくようすが、この作品ではじつにうまく描《えが》かれています。それを読みながらわたしは思いました。人間の感情《かんじょう》のうごきは、もしかしたら魔法《まほう》でなにかが変わることよりももっと不思議なものなのかもしれないと。また、人間には一人でいくらがんばってもできないことがあり、たとえけんかばかりでも、いっしょにあゆんでくれる仲間が必要なのだと。

さて、ここで、この作品の背景《はいけい》になっているクエーカー教のことにすこしふれておきたいと思います。クエーカーというのはキリスト教の教派《きょうは》の一つで、一六五〇年ごろイギリスでジョージ・フォックスという人がはじめました。真の信仰《しんこう》をもとめながら、教会制度《せいど》や儀式《ぎしき》にたよっていたのではそれが得られないことを痛感《つうかん》したフォックスは、新しいかたちの礼拝《れいはい》をもつようになったのです。集会場にあつまった一人一人が静かにすわり、心のなかに神の声が聞こえてくるのをひたすらまちのぞむ礼拝でした。

フォックスたちの宗教運動《しゅうきょう》は教会制度や聖職者《せいしょくしゃ》を否定《ひてい》したものだったため、イギリス国教会《こっきょうかい》などのはげしい迫害《はくがい》を受けましたが、人々の共感を得てすこしずつ信徒をふやしていきました。まもなくアメリカ、ドイツ、オランダでも伝道がはじまりました。たとえばアメリカのペンシルベニアは、この本にも出てくるウィリアム・ペンが、クエーカーの信条《しんじょう》にのっとった理想郷《りそうきょう》をめざして開拓《かいたく》した土地です。

クエーカー教の信者は数こそそんなに多くはありませんが、平等主義《しゅぎ》や絶対平和主義をつらぬき、社会に大きな影響《えいきょう》をあたえてきました。教育にも熱心で、日本人では教育や国際《こくさい》平和につくした新渡戸稲造《にとべいなぞう》がクエーカー教徒だったことが知られています。また、いまの天皇《てんのう》の家庭教師をつとめたアメリカ人のエリザベス・バイニング夫人《ふじん》もクエーカーの信仰をもった女性《じょせい》でした。

「クエーカー教」というのは、フォックスたちが神の霊《れい》を感じたときにクエークした（うちふるえた）ことからつけられたあだなで、正式には「キリスト友会《ゆうかい》」といいます。キリスト友会の信徒たちはいまも、日本をふくめた各地で毎週あつまり、神の声をまつ静かな時をもっています。

最後に、このすばらしい作品に出会うきっかけをつくり、またていねいに原稿《げんこう》を見てくださった早川書房編集部《しょぼうへんしゅうぶ》の大黒かおりさんと、校閲課《こうえつか》の濱口珠子さんに心からの感謝《かんしゃ》をささげたいと思います。なお、クエーカー関係の用語につきましては、普連土《ふれんど》学園元理事長の中村ミチコ先生と筑波《つくば》大学名誉教授《めいよきょうじゅ》の明石紀雄先生にいろいろとご教示《きょうじ》いただきました。この場を借りてお礼を申しあげます。

翻訳《ほんやく》を終えたいまでも、わたしの心のなかにはザ・スクエアがあり、そこで泣いたり笑ったりしているエルズワースとジェスがいます。十年後あるいは二十年後、この広場には二人がそれぞれにきずいた家庭が生まれていることでしょう。ジェスの子どもたちとエルズワースの子どもたちがいっしょになって、泣いたり笑ったりけんかしたり、原っぱのまんなかにあるあの池にじゃぶじゃぶ入っていったり――そうなるといいなと思います。

二〇〇五年五月

早川書房の児童書〈ハリネズミの本箱〉

最後《さいご》の宝《たから》

二〇〇五年六月二十日　初版印刷
二〇〇五年六月三十日　初版発行

著　者　ジャネット・S・アンダーソン
訳　者　光野多恵子《みつのたえこ》
発行者　早川　浩
発行所　株式会社早川書房
東京都千代田区神田多町二ノ二
電話　〇三‐三二五二‐三一一一（大代表）
振替　〇〇一六〇‐三‐四七七九九
http://www.hayakawa-online.co.jp
印刷所　三松堂印刷株式会社
製本所　大口製本印刷株式会社
乱丁・落丁本は小社制作部宛お送り下さい。
送料小社負担にてお取りかえいたします。

Printed and bound in Japan

ISBN4-15-250033-6　C8097

早川書房の児童書〈ハリネズミの本箱〉

ブルーベリー・ソースの季節《きせつ》

ポリー・ホーヴァート
目黒 条訳
46判上製

ちょっぴりほろ苦い少女の成長物語

ラチェットは夏休み、遠縁《とおえん》の双子《ふたご》のおばあさんの家を訪《おとず》れた。二人は次々に嘘《うそ》みたいな昔話を語る。ちょん切れた首、八センチ長くなった片腕《かたうで》、世にも奇妙《きみょう》な結婚式《けっこんしき》……おまけに実際《じっさい》の生活でも珍事《ちんじ》の連続《れんぞく》！　全米図書賞受賞作